TRAJETÓRIA CRÍTICA

TRAJETÓRIA CRÍTICA

J EAN -C LAUDE B ERNARDET

Martins Fontes

© 2011 Martins Editora Livraria Ltda., São Paulo, para a presente edição.
Trajetória crítica, Jean-Claude Bernardet.

Publisher *Evandro Mendonça Martins Fontes*
Coordenação editorial *Anna Dantes*
Produção editorial *Alyne Azuma*
Projeto gráfico *Luargraf*
Preparação *Denise R. Camargo*
Revisão *André Albert*
Dinarte Zorzanelli da Silva

Dados Internacionais de Catalogação na Publicação (CIP)
(Câmara Brasileira do Livro, SP, Brasil)

Bernardet, Jean-Claude
Trajetória crítica / Jean-Claude Bernardet. -- São Paulo : Martins Martins Fontes, 2011.

ISBN 978-85-8063-015-2

1. Cinema 2. Crítica cinematográfica I. Título.

11-03481   CDD-791.43015

Índices para catálogo sistemático:
1. Crítica cinematográfica   791.43015

Todos os direitos desta edição no Brasil reservados à
Martins Editora Livraria Ltda.
Av. Dr. Arnaldo, 2076
01255-000 São Paulo SP Brasil
Tel.: (11) 3116.0000
info@martinseditora.com.br
www.martinsmartinsfontes

1ª **edição** Julho de 2011 | **Diagramação** Luargraf
Fonte Minion Pro | **Papel** Offset 75 gr | **Impressão e acabamento** Corprint

Sumário

Prefácio: O romance de formação de um crítico,
    de Luiz Zanin Oricchio, 9
  I. Na época do "Suplemento Literário", 17
  II. Última Hora, 97
  III. A Gazeta, 139
  IV. Novas indagações sobre o Cinema Novo, 153
  V. Área ocupada, 183
  VI. Apostas críticas, 241
  VII. Fichas técnicas, 331

Este livro é uma antologia de textos selecionados por mim mesmo. Além de entregar estes textos como documentos, tentei criar articulações entre eles, de forma a sugerir o desenvolver de um trabalho de crítica cinematográfica.

Muitos destes textos foram revistos pelos copidesques das publicações onde apareceram. Com certeza, nunca usei a expressão "nosso cinema" que se encontra num ou noutro artigo. Os textos foram reproduzidos tal como foram publicados.

A parte que mais me interessa neste volume é o último capítulo, inédito: são notas, sugestões de trabalho. Não tentei mascarar seu caráter de notas, de rascunho mesmo, escritas antes para mim que para o público. Mas a falta de recursos me coloca na quase impossibilidade de desenvolver as linhas de pesquisa apontadas. Por isso, acho válido publicar estes apontamentos.

Prefácio | **O romance de formação de um crítico**

LUIZ ZANIN ORICCHIO

Trajetória crítica pode ser lido como uma espécie de romance de formação de Jean-Claude Bernardet. Conhecido por livros fundamentais e provocadores – *Brasil em tempo de cinema, Cineastas e imagens do povo, Historiografia clássica do cinema brasileiro*, entre muitos outros –, em *Trajetória*, Bernardet se expressa de maneira muito desenvolta e espontânea. São textos produzidos em geral para jornais ou revistas, muitas vezes no calor da hora, com temperatura jornalística e sentimento de estar acompanhando uma fase rica – e problemática – do desenvolvimento do cinema no Brasil. Falar em "romance" não significa dizer que o livro trate de ficção, mas sim da tentativa do autor de compreender um período e um meio de expressão (o cinema), diante das formidáveis tensões e desafios propostos pela época. E, compreendendo-os, talvez compreender a si mesmo. Ou, pelo menos, tentar.

Trajetória crítica, coletânea inicialmente publicada em 1978, ocupa-se de uma época febril: do início dos anos 1960 a meados dos anos 1970. Período em que o cinema (ou pelo menos um certo cinema) acompanhou, comentou e participou da ebulição política nacional. É nesse tempo que nasce o Cinema Novo e também é quando Jango tenta implantar as chamadas reformas de base. É quando ocorre o golpe militar de 1964, cujas consequências uma obra fundamental como *Terra em transe* (1967) tenta digerir. É quando surge o "golpe dentro do golpe", o

Ato Institucional nº 5, em 13 de dezembro de 1968, e o terror então se instaura no país. O Cinema Novo toma outros caminhos ou, segundo algumas interpretações, se dissolve. Surge o cinema dito "marginal", anunciado por um grito poderoso – *O bandido da luz vermelha* (1968).

Dessas mudanças, o crítico Jean-Claude Bernardet será testemunha privilegiada e, de todas, participante. Intervém no processo de muitas maneiras, mas, de modo especial, por meio da sua própria escrita, que logo se torna escrita combativa, muito próxima e às vezes a contrapelo do seu objeto. Bernardet é um crítico militante por definição. Quer dizer, jamais isolado em improvável torre de marfim, olhando as obras como se fossem puras manifestações do espírito em busca da beleza. Está, desde cedo, imerso na impureza da política e nas contradições do processo histórico.

No entanto – e dar conta desse movimento é um dos encantos desta *Trajetória crítica* – esse engajamento vai sendo formado ao longo do tempo. E no correr da prática. Do crítico "puro", cinéfilo e descompromissado dos primeiros textos ao engajado "comissário do povo", com olhar comprometido pela luta política, não há mais que um passo. É o que nos mostra o livro em seu percurso, uma antologia preparada pelo próprio autor, com articulações entre os textos, de modo a "sugerir o desenvolver de um trabalho de crítica cinematográfica", como registra a primeira edição do volume.

Essas articulações se dão pela escolha e agrupamento dos textos, mas em especial pelos comentários que o autor produz sobre eles, já a certa distância no tempo. Um detalhe importante é que Bernardet se recusa a mexer nos textos originais, deixando-os da maneira como foram publicados, o que preserva sua característica de "documentos de época", não distorcidos por edição posterior. Quem já lançou alguma antologia de textos antigos sabe como é grande a tentação de corrigir e melhorar aquilo que se deu a público muitos anos antes. Mas, quem o faz, de certa forma já projeta uma interferência do presente sobre o passado, distorcendo-o e retocando aquilo que não lhe parece mais atual. Por sorte, Bernardet mantém o formato original dos seus escritos.

Dessa forma, lidos em si, podem servir de testemunhas de um tempo e de um estilo. É assim no primeiro capítulo, intitulado "Na época do 'Suplemento Literário'. Refere-se, claro, ao "Suplemento Literário" do *Estado de S. Paulo*, que, sob a direção de Décio de Almeida Prado, marcou época no jornalismo cultural do País. Mas, nesse mesmo capítulo, Bernardet inclui textos publicados em outros cadernos, como é o caso de *Amantes* (1958), de Louis Malle, editado pelo "Suplemento Dominical" do *Jornal do Brasil*, concorrente do *Estadão* como o melhor jornalismo cultural dos anos 1950 e início dos 1960.

Ainda nesse segmento, há textos escritos em francês e depois vertidos em português ("O Espírito Prévert", de 1959, para a Cinemateca Brasileira) e artigos fundamentais em torno do cinema italiano, sobre duas obras-primas em particular, *Viaggio in Itália*, de Roberto Rossellini, e *La dolce vita*, de Federico Fellini, ambos escritos para o "Suplemento Literário" do *Estadão*.

Após os textos, aparece o comentário posterior de Bernardet dizendo que fornecem uma amostra de como se escrevia naquela época. Dada a qualidade do que acabamos de ler, surpreende a acidez da nota, pelo menos a quem não conhece a exigência de Bernardet consigo mesmo. No comentário, escrito para a coletânea, ele indica algumas atitudes então esperadas de um crítico de cinema num veículo de prestígio: passividade diante da obra e texto como verbalização das emoções despertadas por ela. Depois de reconhecer que são escritos "hoje de leitura penosa", classifica-os como exemplos da "crítica eufemisticamente chamada de impressionista".

Dessa "crítica da crítica", disposta estrategicamente em vários pontos do livro, nasce toda a riqueza do trabalho. Há uma história das mentalidades embutida nessas interpretações *a posteriori*. Por exemplo, Bernardet relembra alguns dogmas do cânone crítico daquele início da década de 1960. Não se questiona a intuição, a sensibilidade e a emoção como pilares do método. O crítico não pode entrar em choque com o grupo de leitores aos quais se dirige. Não questiona alguns valores fundamentais, como aquele que elege "a arte como status" (isso deve ser aceito, mas não pode ser dito). A experiência autêntica e pura da fruição artística não deve ser poluída pelo contato com o mercado, o contexto social ou a função social da cultura. Enfim, é assim que funciona o que define sobre a sigla CCC (Crítico Cinematográfico Colonizado). A conclusão é, portanto, uma estocada no esteticismo burguês até hoje associado a uma certa crítica de cinema.

Nessa passagem, Jean-Claude detecta um sistema fechado que sustenta essa crítica "colonizada". Dispositivo que só poderá ser detonado do exterior, quando transformações da sociedade implicarem nova postura do crítico. O intelectual (o crítico) passa a ser exigido com um novo papel no quadro da suposta ascensão das massas à vida política do País. Nessa nova embocadura, deslocado da pura contemplação, o intelectual se dá como tarefa trabalhar para a conscientização do povo (segundo o vocabulário da época). E, desse modo, estão dadas as condições para a emergência da figura do crítico militante. O surgimento desse novo crítico se baseia nas próprias transformações da sociedade brasileira, mas também no surgimento de um tipo específico de produção cinematográfica representada pelo Cinema Novo. O processo formativo do crítico se dá pela superação de uma realidade anterior, tanto histórica quanto cinematográfica.

O curioso é que o entrechoque dessas ideias de combate se dá no interior da imprensa tradicional, o que serve de contraexemplo à placidez do jornalismo cultural contemporâneo. Em "Questão de Higiene" ("Suplemento Literário" de *O Estado de S. Paulo*, 26/8/61), Bernardet escreve que "o público burguês pode gostar do que quiser, mas pelo menos que saiba do que gosta". E estabelece uma plataforma de trabalho, algo como um pressuposto metodológico: "Não existem fitas inocentes. Os valores implícitos, é urgente que os críticos se esforcem em desvendá-los." É nessa linha de ação que irá se debruçar sobre trabalhos que já apontam para um novo cinema ainda em processo de gestação: em "Dois Documentários" (SL do *Estadão*, janeiro/63) cita *Arraial do Cabo* (Paulo César Saraceni e Mário Carneiro) e, em especial, *Aruanda* (Linduarte Noronha) como "possibilidade que não podemos deixar escapar."

O tom do crítico mudou. A mudança se torna ainda mais visível ao comentar, com virulência, *O pagador de promessas*, de Anselmo Duarte, ganhador da Palma de Ouro em Cannes de 1962: "O filme todo sofre de um indiscutível academicismo". Mais adiante, ressalta que a maior crítica que se pode fazer ao filme de Anselmo Duarte é "sua tranquilidade de exposição, a sua falta de febrilidade... *O pagador* é o tipo do filme artesanal bem feito, não chegando a ser expressão de artista". A transformação no estilo de escrita não escapa ao comentário *a posteriori*, impiedoso consigo mesmo: "Das circunvoluções barrocas a este tom de comissário do povo, a mudança é sensível", comenta-se, de maneira sardônica. Mas há uma justificativa de momento para o tom *engagé*: "A principal diferença entre a preocupação 'artística' e a preocupação sociopolítica foi o abandono de um universo estético, intemporal e a-histórico – portanto afirmação de uma mente colonizada –, para uma tentativa de transferir para a nossa realidade sociocultural os critérios de compreensão e análise dos filmes".

A nova postura é posta em prática na análise tanto de obras nacionais como estrangeiras. Por exemplo, *O sol por testemunha* (1959), de René Clement, e *Sete homens e um destino* (1960), de John Sturges, são classificados de modo sumário como "elegias ao sono". Não porque sejam monótonos, mas porque são feitos para que o espectador adormeça, sonhe e se distancie da dura realidade que o espera fora da sala de cinema. Convites à alienação, também conforme o jargão da época.

Dada essa ruptura crítica, será interessante acompanhar nos capítulos seguintes o trabalho de Bernardet em diários como *Última Hora* e *A Gazeta*. Aqui, pela natureza dos veículos, o texto deve encurtar e se adaptar às normas jornalísticas. Mesmo militante (ou talvez por isso mesmo), o crítico encontrará seus limites, inclusive quanto ao conteúdo. Por exemplo, a primeira crítica da UH é de *O Cabeleira* (1963), de Milton Amaral, filme de cangaço impiedosamente detonado. O produtor se queixou à direção do jornal, que lhe deu razão. Entendia-se que a tentativa industrial do cinema brasileiro não poderia ser desestimulada por críticas desse tipo. De filme brasileiro não se fala mal. Por outro lado, uma instituição veneranda como a crítica não poderia elogiar o que lhe parecesse de má qualidade. Então, não poderia falar bem. Não podendo falar nem bem e nem mal, a UH acabou por silenciar sobre boa parte da produção nacional do período.

Mesmo assim, o crítico pôde se expressar sobre alguns filmes de Mazzaropi, sobre *O rei Pelé* (1963), *Nordeste sangrento* (1962), *Lampião, rei do cangaço* (1962) e várias outras produções nacionais. Filmes estrangeiros considerados importantes, como *Bandido Giuliano* (1962), de Francesco Rosi, mereceram duas críticas separadas, em dias subsequentes. Também *Porto das Caixas* (1962), de Paulo Cezar Saraceni, ganhou duas críticas na UH. E o seguinte comentário, *a posteriori*, de Bernardet: "Pouco defensáveis como crítica cinematográfica, estes textos que ficam presos ao enredo e ao conteúdo mais imediato dos filmes tiveram sua função. A intenção era, no fundo, levar informações polêmicas para os leitores de jornal...".

Ou seja, dialogar com um público mais amplo, ainda que o preço a pagar fosse escrever críticas "conteudísticas", de pouca respeitabilidade acadêmica. O público, constata Bernardet, prende-se mais ao enredo, à "história", do que à análise formal da obra. Era uma concessão necessária caso se quisesse atingir um leque maior de leitores. Mesmo assim, os percalços continuam. A "crônica" (o termo é do autor) de *Sempre aos domingos* (1962), de Serge Bourguignon, não saiu, por censura do editor. É que a crítica era negativa e o filme possuía aura de "obra de arte", avalizada por críticos de renome do Rio de Janeiro. De qualquer forma, as vicissitudes de quem escreve em jornal não deixaram de ser balizas úteis na trajetória do crítico, uma espécie de exercício espiritual de apuro do estilo. Quando menos, essa prática o obrigou a escrever de maneira clara, mesmo quando precisou dar conta de temas complexos.

É o que se vê nos capítulos seguintes, em que questões são tratadas de modo mais extenso, como em "Novas indagações sobre o Cinema Novo" ou em "Área ocupada" e "Apostas críticas". De um primeiro balanço do Cinema Novo, feito já em 1974 em capítulo para o livro *Kino und Kampf in Latinamerika* (org. Peter Schuman) a esboços de ideias, ainda incompletos e cujo caráter de fragmentos lhes dá o maior interesse em "Apostas críticas" – tudo o que se vê é o processo de um pensamento, um exercício em laboratório. Ideias combativas, mas lacunares, e que servirão de embrião a livros a serem escritos no futuro.

O próprio Bernardet confessa que é esse último capítulo, composto de notas, rascunhos e sugestões de trabalho, aquele que mais o interessa no momento de reunir seus escritos mais antigos. Nessas notas (algumas muito extensas) o autor deixa a pena correr, como se escrevesse para si mesmo, em primeiro lugar. É nesse espaço que tenta aproximações agudas com a semiologia e com a crítica literária, fazendo o cinema conversar, por exemplo, com a literatura, ao comparar a ambiguidade de Riobaldo, o narrador de *Grande sertão: veredas*, de Guimarães Rosa, com a ambivalência de Antonio das Mortes, o matador de cangaceiros dos filmes de Glauber Rocha. O diálogo se dá por intermédio da interpretação de Walnice Nogueira Galvão (em *As formas do falso*) sobre a bipolaridade de Riobaldo, o que o aproxima dos personagens oscilantes, como os define Bernardet, encontrados em Glauber, mas também em filmes como *A grande feira* (1961), de Roberto Pires, e *Bahia de Todos os Santos* (1961), de Trigueirinho Neto.

É fascinante ler essas notas, e nelas ver o nascedouro de ideias depois desenvolvidas por extenso e transformadas em algumas das obras mais conhecidas do autor. É o caso, por exemplo, deste trecho, que fornece modelo para o livro clássico *Brasil em tempo de cinema*: "O cinema brasileiro é considerado como um todo, e dentro deste todo, pelas suas afinidades ou oposições totais ou parciais, os filmes como que dialogam entre si. Aliás, nada mais tenho feito senão tentar fazer com que filmes brasileiros dialoguem entre si."

Aí está. Um ovo de Colombo. Uma sacada fértil. Mas em seguida, o passo atrás. Tal princípio, escreve ele depois, pode levar a identificar rápido demais as semelhanças entre os filmes ("tendência nítida do meu trabalho", admite), quando deveria ser usado acima de tudo para destacar as diferenças. É por isso, por meio desse auto-questionamento permanente, que esse dispositivo dialético não encontra fim e não tem sossego.

Jamais chega a uma verdade acabada e, a cada passo, abre-se para novos problemas e bifurcações que tendem a contradizer ou a relativizar o que fora dado como aceito. É um trabalho de crítico, enfim, que coloca como farsesca qualquer tentativa de dogmatismo.

Trabalho de quem sabe que não existe crítica sem autocrítica.

Luiz Zanin Oricchio é colunista e crítico de cinema do jornal *O Estado de S. Paulo*, autor de *Cinema de Novo – um Balanço Crítico da Retomada* (Estação Liberdade, 2003) entre outros livros.

I | Na época do "Suplemento Literário"

AMO O CINEMA

Sento sempre nas primeiras fileiras. Não há nenhuma distância respeitável a manter entre eu e o filme. O prazer de ser esmagado por uma imagem cinematográfica. O prazer de ser esmagado.
O corpo sempre oferece, de início, uma certa resistência. O objeto cinematográfico válido é aquele que vence a resistência, aquele que abre o corpo para celebrar dentro uma missa.
Acontece então a grande efusão, os fogos de artifício. Assim como a pedra penetra a água, irradia ondas circulares, o objeto cinematográfico nos desperta para a vida múltipla: o cigarro que a velha senhora apaga dentro do ovo não é só cinismo para com a sociedade, evoca também os seus desejos sexuais, os seus desejos de matança, a ânsia de atingir o centro do mundo, volta à infância... O objeto não fica num só plano, ergue-se sempre mais alto, cai sempre mais baixo. Aproximação mítica.
Só assim pode viver o mito: não se fixa e não vem quando é chamado. O mito lança-se sobre a gente como a águia sobre o coelho, violentamente. Cruelmente. Uma sessão de cinema é uma sessão de estupro.

Delírio, n. 1, julho de 1960

O ESPÍRITO PRÉVERT

Vivemos na época da velocidade da tecnicidade
dos arranha-céus que não arranham nada e invejam o *subway*
dos avestruzes que viajam de avião
da realidade que esquece de ser real
da irrealidade que esquece de ser irreal
da juventude transviada
e de Jacques Prévert

de Jacques Prévert que deixa os arranha-céus em conferência
com o Pater Noster e o *subway*
com o Maligno, que pinta o rosto
do capitão no ovo do avestruz.
que coloca
simplesmente na terra, no meio das múltiplas sete maravilhas do
    mundo, das crianças e dos bandidos das terríveis infelicidades
    do mundo e das quatro estações
a mulher nua diante do homem nu
simplesmente porque gosta de
fogos de artifício da vida.

No sexto andar de uma velha casa da Rue Dauphine, em 1932, se reunia o grupo dos "Lacoudems", no qual se encontravam, entre outros, Brunius, Lotar, Batcheff e os irmãos Prévert, Jacques e Pierre. Esses jovens, que deviam se manifestar diferentemente na arte cinematográfica, vinham do surrealismo. Freqüentaram os mestres, Breton, Eluard... e participaram das suas manifestações nas quais procuravam "a razão de ser e não de viver".

Querem queimar esses rótulos de papel jornal nos quais foram impressas, com uma máquina aperfeiçoada, palavras que não têm senão uma aparência de significado, Banco, Banqueta, Comício, Democracia, Família, etc., e que servem de parapeito contra a vertigem à sociedade burguesa, esclerosada, oca. Os poetas surrealistas – além de manifestações historicamente importantes, mas que hoje nos parecem escolares e cujo alvo era *choquer les bourgeois* – quebraram a superfície da realidade e penetraram além do espelho, descobrindo um novo mundo que não era nada mais que a realidade vista a olho nu. Essa revolta social e essa descida no mais profundo da realidade nos deram o belo poema cinematográfico que é *Le chien andalou*. Essa tentativa de encontrar o objeto, tinha que cumprir-se, na literatura, numa tentativa de encontrar a palavra, isto é, recusar-se a empregá-la como mero símbolo, mas considerá-la como valor em si e reconstruir o mundo com palavras. Essas pesquisas, nas quais é freqüentemente impossível separar o conteúdo de revolta social da aventura mística e poética, formaram as obras trágicas e de um acesso difícil de um Desnos, de um Artaud. Prévert, num tom menor, transmitiu ao grande público a revolta surrealista, através dos vinte filmes de que participou, dos seus poemas e das suas canções.

Prévert então desintegra a realidade porque nos tornamos incapazes de vê-la puramente. Nos objetos, não vemos senão instrumentos, esquemas já feitos: o limão é aquilo que acompanha a dúzia de ostras, as dimensões são sempre três. E formalmente, Prévert obtém textos compostos de uma justaposição de palavras e expressões quotidianas, sem pensamento organizado. Mas destruindo essa realidade que considera a herança da sociedade burguesa, tinha que destruir esta última, principalmente a Igreja e todas as organizações nas quais se vêm homens de preto ou azul marinho, comendo seriamente e bebendo igualmente, fazendo discursos e tomando-se a sério. Porque eles são quem impedem a passagem do sangue jovem e vivaz. Odeia quem fala dos operários: aqueles não conhecem os operários, falam com grandes palavras, que os tornam satisfeitos, de abstrações que, com a maior irresponsabilidade, cobrem das três cores e mandam à guerra. A sociedade que destrói é composta daqueles que dão canhões às crianças e crianças aos canhões.

Mas o que Prévert põe nesse vazio? O amor, o amor que se desabrocha nos corações à chegada da primavera, que ilumina a moça ao ver um rapaz jovem e forte, o rapaz ao ver uma moça nua banhando-se no mar. Esse amor é uma força da natureza, uma força revolucionária: nada pode extingui-lo, ele arrebenta todas as barreiras, amedronta os barbudos condecorados que tricolorem (ou bicolorem); é a alegria que transborda os telhados.

Assim Prévert povoou o cinema francês de namorados perseguidos pelas forças exteriores, mas que encontram no amor a coragem de lutar. Encontrou um cineasta que não acreditava na possibilidade de um amor puro no mundo terrestre, para quem o que existe é manchado pela própria existência, obsessionado pela busca da pureza e por uma fatalidade má: Marcel Carné. Prévert, então, conjugou seus próprios temas com os de Carné e numa meia dúzia de filmes, encontraremos o mesmo esquema: dois jovens se amam, mas são combatidos por um representante da sociedade e pelo diabo personificado: um dos dois morre e o outro vive numa eterna lembrança ou os dois morrem e seu amor se realiza além da vida. Assim, em *Les Visiteurs du Soir*, os amantes enganam o diabo, este os petrifica, mas, na estátua, continua batendo um coração único.

Prévert emprestou seus serviços a Carné também para *Quai des Brumes*, *Le Jour se Lève* e outros. Trabalhou com Renoir em *Le Crime de M. Lange*, no qual um casal de namorados mata o homem que se opunha a seu amor, mas consegue escapar convencendo um polícia pela força do seu amor; com Cristian-Jaque em *Les Disparus de Saint-Agil* e *Sortilège*; com Cayatte (*Les Amants de Vérone*), com Grémillon (*Lumière d'Été*). Enfim, a muitos dos grandes cineastas franceses emprestou sejam seus temas, seja seu estilo.

Seu estilo é muito pessoal. Mistura a poesia da linguagem banal ao apodo da gíria e à crítica social, o romantismo triste ao cômico do trocadilho, as tiradas impetuosas à ternura das canções. Sabe tanto recriar a linguagem do operário de *Le Jour se Lève* ou o dialeto dos montanheses de *Sortilège*, quanto atingir a narração lendária de *Les Visiteurs du Soir*, e sempre, apesar de uma facilidade e um didatismo perigoso, consegue encantar o espectador.

Mas foi trabalhando com seu irmão Pierre, que Prévert se realizou mais profundamente. *L'Affaire est dans le Sac* é uma história de chapéus que, contrariamente às outras histórias de chapéus, não pode ser narrada. É uma justaposição de episódios incongruentes que oscila entre o burlesco e o sonho, entre M. Sennet e Buñuel. Encontramos os temas queridos: um chapéu de padre é vendido como se fosse de civil; um polícia grotesco corre atrás do quepe fundamental; um *Croix de feu* é burlado; um casal morre de tédio passeando com as crianças enquanto dois namorados nem percebem que seus chapéus foram roubados. Tudo isso num ambiente onírico, num tom erótico, burlesco e ácido, às vezes cruel. *Adieu Léonard*, feito treze anos após o último, continua em parte *L'Affaire*: o pai que comete um roubo acompanhado por suas crianças, o olho do assassino assimilado à saída do túnel, a luta entre dois homens, o envenenamento. Esses bons momentos são prejudicados por um amor que cai num "rousseauísmo" deslavado. O terceiro e último filme deles, *Voyage Surprise*, superou essa sensaboria e não tem a agressividade do primeiro: surrealismo em meio-tom, comércio simpático do *nonsense*, anarquismo discreto. Talvez seja toda a experiência dos Prévert exposta com uma ternura nova. Basta lembrarmos do momento no qual Cricri descobre o Mar Mediterrâneo.

Há dezenove anos que os irmãos Prévert não trabalham juntos e há muitos que o último roteiro de Jacques foi filmado. Prévert foi um momento da poesia e do cinema francês, talvez já superados, mas o ambiente "Prévert" deixou sua marca e o cinema aproveitou sua lição. Com Marcel Carné, que prestou uma discreta homenagem a Prévert no seu último filme, *Les Tricheurs*, sentimos saudades de sua impetuosidade e da sua alegria, da sua irreverência, da sua poesia que traz com o mesmo ardor diamantes e escórias, dos seus personagens que têm "os bolsos cheios de fogos de artifício, as mãos carregadas de pó de mico destinado aos guardas, os lábios prontos para beijar".

História do Cinema Francês
Cinemateca Brasileira, 1959

Estes textos foram escritos em francês. A tradução destes, como de mais alguns textos, era feita com um amigo que me obrigava não propriamente a traduzir, mas a reelaborar o texto com ele. Foi escrevendo sobre cinema que aprendi a escrever em português.

A cultura francesa que, até os doze anos, assimilei na vida cotidiana, na escola, o conjunto de valores que vai sendo intuitivamente absorvido e imposto à criança, tentei, no Brasil, desconstruí-lo. O que consegui parcialmente. E construí para mim uma brasilidade num processo inicialmente consciente e voluntário antes de chegar a um relacionamento mais espontâneo e intuitivo com a realidade brasileira. O que também foi parcialmente alcançado. Nenhum dos dois processos tinha condições para uma total realização. Nem eu tinha condições para me tornar um brasileiro que, criança, teria ouvido a avó contar histórias de Monteiro Lobato ou guardado na memória visões infantis de Getúlio Vargas. Nem me era possível total desligamento de uma infância ambientada na guerra.

O essencial desse duplo processo se deu no fim da adolescência e está vinculada a problemas daquela idade. A libertação da opressão familial significava não apenas escapar ao jugo paterno, mas também e basicamente realizar-se como brasileiro. Significava também o esforço – ilusório – de escapar à camada social que me tinha criado. No fim dos anos 1950, não havia opções, no Brasil, do tipo *hippie*. Desvincular-me da família e da camada social à qual pertencia implicava necessariamente, em São Paulo, vincular-me a um meio operário. O encontro com o Brasil deu-se no Senai, única escola brasileira da qual tenho diploma. O convívio com jovens operários não podia deixar de ser parcialmente frustrado e frustrante, tanto para mim como para eles, ainda mais que eu estava antes movido por problemas pessoais e ideologias mais generosas do que consequentes. Mas para mim parcialmente frutífero. Porque foi daí que eu parti para o Brasil, e só depois cheguei ao cinema. Porque me deu vivência concreta e uma certa compreensão das incríveis limitações que nos impõe o meio de classe média e o meio intelectual no qual estou vivendo. A rachadura francês/brasileiro enriqueceu-se de outra rachadura, classe média/proletariado.

Este processo de desconstrução e construção levou a um resultado sociocultural híbrido, a uma forma de bastardia. Hibridismo e bastardia que assumem para mim um caráter extremamente positivo.

Esse não coincidir com nada, esse coincidir com muitas coisas diversas e contraditórias, essa constante projeção (sobre o Brasil numa perspectiva popular – projeção que implica mais derrotas do que vitórias) podem ser fonte de instabilidade emocional, mas podem também ser uma condição fecunda para a ação. De modo paradoxal, a bastardia elaborada e vivida ao nível individual talvez seja justamente o que me facultou a ação cultural que desenvolvo (com todas as óbvias limitações, contradições, desvios etc.) na medida em que, longe de me afastar do Brasil, me aproximou de um processo de produção cultural de um país subdesenvolvido: a massacrante importação de modelos culturais promovida pelas elites e a procura de um processo autêntico de produção cultural (com tudo o que esse "autêntico" tem de falho, de politicamente indefinido, de inautêntico). A bastardia que era minha também era do Brasil (ver Paulo Emilio Sales Gomes, "Cinema, Trajetória no Subdesenvolvimento", *Argumento,* n. 1, S. Paulo, 1973).

Uma amiga minha diz que vivo como um protótipo. Não é exato. Mas vivo, em todos os níveis de minha vida, uma síntese pessoal e particular de processos globais que atingem o conjunto da sociedade. Neste sentido, por exemplo, escrevi que *Brasil em tempo de cinema* era um ensaio quase autobiográfico.

Possivelmente, estas informações não serão necessárias para a compreensão dos textos que seguem nem para a sua crítica político--cultural, pois adquiriram um nível de generalidade suficiente; mas, na minha ótica, são indispensáveis para a compreensão de sua gênese.

AMANTES: VOLTA AO MITO

"... *le pur nautile des eaux libres, le pur mobile de nos songes et les poèmes de la nuit avant l'aurore répudiés...*"

Saint-John Perse

O filme é evidentemente dividido em duas partes tão diversas que foi dito que havia dois filmes justapostos. Estas duas metades formam na realidade um todo, ao mesmo tempo heterogêneo e homogêneo. Heterogêneo, como o veremos mais tarde: a segunda parte, de inspiração mítica, destrói a primeira, de inspiração psicológica. Este dilema é uma das raízes da crise ocidental atual.

Se, ao ver o filme, compreendemos facilmente como Malle pensa poder solucioná-lo, fica difícil saber quem ele era ao realizar sua obra: a segunda parte representa somente desejos ou é o desabrochar artístico de um homem que abandonou vitorioso a psicologia?

Aqueles que conhecem o diretor, entre os quais alguns cariocas que tiveram a sorte de se comunicar com ele, poderiam talvez dar elementos que esclarecessem o problema.

Entretanto as duas partes formam um todo homogêneo pelo simples fato de terem a mesma construção. Até o enguiçamento do carro de Jeanne[1], o filme é tratado com toda a precisão e nitidez requeridas pela descrição psicológica e social. Até à volta de Henri bêbado, a situação e os caracteres são esplanados; depois do que, a ação torna-se mais delineada: a vingança de Henri. A esta parte o tom de *marivaudage* foi dado pela *carte du tendre* que responde ao plano demorado do carro abandonado na estrada.

Como precedentemente, temos uma fase de preparação: só depois de "Jeanne ter perdido seu pudor num olhar" vem a fase de realização. O ápice de cada uma das duas partes é expresso por uma seqüência de

---

[1]. Jeanne (Jeanne Moreau) é a esposa de Henri (Alain Cuny); Raoul (José Villalonga) é o seu primeiro amante, Bernard (Jean-Marc Bory), o segundo, e Maggy (Judith Magre), sua amiga.

planos próximos (Jeanne em primeiro com Raoul na boate, depois com Bernard no quarto). Enfim uma porção de símbolos, introduzidos na primeira parte, se desenvolvem na segunda, ou segue paralelamente.

• • •

É justamente a simetria severa das duas partes que dá ao filme seu verdadeiro sentido (não é somente um poema de amor) mostrando que Malle entendeu com agudeza a crise que vivem aqueles que se orientam para o pensamento de um Eliade, de um Bachelard ou de um Artaud (não há paradoxo), ou procuram seu caminho no zenbudismo. Estas duas partes estão sob o signo da mesma personagem: Jeanne atrofiada no ar rarefeito da mentira e Jeanne desabrochada na água abundante da verdade.

• • •

Malle expõe psicologicamente a mentira. Henri dificilmente desagrada à burguesia. É homem de cultura, de bom gosto, de inteligência, de coragem; poder-se-ia fazer um retrato psicológico: o filme o fez. Gosta da mulher. Não é desprovido de obscuridades (o que é tradicional em todo retrato psicológico bem feito). Jeanne é intelectualmente muito inferior ao marido; é verossímil, inclusive, que seja desprezada por ele. E daí? O coração tem suas razões que a Razão desconhece e podemos amar quem nossa inteligência despreza. Mas Henri foge. Foge de sua mulher: em vez de se abandonar ao seu amor (e só este abandono possibilita a realização do amor), em vez de aceitar o fato e entregar-se à sua mulher tal como é, gostaria de elevá-la a um certo nível, social ("se você não passasse seu tempo sem saber o que acontece aqui"). Nesta fuga emprega a ironia: a arte de não coincidir com a realidade, consigo mesmo. Não é uma atitude superior, é a dos covardes. A ironia, que coloca o juízo intelectual sobre a realidade em nível superior a esta, impede o homem de reencontrar os mitos; degrada, dessagra as imagens. É uma atitude característica de uma sociedade em apodrecimento porque corta o homem daquilo que lhe permitiria uma vida constantemente renovada. O momento mais agudo do personagem é a sua apresentação: Henri toma um prazer estético à música de Brahms, que entende sem dúvida muito bem, mas que Bernard e Jeanne viverão: Brahms (quase uma onomatopéia) será a chamada do cio, o canto angustiado e angustioso, mas cheio, quente do macho e da fêmea que se chamam um a outro, e o grande canto do amor no momento da sua realização. Este é o tema da primeira parte.

Os dois outros personagens participam da mesma fuga, da mesma mentira; mas suas atitudes são menos profundas que aquelas de Henri, eles se possedem menos: não são intelectuais, são cerebrais. Maggy, uma mulher sem consistência, se apóia sobre as aparências (a ginástica), indo até desconhecer a existência da profundidade. Cópia ("vou em todos os antiquários"). Se não é totalmente antipática, é porque não adere totalmente a esse personagem frívolo (sente sua futilidade quando, durante o jantar, diz: "Vejam, eu não procuro senão destoar"). Mas, contraditoriamente, essa falta de adesão é seu defeito. Quanto a Raoul, é profundamente apaixonado. É o personagem mais patético do trio porque não usa de ironia, ama sinceramente, mas é sem espinha, dissecado, incapaz de alimentar um grande amor. As falsas situações lhe bastam: inútil que Jeanne deixe seu marido para viver com ele, bastaria, para vê-la, que ele entre como um ladrão na casa de Henri. Raoul, é o grande blefe, o grande falso amor. É o amor da sociedade sem força; ama-se um pouco, o amor não compromete tudo. Além do amor, há a sociedade. Um amor que faz Jeanne dizer: "Talvez seja isto o amor, a inquietação." Isso, apesar da sinceridade real de Raoul, mas sinceridade nenhuma compensa a limitação. Paradoxalmente, ao nível psicológico no qual Malle situou seus três personagens, Jeanne é quase desprovida de interesse: uma pequena Madama Bovary clássica, atraída pela cidade na qual procura divertimento e macho e que, talvez, está no caminho do esnobismo.

A prova da sinceridade de Malle, uma das provas, é justamente ter baseado seu filme num personagem sem interesse psicológico. O sentido de Jeanne, na primeira parte, que é entretanto dominada por ela, reside na inquietação da qual falamos, em alguns olhares perdidos chamando com nostalgia não se sabe o quê, e principalmente, no seu rosto de olheiras e de pele ligeiramente inchada, como fica após uma noite de amor ou como o de uma mulher grávida.

• • •

A segunda parte renuncia à psicologia: não há amor porque era ele, porque era ela. O Amor como que elegeu dois corpos para se manifestar. De Bernard não se sabe nada ou muito pouco: alguém da alta sociedade que despreza sua classe, arqueólogo, inteligente, sério, distinto. Palavras vazias. Aliás, aparece escondido atrás dos seus óculos e da sua boina. Só se sabe uma coisa importante, ou melhor adivinha-se: deseja uma vida que não seja fútil. Mas o mundo exterior está presente e age na orientação dada aos homens e na significação dos seus objetos. O encontro é fortuito. É independentemente de Jeanne que Henri convida Bernard. Bernard não participa do jantar como ator. É neutro.

Henri até acredita que seja do mesmo tipo que ele: enquanto é necessário experimentar viver, tenta entregá-lo, nessa biblioteca que sabemos ser o lugar do espírito, a um prazer intelectual. Como Henri, Bernard escutará Brahms, mas, contraditoriamente a ele, não ficará olhando o fogo (a paixão contemplada, aquela que não está em nós): sairá para a noite. Estas últimas anotações podem parecer de cunho psicológico; em realidade, não o são por causa da mudança de estilo: não é mais aquela marcação precisa, tudo flutua um pouco (quando o pessoal vai se deitar, abandona-se Bernard: não o vemos nem pôr o disco, nem deixar a sala). Do seu lado, Jeanne, independentemente de qualquer previsão, causada pela comédia do marido e pela ingenuidade do amante, ouve a música, pensa que Bernard esqueceu o disco, pára a vitrola; o tempo é quente, ela se desaltera, ouve um mosquito, vai até a janela para matá-lo, vê o parque; a noite e o frescor a atraem e logo encontrará Bernard. Se não estivesse com sede, se não houvesse o inseto, talvez não tivesse saído para o parque. Há uma grande fortuidade em tudo isso.

Mas, o que é mais belo e mais comovente, é esta espécie de organização que sofre o mundo exterior, preparando-se para um grande acontecimento. Não me parece que a significação dada por Malle à matéria fílmica seja para ele uma tradução exterior – alegórica – do íntimo dos personagens, mas uma efetiva participação do mundo exterior. Aliás, Malle insiste muito no encontro, no fato de o amor Jeanne-Bernard não ser psicológico, mas devido ao mundo, como se este os elegesse. Bernard é irônico, a respeito de coisas cujo sentido segundo é grave (Jeanne: "O Sr. é o primeiro homem". – Bernard: "A Sra. me espanta".) Ora, sabemos o valor da ironia pelo exemplo de Henri; mas Bernard escapará à ironia, lutará contra ela quando Jeanne, para se defender ao pressentir que terá de abandonar aquela que é, que deverá dar um passo sem volta possível (luta contra o mito que não permite compromissos, que exige o homem inteiro), escarnecerá de sua linguagem, que acha falsamente poética. E não há mais dúvida possível sobre o caráter não-psicológico dessa relação quando o comentário indica que Bernard parecia espreitar Jeanne, mas que não a reconhecera. Esta organização do mundo se efetua principalmente ao nível de Jeanne e é composta de dois movimentos: o que se abandona e o que é adquirido. Isto é a metamorfose de Jeanne, já sensível na primeira parte: o penteado e o embelezamento pelo amor (Maggy: "O amor te faz bem". Ela se olha no retrovisor. – "Ele não repara nada.") Abandona seu carro, esquece sua mala, não é mais no mesmo comprimento de onda que Raoul e Maggy (chega atrasada para o jantar). Mas há mais do que um abandono: já há uma abertura para o futuro: as portas abertas do carro são a disponibilidade, a oferta de Jeanne. Até expressará, no banheiro, o desejo de ser uma outra. Mais ainda, é na beira de um rio que o carro enguiça:

neste campo magnífico irrompe o tema esplêndido da água: quando se aproxima o Citroen, Jeanne não está mais na estrada tentando parar os carros, não é mais ativa. Mais ainda, quando Jeanne espera Bernard, que está com o amigo, manobra o carro e entra na água. Dois fatos são relacionados a este: do outro lado do lago aparece uma mulher vestida de branco: a água, elemento purificador e feminino; deixando o seu amigo, Bernard coloca no carro uma laje pesada: ele e Jeanne são seres que já têm um peso. O tema da água desaparece para ser tomado de novo mais tarde.

Reparemos logo que, em realidade, este tema foi introduzido desde a primeira seqüência: a bruma luminosa que inunda o terreno de pólo e lembra certos quadros de Degas, pertence a uma paisagem aquática. Não será a água o espelho por excelência? (É o de Narciso.) Ora, repetidas vezes, Jeanne se olha num espelho: no retrovisor, para constatar as primeiras modificações causadas pelo amor em seu rosto; no seu quarto, sopesando o pesado colar inutilizado que a ornará durante a noite famosa (o sentido desse fato é carregado).

Durante a realização do amor, o espelho desaparece para ser substituído por um espelho mais profundo, mais verdadeiro, que corresponde à vida mais vivida dos amantes: a água. À aurora, o espelho reaparecerá com a volta de Jeanne e Bernard à banalidade: deixaremos a água para voltar a um subproduto. O espelho, neste filme, não é (salvo uma exceção: Jeanne, a primeira vez que a vemos no seu quarto, contempla seu reflexo perguntando-se quem é, onde está) interrogativo, nem traz lembranças, nem provoca real desdobramento, nem fixa o tempo: num espelho a gente constata que está mudando.

Na primeira parte, Jeanne constata que não é mais aquela que era antes de conhecer Raoul; na segunda, constatará, no retrovisor do carro de Bernard, que não é mais aquela que viveu esta noite. Um espelho é aberto para o futuro.

Depois de ter abandonado o tema da água, Malle introduz um outro, que, aliás, não é senão um complemento do precedente: a noite.

Não é, de fato, a noite aquilo que engloba tudo, que fecha tudo como que para uma proteção sem limites, que recolhe. O título da fita devia ser: *O Poder da Noite*.

A noite é aquilo que torna possível, que torna maravilhoso, aquilo que metamorfoseia.

O tema da noite é introduzido durante o jantar, quando Henri manda apagar a luz para expulsar o morcego. Mas há aqui uma parábola: o morcego não é somente Henri, Raoul ou Maggy, que não pressentem nada; é Bernard, é Jeanne que não sentem que o mundo se prepara para eles.

Durante a noite, ao luar, volta o tema da água, em tom menor, depois se desenvolverá; o desenvolvimento do tema corresponde ao da música, com uma defasagem. Antes de descer, Jeanne se prepara um banho: não vemos o resultado. Sabemos que se prepara um banho, mas para nós a banheira continua vazia: não a vemos cheia, nem Jeanne fechar as torneiras. É somente uma possibilidade, uma espera: é uma repetição, com uma precisão e uma força maiores, do plano do carro abandonado. O tema da água que age é somente iniciado quando Jeanne refresca a fronte com o copo úmido.

Malle dá, então, toda a sua significação a um tema que introduzira há muito: o copo.

Os copos propriamente ditos não tiveram até então muita importância. Mas a taça na qual Jeanne deposita suas jóias fora grifada.

Esta taça, grande e aberta como numa oferta, recebia cada noite, deixando escapar algumas notas claras e solitárias, as jóias que pendiam molemente: riqueza de Jeanne inempregada, em potência. Esta noite, a taça recebeu a pulseira: às suas notas solitárias responderá o tilintar da união dos copos de Jeanne e Bernard no parque. Mas não recebeu o colar que ornará a Jeanne amorosa como uma madona. E quando Jeanne se refresca, o copo é metamorfoseado: deixou de estar seco e vazio: está cheio, está úmido.

Não recebe mais: age. O tema será abandonado no seu apogeu: o primeiro contato entre Jeanne e Bernard será o choque dos copos.

Quando eles se encontram no parque, andam como sem saber aonde vão; no entanto, chegam a uma poça e o passeio será escondido por uma aproximação cada vez maior da água. De fato, Jeanne pára perto de uma dupla roda de água, que ficará em sobreposição quase imperceptível durante as duas tomadas seguintes.

Como para o copo, Malle, com esta roda, finaliza um outro tema que evoluiu durante todo o filme, como se nos livrássemos aos poucos de todo simbolismo impuro, de tudo que pertence ainda à alegoria para penetrar no verdadeiro simbolismo, no mito. O primeiro círculo apresentado é o do carrossel, é imperfeito, quebrado. O segundo, vertical enquanto o outro estava horizontal, é a roda da bicicleta consertada pelo mecânico supostamente surdo (do mesmo modo que o morcego será expulso, o surdo entende); não tem falhas: Jeanne e seu futuro amante já estão reunidos. Enfim a roda do moinho: a roda é um objeto que sofreu o mesmo destino que o copo: umidificou-se. É importante reparar que todas estas rodas estão movimentadas. Talvez haja uma idéia de eterno retorno: não o senti. A roda me transmitiu uma impressão de transformação, de passagem. Isto corresponde perfeitamente à evolução dos personagens e a um outro símbolo que veremos daqui a pouco.

Depois do plano da roda, Jeanne e Bernard libertam os peixes que Henri aprisionou, devolvem-nos ao seu meio que é a água corrente, a água livre. A alegoria é fácil, quase pueril: não acreditamos, entretanto, que seja falta de um sentido crítico da parte de Malle.

Nossa inteligência e nossa cultura literária assim julgam, mas quando se abandona esta inteligência e se volta às profundidades, todas as puerilidades são permitidas e não há mais puerilidade (aliás, surge um tal comentário durante a análise do filme e não durante a visão). Enfim, sempre com esta lógica de sonho, os amantes chegam à barca. Lógica de sonho porque andam como se anda nos sonhos: de uma maneira um tanto sonambulesca, como se se fosse decididamente a um lugar que, em realidade, desconhecemos. Sobem na barca. Bernard dá o primeiro impulso. Depois ela se guiará só.

A barca conduz os amantes de uma margem à outra. Quantas vezes já assistimos a deslocamentos: o carro é a espinha da primeira parte. Jeanne faz continuamente o vai-e-vem de Dijon a Paris. É no seu carro que toma consciência da primeira metamorfose amorosa (por isto perde a direção). Numa noite, subirá no carro de Raoul; vê-la-emos descer na manhã seguinte, mas não vimos o percurso. Enfim é seu carro que enguiça, que fica parado, portas e *capot* abertos na estrada.

Sobe no carro de Bernard, que está viajando, onde travam conhecimento. De carro Raoul e Maggy passarão à sua frente. Apesar dos gritos de Jeanne o Citroen seguirá sem preocupação seu caminho. Os letreiros foram apresentados superpostos a um mapa. O carro parece portanto seguir os movimentos, as tensões, as modificações dos personagens: quando os amantes viverão o momento mais profundo, mais verdadeiro da sua vida, Malle os confiará ao veículo, à viatura mais simples, mais elementar, mais verdadeira: a barca. No dia seguinte, Jeanne e Bernard sairão de carro. Voltando à vida quotidiana, voltando ao tempo, tomam de novo o veículo banal. A câmara se afastará e os deixará na estrada prosseguindo sua viagem, prosseguindo aquele movimento incessante que o homem não pode deixar de viver como as rodas não podem deixar de girar.

A barca se dirige portanto só (enquanto os carros sempre são guiados), com este automatismo que, há pouco, caracterizava a marcha dos amantes. Será que não conhecemos uma outra barca, que, ainda que guiada por uma das mãos, se dirige só, com uma lentidão regular e fatal e conduz, sobre uma água calma, preta e profunda, cujo silêncio inquieta e reconforta, num estreito corredor e, entretanto, na imensidão, os homens de uma margem à outra? Sim. A de Caronte. Malle juntou ao maior amor a maior morte (quem, aliás, pode destacar a morte do amor-erotismo; este é o antegosto daquela) realizando assim o que Henri não sabia ser uma profecia: "a cama de amor-e-de-morte de qualquer um" (e trata-se exatamente de qualquer um). Assim agindo, Malle atingiu a água mais primitiva, portanto mais complexa. Ela aniquila, esconde nas suas profundidades, priva da vida; é a mãe, aquela que protege ternamente, aquela que dá à luz, que devolve à vida: aquela que purifica, que inicia; é a esposa, aquela na qual se abisma para a fecundação. A água é água; a natureza é água ("a atmosfera úmida na qual a natureza perfuma, para seus himeneus, sua verde cabeladura." Balzac); é água a mulher que desliza de cabelos livres e vestido branco. Água de Ofélia, na qual flutuam os amantes, como um grande lírio. Água de Caronte.

Flutuar não bastará aos amantes: deverão penetrar, afundar-se na mesma água; terá a mesma água que protegê-los, escondê-los, abstraí-los; terão os seus corpos que serem envolvidos e penetrados pela mesma água.

Água de batismo, da purificação: as poucas gotas, contendo esperma, com as quais Bernard umectará seu rosto na manhã. Além de toda poesia literária, além de toda individualidade, Malle atingiu de tal modo o mito, com todas as suas contradições aparentes, com toda a sua majestade que é, para mim, impossível falar a respeito. Malle atingiu o cinema, atingiu o homem. Somente as suas imagens transmitem o que as palavras não podem dizer: prefiro substituir minhas frases, obrigatoriamente falhadas por outras menos falhadas, de Bachelard: "Morrer é realmente partir e somente se parte bem, corajosamente, nitidamente seguindo a corrente da água. – A água é o elemento da morte jovem e bela. – (para os amantes da água) a união do sensível e do sensual sustenta um valor moral. Por muitas vias, a contemplação e a experiência da água conduzem a um ideal", ou de Jung: "O desejo do homem é que as águas sombrias da morte se tornem as águas da vida, que a morte e seu frio abraço sejam o seio maternal, exatamente como o Mar, ainda que tragando o Sol, o reinfanta nas suas profundidades" (é de se reparar que, no fim do filme, está colado, no espelho em que Jeanne olha o seu cansaço, um Sol de papel e que é o Sol verdadeiro que os atrai para fora do bar), ou de Claudel: "Tudo o que deseja o coração humano pode-se sempre reduzir à figura da água". Mas quem encontrou a imagem literária mais feliz, foi Valéry: "Ce cristal est (le) séjour."

De fato, neste percurso na barca, para os amantes, há uma estadia, há eternidade.

Aproximamo-nos talvez da mensagem de Louis Malle: corremos sempre, mudamos sempre, estamos insatisfeitos, mas podemos nos dizer homem, se, num momento, tocamos, desculpem a palavra, é aquela que convém, o cosmos. Esquecidos do homem do século, esquecidos do *eu* e do *tu*, podemos penetrar, e isto não depende da nossa vontade, pelo amor-erotismo, no todo sem contradição que é simultaneamente o homem e o mundo.

Voltamos depois à nossa condição de homem da época: nada indica que esta penetração se repita. Inclusive, é possível que o homem que viveu este momento seja mais pobre que antes, porque, apesar de prosseguir sua corrida, será mais orientado para o passado que para o futuro, procurando reencontrar o momento ou prolongá-lo. Malle achou necessário mencionar a coragem daqueles que não são mais os amantes, que voltaram a ser Jeanne e Bernard: mais que coragem de ir para frente, trata-se de não se suicidar. "Il faut tenter de vivre", também foi Valéry quem o disse.

Entretanto, na última estrada do filme, Malle pôs um grande símbolo de esperança: um cavalo branco de tração. É com uma seqüência de cavalos que o filme começa, cavalos elegantes, selados, domesticados, reflexos dos seus cavaleiros e dos seus espectadores. Na casa de Jeanne, há três cavalos: dois ornamentam a pêndula da cômoda do seu quarto; estão selados, estão à espera de cavaleiros como aquele branco que está no corredor do primeiro andar e sobre o qual Malle insiste quando Jeanne recusa ir ao quarto de Raoul. Estes cavalos dão a impressão de serem animais de estufa, animais doentios, comparados ao último: é um cavalo jovem, membrudo, quase quadrado, não tem sela, é livre e forte (é inútil lembrar a carga erótica do cavalo). Mas não é uma certidão, é apenas uma esperança, é sobretudo um esforço.

"Suplemento Dominical" do
Jornal do Brasil, 9/1/60

VIAGGIO IN ITALIA

O fenômeno constante da obra de Rossellini e ao qual todos os outros estão ligados é o amor humano, isto é, uma compreensão sem palavras, uma coincidência entre dois seres. No início de sua obra, o primeiro "sketch" de *Paisá* – no qual uma italiana e um americano, um ignorando a língua do outro, após uma fase de desentendimento, quando cada um procura explicar, pela mímica, as palavras que emprega, ligam-se primeiramente por olhares e risos, depois pela simples presença – já colocava este problema, de maneira linear. *Viaggio in Italia* é a obra de Rossellini (das que conhecemos!) onde o tema atinge toda sua magnificência; a maioria dos temas secundários, que se encontram no resto de sua obra, estão presentes e interligados ao primeiro, completando-o e enriquecendo-o.

Logo a seguir, o tema do amor humano ligou-se à paixão de Cristo: a condenação do inocente salva o próximo. Este segundo tema foi iniciado com *Roma Cittá Aperta* pelo personagem do sacerdote e atingiu sua mais expressiva manifestação em *Europa 51*, onde a heroína revive fielmente a paixão. Mas a paráfrase muito estrita da paixão tornava pesado o filme e limitava um tanto o seu alcance. Um ano mais tarde, em 1953, em *Viaggio in Italia*, Rossellini ultrapassa este limite e dava ao tema uma amplidão e uma profundidade nova: para salvar um ser humano, para coincidir com ele e para que ele coincida conosco, não se trata mais de carregar-se dos pecados do outro, é preciso reviver e responsabilizar-se pela criação do homem a partir da matéria e pela história da civilização. *Viaggio in Italia* é o trajeto sinuoso que vai da incompreensão ao amor inefável através de milênios de humanidade. É justamente esta noção de trajeto que traduz o objeto concreto que é a espinha dorsal do filme: o automóvel.

Mr. e Mrs. Joyce, ricos burgueses ingleses, vão à Itália para vender uma casa deixada em herança por um tio, recentemente falecido. O começo do filme lembra um tanto certos contos de Camus: a ruptura dos hábitos provoca, aos olhos do viajante uma espécie de desritmia entre o mundo e ele-mesmo, o que enriquece as aparências de um sentido novo. Visitas que não passariam de banalidades turísticas, tornam-se estações de um percurso místico. Rossellini obtém esse resultado sem nenhum recurso cinematográfico complicado, pela simples constatação: deixa a câmara diante do objeto o tempo suficiente para que, uma vez passada a surpresa, uma vez reconhecido o objeto, o espectador não se interesse mais por ele e tenha a impressão de se achar diante de algo absurdo, de espaço ocupado; então aparece o sentido que o objeto tem na fita.

Na Inglaterra, tudo parecia correr bem; eis que chegados à Itália, o casal briga. Assim, pequenos fatos aos quais ela jamais teria prestado atenção, são inconscientemente captados por Mrs. Joyce. Ainda que sem perceber o sentido, ela atenta para os fatos que, mais tarde, lhe permitirão ascender ao estado de ser humano realizado. Estas primeiras aproximações tomam o sentido de um diálogo entre ela e o mundo exterior; ela é solicitada pelo mundo, mas somente vê nele elementos que traduzem suas aspirações. Assim, ainda no carro, um inseto, espatifando-se no para-brisa, mancha-o de sangue. Eis já o sangue e a morte. Mais adiante, caminham pela estrada touros, representação da virilidade. No fundo da praça onde se encontra o hotel diante do qual o carro pára, há um arco de triunfo, antigo, fortemente iluminado, presença da pedra. À noite de sua chegada a Nápoles, o casal encontra um grupo de pessoas sofisticadas e artificiais, presença do outro. Visitando a casa, um velho armário interessa, por um instante, Mrs. Joyce, presença do passado (e também da morte ritual). Enfim, do terraço, a paisagem é ampla e no fundo destaca-se o Vesúvio, presença da terra e sobretudo da montanha. A atitude de Mrs. Joyce em relação a esses fenômenos é extremamente superficial, negativa até: o inseto cria o receio das epidemias; os touros impedem a marcha do carro, e assim por diante. Em todo o caso, estamos em presença dos elementos que compõem o filme: o passado, a pedra, a virilidade, a morte, a montanha e o outro. Nesse momento, eles são pobres, mas, conjugados, se enriquecerão com o desenvolver da fita. Esta constatação nos leva a considerar um outro aspecto do filme: é ele efetivamente um trajeto, mas cada etapa contém em si mesma todos os elementos; há assim uma série de ciclos cada vez mais profundos.

Assim, terminada a visita da casa, todos os temas são retomados e logo aprofundados. A morte não é mais aquela, objetiva e indiferente, de um inseto. É agora a de um homem, Charles, o poeta, outrora amigo de Mrs. Joyce. Também não é uma morte acidental, mas a morte empenhada na guerra, portanto no combate. E não é uma simples lembrança, é uma provocação, porque esta morte contrasta com a bela luz napolitana que modela o rosto de Ingrid Bergman. Mais ainda, esta morte engaja Mrs. Joyce, ou melhor, ela aceita que tenha o sentido de um engajamento, porque se acha no local mesmo onde se desenrolou o combate. Já agora os temas estão misturados; de fato é um homem que morreu, e este homem amava as pedras que têm forma de corpo humano. Se a virilidade dele não é particularmente ressaltada, é entretanto valorizada pelo fato de se opor ao ciúme e ao nervosismo mesquinho de Mr. Joyce, e sobretudo porque é uma mulher, e que esta mulher é Ingrid Bergman, que fala dele. Mas não fomos ainda muito longe, ficamos no domínio da palavra. A montagem de Rossellini, que mostra sob vários ângulos duas personagens imóveis, não valoriza, na minha opinião, nem as reações psicológicas, nem o sentido das palavras, mas a palavra como tal. Uma espécie de recitativo encantatório é dito por Ingrid Bergman, em condições que têm qualquer coisa de primário, quase embrionário: a letargia das personagens molemente estendidos nas suas cadeiras de lona, a quente e reverberante luz meridional, as paredes brancas do terraço.

Não é por acaso, nem por facilidade, que Rossellini quis fazer o segundo ciclo sob o signo da palavra, porque é ela que governa a primeira parte do filme. Com efeito, o que divide os esposos, é a recusa de encarar corajosamente a situação, o propósito de mascará-la com palavras, de torná-la uma simples troca de comentários azedos e pérfidos. Mais tarde, quando da volta de Mr. Joyce de Capri, não cederão mais à tentação da palavra e, ainda que hajam decidido se divorciar, estarão mais próximos um do outro. Além disso, quase até o fim da fita, a palavra será para Mrs. Joyce um perigo. Bastaria um instante de fraqueza para cair no império das explicações dos "cicerones": tudo o que vive estranhamente diante dela, esta pedra de sentido múltiplo, fixar-se-ia e os símbolos móveis se tornar-se-iam meras alegorias.

Depois do semimonólogo de Mrs. Joyce, começa sua louca visita aos museus, às catacumbas. Enquanto se dirige ao Museu, seu carro é detido (não se trata pois de uma escolha, mas de uma provocação do mundo exterior, a qual toma um sentido pela expressão de Ingrid Bergman) por um enterro; o caminho é cortado por um carro fúnebre, rodeado de tantas crianças que elas parecem brotar desta enorme e majestosa massa negra: é uma confusão inextricável de onde emergem ornamentos fúnebres e crianças. O caminho do Museu é simultaneamente o caminho da vida e da morte. Mas é no Museu que definitivamente Mrs. Joyce compreende que está empenhada numa busca, que não pode mais parar, nem recuar, sob pena de morte. A visita inicia-se pelos bronzes negros, finda-se sobre mármores brancos; as duas séries de estátuas apresentam mulheres em atitudes campestres, efebos (o efebo de bronze mergulha seu olhar inquieto no eixo da câmera) e termina sobre estátuas de uma virilidade agressiva: a primeira, sobre um sátiro ébrio e lúbrico; a segunda, sobre um gigante excessivamente musculoso que esmaga, de sua altura, com seu peso, Mrs. Joyce, que é vista, em "plongée", minúscula, sob a axila do atleta. Aqui todos os temas são misturados; entretanto, não são palavras, mas objetos concretos, que se impõem a Mrs. Joyce pela sua violência. Sua busca se inicia pois pela obra de arte: é a obra de arte que cria, entre ela e o mundo, liames definitivos (nós já vimos que Charles era poeta). Não se trata mais da pedra de um arco de triunfo decorativo: ela tem agora a forma de um corpo humano. E este corpo humano é, ou de uma feminilidade frágil, ou de uma juventude que quer viver, ou de uma virilidade obsessiva. Trata-se de um único tema: o amor carnal. E, nele, a virilidade é o elemento fundamental, pois Mrs. Joyce está à procura do seu marido. Além disso, a humanidade inteira está presente, pois o Museu é o espelho da civilização. É portanto essa imensa herança que permite a Mrs. Joyce descobrir o mundo; na rua, as crianças, as mulheres grávidas, os casais de namorados pululam e gritam a Mrs. Joyce a necessidade dela reencontrar seu marido e ter dele um filho.

O estágio da imitação em pedra do corpo humano está ultrapassada, é preciso ir mais longe; que os corpos não sejam mais de pedra, mas de osso, que esses corpos se tornem mais antigos que as estátuas, que deixemos de permanecer na superfície para nos afundar nas profundezas da terra onde se encontram corpos mortos, como é preciso que se encontre um corpo em formação nas entranhas de Mrs. Joyce. A vida e a morte fazem parte de um mesmo ciclo, engendram-se mutuamente e é nesse ciclo de amor que Ingrid Bergman está lançada sem esperança de retorno. Mrs. Joyce desce no labirinto subterrâneo, gruta da sibila de Cume ou ossuário.

A descida é acompanhada de um movimento complementar: a subida, ou melhor, a ascensão. Mrs. Joyce vai até a cratera do Vesúvio. Seria preciso aqui lembrar o simbolismo do cimo, lugar de encontro da vida e da morte, ponto onde o humano pode entrar em contato com o divino (símbolo caro a Rossellini: *Germania Anno Zero, Il Miracolo, Stromboli, Terra di Dio, Europa 51, Il Generale dalla Rovere*). É também o lugar onde se atinge mais profundamente a terra, no espaço e no tempo. A fumaça que escapa da cratera coloca Mrs. Joyce em contato com a incandescência do centro da terra, estado anterior ao aparecimento da vida.

E do seio da terra brota o amor.

É a penúltima fase da viagem à Itália. Mrs. Joyce pode ainda sucumbir. A escavação desvela um par enlaçado. Lentamente verte-se gesso na forma oca, o fóssil, depois raspa-se, e aparecem, como durante um verdadeiro parto, os corpos. A câmera cerca o par de pernas abertas, que é amor e morte, virilidade e feminilidade, pedra, passado, terra, e também presente e vida, porque um outro par, Mr. e Mrs. Joyce, o substituirá; eles se amarão.

Vimos o filme do ponto de vista de Mrs. Joyce. O itinerário, se por acaso houve itinerário para Mr. Joyce, é muito mais simples. A noção de trajeto não lhe é estrangeira. Mas ele quer que este seja rápido, a velocidade deve embriagá-lo, mascarar-lhe a realidade: é a razão desse olhar ávido e inquieto que endereça ao carro que ultrapassou o seu, antes da chegada a Nápoles. Em geral, não procura contato direto com as coisas, as palavras lhe bastam. Na falta de amor, aceita o *flirt*. Não é que seja feliz: é indolente (ou não está em estado de graça). Sem percorrer o mesmo trajeto da esposa, chegará ao mesmo resultado: o amor. Basta que esteja em estado de receber o dom de sua mulher, porque, na mística de Rossellini, um ser, por amor, pode redimir outro. Ele está nesse estado: em Capri encontra Annie, uma jovem só, com a perna quebrada; namora-a ligeiramente e o fato dela estar ferida dá-lhe a impressão de poder ser útil a alguém. Mas o marido de Annie vai voltar e Mr. Joyce reintegra-se em sua solidão. De retorno a Nápoles, na sua busca de mulher, passeia no seu carro (o fato do automóvel estar em suas mãos não é explicado, o que lhe confere um certo aspecto pouco natural) com uma prostituta. Nada acontece entre os dois, mas Mr. Joyce toma contato com a morte: uma jovem amiga da prostituta morreu recentemente. Isto marca-o inconscientemente, é o bastante para que ele possa aceitar sua mulher.

Dá-se o reencontro quando, no momento dum milagre, Mrs. Joyce é levada pela massa fanática, delirante, espontânea; ela chama pelo marido, por socorro e, sem palavras, sem razões, sem nada, os dois descobrem que se amam.

"Suplemento Literário" de
O Estado de S. Paulo, 7/1/61

CIRCUNVOLUÇÕES

Amo o movimento. É a vida. Daí meu amor por Rubens. Vejam algumas de suas obras. *Le combat*, por exemplo: em torno de um arco de círculo, um tumulto de formas curvas e de claro-escuro que jamais se estabiliza, que jamais encontra o sereno equilíbrio de um círculo acabado. No meio desse arco sombrio, um traço claro, vertical, perfeitamente centrado, apenas esboçado: é a tentação do repouso, a posição definitiva e morta à qual corre o risco de retornar qualquer pêndulo ainda em movimento. Rubens, mestre barroco. Assim é *La Dolce Vita*: a vida não pode ser senão movimento; os vermes que entumescem o cadáver ainda o animam: mas a imobilidade, fim supremo do enterramento, da morte e do equilíbrio filosófico, tal como foi transmitido pela cultura grega, é a ameaça iminente e permanente.

Habituaram-nos a considerar Fellini como um alquimista medieval que acabou de transformar a pedra em ouro, o círculo de cimento em um símbolo de perfeição franciscana (*Il Bidone*). E quero crer que a mitologia felliniana encontra-se inteira em *La Dolce Vita*: Eu não a vi. O que provavelmente justifica minha impressão de total incompreensão diante do filme. Além do mais surpreendem-me os críticos que, durante anos, são capazes de pesquisar minuciosamente as obras e de procurar em cada uma sua hermética e única verdade. É em mim que o poder de inércia falhou. Cansado desta atitude tensa, certamente sempre carregada de sensualidade, cansado dessa atitude (talvez porque de minha parte eu gostaria de revelar os meus signos) que contrai sem cessar o espírito nesta vigília em aprender e interpretar o menor sinal, o menor piscar de olhos do autor. Eu amo mais e mais contemplar os filmes, com desenvoltura e aí não procurando senão o meu prazer, além ou aquém, que sei eu e que me importa, da atenção crítica. Oh! Céus, ver um filme com desenvoltura e não dar importância senão àquilo que perturba esta soberana desenvoltura. Assim eu vi *La Dolce Vita*. Total desenvoltura e desenvoltura perturbada. *La Dolce Vita* livrou-me de um peso terrível: ela fez de mim de um pretenso crítico um amador da arte.

Amo o movimento. É *La Dolce Vita*. Filme religioso, creio. Crítica social, talvez. Mas antes de tudo, movimento e eu falarei deste movimento. Ir da direita para a esquerda e da esquerda para a direita, sem nenhum apelo nem à direita, nem à esquerda, certamente é gratuito. Entretanto, este movimento não traduz uma esperança. E sobretudo a vida é movimento, o ser animado sem cessar crê e depois descrê, sem cessar o vento modela a seu modo a ramagem. A arte dos séculos passados habituou-nos a descobrir antes do movimento, sua justificação: *Ce Combat des Amazones* e *La Kermesse* não são luta e dança?

Hoje, a arte tornou-se abstrata, suportamos pouco o movimento puro que nenhuma ligação ao real parece justificar. Estamos diante do movimento em si, que só torna necessário o pincel do pintor, o que não é perceptível a qualquer um. A aparente gratuidade do movimento provocou no público uma saturação, que conduz à angústia ou à neurose. O movimento em *La Dolce Vita* é aparentemente gratuito. Muitos dos movimentos do filme nos eram conhecidos desde Orson Welles. Mas Jean Mitry hesita em classificar Welles entre os cineastas barrocos tanto seu malabarismo é justificado pela narrativa ou pela psicologia. Nada de parecido em *La Dolce Vita*, pelo menos eu o desejo. Em meio ao episódio do milagre, que foi o que obrigou Fellini a fazer uma panorâmica de quase 90° antes de enquadrar o grupo que o interessava, e durante esta panorâmica como seguir dois figurantes? Nada. No fim do filme, é uma euforia: para conduzir o cortejo até o peixe, Fellini toma o primeiro plano de trás da cabeça de duas mulheres, uma loira à esquerda, uma morena à direita, que andam em direção ao mar. A morena, seguida pela câmara, sempre em primeiro plano, afasta-se da loira até juntar-se a uma outra mulher só, que se encontra então à direita da tela; esta última corta o caminho, seguida pela câmara, daquela que tinha se aproximado e chega enfim à beira da água. É portanto em zigue-zague, sempre conduzido por um personagem, que o aparelho aproxima-se do centro de interesse. A razão disso? Eu não a percebo. Criar uma atmosfera de expectativa em torno do peixe? Haveria centenas de maneiras de fazê-lo, conduzindo o grupo à beira do mar pela análise e enfoque de seu estado físico e psicológico. Eu poderia citar uma quantidade de outros casos. De novo durante o milagre, este não é mais a euforia, é a patologia ou a caricatura: as duas crianças crentes de ver a Virgem aqui e depois ali, e de percorrerem uma linha quebrada sem fim, comentada e sublinhada pelo *speaker* de rádio e a multidão que os segue, ou antes, que eles conduzem; o que justifica, em seu espírito infantil, esta comédia, é que a multidão seja conduzida que ela se prenda ao jogo. Da mesma maneira, que a câmera segue os movimentos gratuitos dos atores o que torna estes mesmos *movimentos necessários*. Sei que esta última frase passará por uma dessas elocubrações que parecem a mim ser familiares. Mas que existe uma dialética entre a matéria tratada pelo artista e o instrumento com o qual ele a trata (não é exatamente isto que acontece com as artes plásticas?) Esta dialética, como todos os grandes cineastas, Fellini encontrou: e creio que é a primeira vez que isto lhe acontece de maneira tão magistral. Isto não é uma receita: é suficiente que a inspiração falhe ou que a câmera não tenha a precisão ou a firmeza requeridas, para que todos estes efeitos malogrem, tornem-se intenções literárias. Mas há uma profunda ambigüidade em tudo isto. O escultor que trabalha a pedra sabe que deve respeitar certas características de sua matéria (rigidez, resistência do material...) e na sua obra esta luta ou este diálogo estão presentes. Não é o mesmo para o cineasta que escolhe livremente os gestos de seus atores, os faz ensaiar e filma várias vezes para poder escolher a melhor versão. Nós permanecemos nesta ambigüidade. Toda arte barroca é ambígua. Mas esta ambigüidade não está isenta de efeitos: ela é angustiante.

    O fervilhamento é de fato um dos aspectos do filme e dos menores: os fotógrafos. A palavra facilmente nos permite passar, para empregar um termo do vocabulário plástico, das linhas do filme ao tema dos fotógrafos; é uma palavra de transição que nos conduz da primeira parte do artigo à segunda. Seria preciso sobretudo acreditar que esta transição fosse declarada no filme: ela é puramente literária, ela não é senão um jogo de palavras. Eu jogo a *La Dolce Vita*. O mundo está entre as mãos de uma multidão de anjos. O mundo fervilha de anjos vivos e despenteados, zombeteiros, barulhentos, infatigáveis, onipresentes; inútil buscá-los, eles se deslocam sem que se o queira. Anjos que trocaram suas asas e suas trombetas contra os aparelhos fotográficos. De outro lado, anjos ou vermes? Vermes que se introduziram no fruto, corróem seu interior, decompõem-no pouco a pouco. Uma horda de moscas nervosas e que zumbem e que de muito longe sentem a ferida e o sangue e cravam, com perfeição, sua pequena trompa na abertura dolorosa da pele.

Anjos – vermes – moscas, que sei eu? Os reis do real. A profundidade não existe mais. Tudo é aparência, tudo é epidérmico. É justamente o que a fotografia capta, a superfície. A fotografia separa, espedaça, isola: um pequeno pedaço do mundo atrás, depois um outro pequeno pedaço; depois se justapõe, depois se recompõe. Constrói-se uma espécie de monstro volumoso, entorpecido, desengonçado: é a realidade. Depois, o que não é fotografado não existe mais. Unicamente a fotografia dá a vida, dá uma forma ao informe, uma forma dura, fixa, arbitrária, incômoda. O milagre só existe porque ele é fotografado. A Madona não apareceu. Deus é substituído por esses tótens metálicos que se levantam, tal como insetos gigantescos, entre o céu pálido: câmeras e refletores que suportam esbeltos andaimes de construção. E qual é o mestre destes anjos-fotógrafos? Fellini ele próprio, que não pode cessar de fotografar, que mergulha seu aparelho indiscreto por tudo, que fotografa em segundo grau, que fotografa os fotógrafos.

Imobilidade: monstro careteiro, tal esse peixe que não se sabe se ele está vivo ou morto, e néctar dos deuses. A imobilidade espreita o movimento e o movimento aspira a imobilidade. A cada instante Fellini é tentado a parar seu filme. São aqui e lá planos simétricos: tal é a aparição da mulher de Steiner ou a subida da escada de ferro à cavalo do castelo. São quadros perfeitamente compostos: aqui uma natureza morta, harmonia de formas cilíndricas. São sobretudo, no fim do filme, essas mulheres retesadas em poses de manequins, estratificadas, e, que animam simultaneamente um mesmo movimento, uma vida de autômato. É também, em seu ninho elevado e talvez ainda acessível que sustentam nos ares pilares de luz, o equilíbrio ético e intelectual ao qual aspira Steiner, que nos vimos pela primeira vez nas ogivas simétricas da igreja branca e despojada. Mas nesta aspiração ao equilíbrio, o movimento é sempre uma ameaça e o barulho do vento que perturba a floresta fascina Steiner. Mais ainda, na igreja harmoniosa, Steiner toca uma fuga de Bach, arte do movimento, "plástica do ouvido". Somente a morte satisfaz o amor da pedra.

Mas o que é uma obra que não seria una? Ela não poderia existir enquanto que obra. A arte a mais barroca deve responder a uma unidade, que lhe é particular, mas unidade da mesma maneira. Sob sua aparência atomizada, *La Dolce Vita* é una. Primeiro pelo poder de um de seus elementos formais: a música. Há somente dois temas musicais. Una também em virtude de sua personagem central: Marcello que nos conduz de um a outro dos episódios isolados deste cenário sem intriga. Mas lá também se infiltra o movimento, pois Marcello mentalmente evolui: ele não é senão uma peça inconsciente da sociedade no começo do filme; no fim, ele sabe que não é senão um títere ao qual a sociedade faz dizer sim ou não, forçando-o. Ele só é homem dentro desta consciência.

A unidade do filme vem também da Mulher. É uma galeria de mulheres, como o *gynécée* esta peça do castelo onde os muros são cobertos, do chão ao forro, de retratos de mulheres: que elas têm belos olhos? que repouso, que calma, elas são condensadas, definitivamente imóveis. As mulheres do filme não são assim. Entretanto é seguramente a mulher imóvel que se aspira, a mulher que seja nela própria a unidade, que seja tudo: a esposa, a amante, a mãe, a irmã, o céu, o inferno, a terra, "o lar, é isto, o lar". Enfim, a mulher oriental como a concebe o velho homem, estimado por Steiner.

Se a Mulher dá ao filme sua unidade, ela é também um elemento de desagregação pois que os casos extremos rompem o equilíbrio e que, quando nos aproximamos desse equilíbrio (Sílvia), encontramos uma tal ambigüidade que com nada nos faria oscilar. Entretanto, um dos efeitos produzidos pelo filme é realmente de imobilidade, aquele que produz a morte ou o adormecimento. Os episódios respondem todos ao mesmo esquema: eles começam à noite e se acabam na aurora, o que provoca uma certa monotonia. As repetições são freqüentes: cortejos arruinados; imensos espaços nus; o falso *soutien-gorge* e o verdadeiro que uma dançarina de cabaret e que um homossexual colocam sobre a cabeça; a câmara que passa simetricamente entre as bases afastadas de um andaime, durante o episódio do milagre, da mesma maneira que passam entre os dois rapazes que dançam, durante a última festa; as ogivas da igreja e a visão de conjunto da escada, por ocasião do suicídio. Mas há alguma coisa de mais secreto, de mais íntimo: o rosto de Mastroianni na igreja modifica-se ligeiramente e se assemelha ao de Cuny, a cabeça quadrada, a boca, o franzir dos olhos. Oh! ser um.

Aspiração contínua à unidade e contínua aspiração no movimento, na contradição. Aspiração contínua ao puro éter e continuada da rejeição no ruído, na sobrecarga. A natureza tem horror ao vazio. Fellini sabe esvaziar sua imensa tela: quando a câmara procura ou segue um ator, ele sabe apresentar os primeiros planos que desnudam de maneira inquietante as partes laterais da tela, ele sabe mostrar as paredes nuas. Ele sabe sobretudo multiplicar. Dez cadeiras, vinte cadeiras, podem ser muitas sobre uma mesa; mas duzentas, é um número de outra ordem, é uma enormidade. Em *La Dolce Vita*, tudo é da ordem dos duzentos. E mais, cada elemento é mostrado com uma tamanha nitidez que ele adquire uma individualidade irremediável: cada mulher tem seu rosto que lhe é próprio e não pode jamais ser confundido com aquele de uma outra, nenhuma banalidade em suas faces. Assim acontece com os penteados, com o andar. É preciso falar italiano, francês, inglês, espanhol, bem ou mal, pouco importa. Os acentos os mais diversos se confrontam. Submerge-se: é preciso ultrapassar a imaginação, ir até o limite da verossimilhança: as roupas a isto fazem fé, criam do começo ao fim do filme uma verdadeira magia fora do tempo. A mulher de Steiner que não se vê descer do ônibus parece surgir da calçada. Dois planos que se seguem são tomados num mesmo eixo, o que dá a impressão aos espectadores de dar um salto. Os atores olham em direção à câmara. Uma orgia de coisas que não devem ser feitas, não é? É preciso jogar. Jogo trágico, certamente, mas jogar, jogar, jogar. É preciso jogar também com o espectador, enganá-lo, distorcer, dobrá-lo, fazê-lo saltar, jogá-lo de um assunto para outro sem aviso prévio. Mas às vezes ele é prevenido da continuidade do assunto de que se trata, tal é a fusão, após o momento em que a mulher de Steiner está no carro, entre o objetivo do aparelho fotográfico e os faróis de um auto: evidentemente, a mulher de Steiner está neste auto, tanto mais que se quer conhecer sua reação após o suicídio; mas não, trata-se já de outra coisa. Tudo é movente. Confusão entre a ficção e a realidade; certos atores conservam os primeiros nomes (Marcello Mastroianni, Nadia Gray, etc.); os nobres e muitos outros atores têm no filme o papel que desempenham na realidade; Sílvia é uma amiga de Marilin, Anita Ekberg é a real amiga. E toda aquela carne humana com a qual vai se fazer o filme, é preciso modelá-la, para que na tela não se reconheça mais: D. Delouche conta que Fellini coloca falsos seios em Anouk Aimée, um falso posterior à Yvonne Furneaux, uma peruca em Anita Ekberg. E os locais: o *cabaret* onde Marcello conduz seu pai são as termas de Trevi; o hospital é uma garagem, etc. O roteiro de per si não deve permanecer intacto: para o papel de Steiner, pensa-se em duas personalidades tão diferentes quanto Peter Ustinov e Alain Cuny, depois afeiçoa-se o papel ao ator. Nada deve permanecer intocado. Tudo deve se animar. A matéria deve ser amassada como é o trigo pelo vento, a matéria deve tornar-se água desordenada tal como a pedra da fonte barroca de Trevi, ou o guarnecimento do vestido de noite de Anita Ekberg, ou ainda a carne liberada e atormentada de Carlota, a histérica, petrificada pelas mãos nervosas da médium, rolando em ondas abundantes e loucas. Que isto seja uma vertigem!

Eis porque *La Dolce Vita* é um sonho. Constatação social, certamente que não. Crítica social, talvez; em todo caso frustrada, pois Fellini torna estranhamente fascinante esta altiva decadência. *La Dolce Vita* é uma alucinação infernal que abre suas portas sobre o paraíso (não há melhor ponto de vista para ver o paraíso do que o inferno: variação sobre a ambigüidade felliniana): este pescador, jovem e belo, fixado em uma pose movimentada, que aparece pelo espaço de um instante, foi pintado por Michelangelo.

"Suplemento literário" de
O Estado de S. Paulo, 4/3/61

Os textos que precedem têm valor de amostra: coisas assim se faziam – ou, ainda se faziam – no início dos anos 1960. O que é um bom crítico: um escrevente, nos escritos do qual um determinado número de leitores reconhece que ele se move com sensibilidade no mundo da arte, ou seja, pela harmonia de gostos, o crítico proporciona uma maior penetração sensível no mundo complexo da arte.

Para conseguir isto, passividade diante da obra. Ou melhor, uma atividade contemplativa. Tentativa de reviver, através da obra, uma espécie de experiência existencial ou ontológica do autor. Esse reviver seria uma série de emoções obtidas pela intuição e sensibilidade do crítico. A obra boa é aquela que estimula profundamente o crítico sensível. O texto é a verbalização das emoções, verbalização esta que pode ser obtida ainda sob o impacto da obra, e mesmo durante a própria projeção do filme, sob o impacto de outras emoções que criem um clima favorável à reconstituição das emoções provocadas pela obra, ou num momento de arrefecimento das emoções que permita dar um aspecto lógico à exposição das emoções. A verbalização tem que ser feita com palavras em moda, para que crítico e leitor se sintam atualizados; a referência a obras e autores do passado cultural ocidental cai bem para integrar a experiência nova na grande tradição cultural universal. A verbalização tem como função última fazer sentir ao leitor que o crítico atingiu a experiência do criador, e dar-lhe a impressão que ele próprio se aproxima desta experiência através do texto crítico. O crítico se torna um sacerdote que abre ao leitor-espectador os arcanos da obra-mistério. O leitor-espectador deve reencontrar no crítico a sua própria atitude, só que ampliada. O crítico é um prolongamento/lente-de-aumento do leitor-espectador. A repercussão obtida por artigos como "Amantes: Volta ao Mito". "Viaggio in Italia" ou "Circunvoluções", hoje de leitura penosa, parece indicar que é este o mecanismo da crítica eufemisticamente chamada de impressionista. Foi na época da publicação desses textos que começaram a me convidar para conferências sobre crítica e método de análise de filmes.

Para que tudo isto funcione, é necessário:

– que não se questione a intuição, sensibilidade e emoção como método;

– que não se questione a posição do crítico como expressão do grupo de leitores a que se dirige. O crítico não pode entrar em choque nem dialogar com o leitor. É possível que o leitor discorde deste ou daquele texto, mas a discordância terá de se dar no terreno da emoção: não foi assim que eu senti;

– que o crítico, ao mesmo tempo, se mantenha aberto às novas obras artísticas e aberto aos valores do seu grupo de leitores. Por isto, realiza-se um trabalho paralelo à crítica, entre o crítico e os mais representativos de seus leitores: é necessário que o crítico se sinta seguido pelos leitores, que ele sinta o que mais repercute no seu trabalho para aprofundar certas linhas, que ele sinta como evoluem seus leitores. É necessário que os leitores se aproximem mais da arte aproximando-se fisicamente do crítico-demiurgo. Este contato se dá em palestras, jantares, coquetéis, pré-estreias, e é particularmente significativo no caso do cinema: não há dúvida que a aproximação com a arte seria mais eficiente se se pudesse manter contato com o próprio criador e não com o crítico. Mas como a elite não pode manter contato com os criadores estrangeiros e como os cineastas brasileiros não eram reconhecidos como artistas (antes do prestígio do Cinema Novo), sobrava o crítico;

– que não se questionem os valores fundamentais do grupo de leitores. Essencialmente duas ordens de valores: a arte é *status*, a apreciação da arte confere prestígio (o que não deve ser dito); e a arte não pode questionar a base social do grupo (propriedade privada, religião etc.), salvo se o questionamento puder ser recuperado pelo consumo da arte como *status* (o que não deve ser dito). O crítico serve para preservar os valores desses leitores. Esse crítico é sempre um pouco lacaio;

– que a obra seja considerada como experiência artística pura, a qual é ao mesmo tempo uma inovação e mais um elo da tradição cultural ocidental. A obra não pode ser considerada como uma produção, ela tem de ser destacada de qualquer contexto que não seja o artístico, e os responsáveis pela obra são reduzidos ao autor, artista, criador. Portanto, não vincular o filme ao mercado, ao contexto social como ambiente de produção, à função social da cultura. A obra de arte é inocente. Nenhum esforço, aliás, para inocentar a obra: ela é elaborada nos países industrializados; quando elaborada fora dessa área, é lá que ela é artistificada; ela nos chega com a chancela que a legitima como arte; o crítico ignora as condições de produção da obra lá onde foi produzida, e a obra não rebate diretamente sobre o meio social do crítico, a não ser como arte.

É mais ou menos assim que funciona o CCC (crítico cinematográfico colonizado).

Desses problemas também trata uma carta escrita em resposta a artigos contra os críticos de teatro, publicados nos dois primeiros números de *Imprecação*, publicação do Teatro São Pedro:

CARTA A *IMPRECAÇÃO*

Os dois primeiros números de *Imprecação* gastaram amplo espaço criticando os críticos teatrais. Assim perderam-se duas oportunidades.

A primeira seria falar em teatro e não em crítica teatral. De fato, ao ler *Imprecação*, tem-se a impressão de que o maior problema do teatro brasileiro é a crítica. Ou então, tem-se a impressão de que a reflexão sobre teatro é atributo exclusivo dos críticos. Essa reflexão é atributo dos críticos, mas não exclusivo. Não deve haver uma divisão de trabalho conforme a qual os produtores fazem e os críticos pensam. É necessário que os próprios produtores (não só os empresários, mas diretores, atores...) reflitam sobre sua prática. Essa reflexão dos produtores não consiste num relatório de atividades, mas num esforço de elucidação dos pressupostos ideológicos implicados por estas atividades.

A segunda oportunidade perdida foi a de criticar empresas ao invés de criticar funcionários de empresas. Em geral os funcionários fazem aquilo para que as empresas os pagam. Deve ser criticado, portanto, a função que as empresas de jornalismo atribuem ao comentário das atividades culturais. A empresa concebe o comentarista de atividades culturais como uma extensão do quadro médio de valores dos compradores do jornal, sendo que este quadro é considerado como uma decorrência edulcorada da cultura dominante (de que não raro os proprietários de jornais se consideram representantes). O crítico está assim numa contradição: ao mesmo tempo preservar e difundir os valores tradicionais da cultura (aquela dita humanista, liberal) e se dirigir a uma grande quantidade de compradores do jornal. Outra contradição: o crítico precisa estar mais atento aos valores culturais que são os da elite, do que aos valores culturais da produção cultural. Isto leva o crítico a ser antes um mundano do que um estudioso: é através do mundanismo que o crítico mantém vivos os seus valores. Isto é uma tradição na crítica brasileira: não esquecer que um dos primeiros críticos cinematográficos sistemáticos, Guilherme de Almeida, assinava em *O Estado de S. Paulo* ao mesmo tempo a coluna de cinema e a coluna social. Mesmo se o mundanismo tende a diminuir, ele ainda marca profundamente o trabalho crítico. Outra tradição que favorece – e mesmo condiciona – o desligamento do crítico da produção cultural é que, durante décadas, as obras sobre as quais falava eram de produção estrangeira. Desvinculado do meio social que dava origem a estas obras, o crítico era reduzido a um papel passivo: apreciar a obra de arte como amador de bom gosto, quer dizer, aplicar à obra o quadro de valores da elite e verificar se a obra era boa ou má, ou mais ou menos, conforme este quadro, ou seja: qual o grau de deleite que a obra podia proporcionar aos possuidores dos ditos valores.

Esta situação levou a crítica brasileira a uma metodologia de que ela não se dá conta e que tem dois pólos fundamentais:

1º) A produção cultural é entendida como fruto da criação, da inspiração, do talento, do bom gosto, e nunca como uma produção. Entender a obra como produção seria interrogar-se sobre sua significação. Entender a obra como fruto de misteriosa inspiração é possibilitar o desfrute sem questionar os valores implicados nesse desfrute. Este é o pólo romântico, longínquo tanto das nossas mesquinhas e cotidianas preocupações decorrentes da vida em sociedade, como da estrutura dessa sociedade.

2º) O segundo pólo entra em contradição com o primeiro. Entender a obra como criação romântica possibilita ao crítico enfileirar adjetivos, mas não dá um método de análise. Desprovido do método específico para análise da atividade cultural, o crítico vai abordar as obras como qualquer mercadoria produzida em sistema capitalista, ou seja, como uma elaboração resultante da divisão do trabalho. Donde ele avalia isoladamente a fotografia, a cenografia, a interpretação do ator, da atriz, etc. O que aliás corresponde à realidade, visto que a indústria cultural produz mercadorias, mas não lhe permite conscientizar o método, nem perceber a especificidade destas mercadorias, nem perceber os produtos que eventualmente saíam do quadro da produção de mercadorias.

É necessário que o crítico seja alienado, porque só a mistificação lhe permite sintetizar os pólos antagônicos: analisar como resultantes da divisão do trabalho, como mercadorias, obras que escapariam a qualquer sistema de produção, frutos de uma misteriosa e irracional inspiração.

Este sistema ainda hoje em vigor não é uma fatalidade. Duas séries de fatores podem fazê-lo evoluir. A evolução do corpo social no seu conjunto, fazendo surgir uma dinâmica e valores próprios desta sociedade; e o desenvolvimento da produção cultural, particularmente, a diversificação de sua inserção no processo social. É indiscutível que nos últimos 15 anos estes fatores influíram sobre alguns críticos e os transformaram, e possibilitaram o aparecimento de críticos que não se enquadram no sistema acima descrito. Mas é verdade também que, se houve transformações individuais, não houve transformação substancial da função das "páginas de arte" dos jornais. De modo geral, o crítico que trabalha em jornal diário – e cuja profissão concreta é a de jornalista (embora tenha de fazer bicos para sobreviver) – continua preso ao sistema, porque é este o trabalho concreto que a firma que o emprega requer dele, e nem sempre os empregados podem alterar as diretrizes dos empregadores. Tanto que as duas ordens de fatores citados não estão atualmente no auge do seu dinamismo.

Para fazer a crítica dos críticos é necessário não só confrontar o crítico com o seu objeto (a produção cultural) como com o sistema no qual ele se encontra imediatamente e objetivamente inserido: a empresa jornalística, que é a primeira instância diante da qual ele é responsável e a instância que assegura sua sobrevivência (pelo menos parcial) e continuidade de trabalho. Eliminar a empresa na análise dos críticos, é tratar os críticos como estes tratam as obras: em ambos os casos se elimina a análise da produção.

Como conheço melhor a crítica cinematográfica do que as outras, é possível que estes comentários se apliquem mais aos críticos-jornalistas de cinema que aos de outras áreas.

Imprecação
(jornal do Teatro São Pedro), 5/73

O crítico assume diante dos filmes brasileiros a mesma atitude que diante dos estrangeiros, ele vai encará-los como obras de arte a serem reveladas pela sensível atitude contemplativa. Lógico, se a arte é um terreno abstrato, desligado de qualquer relacionamento específico com a história, com a sociedade, produto apenas de criadores, não há porque negar que ela possa provir tanto de um país industrializado como de um subdesenvolvido.

No entanto, uma certa ginástica se torna indispensável para aceitar esta proposta. Aceitar a arte feita lá e a arte feita aqui como exatamente iguais seria desrespeitar a metrópole, mesmo que a arte daqui obedeça aos moldes da de lá; seria também correr o risco de misturar alho com bugalho: poderíamos confundir obras de arte com obras que não sejam assim tão artísticas, visto que elas não teriam recebido a chancela metropolitana; confiar na nossa própria chancela seria assumir responsabilidade excessiva (obstáculo totalmente removido desde que a obra daqui nos seja devolvida com os aplausos de lá).

Por isto se torna necessário afirmar a igualdade de condição possibilitada pela inspiração, a criação, mas ao mesmo tempo fazer ressalvas que, por motivos alheios à inspiração, deixem a obra em plano ligeiramente inferior às obras estrangeiras. E também não esquecer que a metrópole também tem seus pecados.

O diretor que mais facilitou este esquema foi Walter Hugo Khouri, visto que seus filmes pretendiam se integrar numa temática universal, numa inspiração sem tempo nem espaço. Não querer ser marcado pelo nosso tempo e nosso espaço é condição para tentar se equiparar à arte metropolitana, a qual é marcada pelo tempo e pelo espaço.

Mas nota-se que o crítico, apesar de tudo, não consegue ter diante do filme brasileiro exatamente a mesma atitude que diante do estrangeiro: o filme brasileiro o obriga a uma certa ginástica desnecessária para comentar a obra estrangeira; tem que levar em conta aspectos da produção para fazer as ressalvas; e crítico e diretor estão ligados entre si, pois sua concepção da arte, da inspiração, se assemelham, enquanto que não havia contato, além do filme, entre o crítico e Rossellini ou Malle.

A título de exemplo:

NA GARGANTA DO DIABO

Os que resolveram definitivamente que o cinema brasileiro é de má qualidade encontraram, no último filme de Walter Hugo Khouri, matéria para alimentar os seus preconceitos. Os índios não são convincentes, a atmosfera é falsa e o tucano em nada ajuda. A maquilagem tem suas fraquezas: o pai parece um adolescente de barbas postiças. A música nem sempre é boa, nem bem aplicada. E daí? Tais críticas, fáceis e vãs, são válidas apenas para os que consideram *a priori* a obra sem mérito. É inútil lembrar que cinemas industrializados têm apresentado Espanhas e Itálias incrivelmente falsas, maquilagens grotescas, pois *Na Garganta do Diabo* dispensa perfeitamente qualquer favoritismo.

Que significam essas fraquezas inevitáveis, não obstante os esforços do realizador, num país desprovido de indústria cinematográfica, ao lado de autênticas belezas, da inspiração sincera do homem, presentes em toda a película? Estamos diante de uma obra pessoal – evidentemente os ouvidos empinam-se e os lábios emitem nomes: Bergman, Stenberg, sei lá, Charles Chaplin, para provar a todo custo que, nela, nada há de pessoal. Quem cria a partir do nada? Estaria o artista proibido de encontrar uma família espiritual? Deixemos esse tom polêmico, que não nos ocorreria se não houvesse gente de má vontade, e tentemos ver o que é *Na Garganta do Diabo*.

Não assistimos propriamente ao desenrolar de uma história – e, como todos já sabem, consideramos a simplificação do enredo no cinema como um progresso. O que nos apresentam é antes uma situação privilegiada em que cada personagem se define, se desnuda e se desenvolve plenamente. Não são tanto os atos que definem; os gestos são mais reveladores. A simplificação do enredo e a preferência dada aos gestos conduzem a um cinema de atmosfera e a uma consciência do corpo. A meu ver é essa uma expressão característica do cinema. O drama, o da solidão e do medo, está situado desde o início num plano não-realista: somos informados que os quatro homens são fugitivos, mas quando surgem pela primeira vez na tela, não vêm de parte alguma. Surgem do nada, vêm do céu. O mundo que eles vão descobrir é uma prisão: primeiro, o espaço fechado da floresta, depois a casa esmagada pela massa sombria das árvores circundantes. O encontro com as duas mulheres obrigá-los-á a reagir à sua própria maneira. As mulheres, hieráticas, trajadas de negro, maquiladas como estátuas de carne, são seres intermediários entre a realidade e o sonho.

As personagens estão fechadas em si mesmas, numa solidão essencial. Há vários graus de solidão, devidos em geral à atitude tomada diante do medo – pois o problema dominante do filme é o dístico medo-solidão. Temos pois uma gama, cuja nota mais alta é uma solidão irremediável sem medo, e a mais baixa, uma solidão irremediável provocada pelo medo. De um lado, o Mestiço é a encarnação da covardia; não tem um gesto que não seja ordenado por esse sentimento, quer tome um prato de comida, quer mate uma criança para roubar-lhe o colar, ou um companheiro para escapar ao castigo que o espera: não há, portanto, possibilidade alguma de comunicação, não pode haver senão uma contínua oposição a tudo. De outro lado, Juan, o índio cego, dedicado à sua patroa de corpo e alma, não mede o perigo que corre cuidando de um colérico, mas a sua solidão não tem remédio, visto que nem sequer pode ver o mundo. É preciso sublinhar que Sérgio Hingst soube insuflar vida – e que vida! – ao seu personagem, com uma economia exemplar de gestos e expressões, traduzindo todos os sentimentos patéticos de Juan.

Quitana age como se fosse corajoso, mas é uma ilusão que procura inculcar em si mesmo. Pela embriaguez, coloca-se na impossibilidade de agir: para não tomar consciência de sua verdadeira prisão, que é o medo, criou uma prisão artificial. Tenta fugir a ela de dois modos, ambos neuróticos: as canções melancólicas e o riso. Ele ri diante de cada sentimento, de cada reação profunda que percebe em outrem, ri, sem razão, do mundo inteiro. Torna-o, portanto, ridículo, o que justifica o seu medo, que assim passa a ser uma não-participação da estupidez geral. Porém, ele às vezes se dá conta da sua verdadeira situação: é um medroso. O seu comportamento fê-lo incapaz de agir, e então, na sua raiva contra o mundo e contra si mesmo, como uma fera enjaulada, ele quebra tudo, mesmo o que mais quer no mundo: o seu violão. Não lhe resta mais que morrer. José Mauro Vasconcelos, numa esplêndida interpretação, traduziu toda a complexidade do protagonista. O seu olhar, habitualmente irônico, sabe ser doce. Todo o seu corpo vive num dinamismo matizado.

Ana talvez pertença mais, pela sua personalidade, ao antepenúltimo filme do realizador, *Fronteiras do Inferno;* quer deixar aquele lugar, e para isso está disposta a não recuar perante coisa alguma. A sua solidão é o seu egoísmo: ela não ama ninguém. O seu desejo não é um prelúdio ao amor, é uma busca de satisfação e, mais ainda, ela serve-se dele como uma arma para executar o seu plano. Infelizmente, Odete Lara representa e não chega a animar o seu papel. Ana deveria ser hierática, Odete Lara é apenas rígida, dura.

Andrade tenta ocultar o seu medo por trás de uma fachada respeitável. Ele se dá o direito de considerar-se como um safado, mas revolta-se assim que o riso de Quitana o confirma. É, pois, limitado: encerrou-se numa concha e não pode sair dela nem deixa ninguém entrar. Mas sabe quem é, e nenhum dos seus gestos pode satisfazê-lo. Luigi Picchi emprestou-lhe o seu rosto burilado, os olhos sempre inquietos que parecem estar à procura de um desconhecido impalpável. Eis provavelmente a razão por que Picchi é um ator característico de Khouri, para o qual sempre existe um tesouro por descobrir.

Esse tesouro tem uma representação concreta; na realidade, é uma abstração, é a salvação, é a porta aberta da solidão, o encontro do amor. Entretanto, em Khouri, esse tesouro, que um antiquíssimo pirata enterrou, será encontrado? O Pai, que entregou o filho, desaparecerá na floresta; Ana será abandonada na casa; Quitana será morto pelo companheiro; Andrade, pelos índios; ninguém achará o tesouro perdido. Apenas Miriam salvar-se-á, a personagem mais solitária da fita. Miriam prova que Khouri possui os seus temas pessoais – não importa que outros tenham exposto temas semelhantes: Khouri vive os seus – que aprofunda cada vez mais. Com efeito, a solidão, a prisão de Miriam, é ela própria, a sua carne, o seu sangue. Ela vive numa vertigem, aspirada por esse rapaz que se deita ao sol, numa pedra, o irmão. Para libertar-se, precisará salvar alguém, arrostar os maiores riscos, para ir buscar um ser na fronteira da morte e restituí-lo à vida. Dos quatro homens que tomaram posse da casa, o que corre o maior perigo é o mais moço: o alferes Reis, atacado de cólera. Esse rapaz lembra-lhe, pelo físico, pela idade e talvez também pela tristeza e doçura, o irmão. Miriam resolve cuidar dele até que se restabeleça ou até que *ela* morra. Ele sára, e dois seres novos e solidários afrontam a catarata.

É a concepção dessa personagem que justifica a forma da película – a proposição poderia ser invertida, pois que a ideologia, a visão do mundo e a expressão, num artista, desenrolam-se simultaneamente, por influência recíproca, cujo resultado é o estilo. Assim como Miriam é aspirada numa espiral vertiginosa, cujo centro é o irmão, o filme retorna sempre à sua verdadeira protagonista principal: a cachoeira, fonte de vida, de morte e de amor. A *Garganta do Diabo* engole os homens sentimentalmente ligados a Miriam: são atirados no cone das águas, desaparecem no turbilhão – e temos aí um destino, visto que o primeiro homem branco que surge na tela é um soldado afogado, arrastado pela corrente, com a braguilha aberta – o irmão, Andrade, que desejou Miriam; teria sido a sorte de Reis se o índio não o tivesse poupado, e a da própria Miriam se a sua tentativa de salvamento houvesse malogrado. Ela teria assim regressado ao seu meio primitivo, porque é uma criatura da cascata. O seu banho é o seu nascimento: surge a mulher frágil, efêmera, a quem Edla Van Steen emprestou a sua graça, os seus cabelos ondulantes, os seus olhos sonhadores. Esse mesmo sítio de vida e de morte liga de fato os homens entre si, quer se trate da união do irmão e da irmã no mesmo amor pelas águas, ou de Miriam passeando protegida pelo braço de Reis, agora são, no lugar onde vivia a recordação do irmão morto, perante o espetáculo das águas rolando do alto. É pertinente falar aqui em panteísmo. Não que se nos proponha um culto da natureza, mas as personagens estão ligadas a ela, são o seu prolongamento. O seu quadro é natural, elas compreendem-se, definem-se, amam-se através da natureza. O sangue e a seiva vivem de uma mesma corrente.

Tudo isso faz com que o movimento do filme seja aquoso. A morte do irmão não podia ser narrada cronologicamente: para ter um sentido, era necessário um *flash-back*. O fato que dá à fita o seu significado devia ser inserto, envolvido num elemento estranho: o *flash* é uma ilha na película, assim como cada personagem no mundo. As ligações entre as seqüências podiam ser bruscas: eram indispensáveis fusões, movimentos pelos quais uma imagem aos poucos se transforma em outra, assim como numa correnteza de água não há corte.

É uma densa matéria cinematográfica, e o filme todo está impregnado do mesmo espírito. Cada personagem é vigorosamente concebido, até os dos papéis secundários, como o capitão uruguaio que deve matar. Um plano basta para evocar uma cena: o saque da casa ou o pelotão de execução; os gestos são quentes e significativos, as massas compactas, espessas. Um ramo forma uma composição bem equilibrada que se opõe à fragilidade do condenado à borda do precipício. Algumas flores delicadas são todo um estado de alma.

Que a fita possua um centro de atração tão possante, a catadupa, o que traduz o desejo de atingir o ponto essencial do mundo, a esfera de onde saiu o mundo e à qual deve voltar (tudo isso é transmitido pelo realizador, que demonstra assim conhecer precisamente a sua orientação pela primeira imagem: água calma, de noite, pois o drama ainda não começou e a película terminará ao cair do dia; o reflexo circular da lua visto através de um anel da ramagem: todos os temas estão presentes), que Miriam tenha uma solidão física, são dois efeitos que só foram possíveis pela consciência da matéria e do corpo. Não bastaria que Reis estivesse num estado de morbidez psicológica, é preciso que o seu corpo esteja doente. O cólera tem várias manifestações, entre elas os vômitos: o vômito é prática e esteticamente uma exteriorização; é a razão por que só nos mostram as cãibras, que são dores musculares e provocam uma contração sobre si mesmo. Sempre que possível, a situação e os sentimentos são expressos por sensações físicas. Ana despeja água fervendo na mão de Andrade e queima Quitana; este último esfrega-se, gritando, numa parede rugosa, depois acaricia molemente o peito, aliviado pelo azeite. O espectador vê a mão entumescida, que será besuntada de bálsamo, prelúdio do amor. O índio cego limpa com as mãos as batatas que tira do solo, esmaga as sementes medicinais. Todos esses gestos são eróticos e sádicos. Khouri não é o cineasta dos corpos esfolados ou dos ventres atravessados por uma espada violenta. É o cineasta do mal, cometido friamente, devagar. É preciso ver o mal que se apossa aos poucos da presa, e usufruir dele. Ana não escalda bruscamente Andrade: olha-o longamente, aproxima-se pé ante pé, primeiro despeja a água na xícara e, antes de virar o seu conteúdo sobre a mão, fita-o para nada perder da sua reação. Khouri gosta dos olhos amendoados, que são lagos gelados, como os de Jean Laffront, o qual, antes de dar ordem para matar, aspira indefinidamente a sua piteira. Gosta desses rapinantes que nos apresenta com volúpia: aves altivas, solitárias, cabeça estúpida e fascinante sobre um pescoço descarnado, que estão prontas a estraçalhar às bicadinhas, deleitosamente, um homem; de fato, dignos representantes do homem e do seu mal.

Apenas acontece que essas qualidades têm o seu reverso: acarretam defeitos correspondentes. A concentração em si dos personagens e do filme pode prejudicar a expressão – pressão sobre o exterior – do autor, que é, pelo mesmo movimento, conduzido a concentrar-se em si mesmo. Essa forma de sadismo arrisca-se a gelar a fita. E, no fim das contas, é exatamente o que sucede. A obra é recoberta por uma fina película de cera transparente. Khouri deve quebrá-la. Deve atingir uma expressão mais livre, mais direta. Que ele diga agora quem é.

Todavia, estamos diante de um pensamento cinematográfico: a expressão pela imagem substitui a expressão falada. É uma reconquista. Khouri tem ainda muito caminho a percorrer antes de alcançar a sua meta: certos planos são fracos, outros faltam, e essas fraquezas são totais. Entretanto, é indubitável que Khouri é um homem de cinema: ele sabe que existe a matéria cinematográfica a ser modelada como argila e que essa argila deve ser insuflada pelo espírito. Os seus planos, os seus gestos, os seus trajes, tudo está organizado tendo em vista uma expressão. *Na Garganta do Diabo* é uma fita coerente.

Khouri tem o seu lugar entre as testemunhas da nossa época. Testemunha neste sentido, que dá conta do homem apanhado na sua solidão. Testemunha neste outro sentido também, que a palavra ressequida não lhe basta; ele sabe que não se criam laços verdadeiros com palavras, mas com imagens. Os amigos são os que sentem a mesma matéria do mesmo modo. Khouri é dos que sentem a água, e assim participa da formação de uma das mais fortes correntes do cinema brasileiro, com Adolfo Celi e *O caiçara*, com Rubem Biafora e *Ravina*.

"Suplemento Literário" de
O Estado de S. Paulo, 18/6/60

O sistema do crítico colonizado é fechado. Nada há nele que possa alterá-lo. É necessário que fatores intervenham de fora para que ele desmorone. Estes fatores, nos primeiros anos da década de 1960, foram de dois tipos. Primeiro, as modificações pelas quais estava passando a sociedade brasileira em geral, interpretadas como uma ascensão das massas à vida política do país. Nesta fase áurea do populismo, o intelectual vê que tem um papel a desempenhar nesta ascensão, a desempenhar na transformação da sociedade. Passam então a predominar valores novos: a tarefa é tomar consciência do país como nação em estado pré-revolucionário, como nação que se assume a si própria, a tarefa é trabalhar para a conscientização do povo (conforme vocabulário da época). Esta fase pode ter sido vivida romanticamente, as análises da realidade deficientes, terá sido por parte dos intelectuais uma "ida ao povo" em termos bastante clássicos, mas indiscutivelmente se abriram novos horizontes para uma cultura "participante" que não permitia mais o culto da arte. De certo modo, uma salvação, pois era a possibilidade de deixar de ser o guardião da arte-*status*, guardião dos valores de uma elite, para ter uma função não junto a uma camada, mas junto à sociedade global. Única perspectiva que pode justificar uma intelectualidade e que a longo prazo a reformula completamente.

Outro fator que agiu sobre a crítica foi o próprio desenvolvimento da produção cinematográfica. Com o Cinema Novo, acede à produção um grupo de intelectuais cujos filmes tentam responder ao questionamento de uma realidade social em transformação. O filme se preocupa com a sociedade, que ele tenta interpretar e sobre a qual pretende agir. Ele não pode mais ser reduzido a um divertimento popularesco (chanchada) nem a uma obra de arte desvinculada do tempo e do espaço. O crítico passa então a tentar estabelecer as relações existentes entre o filme e a sociedade da qual ele surge e à qual ele se dirige. Fica aí claro para o crítico que ele deixou de ser um demiurgo para se tornar uma peça envolvida no mesmo processo cultural, social, político, que o cineasta, e a sua responsabilidade é a mesma diante do processo sociopolítico dos filmes, da afirmação do cinema brasileiro enquanto produção cinematográfica e enquanto fator de transformação social.

O reflexo desse fenômeno sobre a crítica já era sensível na época:

QUESTÃO DE HIGIENE

A atitude crítica corrente e implicitamente adotada na crítica jornalística brasileira consiste em esforçar-se em se colocar na posição do autor do filme criticado; verificar então se, dentro das intenções e dos critérios do autor, a obra está realizada: caso estiver, concluir que o filme é bom, caso não estiver, que é ruim. E não fazer o que me acusaram de ter feito com *Arraial do Cabo*, isto é, criticar não só o filme, mas também a posição dos autores. Afinal de contas, a liberdade de expressão existe, cada um pode pensar o que bem entender, ser reacionário ou não, conforme o seu gosto. O que é, aliás, evidente. Criticar a posição do autor será polêmica, jornalismo, política, mas não é crítica, pois deturpa a sua função e a sua razão de ser. Talvez seja verdade. É uma atitude simples de ser defendida: de um lado, a arte tem as suas exigências, do outro, a personalidade (como pequeno mundo fechado que aprecia o que está acontecendo em torno dele) tem as suas.

Não há a menor dúvida que saber se uma obra participa ou não da essência da arte, se a expressão está correta, é interessante e até importante. Mas talvez haja algo mais urgente. O crítico, pelo menos o de jornal, está em constante contacto com o público; seus critérios, explícitos ou não, e seu estilo orientam, ainda que às vezes imperceptivelmente, pela repetição, o público, e criam uma atmosfera para o trabalho dos diretores. É bem provável que o crítico, antes de se fechar na torre aristocrática dos seus elevados pensamentos, deva considerar esta sua ação orientadora.

Vejamos a que nos levou à crítica baseada nas exigências da arte, nos quadros do jornalismo: a adotar o "critério da qualidade". Peguemos as folhas paulistas, por estarem mais próximas a nós. Após um preâmbulo, onde a obra é historicamente situada, e que, freqüentemente, ocupa a metade do artigo, são analisados os elementos da fita: fotografia, interpretação, construção dramática, com a qualificação de boa ou má atribuída a cada uma; a soma indica a qualidade do filme. Às vezes, acrescenta-se uma apreciação moralizadora. Os cineclubes deveriam reagir contra tal atitude, mas não o fazem e adotam cegamente o mesmo critério, falando-nos de filmes "inesquecíveis", de "atores maravilhosos" (vocabulário também empregado pela publicidade), o que, estritamente, nada significa. Quando a fita "criticada" é estrangeira, só o público é enganado, porque o diretor só se interessa em saber se a sua fita foi bem ou mal cotada, mas não é atingido pelo conteúdo do artigo. Quando se trata de filmes brasileiros, o caso se agrava porque os dois lados estão lesados. Aliás, pode-se dizer que a crítica brasileira de filmes brasileiros é inexistente, porque a fita é cotada em função das simpatias ou antipatias do crítico em relação aos elementos da equipe, ou então defende-se ou ataca-se automaticamente, conforme os complexos do crítico, tudo o que é cinema brasileiro. Um outro truque consiste em declarar a fita "honesta" ou "sincera". Há fitas que são produto de uma pobreza de espírito assustadora; mas se o diretor empenhou seu próprio capital, se não fez demagogia, pelo menos voluntariamente, se falsifica tudo, mas se revela cuidado, preocupação de fazer bem, então a crítica apoia a fita por ruim que seja. Viva as boas intenções! Há carrascos e burros honestos e sinceros. Quando a crítica não se enquadra neste esquema, impera novamente o critério da qualidade, sob o pretexto de defender a indústria ou o comércio cinematográfico brasileiro e basta que um filme nacional possa ser comparado na sua realização artesanal com filmes franceses (o que não prova absolutamente nada) para que se batam palmas. Em todo caso, nunca se sabe qual é a orientação da fita, o que representa para o público brasileiro, se representa um progresso cultural, humano ou um retrocesso.

Ora, o critério da qualidade é uma mera hipocrisia, porque não leva em consideração a ideologia do filme. Isto significa que filmes de qualquer ideologia podem ser bons, e os críticos deixam difundir estas ideologias sem tomar o mínimo conhecimento delas a não ser que sejam óbvias: basta que a técnica possa ser bem qualificada, conforme a idéia que o crítico faz do "verdadeiro cinema". Hipocrisia, porque o crítico se recusa a comprometer-se, se recusa a tomar o risco de errar; o risco máximo que aceita correr é cometer uma falta de gosto, o que é facilmente perdoável. Hipocrisia, porque se recusa a reconhecer atrás que o cinema é feito por pessoas que têm uma determinada situação social e que se dirige a pessoas que têm uma determinada situação social e que, neste esquema, as fitas têm um certo sentido. O critério da qualidade é uma das expressões da burguesia que prefere esconder-se atrás das "imagens decorativas", a assumir posição que poderia perturbar o seu bem-estar. Assim o crítico, em vez de esforçar-se em esclarecer o público e os cineastas, em orientá-los, ciente de toda a responsabilidade que lhe cabe, e aceitar, com a inquietação que isto acarreta, a margem de incertezas e erros que acompanha a responsabilidade, se torna um mero espelho do público, um boneco sem consistência.

Tomemos, ao acaso, uma crítica cinematográfica paulista e procuremos qual é o sentido da fita, o que significa, o que quer dizer, que valores reflete: perguntas às quais não encontraremos resposta. É muito mais importante tentar esclarecer para o público o sentido da fita de que falar-lhe de fotografia ou de filme inesquecível ou de construção dramática. Aconselham-nos: "Vejam este filme. É vazio, mas que direção, que montagem, que *métier*!" Há uma desculpa que consiste em desprezar o público sob o pretexto de educá-lo ou de manifestar piedade em relação a ele: explicar o sentido da fita exige palavras difíceis, por isso é melhor falar-lhe de coisas mais simples, como de fotografia; quando estiver educado, poder-se-á tratar de assuntos mais complicados. Só que parece que o público não quer se educar, porque os críticos continuam a falar de fotografia. A desculpa é fraca porque explicar qual é o sentido de uma fita pode ser feito rápida e simplesmente, e porque tratar dos elementos que constituem a fita não é um bom meio para atingir o público, já que este, às vezes, recebe bem fitas que não gozam da aprovação dos críticos-técnicos.

Hoje, o "gosto, não gosto", o "filme é bom, é ruim", na crítica, são expressões ultrapassadas; é absolutamente indiferente, para o público, que um tal senhor que poderia ser outro, tenha ou não gostado do filme. Se o público segue o crítico, não é por ser ele algum juiz superior, ou de melhor gosto (não há nada que horrorize tanto o burguês quanto pensar que o seu gosto possa ser superado ou possa não ser absolutamente original), mas porque é uma solução de facilidade. A crítica que explica, deixa ou tenta deixar o leitor diante de uma possível liberdade de aceitar ou recusar a fita.

Estamos numa situação social e política bastante crítica. Há uma burguesia que se mantém ferozmente fiel a seus princípios. Há uma burguesia menos sólida. Há valores que se perdem, outros que aparecem. Há o povo, há fome, há revolução. Há uma corrente de socialização. Há pessoas que dizem se interessar pelo proletariado e que em realidade não se interessam e se orientam para o sentimentalismo. Há pessoas que parecem proteger sua decadência contra qualquer sangue novo e que no fundo se aproximam do povo. Há uma pretensa liberdade que alguns acham que é liberdade. Há pessoas que querem a felicidade e outras que não se preocupam com ela. Há, enfim, uma situação complexa e esta situação é social. Dentro dela as fitas têm um sentido. Há fitas que são descrições complacentes e outras que são críticas da decadência burguesa. Há fitas reacionárias e outras que não o são. Há fitas que descrevem piedosamente a miséria e fazem poesia, outras que a analisam. É isto, antes de mais nada, que o crítico deve deixar o mais claro possível. O público burguês pode gostar do que quiser, mas pelo menos que saiba do que gosta. Toda e qualquer fita se pronuncia diante de todos os valores. Qualquer fita, desde a mais despreocupada narração policial até as fitas que tratam conscientemente dos valores, pressupõe um certo conceito de liberdade, favorece um certo regime político. Não há fitas inocentes. Os valores implícitos, é urgente que os críticos se esforcem em desvendá-los. Este é um primeiro passo.

Mas antes do crítico cinematográfico, há o homem. E como homem, comprometido na e pela tal situação. Também, esta análise do sentido da fita não pode ser feita sem critérios sociais. É preciso ter certa visão social para poder situar a fita. Nestes critérios, ele acredita, e se não acreditar... Em função deles, deve orientar o público (sem se tornar moralizador e fazer pregação). Se ele é contra a industrialização, deve mostrar que as fitas que são a favor, mentem. Ele deve criticar a posição social do autor. Só assim se tornará possível um diálogo entre os críticos. Diálogos estéticos seriam totalmente deslocados diante da urgência da situação. Hoje cada crítico escreve seu artiguinho no seu jornal, e pronto, não se fala mais no caso. Isto faz com que o público fique com a opinião do crítico, isolada e definitiva. Por outro lado, o público raramente lê mais de um jornal. Aliás, ler vários jornais não adiantaria muito, porque as opiniões dos críticos paulistas são assustadoramente idênticas, inclusive quando uns gos-

tam da fita e outros não: a diferença é que uns gostam do cinema norte-americano de 1930, outros do cinema francês da mesma época, ou de cinema japonês, que uns gostam de fotografia clara e outros escura. O que tem isto a ver com o subdesenvolvimento?
O que tem a "arte" com o subdesenvolvimento? Nada. A "poesia"? Nada.

Os problemas sociais são tantos e tão urgentes que devem constituir a maior preocupação do cinema, e se não se puder fazer arte, então que a arte seja adiada. Hoje, o trabalho crítico mais urgente é desmascarar as fitas. Desmascarar um *Tigre na Índia*, superprodução feita num país ao qual nega todos os esforços para sair da sua letargia, e às custas deste país, para o divertimento de um cavalheiro afastado de tudo. Desmascarar um *Santuário* ou um *Broto para o Verão*, que só trazem o vazio colorido de um espírito vazio. Desmascarar, porque as fitas são mascaradas. O crítico deve mostrar como a técnica, as pesquisas de ritmo ou de simbolismo, a expressão pessoal, negam o homem de hoje, e não ser cúmplice de pessoas que apresentam o seu compassivo coração para a imbecilização do público; ora, a maioria dos críticos é cúmplice daqueles que empregam o cinema para aniquilar as forças do público, para bestificá-lo, aproveitando-se do seu cansaço e da beleza da fotografia. A atuação do crítico não pode ser de apreciação plástica ou técnica, mas sim de "desmistificação". Só assim, ao falar de fitas estrangeiras, falará também do Brasil, isto é, só assim se dirigirá também aos diretores brasileiros.

Porque o crítico pode ter uma atuação junto aos cineastas. E deve tê-la. Deve orientá-los, não significando isto que formule regras, nem dite atitudes a seguir. Deve criar um clima para que certos temas sejam tratados e o sejam inteligentemente. Por isso, a posição do autor não é em nada intocável. Ao contrário, o esforço crítico consiste em pôr em evidência esta posição e criticá-la. É o mais urgente.

"Suplemento Literário" de
O Estado de S. Paulo, 26/8/61

MODIFICAÇÃO NA CRÍTICA

Textos recentes deixam perceber que a crítica cinematográfica brasileira está se modificando. Essa mudança já era previsível há alguns anos, antes ainda que se começasse a falar em "cinema novo", com os primeiros trabalhos polêmicos do crítico Glauber Rocha, que era então uma figura de vanguarda, totalmente isolada no seio da crítica cinematográfica. Hoje o movimento se alastra e atinge proporções nacionais: os críticos estão despertando e o fenômeno é generalizado. Entretanto, é difícil saber qual é a sua profundidade e solidez, porque os críticos, teimando em não se comunicar entre si, não se transmitem os seus escritos. A Associação Brasileira dos Críticos Cinematográficos, além de ser uma associação corporativa, deveria suprir essa deficiência e incentivar o movimento crítico; seria uma das principais tarefas dessa Associação, que permanece inexistente, pelo menos em âmbito nacional. Talvez tenha certa vivacidade em alguns estados, mas isso não se verifica em São Paulo. É possível que tal Associação não encontre ainda, para o seu funcionamento, condições propícias que aparecerão quando o movimento crítico estiver mais maduro; por outro lado, a situação dos críticos nos órgãos em que trabalham não facilita a tomada de consciência profissional.

O movimento se caracteriza principalmente pelo fato que os comentários feitos em torno de um filme são cada vez menos considerados pelos seus autores como uma coleção de frases sem maior importância; os critérios de apreciação inspirados em gêneros cinematográficos que tiveram o seu apogeu há vinte ou trinta anos, ou em concepções estéticas ou metafísicas relativas a épocas ultrapassadas, são lentamente substituídos por outros, que levam em consideração a atual situação brasileira. O comentário cinematográfico, de algo descompromissado, torna-se uma tentativa de atuação social e cinematográfica junto ao público e aos homens de cinema. Parece que essa modificação, que só agora começa a se fazer sentir, não tem as suas raízes dentro da própria crítica, que essa modificação não resulta de uma evolução da qualidade ou da temática da crítica, mas, ao contrário, que encontra a sua origem fora dela mesma, no momento social que está atravessando o Brasil e no desenvolvimento do cinema brasileiro.

Há uma participação sempre maior do povo na vida política do País. Certos grupos que se mantinham alheios à vida política e se limitavam às suas atividades profissionais, vêem-se obrigados a se pronunciar, a tomar atitudes, porque a situação social vigente ameaça cada vez mais as suas atividades, porque sentem-se ameaçados na sua subsistência. É natural que essa nova atitude política acabe por influenciar as atividades profissionais – até que se chegue a um ponto em que essas atividades estejam tão impregnadas de atitude política, que já não se possa considerar realmente profissionais atividades que reflitam também tomada de posição política; até que se considere como mau profissional quem não adotar posição política. Os críticos cinematográficos pertencem àqueles grupos: o cinema passa a ser visto por eles como um elemento da evolução social, como um fator que a favorece ou prejudica, e os comentários críticos deixam de ser exercícios de bela prosa, e pretendem ter o seu lugar nessa evolução social. Tal modificação na crítica cinematográfica não se processa através da evolução dos críticos como pessoas. São muito raros os críticos que modificaram as suas posições, e que fizeram do seu trabalho uma atuação social. Talvez, em todo o Brasil, haja somente dois ou três. Essa modificação, de um lado exigiu, e, de outro, resulta de uma mudança de quadros. Há cada vez mais jovens atuando na crítica cinematográfica, principalmente em cidades como Rio de Janeiro, Porto Alegre ou Bahia. A crítica brasileira deve muito à juventude dessas pessoas, que, além de sentir mais que os seus predecessores as pressões da situação social vigente, estão animadas por uma aspiração de renovação. Não deixa de ser verdade que grande parte dos críticos seguem ainda os trilhos do passado, sem se dar conta da necessidade da mudança, nem da sua inevitabilidade: tal situação é normal e não é muito grave, porque está destinada a desaparecer. A sua própria rigidez é a sua condenação.

A evolução da crítica cinematográfica tornou-se possível também graças ao desenvolvimento do cinema brasileiro. O fato de haver fitas brasileiras sempre mais interessantes, que abordam problemas ligados à nossa realidade (fato em que alguns críticos de vanguarda têm a sua responsabilidade), possibilita uma renovação da crítica. Não seria muito paradoxal afirmar que, há ainda pouco tempo, a crítica brasileira era uma crítica sem objeto. Sendo quase que inexistente o cinema brasileiro, o verdadeiro cinema era estrangeiro. O crítico não pode ter em relação a filmes norte-americanos, europeus ou japoneses os mesmos compromissos que tem com um filme brasileiro porque não vive a realidade de que surgiram. O seu conhecimento dessa realidade faz-se através de manifestações artísticas, ou, quando muito, através de viagens. Tal atitude era perfeitamente coerente com o estado intelectual de um país subdesenvolvido, que olhava o estrangeiro como a única fonte das verdades culturais. A crítica cinematográfica não podia, portanto, deixar de ser impressionista: o crítico exprimia as suas impressões a respeito de uma obra que lhe era proposta e diante da qual não tinha outro compromisso a não ser o de um amador de arte diante de uma obra oriunda de um país donde provinha a arte. Quando mais fundamentada, a crítica encontrava os seus critérios no que hoje nos parecem elaborações metafísicas ou estéticas, que não vivificavam nem renovavam a realidade em que vivia o crítico. A atitude era tão coerente e sólida, que um cineasta do valor de Humberto Mauro conseguiu passar despercebido.

Hoje a crítica brasileira tem um objeto que se impõe a ela: o cinema brasileiro, e não só os filmes, mas também as idéias dos seus autores, as suas tendências, os seus moldes de produção, etc. Diante desse cinema, a crítica cinematográfica de há alguns anos é um instrumento que já não funciona. De fato, o filme brasileiro solicita com muito mais exigência o crítico, porque ele conhece a realidade que o filme interpreta, tornando-se esta para ele uma provocação e um desafio. Os filmes que vão aparecendo elaboram dia a dia uma cultura cinematográfica brasileira, e o crítico não tem outra solução senão a de analisar essa elaboração, analisar como ela se processa, que rumo toma, o que significa. O crítico que não aceitar semelhante tarefa deixa de existir como crítico. Se os filmes brasileiros não constituirem uma motivação suficiente para ele, outros fatores poderão ajudá-lo: os autores dos filmes e o público. Comentar a obra de um autor estrangeiro, que provavelmente não tomará conhecimento do comentário, é uma atividade bem diferente do que comentar a obra de um diretor brasileiro, que vive na mesma realidade que o crítico. Neste último caso, o crítico e o diretor estão envolvidos no mesmo processo evolutivo, e a responsabilidade do crítico é muito maior.

Num dos principais centros cinematográficos do País, na Bahia, produtores, roteiristas, diretores e críticos vivem num constante diálogo, e a responsabilidade de um crítico baiano, ao falar de um filme local, é maior e diferente que ao falar de um filme europeu, porque crítico e autor estão elaborando a mesma cultura. O público também exige mais do crítico quando se trata de um filme brasileiro, porque, enquanto o filme estrangeiro permanece quase sempre como espetáculo, o filme brasileiro envolve o espectador, compromete-o, quer ele queira ou não. Até o ceticismo com que o cinema brasileiro é considerado pelo público, é uma forma de exigência – certamente malorientada, mas exigência. Portanto, o desenvolvimento do cinema brasileiro faz com que o crítico se defronte com novas exigências. O crítico não poderá mais alegar que o filme é "difícil" ou que o público não é muito elevado, para não se pronunciar de maneira clara e substancial sobre uma obra, porque há uma necessidade de se compreender o que o cinema brasileiro está fazendo. O crítico brasileiro, que fôr sensível a essas novas exigências e aceitar as suas responsabilidades, ver-se-á diante de uma tarefa até agora por ele desconhecida. *O Pagador de Promessas* não é mais um filme do qual o crítico poderá dizer que é ou não é bom, merecendo esta ou aquela nota. O crítico deverá tentar explicar porque fizemos *O Pagador*, o que significa produzir um tal filme, se ele abre novas perspectivas, se é um progresso, etc. Através desse contacto mais exigente com o cinema brasileiro, a crítica se modificará, encontrará novas formas. O diálogo fará com que a crítica deixe de se limitar a uma constatação mais ou menos amorfa sobre presumíveis valores estéticos, para se tornar uma verdadeira arma de combate que contribuirá para a evolução da cultura brasileira. Essa evolução da crítica cinematográfica brasileira não deverá afastá-la do cinema estrangeiro. Antes pelo contrário. O seu diálogo com o cinema brasileiro proporcionar-lhe-á formas e métodos que lhe permitirão ver aspectos novos. A sua própria personalidade possibilitará um enriquecimento dessas obras. Tal posição se deverá substituir à do crítico brasileiro que se esforça por ver as obras estrangeiras com os olhos do crítico estrangeiro.

A tarefa do crítico brasileiro deve ser a transformação da crítica em arma e em instrumento de análise do cinema e da cultura cinematográfica brasileira. Os meios que contribuirão para essa evolução ainda não estão muito claros, nem podem estar: não são fórmulas a aplicar, formar-se-ão, precisar-se-ão durante a luta. Mas, desde já, pode-se notar, na crítica brasileira, sinais de uma inquietação, de uma necessidade de renovação. Esses sinais ainda são freqüentemente caóticos e contraditórios, mas já podem ser apontados.

Luís Roberto Seabra Malta, ex-presidente do cineclube Centro Dom Vital, oferece um exemplo significativo. Foi durante muito tempo defensor de um cinema que se mantinha alheio aos problemas sociais, e suas análises não levavam em consideração o valor social das obras que o interessavam. Ora, num recente artigo publicado na revista *Academus*, "O Homem Está à Leste?", escreve a respeito d'*A Garota dos Olhos de Ouro*: "a propósito de uma tal aberração humana e cinematográfica, nem é preciso que cheguemos muito longe, invocando problemas sociais ou econômicos longe da França: basta que falemos do conflito argelino que prossegue, para que tenhamos idéia da negação, do autêntico pecado, que é um filme como esse." Não sabemos ainda se é profunda e sólida a mudança de Malta, mas o que importa no momento é que a sua orientação apoiada em valores "estéticos e espirituais" não lhe tenha parecido, ao escrever aquele artigo, capaz de dar conta de toda a realidade que a ele se oferecia; e é significativo que, ao modificar a sua posição, tenha procurado critérios sociais.

Num artigo no nº 31 da *Revista de Cultura Cinematográfica*, "Uma Falsa Crítica", o crítico mineiro José Alberto da Fonseca escreve que "o crítico cinematográfico seja ele de direita, do centro ou de esquerda, queira ou não queira, tem de dar-se conta deste fenômeno que se chama 'transformação social'... O crítico, agora, no momento atual, tem de ser antes de tudo um revolucionário. Quem não o fôr, então que desapareça, que faça tudo, menos crítica cinematográfica." O texto é violento demais, contraditório e impreciso demais para ser posto em prática, mas tem um valor inegável por provir de Belo Horizonte (de fato, Fonseca escreve: "... a crítica alienada e estéril que hoje se pratica no Brasil, particularmente em Belo Horizonte..." Deve-se notar que Belo Horizonte é um dos principais centros de estudos cinematográficos do País, mas que não foi ainda atingido pelo movimento de produção cinematográfica). É um grito da crítica cinematográfica tradicional que vê a necessidade inadiável de se transformar para sobreviver, e a sua única saída é contribuir para a evolução social do Brasil. Os críticos citados não representam absolutamente a vanguarda da crítica cinematográfica; ao contrário, são significativos dos setores que mais demoraram a despertar.

"Suplemento Literário" de
O Estado de S. Paulo, jan/63

DOIS DOCUMENTÁRIOS

Dois documentários brasileiros que ainda não foram publicamente exibidos: *Aruanda* de Linduarte Noronha e *Arraial do Cabo* de Paulo César Saraceni e Mário Carneiro. Os dois foram realizados em péssimas condições técnicas e financeiras, os dois tratam de problemas, de gente e de paisagens brasileiras.

Arraial do Cabo, várias vezes premiado em certames europeus e a respeito do qual a imprensa especializada manteve o mais absoluto sigilo, é uma fita malograda. Nesta coluna, em "A Condenação do Talento", Cláudio Mello e Souza expôs o problema da fita: numa aldeia de pescadores, a aparição de uma fábrica desequilibra a vida dos moradores. Mas o problema não está presente na fita, que se resolve numa série de fotografias, freqüentemente belas, mas essencialmente narrativas. Ver que há um problema não basta, descrever este problema não basta: tem-se que tomar posição em relação a ele. Não uma posição moral, sugerir o bem e o mal, mas ver o problema de um determinado ponto de vista, tendo uma determinada orientação, encará-lo não como problema em si, mas dentro de um esquema no qual se encaixa. É esta visão orientada que faltou aos realizadores de *Arraial do Cabo*. Posição, eles têm; mas não é atual, é romântica, tradicional, a tal ponto que pode ser considerada como a posição mais comumente aceita, aceita por eles também, mais do que escolhida. Mostraram a fábrica, mostraram a pesca, a que deram maior ênfase, já que o filme devia tratar dos pescadores. Vemos o mar, vemos os rostos marcados, as redes e a fábrica: carros gigantescos, lentos, esmagadores, trazem o pessoal à fábrica; os operários marcando o ponto se assemelham a prisioneiros. Logo, a fábrica é o mal, a pesca é o bem que se perde, que se macula. O "Homem" está sendo prejudicado. Bom, mas isto não é problema, isto é "clichê", e dos mais convencionais. Não era preciso ir a Cabo Frio para chegar a tal conclusão. O homem junto à natureza, trabalhando os elementos naturais com as mãos, conhece uma espécie de paz, é feliz – o que é visão rousseauniana de citadino, bastante discutível. O homem na fábrica é infeliz. Então, defendamos a felicidade do primeiro. Esta luta contra a industrialização, que consiste em ignorá-la, é a atitude da avestruz que esconde a cabeça na areia. Além de se tratar de uma atitude reacionária, por ser nostálgica, não sabemos em que situação a fábrica colocou os pescadores. E tudo deixa supor que no fundo a situação seja boa, já que a fita acaba com uma alegre reunião musical (apesar, talvez, das intenções ligeiramente cínicas dos realizadores). Talvez tudo o que está na fita seja verdade, mas o naturalismo não basta. Não adianta mostrar as coisas como são sem se atingir o que há de problemático nelas.

Mas *Arraial do Cabo* nem chega a ser naturalista: está demasiadamente comprometido com o esteticismo. A descrição da vida da cidade emprega uma montagem que, queira-se ou não, resulta metafórica: a roda das meninas, repetida após o plano da mulher passando roupa e após o da mulher costurando, traduz a alegria do trabalho destas mulheres. Que este tipo de montagem, que teve sua época, não seja mais interessante, hoje em dia, talvez não seja a opinião dos autores; mas a repetição do plano dá aos espectadores uma impressão de cerebralidade, de composição procurada, que não combina com o desejo de mostrar a realidade tal como é: a realidade aparece manipulada, forçada e a fita perde o vigor. O fato de a realidade dar a impressão de ser manipulada não é mau, mas a manipulação deve ser feita em função dessa mesma realidade e não em função de um ideal estético que lhe é exterior. O mesmo se dá com a apresentação da fábrica, a qual está quase sempre tratada de maneira plástica (planos do elevador, vigas em contraluz, homem petrificado). Este tratamento confere-lhe um valor simbólico que por si só a abstrai de qualquer visão social. Aí emprega-se uma montagem paralela: alguns planos da fábrica, alguns planos do mar. Não somente esta montagem provoca a mesma impressão de realidade contrafeita, mas reduz o problema social a um "clichê", por explorar algo, que, válido quando o cinema estava num período de procura expressiva, tornou-se uma receita fácil: o contraste. Os contrastes entre a cidade e o campo, a pobreza e a riqueza, etc., foram tão empregados que deixaram de ser significativos para o público (além de este tipo de contraste não atingir o problema social). Aliás, a fita toda está mergulhada nesta atmosfera de realidade superficial: os pescadores sentem constantemente a presença dá câmara e o público sente constantemente a presença dos realizadores, pedindo aos homens para se movimentarem, virarem a cabeça, sorrirem. Pouquíssima coisa dá a impressão de ter sido apanhada ao vivo;

a naturalidade é falsa. Estas preocupações estéticas, juntamente com a beleza de certas fotografias, criam uma barreira que não só impede tanto aos realizadores quanto ao público de entender a realidade, mas também de preocupar-se com ela. Neste caso, o mais longe que se pode ir é demonstrar um interesse piedoso pelos pescadores.

Aliás, uma complacência muito desagradável é regra na fita: primeiros planos e mais primeiros planos em que os rostos burilados dos pescadores se tornam meramente exóticos, e planos de mar, e satisfação em ver morrer os peixes. Visconti fez uma fita com pescadores, *La Terre Trema*, de que parece que os realizadores de *Arraial do Cabo* gostaram: é pena que se tenham limitado a citações puramente exteriores: a mulher de preto olhando pela janela, por exemplo.

No ativo da fita (além das suas boas intenções e da sobriedade do comentário) podemos colocar a sua produção. A fita existe e foi feita sem recursos, falta que, como disse Cláudio Mello e Souza, de problema se tornou sistema de produção. Tipo de produção, aliás, que conhecem a Itália, a França e agora a América do Norte, pelo menos. A falta de recursos atua diretamente sobre o conteúdo e o estilo cinematográficos. São deixados de lado as filmagens em estúdio, os elencos caros, as cenografias e os vestuários originais, as iluminações complexas. Filma-se de preferência em exterior, com o mínimo de atores: há uma maior aproximação real, uma maior aproximação do povo; a fotografia mais grosseira transmite mais diretamente o realismo. Está claro que uma produção pobre não engendra automaticamente trabalhos significativos e populares. É preciso que esteja bem empregada, que haja um ambiente propício. A confrontação de *Arraial do Cabo* e de *Aruanda* mostra bem a necessidade de uma sólida produção. Produção pobre também possibilita especulações formais e "poéticas". Mas, de um modo geral, leva a certos assuntos e a um estilo mais brutal e mais seco. *Aruanda*, o segundo documentário, encaixa-se nessa situação.

Em meados do século passado, escravos brasileiros fugiram, pararam perto do primeiro lago que encontraram. Mais gente veio depois, formou-se uma aldeia, que vive hoje de cerâmica, trabalho feito pelas mulheres. As jarras são vendidas na feira livre mais próxima. É um povoado sem desenvolvimento nenhum, que vive à parte do mundo, ignorando qualquer progresso técnico ou social. A fita foi filmada na Serra do Talhado (na Paraíba), à qual o povoado é devolvido no fim, com a panorâmica sobre o horizonte da serra.

Linduarte Noronha, com *Aruanda*, não se limitou a mostrar as coisas como são. Interpretou. A história, da ida dos escravos até hoje, está reconstituída. Só estão indicadas as linhas gerais, simples e fortemente, e o problema está colocado. Mas ultrapassamos o caso particular dessa aldeia, devido ao sentimento do autor em relação à vida dessa região, sentimento tão forte que permite totalmente à fita escapar do regionalismo, do verismo. Sentimento do solo. Os pés dos caminhantes pisam o pedregulho do solo, chão árido, sem possibilidades. A terra é poeira, cinza, e o que comem as crianças tem a mesma consistência: a farinha também é poeira branca. Encontra-se o lago. A terra mistura-se à água: o homem constrói a sua choupana de taipa. E depois, esta mesma lama permite fazer cerâmica, barro trabalhado com os pés e com as mãos. Vemos cruamente homens viverem de elementos primários, sem alegria especial, nem tristeza; vêmo-los andar, trabalhar, não chegando a existir como indivíduos. Nada de descrição: uma série de planos de conjunto e de planos de detalhes, cuja justaposição tem o sentido de uma realidade interpretada. *Aruanda* é muito valorizada pela sua montagem: passamos por planos diferentes sem transição, por corte simples, porque só se mostra o que interessa. Como acontece na seqüência da feira, na qual quase não se vê o conjunto da praça: alguns pormenores, não o panorama da feira, mas sim o seu sentido. Ficamos chocados; na realidade, nunca o nosso olhar passa sem transição do geral ao particular. Mas estamos no cinema, vendo, não a realidade, mas uma fita sobre a realidade. *Aruanda* decompõe o seu assunto, para recompô-lo depois, mas aí, já com o seu sentido. Isto acompanhado por um belíssimo coco, *Ó Mana, Deixa Eu Ir*, estilizado, que é o tema da andança no planalto; e uma música tocada por pífano diretamente registrada, é o tema sedentário, o tema do trabalho.

Aruanda, fita tecnicamente muito imperfeita. Fotografia insuficientemente ou demasiadamente impressionada; passamos de um fotograma branco, queimado, para um escuríssimo. A faixa sonora é cheia de defeitos, a música pára ou muda de volume sem justificação. Isto poderia conferir à fita um simpático primitivismo: estas imperfeições seriam a marca do amor imediato que o seu realizador tem pela vida da região. Mas conferem muito mais: tornam a fita artificial. Estas imperfeições impedem-nos de nos deixarmos levar pelo que seria a beleza da fita, de um lado, e do outro, de termos a impressão de estarmos realmente diante do que vemos na tela. A realidade está como que colocada em *porte-à-faux*, num falso equilíbrio e nesta instabilidade reside o não-conformismo que faz surgir o problema. Não se deve atribuir só às imperfeições a artificialidade da fita, esta artificialidade positiva, construtiva, que dá nascimento à idéia. Isto é voluntário: a ida dos escravos não foi, evidentemente, filmada ao vivo; Linduarte Noronha pediu a algumas pessoas para que andassem de um modo especial, para serem filmadas, e isto se percebe. Mas como não procurou escondê-lo, não há nenhuma falsa naturalidade.

Por sua produção e sua posição diante da realidade, *Aruanda* pode marcar uma data na cinematografia brasileira. Já foi vista por muitos jovens, prontos a se tornarem cineastas, e que amaram a fita. Perceberam que, se desejam expressar-se por intermédio do cinema, não necessitam esperar: um fotógrafo inteligente e pequenos meios bastam. Perceberam que o processo que leva o aspirante à direção através de vários cargos na produção rotineira, com o intuito de ensinar-lhe a técnica, é um mito, uma mentira, e não tem outro fim senão o de convertê-lo ao conformismo; se têm ideologia, se realmente querem dizer algo, eles não podem esperar (esperar os conhecimentos técnicos, a minutagem da montagem conforme as gramáticas, etc.) A fita é importante também porque, além de ser uma provocação e um estímulo, além de tratar de assunto brasileiro, o faz de uma maneira que pode se tornar um estilo e dar ao cinema brasileiro uma configuração particular (fora de qualquer emprego de folclore, exotismo, naturalismo, etc.), o que este, ao que eu saiba, nunca possuiu, nem de longe. Se *Aruanda* não tiver filiação, permanecerá um fato isolado e interessante, mas sem maior importância. É de se esperar, contudo, que tenha: o documentário forma um certo espírito, cria uma certa mentalidade; é isto que importa, muito mais do que o ensino técnico.

Por outro lado, a importância de *Aruanda* parece ser um pouco ocasional. Quando Linduarte Noronha, no fim do ano passado, apresentou o seu documentário, desculpou-se pelas insuficiências técnicas e demonstrou um amor ingênuo e forte pelas coisa do Nordeste: isto deixa supor que o autor não sabe até onde vai a sua fita, ou seja, que estas deficiências, ultrapassando o primitivismo, chegam a ser um estilo. O fato confirma-se por certas tomadas nas quais a composição (ramos pretos enquadrando personagens, caminhada contra a luz no cimo de uma colina) trai a procura, deliberada, nos caminhos da "superfotografia" do iluminador mexicano Figueiroa. Não quero dizer que *Aruanda* seja o que é apesar do seu autor: à sua ausência de sentimentalismo, à sua compreensão global dos problemas, à sua expressão direta, rápida, incisiva, à sua sinceridade, deve-se *Aruanda*. Mas o que na fita abre novos caminhos é justamente a parte criticada pelo autor. *Aruanda* é uma possibilidade que não podemos deixar escapar.

"Suplemento Literário" de
O Estado de S. Paulo, 12/8/61

APELO, UM DOCUMENTÁRIO

Apelo, fita de curta metragem, a mais recente de Trigueirinho Neto, é um documentário que nos parece novo no panorama paulista, pela sua expressão e pelo fato de não se limitar a descrever, mas de ser também uma tomada de posição.

Se o Brasil não tem ainda escola de documentário, não é por uma insuficiente quantidade de fitas. Porque fitas, há. Mas a maioria, produzida pelo Governo ou por entidades diversas, é apologética, indo até, para fins de propaganda barata, a falsear a realidade. Outras fitas são meras descrições: assim funciona um instituto, assim se faz um navio, tais fatos ocorreram. Quando há posição, raramente são ultrapassados os problemas locais de prefeitura, não se atingindo problemas humanos. A falta de entusiasmo, o conformismo, a moleza dos documentaristas refletem-se nas fitas, que não correm, não têm estrutura, e são mal recebidas pelo público.

Apelo trata da vegetação no Brasil: a pobreza vegetal é mais freqüentemente oriunda da pobreza do solo que da falta de água, e um reflorestamento cientificamente orientado permitiria obter resultados satisfatórios. Os indígenas, ignorantes, sem guias, empregando métodos primitivos, desflorestamento e queimadas, procuram uma riqueza momentânea, que empobrece a terra. Trigueirinho Neto não se limitou a ilustrar este ponto de vista. Dentro da tese do prof. Mário G. Ferri, que a fita devia documentar, procurou o que havia de urgente, do que se devia tomar consciência imediatamente para que cesse o empobrecimento progressivo do solo. Quer dizer que assumiu responsabilidades levando o problema ao público. A tese se fundamenta em várias análises científicas, que estão apenas sugeridas, quando o estão, na fita. Tais simplificações se impunham para provocar um choque no público, que o levasse à tomada de consciência. Numa fita curta, que não se dirige exclusivamente a especialistas, a simplificação é necessária para que fique clara a posição assumida e para provocar o espectador, de maneira a que não possa ficar este indiferente ou independente do que lhe é mostrado; explicações e justificações numerosas, que podem enriquecer o ponto de vista, enfraquecem a força de choque.

Assim, *Apelo* inicia-se por um preâmbulo – antes dos letreiros – que é uma bofetada: joga brutalmente o nó do filme. A pobreza vegetal é oriunda do solo, não é só da seca. As imagens se sucedem por corte simples, sem música, com um comentário monocórdio. Aí já se sabe qual é o sentido da fita.

A força de choque se obtém, nesta fita, pelas oposições, pelos contrastes. Essa forma de expressão, que é hoje uma fórmula, é muito perigosa. Já notamos que o uso irrestrito que dela se fez enfraqueceu o seu poder significativo. Por outro lado, tem o defeito de esquematizar demais as situações. Mas a expressão por *coup de poing*, brutal e seca, tende naturalmente ao emprego do contraste violento e Trigueirinho Neto em nenhum momento evitou o perigo: a oposição por corte entre a cachoeira e o deserto absolutamente silencioso torna-se retórica, enquanto a passagem de uma a outra por panorâmica teria sido mais suave. Mas, provavelmente, a idéia exprimiu-se, assim, com mais força.

Há, contudo, oposições mais significativas em *Apelo*: entre o som e as imagens. O barulho de um trator, para dar um exemplo, se sobrepõe à imagem de uma árvore derrubada, ou a um fotograma de mudas: a imagem não chama diretamente este ruído, mas, em vez do barulho da folhagem caindo, a imagem se choca com o ruído inesperado do trator, fazendo aparecer o mecanismo. Oposição mais significativa ainda existe entre as imagens e o comentário. A narração constitui um elemento novo para nós, ainda que já empregado na Europa (Resnais em *Nuit et Brouillard* e em *Hiroshima Mon Amour*). As imagens e o comentário seguem cada um o seu caminho e não coincidem. Enquanto a imagem é severa e choca o espectador, a narração é técnica, fria, dita com uma voz sem entonações, como se não participasse do filme. Isto valoriza a força da imagem pelo contraste, e impede a emoção porque no conjunto do filme há um elemento que não é emotivo. Valoriza também o significado do comentário porque ele deixa de ser subordinado à imagem, como é o caso quando é descritivo ou explicativo, e porque é outra coisa que não um contraponto sonoro da imagem. Talvez haja grandes possibilidades com este sistema, pelo simples fato de não apresentar unidade, mas sim uma ambigüidade não emotiva. Por isso, *Apelo* se aproxima de uma das interpretações do cinema delineadas por Paulo Emílio Sales Gomes, na sua tese *A Ideologia da Crítica Brasileira e o Problema do Diálogo Cinematográfico*, como uma "fala literária e dramática envolvida por imagens". Só que em *Apelo* o comentário não existe em si, não tem existência literária.

Outro contraste significativo é criado pela presença do estudante, que faz ato de presença diante da câmara, não sente, não reage. Nos momentos chaves do filme, a caída da árvore, por exemplo, ele olha. Se participasse dos acontecimentos, ligar-se-ia a eles constituindo uma unidade, mas a sua presença vazia é como uma referência lógica que impede que se perca de vista o problema, a idéia. Funciona um pouco como um olhar imperturbável. É muito mais difícil emocionarmo-nos quando nos sabemos olhados friamente. Entretanto, a linha da personagem quebra-se quando, diante da queimada, fecha o punho em sinal de revolta; o realizador fez isto por motivos utilitaristas, para que não paire dúvidas quanto ao que pensa das queimadas. O outro elemento humano da fita, os nordestinos, são tratados da mesma maneira. Pessoas sem possibilidades culturais, vivendo nas mesmas condições que a vegetação, são mostradas, quase sempre estáticas, de expressão fixa, como as próprias árvores: são encaixada dentro do problema.

• • •

Muitos acusarão, entre outras coisas, o filme de ser intelectual. E é. De ser cerebral. E é. Por que defender-se tanto contra a emoção? Porque é uma das grandes inimigas da nossa época. Emoção no cinema, emoção no teatro, na literatura, emoção na política, na religião: é o meio de conduzir a gente sem que percebamos; é o instrumento da propaganda, não da liberdade, nem do estudo. A emoção não resolve problemas, mas através dela impõem-se soluções que não são nem estudadas, nem escolhidas pelos que as aceitam. Hoje parece que a emoção é um alvo a atingir, que reflete o valor do indivíduo. Mas não é evidente. A valorização romântica da emoção é defesa burguesa e não é nenhum ponto de referência para apreciar a qualidade nem do objeto que lhe serve de pretexto, nem da pessoa emocionada.

O sistema de oposição tem como finalidade colocar o espectador dentro do processo criador, teoria exposta por S. M. Eisenstein sob o nome de "montagem das atrações". Tenta-se jogar o espectador no estado psicológico no qual estava o realizador quando encontrou a idéia que quer transmitir. Mas, contrariamente ao que acontece com o realismo, que oferece a idéia já pronta, o espectador deve reencontrar a idéia, a idéia deve ser produto dele. É por isso que o processo é dialético: no nosso caso, duas imagens, ou dois elementos na mesma imagem, ou uma imagem e a narração, funcionam como tese e antítese, sendo a idéia a síntese à qual chega o espectador. A trajetória parte da imagem do filme, passa pela emoção, primeira reação do choque provocado pelo filme, e chega à idéia. Nunca se fica na emoção. Um cinema de idéias é particularmente importante para podermos, hoje, focalizar pelo cinema os nossos problemas e transmiti-los de maneira a que o público tome consciência deles. Aliás, o jovem diretor Glauber Rocha tenta dar "Uma câmara na mão e uma idéia" como *slogan* à jovem guarda cinematográfica brasileira.

Para que este tipo de cinema se desenvolva, talvez seja necessário uma mudança na tradição artística brasileira. O cinema, nos limites em que existe, a pintura, a literatura, consideradas autenticamente brasileiras, têm-se caracterizado pelo apego à região. Era este amor que permitia descobrir os problemas, mas que também acarretava o particularismo e a pieguice. O cinema que devemos tentar agora não parte mais do apego ao Brasil, mas sim de uma visão dos seus problemas. A figura do jovem cineasta brasileiro deveria assemelhar-se à do "bastardo" sartriano: perdeu suas raízes, não pertence a grupo nenhum, a terra nenhuma. Este equilíbrio instável permite-lhe ver mais agudamente os problemas, analisá-los, encontrar os seus mecanismos, as suas estruturas. Assim, ele atua, e a atuação faz com que passe a pertencer a um grupo. Em suma, ele seria uma liberdade, mas uma liberdade que não deve ficar no vazio, mas, ao contrário, comprometer-se. *Apelo* parece ser obra de um homem deste tipo. Que Trigueirinho Neto esteja ligado ao Brasil e sofra com os seus problemas, nem há dúvida: provam-no a violência (e também o amargor) do seu filme. Mas esta ligação não o levou a mostrar os sofrimentos da terra brasileira. Do Brasil, não se vê nada. Levou-o a desnudar os mecanismos destes sofrimentos. Armado com tais abstrações, tendo a possibilidade de encontrar os mecanismos – e é isto, me parece, que se chama cultura – Trigueirinho poderia, pelo menos aparentemente, interessar-se por outros problemas de outros países, com a mesma felicidade. Mas o Brasil é o seu país.

"Suplemento Literário" de
O Estado de S. Paulo, 30/9/61

PAGADOR E COMPROMISSOS

A propósito de *O Pagador de Promessas*, a crítica tem procurado justificar a Palma de Ouro, demonstrando que o filme é bom, ou estranhar a recompensa, considerando-o medíocre, e, naturalmente, inferior às outras obras em competição, supondo, arbitrariamente, que os prêmios são distribuídos em função da qualidade das obras. Mas talvez, mais importante que a qualidade do *Pagador*, seja o seu significado para o Brasil atual; mais importante que o filme, seja tudo aquilo a que serviu de suporte: o prêmio máximo numa grande competição internacional, as manifestações oficiais e populares.

O Pagador de Promessas não se prende a uma temática estrangeira. A exploração cinematográfica do Nordeste e da Bahia significava a procura mais ou menos bem intencionada de uma temática brasileira; entretanto, até agora, dessa série, o público paulista só vira um único filme, *Bahia de Todos os Santos*, que pretendia basear o seu sucesso na imitação de moldes estrangeiros[2]; mas *Bahia* não obteve repercussão nenhuma. Pela primeira vez, desde há muito tempo, um filme genuinamente brasileiro obtém um tal sucesso. Outra qualidade (ou defeito) do filme, é deixar supor, a quem não esteja a par da situação, devido ao seu nível de realização e à sua homogeneidade, que se en-

---

2. Existem outros, entre os quais *A Grande Feira* e *Barravento*, que continuam desconhecidos do público paulista.

quadra dentro de um esquema de produção amplo – em realidade inexistente – onde haveria alguns filmes melhores que ele, muitos iguais e muitos piores. Essa espécie de tapeação é favorável à nossa indústria cinematográfica, porque, de um lado, possibilitou o reconhecimento internacional do cinema brasileiro, fato que se enquadra dentro do papel político que o Brasil vem desempenhando, e, de outro, dá confiança ao povo no cinema nacional, conquista em seu favor amplas camadas, e reforça o prestígio do movimento nacional para se libertar das pressões estrangeiras. São fatores dos mais importantes, ainda que seja ingênuo pensar que a partir de agora teremos uma linha de produção do nível desse filme. Ingênuo porque, ainda que significativo, o *Pagador* permanece um fato isolado. Pode-se pensar que esse nível será mantido pelo próximo filme de Anselmo Duarte, mas não que se constituirá imediatamente em característica da produção brasileira. Apesar dessa fragilidade, é uma conquista para a grande camada da burguesia nacional, que está lutando para defender os seus interesses; essa luta exige que ela se afirme em vários campos, e a cinematografia não é de se desprezar. É provável que a significação mais importante do *Pagador* seja de constituir uma vitória internacional sua no campo do cinema. O sucesso poderá atrair capitalistas, que verão no cinema uma fonte de lucros, e os poderes públicos, que encontrarão mais uma possibilidade de contato com as massas, e de divulgação de sua linha política (o filme de ficção constitui um veículo de propaganda superior ao documentário financiado). Parece que o mais positivo dos resultados do sucesso do *Pagador* seja, a prazo ou menos longo, a integração da cinematografia no fortalecimento da burguesia ligada aos interesses nacionais, no seu desenvolvimento financeiro e cultural.

Mas *O Pagador de Promessas* contém todos os defeitos que a sua situação exige. Essa burguesia, no presente momento de sua luta, está obrigada a empregar recursos que são aparentemente de esquerda, mas que, no fundo, se caracterizam pela ambigüidade. O teatro brasileiro está dando numerosos exemplos desse fato. Essa ambigüidade é natural se pensarmos que, de um lado, ela encontra nesses recursos as armas necessárias para lutar contra os seus inimigos, e a possibilidade de conquistar as massas como seu aliado, e que, de outro, ela deve proteger o seu futuro, e não pode, portanto, radicalizar a sua atuação e a sua ideologia. Como essa ambigüidade se manifesta no *Pagador*? Principalmente na posição assumida diante da igreja e do povo. Na sua aparência, o filme parece tomar posição contra a igreja, e é assim que o *Pagador* foi freqüentemente entendido. Mas, no fundo, não se coloca contra a igreja, e pode até ser considerado como uma lição de humildade cristã dada aos servidores da igreja. A igreja é uma instituição humana, e como tal não pode escapar a certas vicissitudes inerentes ao homem. O padre Olavo não é mau; se proíbe o ingresso de Zé do Burro no templo, se é intransigente, é após meditação e rezas, é cumprindo o que ele acha ser o seu dever de sacerdote; o padre Olavo, sendo homem, pode se enganar e ser orgulhoso. Até aí o filme não pode deixar de ser aceito como cristão. Por outro lado, em certos momentos, não são mais certos servidores da igreja que são criticados, mas a igreja como administração, quando, por exemplo, o monsenhor ressalta o papel político da igreja, ou quando o padre Olavo, após ter tomado lugar ao lado do monsenhor na escadaria, toma o mesmo lugar ao lado do delegado de polícia. Mas isso não é nada, essa crítica é até benigna e a igreja já conheceu pior (aliás, louvores são geralmente fortalecidos por críticas leves). Esses poucos momentos críticos não podem abalar a imensa vitória final da igreja. No fim, a infinita tolerância da igreja não tem nada a ver com a intolerância dos sacerdotes. Portanto, o *Pagador* constitui a exaltação de uma igreja colocada acima dos erros dos seus servidores. Outrossim, o filme retrata uma situação verdadeira, que, até, poderia ser exemplar; e, então, a frase do monsenhor sobre o papel político que a igreja deve de vez em quando desempenhar, deixa de ser satírico. Num momento de distúrbios e de transformações, a igreja deve se adaptar, se modificar; se permanecer rígida, corre o perigo de se distanciar dos seus fiéis e do povo; enquanto que, se se amoldar à situação, pode até aumentar o seu poder. É o que se dá no *Pagador*; o ingresso dos "pagãos" no templo conquista mais gente para o lado da igreja, não importando nesse momento que essa gente esteja ou não numa linha ortodoxa. Portanto, bem longe de ser um filme contra a igreja, o *Pagador* resulta – talvez involuntariamente – numa obra de exaltação da igreja e numa lição de política. A mesma ambigüidade se verifica no que concerne ao povo. Zé do Burro tem muitos aspectos positivos. Ele resiste a todos os obstáculos que a sociedade burguesa coloca diante de quem quer se manter digno até o fim, de quem não abdica das suas idéias: a forte estrutura de organismos de opressão (a administração da igreja e a polícia), a perversão das grandes cidades, a corrupção das grandes cidades, etc. Encontra-se numa situação que, prolongada, poderia modificá-lo. Isso se verifica quando Zé diz que não é revoltado, mas que poderia ficá-lo. A sua morte corta essa possibilidade de evolução. Quanto ao povo, passa do papel de coro a uma participação insuficientemente motivada. Disto resulta uma grande confusão. As massas têm direito de participar ativamente de todas as instituições da sociedade. Uma vez que elas participam, está tudo muito bem. Isto significa que têm o direito de serem supersticiosas, de permanecerem nesse estado. Mas não é assim; a luta deve ser travada não só para que participem, mas também para que se libertem do entrave da superstição, e cheguem assim a conscienciarizar a sua situação. Sem esse último fator, um líder não tem sentido, porque tanto pode ser empregado em favor das massas quanto da burguesia. Esse é, atualmente, um dos motivos da ambigüidade das manifestações burguesas. Zé do Burro tanto pode servir ao povo, quanto ser contra ele. Não há dúvida de que a forma de união popular apresentada pelo filme constitui um primeiro passo, mas ainda um passo bem pequeno. Uma fase posterior poderá ser uma união consciente, o que não é evidente; nada indica, no filme ou na peça, que a evolução não tomará outro rumo. Não se pode exigir que as massas passem imediatamente da alienação à consciência. Mas o que se pode exigir é que o autor seja claro, principalmente num momento como o presente. Seria utópico que ele levasse essa gente à consciência; mas o que deveria ter feito, era mostrar os perigos de um Zé do Burro, e as possibilidades e incertezas de uma evolução para a consciência e a força. Evidentemente, ele teria tido dificuldades com a censura, mas, às vezes, é preferível dizer menos e ser mais claro, que dizer mais e acabar não dizendo nada por necessidade de velar o pensamento. Diz-se que o *Pagador* devia ser o primeiro momento de uma obra mais ampla, cuja continuação daria outra perspectiva à ação e aos personagens. É possível; entretanto, a peça e o filme foram apresentados como valendo em si, e assim são ambíguos e servem interesses contrários aos do povo.

Outra característica que acompanha os espetáculos burgueses é a pompa artificial, em que casas de espetáculos paulistas estão se especializando. No cinema, essa pompa estava tomando a forma de um monumentalismo vulgar, contra o qual o *Pagador* reagiu, utilizando com grande sobriedade o cenário de Salvador e o folclore, não insistindo em complicados movimentos de câmara, etc. De fato, foram geralmente felizes as soluções escolhidas por Anselmo Duarte para adaptar a peça, conservar a unidade de ação, de tempo e de lugar, e dinamizar o espaço teatral pela montagem. A fotografia deu grande presença aos numerosos primeiros planos, que se justificam provavelmente pela necessidade de vivificar um diálogo abundante, resultando sem dúvida numa boa adaptação. Mas, apesar (ou por causa) dessas qualidades, o filme ficou preso a um estilo teatral. Leonardo Vilar, Norma Benguel (por ser convencional) e Geraldo d'El Rey (por causa do seu físico) não têm tipos adequados aos papéis, o que é dificilmente aceitável. O que era verossímil no teatro deixa de sê-lo no cinema. Em vez da composição laboriosa e inteligente de Leonardo Vilar, um tipo nordestino, de interpretação mais espontânea, teria sido preferível. E todo o tom do filme está dado pelo trabalho de Vilar. O assunto foi entendido, mas os elementos para expô-lo foram encontrados muito mais pela inteligência que pela intuição ou sensibilidade. Por exemplo, querendo traduzir o ápice da crise íntima do padre Olavo, foi utilizada uma montagem alternada, visual e sonora, dos sinos e dos berimbaus, resultando numa linguagem simplista e pesada. O filme todo sofre de um indiscutível academismo. Essa falta de intuição – ou de inspiração – culminou numa música totalmente inadequada, quando não feia. A maior crítica que se possa fazer à realização do *Pagador* é a sua tranqüilidade de exposição, a sua falta de febrilidade, febrilidade essa que encontramos em *A Grande Feira*, por exemplo, de realização inferior e ideologicamente tão duvidoso quanto o *Pagador*, mas que queria transmitir uma mensagem, e a mensagem era mais importante que o filme em si. O *Pagador* é o tipo do filme artesanal bem feito, não chegando a ser expressão de artista. É possível que esse traço seja natural e necessário, de um lado, como conseqüência do desejo de fazer um filme realmente bom, mas não apoiado sobre um complexo esquema de produção, e, de outro, como decorrência da ambigüidade da posição dos autores. A segurança da forma compensa as incertezas do fundo.

Se, socialmente, o *Pagador* é uma faca de dois gumes, é assim também que se apresenta no panorama da produção cinematográfica brasileira. De fato, se o filme poderá trazer conseqüências benéficas, atraindo capitais, como vimos, por outro lado, poderá, também, desacreditar o chamado "cinema novo". Esse cinema é um esforço para sair das normas rotineiras do cinema, não na intenção de produzir algo de "diferente", mas para procurar às apalpadelas um rumo da cultura brasileira. O "cinema novo" (do qual o público paulista não conhece exemplos, se se excluir *Os Cafajestes*, que não é significativo dessa linha), é o reconhecimento de que a cultura brasileira, se ela existe, está balbuciando. Ora, *O Pagador de Promessas* se coloca – e não podia ser diferente, após ter sido escolhido pelo Itamarati e ter recebido a Palma de Ouro – como um cinema oficial, que vem "demonstrar o grau de maturidade artística e de força criadora" dos artistas brasileiros. Mas nada demonstra; e os produtores bem intencionados virão solicitar dos cineastas repetições do *Pagador*, o que não corresponde ao estado atual do desenvolvimento da nossa cultura.

"Suplemento Literário" de
O Estado de S. Paulo, 8/9/62

Das circunvoluções barrocas a este tom de comissário do povo, a mudança é sensível.

Esta modificação da atitude diante dos filmes brasileiros leva, em decorrência, a uma nova atitude também em relação aos filmes estrangeiros: tentativa de não mais ver os filmes estrangeiros com os olhos artísticos da metrópole; em função de preocupações nacionais, deve haver uma leitura dos filmes que se inspira dentro da perspectiva de nossas preocupações e interesses.

TRÊS FILMES

Três filmes e uma só mistificação. Filmes que poderiam ser outros, os exemplos são tão numerosos. Três filmes de procedência diversa: U.S.A., França e União Soviética. Os títulos: *Sete Homens e Um Destino* (*The Magnificent Seven*, John Sturges), *O Sol por Testemunha* (*Plein Soleil*, René Clément) e *A Balada do Soldado* (Chukrai). No fundo são três ideologias diferentes: *Sete Homens e Um Destino* é um filme racista; a desinteressada coragem norte-americana nos proporciona a vitória da covardia mexicana (racismo matizado: nos diálogos, os mexicanos aparecem às vezes corajosos; mas não na ação). Não se saberia dizer qual é a ideologia de *O Sol por Testemunha*, tão acostumados estamos a ela; a fuga na procura de um dinheiro ideal e na contemplação da pele queimada pelo sol; espírito "nouvelle vague" mal assimilado. *A Balada do Soldado* é a glorificação sentimental do herói sem mancha, inteiramente dedicado à pátria e à família, e cuja pureza não poderia admitir a vergonha do adultério.

• • •

Três filmes de qualidade diferentes: o americano e o francês, espetáculos cuidados na composição, interpretação, indumentária, etc., que demonstra um bom nível artesanal, são superados pelo russo, que, apesar das lembranças infelizes da lição dos mestres russos, hoje ultrapassados nas suas teorias estéticas, se personaliza pelo despojamento do enredo, pela beleza suave da fotografia e pela montagem de primeiros planos com paisagem, conseguindo assim um ritmo triste e enternecedor, característico da balada.

Mas, apesar das diferenças ideológicas e qualitativas, os três filmes são significativos de uma mesma mistificação. Esta não é nova e deveria ser incansavelmente denunciada. Estes filmes, que pretendem ou divertir ou instruir os espectadores, ou ambas as coisas, têm por fim cortar as ligações do público com o mundo exterior, impedindo-lhe, assim, para a sua maior satisfação, a reflexão sobre a sua situação e a ação.

• • •

O Sol por Testemunha é o exemplo mais elementar. Não vai além das duas horas agradáveis. O encanto da paisagem italiana, o sensualismo epidérmico, a cor da pele, dos vestidos, das casas, a presença do mar, as massas fabulosas de dinheiro, absorvem os espectadores que, depois da projeção, se encontram ainda sob o efeito do deslumbramento provocado pela beleza, o qual matiza a sensação de vazio e inutilidade que deixam os filmes do gênero "suspense". O espectador mais exigente encontrará matéria para a sua satisfação: além de uma boa linguagem, *O Sol* oferece montões de alegorias e provas de uma certa espiritualidade (lembremo-nos da frase de Cocteau: "Não há amor; somente provas de amor"): a religião, presente através das igrejas, badaladas de sino, etc., não afeta o cinismo de tom. Assim, todo mundo fica contente e o espetáculo é perfeito.

• • •

O caso de *Sete Homens e Um Destino* é mais grave. A fita é bonita: paisagens, cores, arquiteturas, variedades dos tipos masculinos. Demonstra um *métier* indiscutível. A atenção do espectador é deliberadamente orientada para este brilho, deixando-o portanto indefeso contra a ideologia que se quer impor, aqui a superioridade norte-americana. Propaganda hipócrita, sub-reptícia. Mas aí, contrariamente a René Clément, que, apesar da sua rigidez, é dotado de uma certa desenvoltura, John Sturges é declaradamente cúmplice. Não se pode dizer de Sturges que carece de estilo, mas sim que tem uma falta de estilo, um antiestilo, tornando a procura de hieratismo trágico numa impossibilidade de movimento, numa impotência. Assim iniciam-se movimentos num plano, logo cortado, e terminam-se um certo tempo depois. Ouvi dizer que esta é uma das poucas fitas, se não a única, não prejudicada por Yul Brynner; não é de estranhar: o filme tem as mesmas características que o ator citado, falta de fluência, poses, auto-suficiência e inexpressividade gelada. Esta impotência, na qual mergulham complacentemente diretor, atores e montador, influencia o espectador, enfraquecendo a vivacidade de suas reações.

•••

O Sol por Testemunha e *Sete Homens e Um Destino* são elegias ao sono: "Dorme, espectador gentil, dorme. As coisas deste mundo são vãs e tua vida, penosa. Descansa do teu trabalho, que não te deixa um minuto para viver. Não penses em nada." Enquanto isso, os outros se aproveitam. "Sonha, e no teu sonho, verás um herói." Porque este tipo de filme não pode deixar de utilizar-se do herói. O herói é o homem superior, centraliza os desejos não realizados e as aspirações malogradas. O herói, quando proposto por uma elite e desligado das aspirações populares, é um refúgio do medo, da covardia e da inação. Neste caso a vida do herói é inteiramente heróica, em vez de ser uma vida na qual há atos heróicos; o herói pode sair do seu heroísmo. O personagem de Alain Delon (cujo encanto, seja dito entre parênteses, para os interessados, ainda está à procura de um diretor), não é propriamente um herói. A "nouvelle vague" reflete-se nos diretores tradicionais. Mas, não obstante o seu cinismo, ele atrai as simpatias porque é jovem e bonito, porque é vítima da desigual repartição do dinheiro, porque é inteligente, hábil, ativo e audacioso, e porque é quase que inverossimilmente favorecido pelo destino. Quanto a *Sete Homens e Um Destino* é uma plêiade de heróis, um para cada gosto. Não se tornam heróis durante a fita, são como tal apresentados logo no início (já pelo título). Cada um é definido no primeiro plano em que aparece: é isto ou aquilo e não mudará; as apresentações querem ser tão claras que quase todas caem no ridículo, porque as atitudes, gestos e diálogos que devem definir, por não permitirem dúvidas, nem ambigüidades, são exageradamente compostas e desprovidas de vida. Depois da determinação da personalidade dos heróis, os espectadores não têm mais esforços a fazer, é só seguir o fácil caminho aberto. Confortável situação. Os atores são rígidos e apresentam ao espectador o seu trabalho, a sua interpretação, em vez de estabelecer relações intersubjetivas. São olhares e gestos, "justos e significativos", de repertório, desde os tiques de Horst Buchholz até os olhares de melodrama início de século de Alain Delon. Os objetos seguem a mesma linha; a luz acaricia composições delicadas. Tudo isto faz com que a vida se retire destas películas e que o mundo proposto ao espectador seja sem ar, pronto a se desfazer em pó.

• • •

A Balada do Soldado é ainda mais significativa: tem estilo e esta qualidade é abertamente posta a serviço de uma ideologia repugnante: o herói sem manchas. O personagem é definido como herói logo na segunda seqüência e a fita encerra-se pelas três palavras "soldado – herói – russo". Esta fita toma para si tudo o que foi dito a respeito do herói. Mas atacá-la é um pouco mais difícil porque o autor ficou na defensiva: primeiro, o heroísmo do jovem resulta do seu medo; segundo, a inclusão da fita, imposta pelo título, num gênero literário que faz admitir a simplificação e a idealização poéticas, o ritmo e as imagens embaladoras, pode constituir uma resposta a quem criticar a perfeição e o idealismo do herói. Aquilo não é senão um meio para fazer chorar e consegue-o muito bem. Quais são os corações que resistem a este menino, de olhos cândidos, que, após ter aniquilado dois tanques, deseja apenas seis dias de licença para consertar o teto da casa materna; que respeita a pureza de uma moça inerme; que defende os fracos e combate a imoralidade e que, finalmente, por um desencontro, como "a vida apresenta tantos", perde seu amor? Quem resiste aos olhos tristes e interrogadores da mãe frente à estrada pela qual seu filho se foi e não voltou, etc.? Assim, logo de início, o espectador é preso na teia da emoção, cada vez mais sólida, e não pode escapar. A palavra "fim" devolve-o à realidade, mas fica o filme-sonho como uma nostalgia, um paraíso perdido, um ideal.

• • •

Estes três filmes, de modos diferentes, procuram *alienar* o espectador num mundo imaginário que, em vez de permitir-lhe uma consciência mais profunda de si mesmo e da sua situação, afasta-o da realidade e inibe-lhe a ação. Isto é facilitado por certas características do cinema. De seu lado, o público que já contraiu o vício da droga, anda à procura de tais espetáculos, o que comprova o sucesso de bilheteria e de crítica obtido pelas três fitas citadas.

Que aconteceu com as lições de um Brecht ou, na própria Rússia, de um Eisenstein? Chukrai terá esquecido Eisenstein, ou o esforço deste para dar consciência ao público já passou de moda? Eisenstein comentava a necessidade de não fechar o espectador dentro de uma emoção. O plano podia emocionar, falar à sensibilidade, para entrar em comunicação com o espectador, mas, pela montagem, a emoção devia ser quebrada: a queda de nível provocava um choque que devia pôr o espectador frente a frente com ele mesmo. Talvez o método esteja ultrapassado, mas o fato em si permanece válido.

Receberei a seguinte crítica: que não admito fitas boas, cheias de elementos interessantes e, às vezes, de valor, em referência a uma ideologia. Talvez seja verdade, mas é fato que não só não achei boa nenhuma destas três fitas, mas sim nojentas, e a prova foi o profundo mal-estar físico que senti ao assisti-las.

"Suplemento Literário" de
O Estado de S. Paulo, 13/5/61

A principal diferença – e ela é essencial e positiva – entre a preocupação "artística" e a preocupação sociopolítica foi o abandono de um universo estético intemporal e a-histórico – portanto afirmação de uma mente colonizada – para uma tentativa de transferir para a nossa realidade sociocultural os critérios de compreensão e análise dos filmes. Mesmo que nesta tentativa muita gente tenha quebrado a cara. A grosseria do novo enfoque crítico é um ônus relativamente pequeno diante da importância da rutura com a negação da história na fase anterior. Mas é verdade que, além desse esforço, pouco sobra do trabalho crítico enquanto tal.

A tarefa não era fácil. A concepção da arte como abstração histórica nos oferecia um vocabulário já pronto, oferecia uma tradição crítica brasileira, oferecia leitores que já sabiam ler textos deste gênero. Na nova fase, não tínhamos vocabulário pronto. A ausência de instrumental levou a atitudes frequentemente primárias e às vezes não menos abstratas que na fase anterior.

Pelos textos aqui reunidos, *Pagador*, *Apelo* etc., fica claro que o mecanismo de compreensão do filme consiste numa confrontação entre uma significação imediata do filme (obtida por redução do enredo) e o que a nossa ideologia do momento nos deixava entender que fosse a situação social brasileira e suas necessidades. Ao aplicar este método rudimentar caía-se frequentemente nos clichês do sociologismo mais mecanicista. Desta confrontação nascia um juízo de valores, o qual também provinha do que julgávamos eficiente em matéria de conscientização. Nunca nos preocupamos em saber o que havia por trás deste conceito de conscientização, justificativa para uma camada social que de algum modo se considera superior divulgar a sua ideologia para outra camada social;

transformação social não se faz por transformação da consciência nem a consciência se muda apenas com informações: a tese da conscientização não deixa de ter o seu parentesco com a tese reacionária conforme a qual "o problema do Brasil é educação" etc. Não só não soubemos fazer a crítica do conceito, como também o utilizamos, pelo menos na crítica, de modo abstrato. "Conscientização" só pode ser usado com eficiência se se souber concretamente quem se quer conscientizar e onde se quer levar a quem se conscientiza (hoje usaríamos, provavelmente, conceitos mais operatórios como consciência real e consciência possível). No entanto, como tal indagação não se fazia, os mecanismos de conscientização a que aludem os textos são uma transposição simplista do efeito distanciamento de um Brecht talvez mal entendido. Sem dúvida paixão pelo Brasil e sua história, mas sem dúvida também paixão por Eisenstein e insuficiente compreensão dos destinatários dessa conscientização. Sem dúvida também conscientização mais do cineasta e do crítico que do público.

Esse poderia ter sido um momento inicial e experimental de um método crítico que possibilitaria um equacionamento mais complexo da significação dos filmes, das suas relações com a sociedade que os produz e com o público. Mas não houve oportunidade para ultrapassar este estágio rudimentar, pois a sustentação do método só poderia ter sido uma produção cinematográfica que analisasse de modo cada vez mais complexo a sociedade brasileira, e a ampliação e diversificação dos públicos que tivessem alcance aos filmes, bem como das pessoas que pudessem participar da produção. E este enriquecimento da significação da produção cinematográfica brasileira foi logo estancado. No início dos anos 1970, a crítica está muda como a produção está muda, ou quase. A crítica impressionista retomou os seus direitos, medíocre e guardiã de determinados valores. Paralelamente se desenvolve uma crítica universitária via estruturalismo e semiologia, válida no esforço de dar um suporte mais científico na análise dos filmes, mas que se resolve mais numa atitude de consumo de elaborações estrangeiras que de criação, e que representa uma hipertrofia teórica que mascara a necessidade de elaborar as relações entre a produção cinematográfica brasileira e a sociedade atual.

II | Última Hora

O trabalho desenvolvido na coluna diária de crítica cinematográfica da *Última Hora* de São Paulo dá prosseguimento à evolução iniciada no "Suplemento Literário" de *O Estado de S. Paulo*. Só que o texto curto, diário, de fácil acesso, no fundo militante, torna mais agudos alguns dos problemas referentes ao cinema brasileiro. O comentário de filmes brasileiros começou na *Última Hora* com esta crônica sobre

O CABELEIRA

Aqueles que gostam de "bang-bang", onde a munição das espingardas não acaba nunca, onde as matanças se sucedem, onde os homens morrem mas os vivos continuam na mesma quantidade, aqueles poderão se divertir assistindo a essa nova "coisa" do cinema brasileiro que tem por título *O Cabeleira*. Mas aqueles somente, pois não há nada mais nessa monótona paródia de "western", a não ser chavões cem mil vezes apresentados, e com muito maior dinamismo, pelo cinema hollywoodiano. O cangaço já é tema tradicional do cinema nacional, e os autores de filmes do gênero obstinam-se em desconhecer o verdadeiro sentido dessa forma de banditismo rural. O cangaceiro é, ao seu modo, um revoltado contra as condições de vida dos camponeses, contra a opressão dos latifundiários. O cangaceiro surge inicialmente como um inconformado que, não encontrando futuro no trabalho do campo, se levanta contra o opressor e se vinga. Mas nunca os filmes brasileiros se preocuparam com a origem do cangaço e a sua real função dentro da estrutura agrária brasileira. Sempre se focalizou a vida errante, violenta, perigosa e pretensamente romântica do cangaceiro, dando deste um retrato artificial e errôneo. *O Cabeleira* segue essa linha, não deixando, em nenhum momento, entrever as reais tragédias humanas e sociais que possibilitam o cangaço.

Aliás, tudo é falso no filme, a começar pela ambientação. O interior do Estado de São Paulo (o filme foi rodado em Mococa), com suas verdes paisagens e suas vilas típicas, dificilmente pode ser aceito como a região do Nordeste onde vivem em realidade o Cabeleira e seu bando. Também as personagens são falsas: Hélio Souto, no papel do Cabeleira, o bandido de bom coração, absolutamente não transmite as contradições desse homem que se tornou cangaceiro devido às exigências do pai e que depois foi levado por essa vida, mas que, entretanto, não gosta de sangue, nem de morte gratuita. O ator Hélio Souto não tem progredido muito desde *Dioguinho*. *O Cabeleira* deixa adivinhar que havia no romance original um problema girando em torno das relações entre o pai e o filho, problema esse que se tornou supérfluo no filme, ainda mais que, com grande esforço, não se consegue entender nem um terço dos diálogos.

Filmes discutíveis como *O Cangaceiro*, de Lima Barreto e *A Morte Comanda o Cangaço*, de Carlos Coimbra, tinham pelo menos um certo sopro épico, que fez o sucesso do primeiro e tornou o segundo assistível. Mas Milton Amaral não soube dar à sua direção o vigor e o ritmo que poderiam ter tirado o filme da apatia em que se arrasta. Milton Amaral optou pela violência gratuita, pela faca que penetra numa barriga e pelo sangue pastoso que mancha as camisas; insistiu nas cenas em que o personagem interpretado por Milton Ribeiro exibe o seu prazer em torturar e matar. Acontece que essa violência, por ser uma demonstração infantil de sadismo, se torna ridícula, não passando de uma *demonstração* de mau gosto. Quando uma situação possibilita um real tratamento sádico, o diretor não encontra fôlego necessário para dar-lhe a tensão devida, e fica algo ingênuo: é o caso na cena em que o pai obriga o filho ainda criança a sangrar um leitão. Não menos ridícula é a imitação do cinema japonês em *O Cabeleira*. Amaral inventou, por exemplo, a bossa de fazer os cangaceiros combater como os *samurais*, que matam com um leve toque de espada aplicado com precisão num lugar determinado do corpo. Amaral era um diretor mais feliz quando trabalhava com Mazzaroppi.

O Cabeleira foi feito com a idéia de que o cinema brasileiro pode ser medíocre, desde que os filmes obtenham sucesso de bilheteria; só assim o Brasil poderá ter uma indústria cinematográfica. Então, procura-se uma fórmula que possibilite esse sucesso, e, sem maiores preocupações, misturam-se os ingredientes, no caso os cangaceiros, a violência e a amável plástica de Marlene França, única real contribuição de *O Cabeleira* ao cinema nacional. O resultado é um filme que, de tão ruim, nem pode ser qualificado, e que não representa nada nem para a indústria, nem para a cultura cinematográfica no Brasil

Última Hora, 11/7/63

Este foi o primeiro texto que publiquei na *Última Hora* ao assumir a coluna de crítica do jornal. Provocou rebuliço, porque o produtor se queixou à redação do prejuízo que um comentário tão desfavorável podia trazer ao filme e mostrou a necessidade do jornal apoiar o cinema brasileiro, posição que foi aceita plenamente pela redação. A partir daí, passamos a ter em relação ao filme brasileiro uma posição ambígua. Por um lado, reconhecia-se a necessidade da produção cinematográfica afirmar-se industrialmente, portanto um comentário desfavorável feito a qualquer filme brasileiro seria atacar os esforços empresariais feitos pelos produtores; donde: filme brasileiro, não se fala mal. Por outro lado, a crítica, respeitável entidade cultural, não podia defender filmes que julgasse de má qualidade, "chanchadas" etc.; donde, destes filmes, não se podia falar bem. Não se podendo falar mal e não se podendo falar bem, resultou que a coluna de crítica da *Última Hora* silenciava na maior parte do tempo. Assim não foram comentados filmes como *Os Apavorados*, *Quero essa mulher assim mesmo*, *O homem que roubou a Copa do Mundo* etc. Aproximadamente a metade dos filmes brasileiros lançados durante a minha permanência no jornal não foram comentados, enquanto a coluna de noticiário procurava dar o máximo de informações sobre a produção. Abríamos exceção para os filmes que apresentavam um esforço de produção (o que significa investimento maior que a média) ou cujo assunto fosse momentoso, como *Lampião, rei do cangaço* ou *O rei Pelé*; para os que passavam em salas frequentadas por leitores do jornal: Mazzaroppi, por exemplo, mas às vezes saía-se pela tangente, como no caso de *Chico Fumaça*, o enfoque sociologisante permitindo não enfrentar diretamente o filme; ou para os filmes que julgávamos reacionários e deviam ser então combatidos, como *Bonitinha, mas ordinária*.

LAMPIÃO, REI DO CANGAÇO

Lampião, se a sua vida e importância histórica fossem devidamente tratadas, poderia tornar-se um herói nacional, encarnar uma forma de revolta contra a estrutura social que oprimia e continua oprimindo o nordestino. Entretanto, não é isso que se propuseram o produtor Osvaldo Massaini e sua equipe. Eles pretenderam realizar um filme de ação e aventuras, e, isso, eles conseguiram. O gênero cangaceiro já vem adquirindo certa tradição no cinema brasileiro. Personagens, situações, ambientes, vão, de filme em filme, elaborando-se: o sertanejo que cai no cangaço para vingar a morte de um parente; o cangaceiro que tortura e mata por prazer; o beato; o soldado que caça o cangaceiro, mas que a guerrilha e a seca obrigam a renunciar; a marcha rastejante na caatinga; as festas folclóricas; a moça que expõe imprudentemente a sua beleza e é violentada; a cidade espoliada pelo bando de cangaceiros. Tudo isso encontramos em *Lampião, O Rei do Cangaço*. Lampião (Leonardo Vilar) nos é apresentado como um justiceiro; leva uma vida errante e violenta, porque não há condições para se viver mais sossegadamente. Mas é, fundamentalmente, um homem generoso, marido e amante fiel e amigo leal. Maria Bonita (Vanja Orico) entrou no cangaço por amor a Lampião, mas é, antes de mais nada, uma cuidadosa dona de casa. O casal formado por Glória Menezes e Dionísio Azevedo somente aspira a uma vida tranqüila, ter uma casinha e muitas crianças. Se no bando há alguns cangaceiros com desejos menos caseiros, representam exceções severamente punidas. Enfim, o bando de Lampião é uma grande família de *gentlemen* passeando no sertão.

Tal apresentação não parece das mais fiéis à verdade histórica. Mas o filme de aventuras não tem que seguir a história ao pé da letra. Entretanto, resultam dessa infidelidade algumas incoerências: não se entende bem nem donde o distinto Lampião tira a sua força e a possibilidade de rivalizar com o governador, nem porque está sendo tão perseguido, já que não faz mal a ninguém. Em suma, não há conflitos, e não achamos que isso seja bom para um filme de ação. *Lampião* é uma sucessão de cenas, épicas em si, mas que não conseguem se concatenar. Tal ausência de conflitos dificulta a concretização do projeto inicial (muito interessante), que era tratar o Lampião como o herói de uma canção de cordel; para justificar o canto do violeiro que acompanha todo o filme e as figuras de barro que pontuam a ação (o que representa um bom achado), era necessário que Lampião fosse mais visivelmente heróico.

Mas nada disso importa diante do fato de que *Lampião, O Rei do Cangaço* ser uma superprodução, certamente a primeira realizada no Brasil com recursos exclusivamente nacionais. E, como superprodução, *Lampião* agüenta muito bem. É um riquíssimo espetáculo, a *Cleópatra* nacional, que não fica devendo nada à estrangeira. Muitas cores (sobretudo vermelho, amarelo e azul), muitas canções bonitas, e muitas outras coisas que vão agradar ao nosso público: situações violentas e situações ternas; o amor incondicional de Maria Bonita por Lampião; o parto doloroso de Maria Bonita e a emoção de Lampião diante do filho que acaba de nascer; Lampião ferido ficando cego; algumas mulheres muito bonitas; a noiva que não pôde casar e virou prostituta; uma grande massa de figurantes nas paisagens grandiosas do Nordeste, com suas árvores calcinadas. Tudo isso, sem falar do elenco, que reúne muitos dos maiores nomes do cinema nacional, e do grande cuidado (quase carinho) com que foi realizado o filme.

Última Hora, 18/9/63

NORDESTE SANGRENTO

Nordeste Sangrento, de Wilson Silva, é um filme de aventuras, de intenções nitidamente comerciais, que vem engrossar as fileiras do cinema inspirado pelo cangaço. Como filme comercial, ele contém os devidos ingredientes: um herói bom e um mau, violência, tiroteio, morte, sexo, um toque de sadismo, um toque de nudismo, sentimentalismo, *show* de folclore, canções. Como filme de cangaço, aborda um tema fundamental do cangaço e das revoltas rurais do Nordeste: o Padre Cícero e Juazeiro. Nesse registro, ele contém mais elementos do que os costumeiros filmes do gênero, que geralmente se limitam a mostrar o "bandido"; ele apresenta o próprio cangaceiro, o beato e o soldado, três personagens básicos da história do Nordeste na primeira metade deste século. Vez ou outra, o filme toca de leve assuntos interessantes, tais como a dúvida que surge entre os soldados de saber se eles devem ou não lutar contra o Padre Cícero, sugerindo, assim, que, naquelas condições, as diferenças entre um soldado e um cangaceiro não são grandes; ou o Padre abençoando os cangaceiros para que pratiquem o Bem, sabendo que eles continuarão a matar, o que insinua que os movimentos "religiosos" nordestinos não eram de cunho essencialmente religioso, mas representavam autênticas revoltas sociais.

Entretanto, *Nordeste Sangrento* não consegue dizer nada; o enredo é fraquíssimo; a linguagem freqüentemente enfática e ridícula; nenhuma personagem se define; apesar de algumas caras razoavelmente caracterizadas, os atores passam pelo filme como se estivessem fantasiados de cangaceiros para algum baile de salão; de repente, o filme pára, as personagens desaparecem para dar lugar a uma representação folclórica ou a uma canção (a canção *Nordeste Sangrento* é bastante boa). Apesar de abordar um tema que é da maior importância que o cinema trate realmente, *Nordeste Sangrento* resulta num filme desprovido de qualquer significado. Muito material desperdiçado. É de se esperar que o tema seja reaproveitado, pois há sobre Juazeiro muitas coisas a dizer que o público ainda desconhece.

Não obstante, cabe ressaltar que *Nordeste Sangrento*, se não é melhor, também não é pior que a imensa maioria dos filmes de aventura, mistério, horror e outros, com que a Europa e os Estados Unidos inundam as nossas telas. Na semana de sua estréia em São Paulo, de modo geral, o filme de Wilson Silva, por mais fraco que fosse, não destoava do conjunto de fitas que foram lançadas ou reprisadas. É mais uma que vem aumentar o número de fitas medíocres que produzem em grande escala todas as cinematografias do mundo, não há dúvida. Mas a mediocridade estrangeira não é, em nada, superior à mediocridade brasileira. Ainda mais: quando um espectador brasileiro paga para assistir a um filme estrangeiro, vai enriquecer o produtor estrangeiro; quando vê um filme brasileiro, não saem divisas do País. Por outro lado, esse filme fez trabalhar técnicos e artistas brasileiros, suscetíveis de progressos e dotados de qualidades indiscutíveis. Então, não atiremos a primeira pedra ao filme brasileiro.

Última Hora, 20/8/63

O REI PELÉ

Fábio Cardoso, Carlos Hugo Christensen e Nélson Rodrigues tiveram nas mãos um dos assuntos mais empolgantes que pode proporcionar a realidade brasileira: Pelé. Mas, limitaram-se a fazer um filme baratíssimo, de bilheteria garantida, às custas do craque. Parece que, nesse sentido, o sucesso foi total, colocando-se o *Rei Pelé* entre as maiores rendas do cinema brasileiro. O processo adotado para a realização do filme é dos mais interessantes: mistura-se ficção e documentário; o "Saci" aparece de três maneiras diferentes: como ele mesmo sendo entrevistado ou jogando, interpretando o seu próprio papel, e interpretado por atores; o documento frio, recorte de jornal ou reportagem cinematográfica, é colocado lado a lado com trechos de cinema de horror no estilo dos museus de cera. Esse processo, muito ao gosto do cinema moderno, tem a vantagem de recorrer a gêneros aparentemente incompatíveis para possibilitar a abordagem, num mesmo filme, de uma realidade sob ângulos diversos e, eventualmente, contraditórios. Acontece, porém, que esse método tão fecundo se torna uma fórmula acadêmica e artificial como qualquer outra, desde que não justificada por algo que queiram dizer os autores. E os autores de O *Rei Pelé* não tinham nada, ou pelo menos, não quiseram dizer nada a respeito do futebolista. A mistura de ficção e documentário só serviu às elucubrações de Nelson Rodrigues, que gosta de utilizar numa mesma obra vários planos de realidade.

Pelé foi limitado a uma coleção de fatos mais ou menos pitorescos, narrados sem imaginação. Mas, de Pelé como fenômeno sociológico, como ídolo popular, de Pelé na grande máquina do comercialismo e politicagem que é o futebol brasileiro, não se fala. Os realizadores tentaram apenas oferecer ao público a imagem que ele já tem do "Rei", facilitando a maior identificação possível entre o espectador e o herói. Essa era uma condição do sucesso de bilheteria, que uma atitude crítica, portanto mais válida, não teria proporcionado. Ao ver Pelé criança liderando uma turma na compra de camisas e calções, ao ver o futebol de várzea e dos pequenos clubes do Interior, o espectador se vê a si mesmo; e depois, ao ver Pelé, ainda menor, de origens modestas, ingressando num grande clube, tornando-se em seguida, aos vinte anos, um astro internacional, o espectador imagina o que não lhes foi dado viver. *O rei Pelé* se apresenta como uma contribuição à edificação do mito. Mas, inclusive nesse sentido, o filme é fraco, não só porque a ambientação, a cenografia, a interpretação são falsas e frias, mas porque muitos elementos que poderiam ter sido valorizados não o foram. Até para integrar um certo folclore populista, o filme falta de vida e de calor. Mas os espectadores substituem à frieza e à passividade do filme, a visão que eles têm de Pelé.

Nos últimos cinco minutos, sem que o filme melhore, o interesse sobe, porque aumenta a quantidade de cinejornais e porque Pelé passa a viver seu próprio papel. Não é que o moço seja bom ator. Mas as suas qualidades dramáticas são secundárias em relação à sua presença na tela. A sua simplicidade, o seu sorriso, a sua espontaneidade (inclusive quando não é espontâneo como ator) subjugam o público. Quanto à documentação, foi utilizada de maneira criminosa. O produtor teve acesso a quatro arquivos, entretanto a escolha é paupérrima. Herbert Richers, por exemplo, possui material extraordinário referente ao bicampeonato que não foi aproveitado no filme. E o material escolhido, sejam os jogos ou as manifestações populares, não foi valorizado. O fenômeno Pelé continua sendo um assunto que o cinema um dia deverá abordar.

Última Hora, 14/3/64

CHICO FUMAÇA

"Para divertir, serve." Eis a fórmula do sucesso de Mazzaropi. No Estado de São Paulo, seus filmes têm um grande sucesso, na capital e, principalmente, no Interior, o que é natural devido ao grau de analfabetismo no campo. Grande parte do público rural, quando assiste a um filme estrangeiro, não sabe ler as legendas. O filme brasileiro é, portanto, espetáculo predileto. De fato, os filmes brasileiros têm um público à espera; se não fossem as burlas dos distribuidores do Interior, a renda de qualquer filme nacional, com faixa sonora audível, seria muito maior do que é atualmente. A aceitação pública de Mazzaropi compreende-se ainda mais, se se pensar que ele encarna um tipo popular brasileiro, utilizando recursos de espetáculo de circo, portanto, uma linguagem dramática já conhecida do público. Mazzaropi é (com Zé Trindade) o único a pôr na tela uma personagem com que João-ninguém pode sentir alguma afinidade. As idéias que Mazzaropi emite, as palavras que usa, seu jeito desconfiado, sua astúcia, tudo isso tem algum significado para o público.

Quer seja nesse *Chico Fumaça*, de 1958, agora reprisado, quer seja no seu último filme, *Casa pequenina*, o esquema do enredo é o mesmo: Mazzaropi, homem do povo, pobre, encontra-se, por um motivo qualquer, envolvido numa história que o mistura à gente rica, à gente de outra sociedade. Não entende bem do que lhe acontece; aproveita quando pode. E, no fim, volta à sua vida sossegada de antes. Ora, essa visão é profundamente enganadora. Mazzaropi é pobre, mas a sua pobreza nunca é realmente mostrada. Em *Chico Fumaça*, ele mora numa casa de pau-a-pique, que desmorona durante uma tempestade: vemos o desmoronamento como se fosse um sonho. Portanto, o espectador pode reconhecer na tela a sua própria miséria, mas não fica chocado por ela. Por outro lado, quando misturado à gente rica, ele não se opõe a ela; trata-se de uma gente diferente dele, com quem não tem nada a ver. As aventuras que lhe acontecem no meio dessa sociedade, a que não pertence, sempre apresentam Mazzaropi sob um ângulo favorável. Quer ele queira ou não, acaba protegendo os fracos, salvando vidas, defendendo conceitos morais, que são preconceitos; enfim, João-ninguém vira herói. E a isso também o público é sensível.

Após suas atribuladas aventuras, Mazzaropi volta à sua terra, a uma vida sem complicações, reencontra a sua vaca amiga, a sua esposa ou noiva (após ter resistido às mulheres fáceis). Na maior tranqüilidade possível, reinam os bons sentimentos, a moral tradicional, o que contrasta com a gente rica, que, freqüentemente, se mostra dissoluta. O gosto pelo dinheiro, pelo poder político, a libertinagem, que encontramos na alta sociedade, são problemas deles, lá de cima, que não dizem respeito ao povo, e que nunca são mostrados num filme de Mazzaropi com agressividade ou senso crítico. Quanto ao povo, a sua moral, o seu bom comportamento, a sua sinceridade, a sua vida calma, etc., compensam a sua miséria. Vemos o quanto são falsos todos esses conceitos. A situação social vigente está muito bem como está. Não é necessário mudar nada. Um filme de Mazzaropi funciona como um calmante. Mazzaropi é uma perfeita expressão do conformismo. Mas os militantes da "cultura popular" não devem esquecer que ele consegue se comunicar com um amplo público, e que é justamente esse público que interessa aos centros populares de cultura.

Última Hora, 27/7/63

O LAMPARINA

Amacio Mazzaropi é um dos sobreviventes da chanchada. A chanchada carioca morreu, ou quase, em grande parte por falta de combatentes, pois a televisão os absorveu, garantindo-lhes recursos financeiros que o cinema não podia assegurar. Por outro lado, alguns produtores ou diretores, como Massaini ou José Carlos Burle (*Terra sem Deus*), enveredaram pela grande produção ou pelo filme sério. Todavia, Mazzaropi continua firme, produzindo e interpretando sua fita anual. E o público também continua fiel, não dando muito valor, mas divertindo-se com suas palhaçadas e seu jeito desengonçado. Já há alguns anos que Mazzaropi abandonou os temas urbanos (*A Carrocinha*, *Sai da Frente*), pelos temas rurais. Nada mais natural, já que Mazzaropi recolhe a maior parte do seu público no interior do Estado.

O Lamparina retoma o camponês dos filmes anteriores, sujeito preguiçoso, que acha que o pouco é muito, astuto ainda que pareça não entender nada, medroso e inadaptado em todas as circunstâncias, mas que cumpre, inesperadamente, atos heróicos e acaba se tornando líder. A evolução do camponês de Mazzaropi é sempre a mesma: no começo do filme é o último dos imbecis; no fim, é aplaudido em praça pública.

O atual camponês brasileiro também conhece sucesso, através da luta, das reivindicações, da organização. Nada mais estranho ao camponês mazzaropiano que a luta ou a organização. Ele vence, e vence sozinho, obedecendo a todos os imperativos do conformismo. A fazenda é um lugar onde o camponês se sente bem, onde o trabalho é alegre. Mazzaropi defende, em todos os seus filmes, a unidade da família e a autoridade paternal. Ele está sempre cercado pela esposa e dois ou três filhos, que vão se casando no decorrer do enredo. Geralmente, a família sofre algum ataque, mas Mazzaropi restabelece a ordem para a felicidade de todos. Em *O Lamparina*, Mazzaropi vai mais longe ainda no conformismo. Contrariamente ao que anuncia a publicidade, o Lamparina não é um bandido; é um camponês, disfarçado de cangaceiro, que está ao lado das autoridades. Aliás, como imaginar que Mazzaropi, um instante sequer, se coloque contra as autoridades? Caçador de cangaceiros, ele trabalha de parceria com a polícia. Graças a ele, a polícia é vencedora. Mazzaropi é sentimental e gosta de crianças; vai, assim, dando a um menino o papel de delator. Talvez deva se ver nessa atitude conformista, nesse apego à ordem instituída, mais uma expressão primária da solidão que uma intenção realmente safada. O resultado não é melhor por isso.

O Lamparina, na filmografia de Mazzaropi, que já é de baixa qualidade, é um dos piores filmes. O fracasso é total na paródia ao gênero cangaceiro. Desse ponto de vista, uma outra chanchada, *Os Três Cangaceiros*, era mais viva. Por outro lado, faltou fôlego para levar a história dos cangaceiros até o fim. Então, parou-se no meio, e a segunda metade se tornou outra história que nada tem a ver com a primeira. A atmosfera do Interior nunca foi tão mal sugerida, inclusive comparando com outros filmes dele. Mas que importa? Assim mesmo o público acorre ao chamado de Mazzaropi.

Última Hora, 22/1/64

BONITINHA, MAS ORDINÁRIA

Enganava-se o sr. Nelson Rodrigues ao escrever, há alguns anos: "... enveredei por um caminho que pode me levar a qualquer destino, menos ao êxito... estou fazendo um teatro desagradável, peças desagradáveis..." Enganava-se, porque, sexo, virgindade, estupro, cura, ninfomania, pederastia, lesbianismo, prostituição, mais *twist*, mais o "laborioso vômito público" dos valores consagrados, ingredientes de *Oto Lara Resende, ou Bonitinha, mas ordinária*, são justamente os alimentos prediletos do masoquismo de uma burguesia que gosta de receber bofetadas na cara. Após reticências iniciais, essa burguesia fez o sucesso de Nelson Rodrigues: ela absorve com um prazer apenas disfarçado pela ironia, o lixo que o autor despeja sobre ela. Através dos seus complexos pessoais, Nelson Rodrigues pretende dar uma visão do estado final de putrefação (tipo apocalipse-dolce-vita) a que chegou um certo grupo social. Burgueses enriquecidos comportam-se como imperadores aos quais o dinheiro dá todo poder sobre os outros. Os valores não passam de uma frágil camada de verniz que esconde, momentaneamente, a podridão. A gangrena atinge essa sociedade pelo sexo, quando alguns dos seus membros se tornam incapazes de cumprir, "naturalmente", as funções reprodutivas.

A gangrena dessa sociedade contagia os grupos sociais que vivem ao seu lado, ou mais exatamente, a classe média que a serve e se humilha a seus pés. Nelson Rodrigues afirma que a população brasileira é composta por esses indivíduos servis, a que o dinheiro dos seus donos tiraram qualquer forma de dignidade. Num misto de ingenuidade e de sarcasmo, *Bonitinha mas ordinária* conclui-se com a salvação, *in extremis*, de um casal, que quase foi absorvido pelo polvo. Essa salvação pode, simultaneamente, representar uma vaga e informe nostalgia do "bem" e da "pureza", e a exceção que confirma a regra, conforme a qual "o homem só é solidário no câncer", isto é, só no mal, na doença, no vício, na decadência, os homens são irmãos. Pena é que Nelson Rodrigues tenha uma tamanha ausência de espírito crítico em relação às personagens que coloca nas suas obras. Somente o talento, o grande talento dramático do autor está maduro, mas não a visão que tem dos seus burgueses.

A principal qualidade e defeito do filme é ter ficado fiel à peça. Qualidade, porque foram respeitados diálogos, personagens e a significação do original. Defeito, porque Nelson Rodrigues deu à sua peça aquilo que no palco se chama de "ritmo cinematográfico", e que se manifesta principalmente pela mudança brusca de lugares e de tempo. Ele tira efeitos dessa construção que possibilita elipses violentas e dá o ritmo da peça que se processa como uma sucessão de flashes brutais, dando a impressão de um mundo partido em mil fragmentos. Acontece que essa maleabilidade do espaço e do tempo é normal na linguagem cinematográfica. Passar bruscamente de um lugar para outro, elipses de espaço ou de tempo, não representam efeitos no cinema. A obediência escolar àquilo que, ilusoriamente, parecia ser a qualidade cinematográfica da peça, levou a roteiro (Jece Valadão) e direção (J. P. de Carvalho) sem força. Por mais que pusessem coxas e seios nus e comportamentos neuróticos, era impossível, sem uma reestruturação em função do cinema, reencontrar a atmosfera da peça. O filme acaba se limitando a uma coleção de piadas verbais que provocam gargalhadas na platéia devido às referências diretas e cruas ao sexo. Assim, o que sustenta a fita, além da carinha de Lia Rossi, do físico de Odete Lara e de uma ou outra atriz, é o desempenho, bom e algumas vezes excelente, de Jece Valadão e Fregolente.

Última Hora, 8/1/64

O único filme brasileiro que foi realmente problemático para a coluna de cinema do jornal foi *Porto das Caixas*. A linha que vinha se seguindo deveria ter logicamente levado ou a silenciar sobre o filme ou a pichá-lo. Pichar porque podia passar (aliás, passava) por reacionário: a decadência social do interior, o grotesco de um comício político que não interessava às massas, recursos simbólicos que mais lembravam um cinema europeu dos anos 1930 do que *Ossessione* como vanguarda do neorrealismo, tornavam o filme uma aberração no mês de fevereiro de 1964, quando ainda se vivia a ilusória euforia pré-revolucionária (resposta: *O desafio*, do mesmo diretor). Silenciar porque não se queria atacar um filme que vinha de uma área que lutava muito para a afirmação do cinema brasileiro e representava um cinema culto. Mas o crítico ficou a meio caminho entre a coerência política da coluna e o interesse que o filme lhe despertou ou, talvez, apenas seu gosto pelo filme. Donde as idas e vindas, as afirmações e as ressalvas. Mesmo assim, o tom favorável com que é tratado o filme e o fato de lhe ter consagrado duas crônicas foram considerados como um desserviço prestado à causa política.

Enquanto que enfrentar o desafio que significava o filme no seu lançamento paulista poderia ter de certa forma levado a um questionamento sobre nossa euforia, e nos ter ajudado a perceber, na época, as contradições que circulavam pelo Cinema Novo. Mas como a obra não foi levada a sério, mas sim submetida aos imperativos políticos do momento...:

PORTO DAS CAIXAS (I)

Com imenso cuidado, a Metro evitou qualquer publicidade em torno do filme brasileiro que lançou ontem: *Porto das Caixas*. Domingo, nos jornais onde os cinemas costumam anunciar os filmes da semana, não havia nada sobre a película, nem na véspera do lançamento. Se até as fitas feitas com finalidades estritamente comerciais e com atores que são bilheteria assegurada, precisam de enormes lançamentos publicitários, um filme que não tem tal elenco, que não é grande montagem, também precisa. Com esse lançamento publicitário, não há abacaxi que não consiga, mais ou menos cobrir, as despesas. Sem esse lançamento, independentemente da qualidade do filme o fracasso é certo. Sem promover os filmes, é fácil argumentar que o cinema brasileiro não tem público e não rende. Assim responde a Metro à advertência do ministro da Educação que solicitou que as fitas nacionais fossem tratadas por essa empresa como o são as estrangeiras. Todavia, a atitude da Metro é perfeitamente coerente: é uma firma comercial que defende seus interesses. Sendo esses interesses contrários aos do cinema brasileiro, é natural que boicote os nacionais. *Porto das Caixas* é perfeito exemplo de boicote.

Os nomes de Paulo Cesar Sarraceni, como roteirista e diretor, e Mario Carneiro, como fotógrafo, foram revelados pelos prêmios europeus do filme documentário *Arraial do Cabo*, em que se descrevia a vida dos pescadores. Uma fábrica recém-instalada joga seu lixo no mar, matando os peixes e privando os pescadores do seu meio de subsistência. Em *Arraial do Cabo*, a vida é morta, sem finalidade, arrasta-se não se sabe onde, não se sabe o porquê. Com *Porto das Caixas*, o diretor e o fotógrafo prolongam e ampliam a experiência de *Arraial do Cabo*. Em *Porto das Caixas*, há uma vida morta numa aldeia morta. Não se trabalha em *Porto das Caixas*. Passam trens, mas não param. Se há uma fábrica, deixou de funcionar há muito tempo; sobram ruínas. Se há um convento, já foi invadido pela vegetação. A vida agoniza. Falta pouco para que a natureza, a vegetação e a pedra se tornem soberanas, e que o homem não passe de uma longínqua lembrança.

Essa estagnação está presente na ação e nos personagens. No início, nos é dada uma situação: uma mulher quer matar o marido. Cumprirá seu crime. Mas o cumprirá com os dados do início. Até o fim a situação não evoluirá. Nenhum elemento exterior virá modificar a situação, ou dar um novo impulso à ação. Nada muda, nada de novo pode acontecer. Poder-se-ia dizer que a ação já acabou antes do filme iniciar. Forças novas tampouco podem vir dos personagens. Estes são amorfos. São sobreviventes que não encontraram nem dentro deles, nem fora, a possibilidade de renovação. Estão desligados de qualquer interesse. Se, porventura, houver um personagem mais vivo, mais alegre, trata-se de um fogo de palha, de uma alegria sem solidez. Essa mesma impossibilidade de evolução, essa mesma estagnação, encontraremos no personagem principal. Matar, para essa mulher, nem é uma revolta. É uma obsessão, uma idéia fixa, que ela é incapaz de submeter à crítica. Ela está completamente fossilizada. É como uma estátua, e nada poderá alterar o seu comportamento. Inclusive, para sair de Porto das Caixas, nem precisava matar o marido. Ele não pode andar, e se ela tivesse fugido, ele não poderia ter feito nada. Não somente a ação acabou antes do início do filme, mais ainda, é inútil.

Última Hora, 21/2/64

PORTO DAS CAIXAS (II)

A esta estagnação da cidade, dos personagens, da vida, foi dada uma expressão realista e outra simbólica. Esta última está a cargo de uma mulher de preto, de um gato, de uma galinha, de um machado, de ferimentos múltiplos, de trilhos, enfim, de uma série de elementos representando a fatalidade e o erotismo. Tais elementos já estão gastos de tanto serem usados, são frios e cerebrais, não raro ridículos. Esse arsenal de símbolos, que arrasta o filme para o dramalhão barato e intelectualóide, deve-se a uma falha grave da autocrítica de Saraceni. Essa simbologia prejudica incessantemente a comunicação, já difícil do filme, impedindo que o espectador seja atingido pelo aspecto realista. De fato, a cada instante, devido ao artificialismo dos símbolos, acrescentado de alguns olhares enviesados, o espectador se nega a se deixar envolver pela atmosfera do filme.

Pois *Porto das Caixas* é fundamentalmente atmosfera. Para comunicar a imobilidade, a impossibilidade de evolução, foi-lhe dado um ritmo extremamente lento e opressivo. Os atores movem-se com lentidão: a câmara, em longos movimentos, segue os atores com vagar. A fala é lacônica. Falar, como qualquer outra ação, exige um esforço excessivo. E para que falar se os personagens não podem nem querem escapar à obsessão e à letargia? O ambiente em que tudo isso decorre – ou não ocorre – é composto por espaços vazios, empórios e feiras com poucos compradores, magras procissões religiosas, paisagens desoladas, casas brancas. A rigor, poder-se-ia dizer que a cenografia de *Porto das Caixas* é uma parede caiada e suja. E os personagens vestidos de branco mal se destacam sobre as paredes brancas. Elemento essencial é o sol; queima tudo, esmaga relevos e cores. A fotografia transmite o sol, dando ao filme uma tonalidade geral branca. A bela música de Carlos Jobim, com a repetição obsessiva de dois temas, contribui para dar essa ambiência de vida morta. Tal atmosfera retrata a vida de uma cidadezinha do Interior do Brasil, que ficou à margem de tudo, esquecida pelo progresso e pela civilização, e que nem força encontra para reivindicar uma vida mais digna. O comício, provocado por candidatos à cata de votos, não representa, como se tem pensado, um menosprezo das lutas sociais. Não há mais vitalidade para as lutas sociais que para o amor. O comício tenta mostrar a que nível de decomposição pode chegar a vida numa comunidade, que não tem nem o que comer, abandonada há dezenas de anos.

Porto das Caixas não reflete o que há de mais característico hoje no Interior. Sobre essa estagnação podia também se dizer muito mais. Não deixa por isso de ser uma valiosa contribuição ao nosso cinema. Os filmes brasileiros deverão sua força à colocação de problemas urgentes do País. Entretanto, tais problemas serão verdadeiros e se comunicarão com o público, se os personagens que os vivem, aparecerem reais. Se forem reais no seu comportamento, e até na maneira de andar, de falar; se também forem reais os ambientes em que vivem, as paisagens, a luz do sol; se os filmes tiverem um ritmo, uma fotografia, um acompanhamento sonoro que possamos reconhecer como brasileiros. Para isso toda a tentativa seria de transpor para a tela qualquer aspecto da vida brasileira é uma preciosa contribuição.

Ainda que seja mais um filme de laboratório que de público, é nesse sentido que *Porto das Caixas* é importante, por retratar uma cidadezinha marginal, e porque esse retrato impregna todos os elementos do filme, desde a estrutura da ação até a fotografia e a música.

Última Hora, 22/2/64

Pouco defensáveis como crítica cinematográfica, estes textos que ficam presos ao enredo e ao conteúdo mais imediato dos filmes tiveram a sua função. A intenção era, no fundo, levar informações polêmicas para os leitores do jornal – usando às vezes os filmes como simples pretexto, visto que nada nos relacionava com eles além de sua presença no mercado brasileiro. Por isto, explica-se que estes textos tenham optado por uma linha conteudística (que faz horror à crítica universitária): é que este era o meio de atingir um público que, nos filmes, se prende essencialmente ao enredo. Era mais jornalismo que crítica, o leitor importava mais que o filme.

Por outro lado, a instância do enredo existe mesmo nestes filmes que andam circulando pelo mercado. É lícito que um público que, por motivos óbvios, não tem acesso aos aspectos estruturais das obras chore com a morte da mocinha. Suprimir pura e simplesmente esta instância do filme – real e fundamental ao nível da pragmática das obras – é colocar-se numa posição de elite e reafirmar os seus privilégios culturais.

Evidentemente, com as mesmas intenções, há outras alternativas possíveis, tão ou mais eficientes. Por exemplo, o trabalho que vêm desenvolvendo no *Jornal do Brasil* (1973/74) José Carlos Avelar e Eduardo Coutinho, empenhados em salientar, em nível elementar e didático, a mecânica dos filmes como espetáculo e como produtos industriais e a relação que se estabelece entre os filmes e a problemática de que pretendem tratar.

Esta linha atinge naturalmente os filmes estrangeiros, que acabaram constituindo a principal matéria-prima da coluna, só que sem a preocupação dos problemas ligados à produção:

LUZES DA RIBALTA

Luzes da Ribalta não é simplesmente a decadência de um palhaço envelhecido que não diverte mais o público e que os empresários não querem mais. O elemento fundamental para a compreensão de Calvero não está no filme: é Carlitos. Carlitos é o fantasma constantemente presente na memória do espectador: por outro lado, o espectador sabe que Charles Chaplin, ao compor Calvero, no palco ou na vida, sempre pensa em Carlitos, cujo mito constitui assim, entre o filme e a platéia, um denominador comum, uma espécie de cumplicidade. Chaplin é o único cineasta, de toda a história do cinema, que podia, com toda segurança, basear um filme sobre essa cumplicidade. *Limelight* deve ter um sentido bem diferente para aqueles que seguiram a carreira de Chaplin e para quem ele representa uma contribuição importante à sua formação, e para aqueles que o descobriram nos cineclubes e nas antologias. Por mais que os segundos gostem de Chaplin, não podem ter em relação a ele uma atitude um tanto familiar, simultaneamente exigente e benevolente, que é compreensível nos primeiros. Entretanto, para eles, *Limelight* vem envolto por uma aura constituída por tudo aquilo que se disse e se escreveu sobre Carlitos; o fenômeno lembra a atitude daquele que, apesar de descrente, visita um templo andando na ponta dos pés e falando baixo. Mas *Limelight*, no decorrer da primeira visão ou por ocasião de uma revisão, pode sofrer um processo de despojamento; a aura se desfaz e o filme aparece nu.

O que, então, passa a oferecer *Limelight*? Nada mais do que uma tremenda coleção de lugares comuns. Comentários filosóficos: o homem pequeno e fraco, é superior à natureza porque é consciente; quando tudo está perdido, tudo continua maravilhoso porque há a vida, pura e simples, que é a maior riqueza; enquanto se tem saúde e coragem, a vida é bela. E para fazer essas afirmações primárias, Chaplin se coloca, impiedosamente, diante da câmara imóvel. Há também a oposição entre uma velhice forte e uma juventude desesperada a que a velhice comunica o seu entusiasmo, mas que, em seguida, deve se afastar e morrer, enquanto a juventude chega a seu apogeu. Tudo isso banhado por um romantismo lacrimogêneo totalmente desprovido de humorismo. Multiplicam-se as cenas diante das quais o espectador deve se desfazer em água: Calvero bêbado ouvindo as declarações de amor do pianista à bailarina; Calvero esquecido num palco de que se vão apagando as luzes, cenas essas que manifestam o mais aberto amor para si mesmo. *Limelight*, dedicado a Charles Chaplin por ele mesmo, constitui o mais aberrante monumento de narcisismo de que há notícia na história do cinema. Se o filme é angustiante, não é devido à lamentável decadência de Calvero; é porque um artista, que foi a primeira figura do cinema, que soube sempre dosar o seu sentimentalismo com um humorismo da melhor qualidade, se entrega despudoradamente a jogos de um narcisismo adolescente... Que um artista, no fim de sua carreira, deixe cair a máscara e faça uma espécie de confissão pública, estamos prontos a aceitá-lo, mas *Limelight* não é uma confissão pública, é uma confissão trucada. Não é o balanço de uma vida dedicada à criação artística, é uma montagem em torno da concepção romântica e convencional do palhaço triste. Em vez de se interrogar, Chaplin procede a um auto-endeusamento.

Chaplin fabrica a sua legenda, exerce chantagem junto ao público. O que angustia no filme não é absolutamente a decadência de Calvero, à qual resiste qualquer espectador equilibrado, é a decadência que representa um filme como *Limelight* na carreira de um Chaplin. Entretanto, há no filme um verdadeiro Calvero. Teve uma consagração, não tão grande quanto a de Carlitos, mas assim mesmo internacional. Um dos maiores cômicos do cinema, calado e discreto, que não sentiu a necessidade de se construir um mausoléu. É Buster Keaton, cujo nome não mereceu destaque nos créditos de *Limelight*. Aliás, não havia motivo para se destacar o seu nome, pois ele faz apenas uma ponta.

Última Hora, 2/11/63

MERCADO DE CORAÇÕES

Muitas pessoas, que pouco ou nada possuem, sonham com a riqueza. Essa riqueza não é representada pelo dinheiro em si, mas por sinais exteriores, carros, jóias, palacetes. O que seduz é uma vida que se apresenta como paradisíaca, um luxo sem limites, servidores especiais para cada desejo. Em vez de se interessarem pelos seus problemas, aspiram a ingressar num mundo que lhes parece maravilhoso e que lhes é proibido. Não é possível; então são obrigados a se satisfazer com recursos, tais como seguir a moda, se projetar em personagens de fotonovelas que vivem em palácios e piscinas, ou se "informar", nas revistas, da vida pessoal dos possuidores de grandes fortunas, dos reis e dos artistas de cinema. Esse fenômeno é extremamente favorável àqueles que gozam de privilégios, pois, enquanto tais pessoas sonham com aquilo que não possuem, não pensam nos seus próprios problemas, e, portanto, não ameaçam os privilégios. É tão favorável que são utilizados diversos meios para manter essas pessoas naquele estado de espírito. O cinema não é o menor.

E *Mercado de Corações* é um bom exemplo de filme que pretende afastar os espectadores de sua realidade, para encarcerá-los na doce ilusão momentânea de que estão participando de um mundo de delícias. A Riviera, palacetes, vestidos, carros, criadagem, comida requintada, etc. No entanto, não se pode apresentar essa vida em si, porque a platéia teria impressão de ver na tela algo fechado, que não se pode alcançar. É necessário abrir uma série de brechas que possam fazer acreditar aos espectadores, principalmente às mulheres, que o ingresso em tal mundo é possível. Assim, vemos um homem que desconhece tudo da vida da alta sociedade ser educado, transformado; vemos um criado (Glenn Ford) conquistar, pela sua simpatia, o coração de uma dama rica (Hope Lange). Portanto, o mundo do dinheiro é aberto a qualquer um, depende essencialmente da sorte. Mas, para não chocar o público, não é o dinheiro que vence, mas sim os sentimentos. Só que as coisas se ordenam tão bem que, no fim, o dinheiro e o coração servem um mesmo fim: a felicidade. Portanto, podemos esquecer os problemas de nossa vida diária, sonhar com a vida dourada, esperando que a sorte nos sorria. Mas, até lá, continuamos a viver dificilmente, com nossos parcos recursos.

Essas constatações não representam nenhuma descoberta sensacional. Esse processo é confessado. A publicidade de *Mercado de Corações* anuncia claramente que "você viverá em palácios... viajará em iates... andará em automóveis luxuosos... participará de festas espetaculares!" O convite à identificação não pode ser mais nítido. A sua vida é uma lastimável contingência, mas venham se alienar. Dizeres à porta do cinema nos informam que a fita foi "totalmente filmada na Riviera francesa e no palácio do milionário Rothschild". Finalmente, podemos participar da vida pessoal desse semideus. O público deveria se perguntar por que Rothschild tem esse palácio, enquanto que ele não possui nada; pensar que, justamente, para que Rothschild tenha esse palácio, é necessário que ele não possua nada, ou, no máximo, uma "casa popular"; pensar que se ele possuísse um pouco mais, Rothschild possuiria um pouco menos; e que, se essas meninas que se deliciam com os vestidos e as piscinas, em vez de ver o palácio na tela, estivessem nele, não passariam da porta da cozinha.

Última Hora, 26/11/63

SEMPRE AOS DOMINGOS (I)

Um dos pecados, não o menor, do cinema francês, é o insólito artificial. O grão-mestre desse insólito era Jean Cocteau, e numerosos são os pequenos sacerdotes que fizeram sacrifícios sobre o altar da divindade. *Sempre aos Domingos* (*Cybele ou Les Dimanches de Ville d'Avray*) prolonga escolarmente essa tradição, que tem as suas origens no tempo do cinema mudo. O processo é simples: compor, com truques, uma realidade considerada insólita. Ao invés de apresentar a realidade nua, ela é revestida de bugigangas, nas quais (dizem) se localiza a poesia. O principal recurso é a fotografia que, valorizando a névoa e outras fumacinhas, deveria sugerir um universo flutuante, etéreo. A fotografia de *Sempre aos Domingos* (Henri Decae) é lindíssima, mas o seu bucolismo, as suas árvores, as suas abstrações vegetais, são processos que perderam a força e se encontram, anualmente, no Salão de Fotografia da Galeria Prestes Maia. A música procura o insólito, misturando música tibetana, barroco, jazz e canções populares de Prévert. O diálogo também recorre ao estilo Prévert. Os comportamentos pretendem chegar ao insólito transformando em méritos hieráticos e mágicos gestos cotidianos.

Essa pretensa poesia é criada pela interposição entre a realidade e o espectador, de uma série de artificialismos que não têm outra função senão a de esconder a realidade. Não se chega a uma surrealidade, ao sobrenatural, ao irracional, nem a algo que estaria além das aparências. Ao contrário, se despreza a realidade. Incapazes de encontrar a poesia na própria realidade, cineastas como Serge Bourguignon constroem uma retórica, uma mitologia que impede justamente de nos aproximarmos daquilo que poderia eventualmente haver de misterioso na realidade. É o contrário de uma verdadeira atitude poética. Por isso, toda essa tradição do cinema francês e, com ela, o filme de Bourguignon, resultam em obras frustradas, uma estética atrofiada, sem vida nem sangue, que revelam muito mais o medo e a incapacidade de viver, do que o amor pela realidade. Para que essa retórica possa funcionar, isto é, convencer tanto o autor quanto os espectadores, é necessário que se apresente como uma obra-prima. Donde a imensa pretensão e ênfase de um filme como *Sempre aos Domingos*, que leva o espectador que "gostou e entendeu" a desprezar aquele que não gostou e ficou de fora. Para o primeiro se abriram as portas do universo poético e ele pode se sentar entre os iniciados e os eleitos: o segundo nunca passará de um pobre indivíduo incapaz de se destacar de suas triviais preocupações.

A essa realidade poética privilegiada, *Sempre aos Domingos*, como os outros filmes da série, opõe a mediocridade das pessoas que encontramos na vida cotidiana. Bourguignon, horrorizado, apresenta uma série de pequenos burgueses cujos olhos são tapados pelas convenções morais, incapazes de aceitar comportamentos que não sejam idênticos aos seus, desprovidos da mínima generosidade. São os melhores momentos do filme. Esse almoço, durante o qual os indivíduos medíocres preenchem seu vazio interno com condenações sem apelo e trocadilhos, tem uma ambientação verdadeira. Também verdadeira é essa necessidade de se sentir protegido e justificado pelas instituições vigentes, que são a Igreja, a polícia e o parque de diversão.

Última Hora, 7/3/64

SEMPRE AOS DOMINGOS (II)

Se Serge Bourguignon tem razão na superficial descrição que faz dos seus pequenos burgueses, já o seu desprezo por eles não é aceitável. Ele os condena todos, menos dois: Madeleine (Nicole Courcel), porque ama, e Carlos (Daniel Ivernel), porque é um artista. O amor e a arte como formas de redenção são velhas convenções. Em todo caso, esses dois manifestaram uma compreensão e um respeito para com Pierre (Hardy Kruger) inexistentes nos outros. É claro que Bourguignon não vai enfrentar a mediocridade dos pequenos burgueses, nem procurar saber o porquê dessa mediocridade, nem tentar ajudá-los. Ao contrário, vai fugir, vai se refugiar num mundo protetor e isolado, à margem da vida. Esse mundo será o da infância, negando assim os adultos que passam a representar o antipoético por excelência. E, como acontecia nos filmes de Marcel Carné, anteriores à guerra, os adultos pequenos burgueses se tornarão os carrascos da infância, da poesia indefesa. Essa é uma velha atitude romântica: os poetas, não podendo viver numa sociedade burguesa que só visa a acumulação de bens e nega o homem, edificam mundos imaginários em que o homem é rei. Mas a luta existe somente no plano do imaginário, e o esmagamento do poeta é inevitável. Essa era a atitude romântica no início do século XIX; a de Bourguignon é a mesma, um século e meio depois.

O paraíso artificial de Bourguignon não é realmente a infância, mas a tentativa que faz um adulto para reencontrar o mundo da infância. Pierre é um adulto que a amnésia devolveu à infância. Cybele (Patricia Gozzi) é uma menina, mas os autores lhe deram comportamentos e faltas intermediários entre a criança precoce e o adulto atrasado. Outrossim, essa realidade imaginária não pode ser fechada sobre si mesma, porque não passaria de uma réplica da sociedade burguesa. Ela deve ser uma introdução a outras realidades, ser uma escada para outros mundos sempre mais profundos. Por isso, em *Sempre aos Domingos*, a realidade Pierre e Cybele é sempre um eco de uma outra realidade (por exemplo: a menina de hoje lembra a menina que foi morta durante a guerra). O ideal seria reencontrar, através da infância do homem, a infância da humanidade. Assim a menina tem o nome da deusa da Terra e dos Animais, filha do Séu, e que personifica as forças da Natureza. A água e as árvores de Ville d'Avray são uma introdução a uma natureza muito mais primitiva, numa época em que o burguês ainda não existia. Essa atitude leva à mística. Isso se verifica não só na atmosfera mágica em que vivem os dois personagens, mas principalmente na transformação em cântico religioso da última frase de Cybele: "Não sou nada", que afirma simultaneamente a destruição terrestre do mundo poético e a sua perenidade imaginária e religiosa.

A película é uma ilustração perfeita e, poderia se dizer, didática, da alienação romântica. Além disso, o filme de Bourguignon é uma máquina que funciona bem. É bonito, tem ambientação, é bem interpretado; os momentos ridículos são raros; as situações são simples e o enredo se desenvolve com fluidez. A atitude de fuga da realidade, as qualidades plásticas e o intelectualismo pretensioso do filme, não podiam deixar de ter sucesso junto às elites culturais. Assim como *O Repouso do Guerreiro*, *Sempre aos Domingos* é um filme da França do General De Gaulle.

Última Hora, 9/3/64

As aventuras vividas pelas duas crônicas sobre *Sempre aos domingos* são significativas da situação do crítico e da crítica jornalística. Deixada na redação do jornal em tempo hábil, a crônica n. 1 não saiu publicada quando previsto. Fui então informado pelo editor que ele se negava a publicar estes textos por causa da atitude que eu assumia. O filme fora precedido por uma onda que o apresentava como uma obra de arte, um poema. Lançado antes no Rio de Janeiro, o crítico Tati de Morais, muito respeitado pelo editor, tecera elogios. Um texto que contrariasse a tal ponto um crítico respeitado e o prestígio construído em torno do filme pela crítica europeia e os festivais podia colocar em dúvida tanto a capacidade do crítico (isto é, a sua competência em reconhecer e apreciar as obras de arte) como o próprio jornal, por se afastar excessivamente de uma média de opinião.

• • •

Estes últimos textos se referem a filmes estrangeiros a que a coluna fazia oposição. Em contrapartida, valorizavam-se filmes que faziam propostas de cinema popular e, sobretudo, tinham uma estrutura dramática capaz de fazer surgir uma compreensão dialética da história.

HARAKIRI (I)

Harakiri é o choque de dois grupos de *samurais*. Em tempo de paz, aqueles que possuem ainda todos os seus privilégios e continuam a viver dentro de um clã organizado e forte, se opõem aos que, desempregados por causa da extinção de seu clã, não conseguem sobreviver. Os primeiros guardam intatos os seus ritos e o seu código de honra. Entretanto, por terem uma vida inativa e isenta de dificuldades, eles são cada vez menos exigentes em relação a si mesmos. Seus costumes passam a ser mais suaves. Por exemplo, o suicídio, que antes era praticado efetivamente, é agora efetuado simbolicamente com um leque branco.

À medida que seu modo de viver se abranda, seus princípios tornam-se mais rígidos e formais, mais afastados da vida concreta e, por assim dizer, mais mundanos. O oposto se verifica com os outros *samurais*, cujo modo de vida, que não está mais protegido pelas tradições, se deteriora ao contato dos novos problemas que devem enfrentar. Deixaram de ser guerreiros, mas não são aceitos por outros grupos sociais, por terem pertencido a uma casta superior. Os *samurais* que poderiam ajudá-los se negam a fazê-lo para não se prejudicar. Isto faz com que os *samurais* desempregados se tornem marginais. Começam a viver de expedientes e de artesanato; pouco a pouco suas únicas preocupações vêm a ser aquelas diretamente ligadas à mais elementar sobrevivência. Nem por isso seu conceito de honra se enfraquece, mas é natural que se modifique radicalmente. A honra é cada vez menos ligada à idéia de grupo, passa a ser algo individual; não mais a obediência a um conjunto de regras, mas o comportamento pessoal dentro de uma situação; não mais a execução de uma ordem, mas a maneira de solucionar um problema.

Harakiri é o choque desses dois conceitos de honra: um oriundo dos princípios tradicionais, o outro como resultado da necessidade de se resolverem problemas vitais e imediatos. O primeiro é formal, o segundo humano. Enquanto o primeiro considera o homem como o escravo da regra, o segundo leva exclusivamente em conta a dignidade do homem dentro de suas possibilidades e do seu condicionamento. No confronto desses dois conceitos, o primeiro sucumbe, o segundo vence. Os *samurais* ainda fortes obrigam os outros a respeitar fielmente as regras do clã. Mas quando eles mesmos devem respeitá-las, percebe-se que não são mais capazes de fazê-lo. As regras, por um lado, não passam de um ornamento, e, por outro, são utilizadas como meio de opressão, opressão essa que tem por finalidade proteger os *samurais* fortes da influência "degradante" dos decadentes, e manter os privilégios.

O filme se divide em duas grandes partes: na primeira vemos um jovem *samurai* decadente (Akira Ishihama) obrigado, pelo clã, a se suicidar com uma espada de bambu, isto é, uma espada que não corta;

na segunda, o sogro do jovem (Tatsuya Nakadai), após ter vingado o genro desonrando os seus carrascos, apresenta-se como o portador da nova moral. O clã vê nele o anúncio de sua própria decadência e trava contra ele um combate mortal: todos os guerreiros do castelo se unem para eliminar o bode expiatório. Mas conseguirá se suicidar, não sem antes arrebentar a armadura que simboliza a tradição e a força do clã. O administrador chega a uma conclusão evidente: a verdadeira moral não é mais aquela praticada por seus guerreiros, que se reduz a um artifício, não passa de uma crosta que não tardará a se desfazer. A verdadeira moral é aquela vivida por um *samurai* que vendeu suas espadas (orgulho do *samurai*) para comprar remédios para a esposa. No fim do filme, o administrador não registra nada de especial nesse dia: de fato, nada de especial aconteceu, a não ser que foram anunciados o seu desaparecimento e o início de uma nova era. A moral dos *samurais* não mais corresponde à realidade, uma nova era virá substituí-la. *Harakiri* ilustra a evolução da sociedade; mostra como a modificação das condições de vida acarreta e condiciona irremediavelmente a transformação do comportamento e da ideologia dos homens. Contra essa evolução, os *samurais* que detém ainda todos os seus privilégios, poderão lutar tanto quanto quiserem, mas, no fim, serão eles os vencidos.

Última Hora, 12/9/63

HARAKIRI (II)

O conflito apresentado por *Harakiri*, entre duas concepções do homem é ambientado no século XVII. Mas o seu significado é atual. Entram em choque dois grupos sociais, um remanescente do passado, outro adequado à nova realidade. O primeiro oprime o segundo, que luta para substituí-lo. *Harakiri* é violento porque a opressão é violenta, e não recua diante da tortura. Não há nenhuma possibilidade de conciliação entre os dois grupos: para que um possa existir, o outro deve desaparecer. A solução inevitável é a luta armada. Masaki Kobayashi, o diretor de *Harakiri*, ao tratar esse tema histórico, fez um filme perfeitamente válido para hoje. As modalidades dos conflitos atuais são diferentes, mas o esquema permanece idêntico. É esse esquema que faz com que o filme se desenvolva com a simplicidade de um teorema. O que Kobayashi tem a dizer é fundamental, mas, assim mesmo, simples, e ele não tem hesitações, sabe exatamente onde quer chegar; seu pensamento é límpido.

O filme se desenrola num palácio vazio; a cenografia, despojada de qualquer ornamentação, se limita às linhas harmoniosas e quase abstratas da arquitetura. Todos os objetos que aparecem são indispensáveis à ação. A cenografia se reduz a um tabuleiro de xadrez sobre o qual as figuras humanas adquirem grande relevo. A marcação dos atores obedece a linhas geométricas e as personagens se movem somente quando a ação o exige. As imagens são freqüentemente simétricas. A linguagem utilizada é a mais simples, a mais clássica possível, quase acadêmica. Tudo corre numa perfeita ordem. Essa ordem, esse vazio, quase essa frieza refletem a situação dos *samurais* fortes e a sua moral formal. O drama se reduz ao conflito humano, e encontra sua dinâmica nos diálogos, nas reações faciais e nos olhares dos atores, no desenvolvimento das situações e das idéias. Também essas últimas estão desprovidas de qualquer elemento acessório, estão reduzidas ao esqueleto. A título de exemplo, citemos o primeiro diálogo entre Hanshiro (Tatsuya Nakadai – o *samurai* que se suicidará) e o administrador (Rentaro Mikuni): o primeiro se refere ao *harakiri* passando a mão na barriga, enquanto o segundo brinca com um leque branco (objeto com que se pratica o *harakiri* simbólico). Basta isso para situar os dois homens: Hanshiro tem um vivo senso da realidade, enquanto o administrador está afastado dela. Dentro dessa geometria, o gesto depurado e sintético, pela sua violência contida, se torna explosivo, bem como a palavra ou o olhar.

Toda essa simplicidade geométrica, elegância, sobriedade, convém às personagens de que trata o filme (nobres guerreiros) e ao acontecimento ritual que devemos presenciar (o *harakiri*). O ritmo é lento e majestoso; a duração de certos momentos é igual à que teriam na vida real. A lentidão e o despojamento dão ao desenrolar do filme um tom inexorável; uma máquina potente está em funcionamento e nada poderá pará-la. Enfim, *Harakiri* se processa como uma missa solene e austera. Assistimos a algo muito importante: o desaparecimento de certos homens e o surgimento de outros. Mas a violência, contida durante todo o filme, explodirá no fim, desarrumando a ordem, quebrando as paredes, sujando de sangue o delicado emblema do castelo. A vida irrompe naquela calmaria. Masaki Kobayashi, primeiro com *Guerra e humanidade*, e agora com *Harakiri*, coloca-se entre os maiores nomes do cinema mundial.

Última Hora, 3/9/63

O BANDIDO GIULIANO (I)

Na Sicília, no fim da guerra, eclode um movimento regionalista que visa separar a ilha da Itália. Vários fatores contribuem, entre os quais o exército aliado e os grandes proprietários de terras, através de sua organização, a Máfia. Na luta, a Máfia recorre à ajuda de Salvatore Giuliano e seus bandidos. Após a Sicília ter conseguido a autonomia interna, Giuliano volta ao banditismo e participa de crimes políticos, entre os quais o mais importante é o massacre de Portelle delle Ginestre, no 1º de Maio de 1947, contra os comunistas. Atraiçoado, Giuliano é assassinado em 5 de julho de 1950. O filme de Francesco Rosi, *O Bandido Giuliano* (*Giuliano Salvatore*) relata esses acontecimentos. Os fatos são complexos: a Máfia, a polícia e o bando de Giuliano trabalham juntos, e ignora-se qual a responsabilidade de um outro grupo. O muro de silêncio erguido pelos colaboradores de Giuliano, pelos componentes da Máfia e pelo povo siciliano impedem que se chegue a algum esclarecimento. Rosi, ao apresentar os fatos, não pretende dar explicações; fica de fora, limita-se a dizer "isto ou aquilo ocorreu". Por causa disso, o filme, em certos momentos, chega a se tornar absurdo, principalmente no episódio de Portelle delle Ginestre. O massacre é cruel e inumano, e não se tem nenhuma explicação a respeito; o diretor nos entrega o fato bruto: quem quiser aceitá-lo tal como está, que aceite; quem quiser procurar explicações, que procure. Poderemos dizer: "Giuliano estava a serviço das forças reacionárias". Mas, e daí? A monstruosidade do massacre e a frieza de sua apresentação obriga quase o espectador a se sentir responsável. Responsável por quê? Não sei bem. É uma responsabilidade difusa. Raramente um filme tem levado o espectador a provar com tamanha força o senso da responsabilidade, não por um fato específico, mas por todas as injustiças que são praticadas. No fim do filme, o que temos? Um cadáver, que nos é descrito com minúcias. Há uma tal desproporção entre esse objeto frio e o que ocorreu antes de sua morte, que o cadáver não explica nem soluciona nada. Ficamos na mesma. E anos depois da morte de Giuliano, crimes continuam a ser cometidos.

O choque que sofre o espectador no momento do massacre de Portella resulta não só do contraste entre a sua violência e a frieza da apresentação, mas sobretudo da forma dramática escolhida por Rosi. Salvatore Giuliano não aparece vivo durante todo o filme (se aparece, é de longe e nunca de modo a ser identificado com certeza). Os motores da ação nunca são claros. O espectador faz força para se apegar a um elemento, por tão pequeno que seja, a fim de encontrar uma possibilidade de desvendar o mistério. Mas essa tentativa é vã. Quando, no tribunal, a corte procura entender o mecanismo, chega somente a aclarar o fato policial, encontra o assassino de Giuliano. Nada mais. E isso não adianta, não explica nada. Rosi consegue, dando todas as informações de que dispõe (datas, lugares, desenrolar episódico dos fatos) fazer com que a personagem principal do seu filme seja o acontecimento em si. É também o mecanismo. Ele tem engrenagens, mas não sabemos localizá-las, nem como funcionam.

Um mecanismo movido pelo povo siciliano, mas que ultrapassa os homens. As histórias que se lêem sobre a Máfia deixam entender que se trata de um emaranhado inextrincável, que não se encontra nunca os responsáveis, que a organização não parece depender de homem algum, mas existir em si e utilizar os homens. No período, particularmente agitado, focalizado pelo filme, tudo é centralizado em torno do nome de Giuliano, que representa uma espécie de poder oculto, nunca posto em dúvida; é a bandeira que catalisa as forças do povo siciliano.

É muito difícil, no momento de sua apresentação, dizer se *O Bandido Giuliano* traz alguma coisa nova. Mas é a impressão que se tem. O filme abandona a dramaturgia clássica baseada na personagem. Mas também não utiliza o herói coletivo como o fez a escola soviética. Não procura demonstrar nada, nem envolver o espectador no enredo para entusiasmá-lo ou indigná-lo, nem levá-lo, pela emoção ou pelo raciocínio, a alguma conclusão. É um filme cuja estrutura provoca o espectador no sentido de despertar o seu senso de responsabilidade social. É possível que esse filme abra caminhos novos para o cinema. Talvez seja o acontecimento cinematográfico mais importante desde *O Encouraçado Potemkin*.

Última Hora, 19/9/63

O BANDIDO GIULIANO (II)

O Bandido Giuliano foi filmado alguns anos após o desenrolar dos acontecimentos que relata, nos locais autênticos, aproveitando, como atores, os moradores desses lugares. Isso deu a Rosi a possibilidade de retratar o povo siciliano. Caras fechadas, talhadas à faca; olhar pesado e matreiro, desconfiado e sem ironia; expressão obstinada de quem não mudará de atitude, seja ela reconhecida certa ou errada, de quem matará, sem convicções pessoais, se essa fôr a ordem. Povo capaz de uma total impassibilidade e de explosões apaixonadas; capaz de opor o silêncio à força, e de se juntar em arrebatadores delírios coletivos. Povo que vive de agricultura num solo ingrato, e principalmente de criação de gado; técnicos e culturalmente dos mais atrasados, analfabeto na sua grande maioria. É esse povo que se encontra no mecanismo composto pela polícia, a Máfia e o banditismo, roído pela engrenagem sem poder escapar a ela, nem entendê-la. Para melhor exemplificar essa situação, Rosi deu certo destaque ao caso particular de um pastor, convidado a combater no bando de Giuliano. Ele aceita sem discussão. Vai atirar contra os comunistas, sem ter a menor idéia de por que deve matar comunistas, nem do que seja um comunista. Depois, no tribunal, encontrar-se-á no banco dos réus; mas é, em verdade, uma vítima da imensa máquina que se aproveita dele em função dos seus interesses. Uma vítima do anticomunismo, que não é nada mais do que a fachada adotada por interesses que se defendem. Interesses esses que transformam em bandidos quem os defende. A declaração feita no tribunal pelo auxiliar imediato de Giuliano: "Os bandidos são os outros, aqueles que se dizem honestos", expressa a verdade. Evidentemente, através desse prisma, *O Bandido Giuliano* ultrapassa o drama siciliano, para se tornar um retrato revoltante de amplos setores da sociedade atual. O pastor é quase que uma alegoria do cidadão médio que vive dentro da nossa sociedade.

Existe uma grande documentação fotográfica sobre Giuliano. Sempre que possível, Rosi reconstitui tais documentos com tamanha fidelidade que se torna freqüentemente impossível distinguir certas imagens do filme das fotos originais. Esse fato, mais o aproveitamento dos lugares autênticos e de seus moradores (muitos dos quais devem ter participado dos acontecimentos relatados pelo filme) aproximam *O Bandido Giuliano* de um filme documentário, que respeita minuciosamente a realidade. O filme deve dar a impressão de ter sido realizado durante o desenrolar dos acontecimentos, como se fosse uma montagem de jornais cinematográficos. Para aumentar tal impressão, a película sofreu um tratamento de laboratório, a fim de parecer um filme já velho. Esse processo está de acordo com a frieza e a imparcialidade (aparente) do relato.

Outrossim, O Bandido Giuliano é muito elaborado; tratava-se de tornar a realidade espetacular, a fim de que ela pudesse interessar e impressionar o público. Certos elementos favoreceram esse projeto. As próprias características dos sicilianos são espetaculares, não somente a sua aparência de povo trágico em si, os seus dons histriônicos, mas também numerosas de suas reações, intermediárias entre a espontaneidade e a representação dramática. Os pontos culminantes de tais reações, encontramo-los no ataque histérico de um réu durante o julgamento, e no choro da mãe de Giuliano diante do filho morto. A isso acrescenta-se a beleza árida e grandiosa das montanhas sicilianas, calcinadas pelo sol, que servem de cenário natural aos mais trágicos dramas humanos. Além disso, Rosi, em planos extremamente demorados, deu aos gestos e às falas todo o tempo necessário para se desenvolverem, inclusive quando não são indispensáveis à compreensão dos acontecimentos. É o caso (entre muitos) do homem que comunica as ordens do Comando Militar: num mesmo plano, o vemos chegar, chamar várias vezes a atenção, transmitir o comunicado e afastar-se. A duração dos planos deve dar a impressão de que o diretor não intervém no processar da vida, e introduzir o público no ritmo, amplo e lento, simultaneamente, da vida cotidiana e do filme. A câmara, em sinuosos movimentos, segue aquilo que mostra num registro fiel, que, aos poucos, se torna inquietante: após ter lentamente descrito o massacre de Portella, a câmara aproxima-se da montanha como que para perguntar-lhe quais são os culpados. Por um lado o filme assemelha-se a um documentário, por outro, parece uma ópera. Essa extraordinária síntese é uma maneira nova (ainda que tentativas anteriores tenham sido feitas) não só de tratar a realidade, mas sobretudo de comunicá-la.

Última Hora, 20/9/63

JURAMENTO DE OBEDIÊNCIA (I)

Juramento de obediência, embora tenha recebido o Urso de Ouro no último Festival de Berlim, foi lançado silenciosamente no Cine Niterói. Com esse filme, Tadashi Imai dá uma visão da história do Japão desde o início do século XVII até os nossos dias, focalizando as relações existentes entre os suseranos e seus vassalos e servidores. Em todos esses séculos, o Japão mudou, mas o japonês ficou escravo do seu senhor, um objeto sem vida própria e com existência e valor apenas na medida em que podia ser útil ou agradável ao suserano. Essa exploração não consistia somente em privar o homem do seu trabalho, em impedi-lo de exercer atividades para si, mas em negar-lhe até sua autonomia física. O filme apresenta Jirozaemon e seus descendentes (Kinosuke Nakamura em todos os papéis), em vários episódios ambientados em épocas diversas, e em cada um deles, é atingido naquilo que tem de mais íntimo. No século XVII, Imai coloca o problema: o juramento é prestado e Jirozaemon mata-se para proteger o seu amo. A sua vida não lhe pertence e é espontaneamente que ele a coloca a serviço do suserano. Em seguida, um novo suicídio será praticado para seguir na morte um amo que foi injusto para com ele. Mas injusto ou não, o amo é sempre o amo. Depois, não é só a vida que lhe é negada, mas também o sexo. Para satisfazer os seus desejos, o amo resolve que o seu pajem não poderá ter relações com mulheres. Finalmente, o amo não dispõe somente dele, mas de toda a sua família.

E assim por diante, até chegarmos ao fim do século XIX. O poder se unifica. O Imperador comanda em todo o país e os suseranos representam uma realidade ultrapassada, a quem não se deve mais obedecer; entretanto, Jirozaemon, condicionado por séculos de servilismo e obediência, continua a sacrificar aquilo que tem de mais pessoal. E também continua a sacrificar-se hoje, sendo substituído o amo pelo diretor de uma empresa capitalista. Mas entre a época feudal e hoje, há uma diferença: o servilismo de antes era em função de um princípio de qualquer modo indiscutível: a superioridade do amo. Enquanto o diretor da firma não é considerado superior, mas sim a firma e o seu progresso. O servilismo tem também como função assegurar ao funcionário um cargo e uma situação social. Modalidades diversas de uma mesma escravização. Jirozaemon é o protótipo do homem humilhado, que nunca pertenceu a si mesmo, que nunca dispõe de si. Condicionado por séculos de escravidão, é incapaz de reagir à mais flagrante das injustiças. Todos os seus reflexos condicionados o levam sempre a obedecer, a se submeter. Se esboça um gesto de revolta, há sempre algo dentro dele que o obriga a parar.

Enquanto permanece imutável a espoliação de Jirozaemon e seus descendentes, os suseranos mudam. No início, estamos em presença da vida ativa e perigosa dos guerreiros. A paz (nesse mesmo período ambienta-se também *Harakiri*, recentemente visto) muda a vida dos senhores: passam todo o tempo nos seus palácios, inativos, e entregam-se ao prazer. Os costumes tornam-se mais requintados; os dramas giram em torno de paixões. O vestuário, a arquitetura, a decoração, os gestos, tudo deve concorrer a satisfazer uma vida sensual cada vez mais complicada e exigente. Enquanto isso, o seu poder se enfraquece; o suserano torna-se incapaz de enfrentar qualquer problema. As dificuldades administrativas são resolvidas pela corrupção; algumas reações populares, provocadas pela opressão e pela debilidade do regime, são esmagadas sadicamente. E o suserano vai lentamente apodrecendo na sua decadência, satisfazendo desejos sempre mais mórbidos, até que seu poder desapareça totalmente em favor do poder centralizado do Imperador. Então, o suserano não passa de um trapo humano, que não tem mais nem palácio, nem casa, que perdeu por completo a dignidade.

Última Hora, 4/12/63

JURAMENTO DE OBEDIÊNCIA (II)

Alguns diretores japoneses estão procurando uma nova forma de diálogo com o público. Não querem que a platéia se identifique com as personagens, nem que veja o espetáculo e opine sobre os problemas colocados somente se estiver com vontade. Tentam provocar o espectador de tal modo que ele não possa deixar de tomar posição diante do problema, e que o filme só esteja completo com essa tomada de posição. Não é através de comentários ou de perguntas diretas que isso é alcançado, mas pela própria estrutura do filme. Isso confere um aspecto didático a esse cinema, de que *Juramento de Obediência* é um excelente exemplo. Jirozaemon e seus descendentes sempre foram humilhados, nunca considerados como homens e sempre aceitaram essa servidão. Chega um momento em que o espectador tem uma reação de revolta contra Jirozaemon, reação quase física, vontade de pegá-lo pelos ombros e exigir dele que deixe de ser passivo. Conseguir isso é conseguir algo da maior importância, e revela um grande artista.

Juramento de Obediência é o tipo do filme atuante, não somente por abordar um assunto "social", ou por pregar alguma moral, mas por exigir do espectador uma definição, ou início de definição, que o compromete globalmente. De fato, uma definição do espectador diante do comportamento de Jirozaemon inclui, obrigatoriamente, elementos pessoais e sociais, e essa definição, inclusive se for somente esboçada, resulta de uma reação espontânea e emotiva.

Tadashi Imai alcança esse resultado fazendo contrastar a permanência da condição social de Jirozaemon com a evolução dos suseranos. Cada episódio nos apresenta a exploração e o servilismo da personagem, mas cada vez, as modalidades são diversas. As situações são sempre expostas com a simplicidade e clareza com que se poderia enunciar um problema matemático: Jirozaemon presta juramento ao suserano; o suserano comete um erro; Jirozaemon suicida-se para proteger o amo. Ou então: por excesso de zelo, Jirozaemon desagrada ao suserano; este o pune injustamente; o amo morre; Jirozaemon suicida-se para segui-lo na morte. Fundamentalmente o esquema é um só: Jirozaemon serve ou agrada ao amo; este lhe retribui injustamente; Jirozaemon continua mais fiel e obediente do que nunca.

A repetição com variantes sempre mais complexas dessa mesma estrutura faz com que, aos poucos, vá se processando uma espécie de sedimentação, que valoriza a constante, isto é, a exploração do homem, em detrimento das particularidades. Do mesmo modo, a personagem de Jirozaemon varia de episódio para episódio, mas, como um mesmo ator interpreta os sete papéis, os traços particulares de cada uma das personagens vão cedendo passo ao denominador comum, que é o servilismo. Outrossim, a exploração sempre atinge Jirozaemon em algo de essencial: não compromete tanto o seu eventual bem-estar, ou seus bens, mas sim a sua vida, seu corpo, e a vida e o corpo de seus parentes mais próximos.

Finalmente, todos os elementos levantados no decorrer de três séculos de exploração, são sintetizados em dois episódios, ambientados no século XX, que tocam muito de perto o público, pela familiaridade que tem com a guerra e a situação de um funcionário numa empresa capitalista. No fim do último episódio, Imai modificou a estrutura, fazendo com que Jirozaemon, pela primeira vez, tome uma atitude que afirma a sua liberdade e individualidade; serve de moral à fita.

Compreende-se a intenção do diretor que quis acabar o filme abrindo uma perspectiva nitidamente positiva. entretanto, esta última reação de Jirozaemon é de um didatismo primário, pois a única perspectiva positiva que o filme pode abrir, de modo totalmente válido, é a sua ação sobre o público. E não era necessária tal reação final da personagem para que *Juramento de Obediência* tenha ação sobre o público.

Última Hora, 5/12/63

STELLA: A FORÇA DO MELODRAMA

O melodrama é uma história que recorre a personagens e situações violentas e patéticas, que, de tão usadas, perderam o seu peso dramático e se constituem num repertório de chavões lacrimogêneos. Melodramática é a maioria dos filmes de amor, as radionovelas, histórias em quadrinhos, canções, etc., onde sempre encontramos amores infelizes, sentimentos frustrados por alguma força exterior que se opõe à realização da felicidade. Considera-se que o melodrama se destina ao povo, às pessoas grosseiras que não têm cultura suficiente para compreender e apreciar sentimentos mais sutis. Os públicos burgueses reagem violentamente contra o melodrama, achando-o demasiadamente vulgar (e é muito grande o temor que tem o burguês de ser vulgar) e estimando-se dignos de coisas mais requintadas. Em realidade, eles reagem somente quando o melodrama se apresenta descaradamente, porque, desde que um tanto camuflado, nem o percebem. O diretor grego Cacoyannis, em *Stella, a Mulher de Todos*, empregou descaradamente o melodrama. Dirigindo-se ao público a que se dirige o melodrama, Cacoyannis não hesitou em recorrer a personagens, ambientes, situações características do melodrama: uma mulher amada por dois homens pertencentes um à burguesia, outro ao povo, e tudo acaba em sangue. Mas Cacoyannis consegue dar ao seu melodrama uma força de que esse tipo de obra costuma ser desprovido. As personagens de *Stella* são movidas por sentimentos simplesmente estruturados: Georges Foundas é essencialmente movido pelo amor; Melina Mercouri pelo amor e pela sua sede de liberdade. Nada além desses sentimentos existe. As personagens, cegamente, procuram se realizar, vencendo qualquer obstáculo, preferindo, a renunciar, morrer ou fazer a sua própria e definitiva infelicidade. Essas são características de personagens trágicas, às quais os dois atores emprestaram sua paixão, animando-as de uma força verdadeiramente telúrica. A sua paixão os transforma em forças da natureza. Essas características são acentuadas pelo panorama de miséria no qual se desenrola o filme, pelo mau gosto dos vestidos e da maquilagem das prostitutas, pelas canções, pelo clima da Grécia, etc. E assim o melodrama reencontra toda a sua força e autenticidade. Utilizando as formas do melodrama, mas sabendo revitalizá-las, Cacoyannis realiza com *Stella* uma fita que poderíamos chamar de "culta e popular". Culta porque possibilita a afirmação de certos valores. Popular porque as situações e as personagens empregadas, além de pertencerem às camadas populares, já são conhecidas e apreciadas pelo público, permitindo assim uma comunicação imediata e, portanto, a transmissão de tais valores. Parece indubitável que, atualmente, senão em todos os países, pelo menos em todos os países subdesenvolvidos, em todos os países vítimas do fascismo, essa seja uma das melhores formas de comunicação imediata (não a única). Compreende-se, pois imensas camadas da população estão abandonadas, afastadas de qualquer forma ativa de cultura, entregues à mais completa letargia cultural, quando não ao analfabetismo. Não se trata somente de populações rurais, mas também urbanas, operariado e classe média. Entretanto, a essa gente é dado, através do cinema, rádio, TV, revistas, jornais, etc., um divertimento que não tem outra finalidade senão mantê-la no seu estado de letargia, de inculcar-lhe idéias contrárias aos seus interesses, de falsificar as realidades sociais, de impedir-lhe qualquer possibilidade de análise ou de compreensão. A máquina, de âmbito internacional, destinada a produzir esse divertimento, é muito bem organizada e a sua produção encontra uma total receptividade popular. Se quisermos nos comunicar imediatamente com esses públicos, o modo mais rápido consiste justamente em utilizar essas formas (elaboradas para fins entorpecentes), por serem já conhecidas e facilmente compreensíveis, carregando-as de um sentido novo. Se essa idéia pode parecer inicialmente absurda, é provável que não o seja, porque as formas utilizadas pela máquina são de origem popular; antigamente tinham conteúdo, mas a estratificação as esvaziou totalmente. Portanto, revitalizar tais formas significa reencontrar o seu significado popular, torná-las novamente dinâmicas, possibilitar assim, novamente, a sua transformação e a sua evolução. Utilizar hoje as formas melodramáticas, utilizar os esquemas da foto ou radionovela, da chanchada, do romance para moças, etc., dando-lhes um novo peso dramático, carregando-as de valores efetivamente populares, significa lutar. Parece-nos que foi isso que fez Cacoyannis com *Stella*, realizando assim um filme crítico.

Stella afirma os direitos que os homens têm de viver. Num país onde a mulher ainda não conquistou a sua autonomia, a personagem de *Stella* é a afirmação de uma vida livre de qualquer compromisso, de qualquer entrave, de qualquer dever, de uma vida quase animalesca, da vida pelo prazer de viver. Essa vida gira em torno da paixão e do prazer sexual. Essa forma de vida poderia ser negativa, se ela não fosse, em realidade, a negação de certos valores que devem ser rejeitados, ou seja, os valores burgueses. A burguesia está pouco a pouco morrendo, porque ela sufocou o homem debaixo de uma série de convenções (familiares, mundanas, morais, etc.), porque colocou, acima do homem, aquilo que socialmente ele representa, porque transformou o amor num dilema psicológico. Sua pressão estrangula o homem que não consegue mais viver espontaneamente, que não consegue mais se expressar livremente. *Stella* é o contrário disso. *Stella*, a prostituta que se opõe à burguesia, é endeusada pela população da aldeia pobre, por ser a expressão da espontaneidade e da liberdade. Ela se defende contra qualquer jogo, conjugal ou outro. Ela defende ferozmente a sua liberdade, aceitando para isso sacrificar sua própria vida. A personagem de *Stella* é, num país oprimido como a Grécia, um autêntico convite à libertação.

"Página Popular de Cultura"
da *Última Hora*, 31/8/63

III | A Gazeta

Após a *Última Hora*, escrevo ocasionalmente, dependendo das possibilidades, cada vez mais restritas, de publicar. Em 1968, alguns meses n'*A Gazeta*. Numa coluna diária mantida por cinco ou seis pessoas, é feito um trabalho, às vezes polêmico e de repercussão, mas que não oferece a consistência das fases anteriores. As crônicas se dividem entre aquelas que abordam filmes e tendências, e as que tratam de assuntos da política cinematográfica (que se encontram no capítulo V).

PERTURBAÇÕES EM *FOME DE AMOR*

A linha dominante de *Fome de Amor* é uma metáfora sobre a alienação da esquerda intelectual. Um dos melhores elementos dessa metáfora é Marina (Irene Stephania) que à medida que vai se politizando, ou seja, se aproximando do revolucionário frustrado, cego, surdo e mudo, tende também a se tornar cega, surda e muda. Como ela dispõe fisiologicamente de todos os seus sentidos, ela mesma vai erguendo barreiras entre si e a realidade. Não é com o povo que ela se relaciona, mas com livros e revistas: deixa de falar; e, o melhor, desdobra os seus sentidos: encarrega o microfone de escutar para ela o ruído da chuva para que em seguida ela possa escutá-lo no gravador, pondo os fones nos ouvidos, o que a isola completamente do mundo ambiente. Marina é uma excelente personagem, que encerra o essencial da significação do filme.

Mas nem por ser dominante, essa linha é a única. Há outras. Por exemplo: a preocupação com o trabalho intelectual fora do contexto político: o que significa ser cientista e ser autor de uma tese "revolucionária na botânica"? O que significa ser pintor, qual a importância da pintura? Pelo visto, pouca coisa. Mas tais problemas não chegam a ser desenvolvidos pelo filme e são, aliás, mal colocados.

O filme tem ainda outras linhas. Uma puramente intimista, bastante valorizada e bastante banal. Problemas amorosos, troca de parceiros, exploração da esposa rica pelo marido aproveitador, ciúme que leva ao assassinato imaginário da esposa enganada, etc. Essa linha, que pode ser interpretada como uma forma de alienação daquele grupo social, não se afirma e não se relaciona com a linha principal do filme. A metáfora sobre a esquerda esmaga qualquer outra veleidade do filme, e dos autores. A linha intimista aparece como uma possibilidade de desenvolvimento, que não foi aproveitada nem rejeitada. Por isso, freqüentemente, a fita se perde, se desorienta, incapaz de se escolher. A seqüência final orienta violentamente a fita e transforma em detritos tudo o que não colabora com a linha dominante.

A esquerda está desorientada. Freqüentemente os autores se mostram, na realização da fita, desorientados. Se a desorientação é produtiva quando diz respeito à esquerda, ela é estéril no que toca à linha intimista, pois não enriquece a primeira, nem adquire sentido em si. Quando não se sabe o que fazer, pode se fazer tudo e se fazer qualquer coisa. *Fome de Amor* é uma proposta para vários filmes, de desigual interesse. Um dos filmes, certamente o mais interessante, acabou prevalecendo, mas não conseguiu eliminar os outros ou domesticá-los. Se a desorientação da esquerda é responsável pelo que o filme tem de muito válido, ela também impediu a escolha, levou a contradições infecundas, não dialéticas, a uma dispersão.

A Gazeta, 20/9/68

FOME DE AMOR

O último filme de Nelson Pereira dos Santos que acaba de estrear no Rio e ainda não foi projetado em São Paulo, parece ser uma surpresa total. Se, para alguns, Nelson continua sendo o autor de *Vidas Secas*, para outros *Fome de Amor* ou *Você Nunca Tomou Banho de Sol Inteiramente Nua?*, seu sétimo filme de longa metragem, é de longe o melhor.

Nelson Pereira dos Santos nunca gostou de roteiros muito pormenorizados, a fim de estar livre de criar na hora da filmagem. Mas, ao adaptar para o cinema esta história de Guilherme de Figueiredo, Nelson levou o improviso e o experimentalismo a um ponto certamente nunca alcançado no cinema brasileiro. Ao filmar, Nelson praticamente ignorou o roteiro; considerou o roteiro e a produção (equipamento, locação, elenco, guarda-roupa, etc.) como uma situação dada que lhe oferecia um leque de possibilidades, entre as quais ele escolhia na hora, e não escolhia apenas planos ou ângulos, mas sim cenas e situações. O filme não é a reprodução de algo já criado verbalmente no roteiro, mas é uma criação no ato de filmar. Roteiro e produção criam apenas uma situação dentro da qual a liberdade é total. Mas essa liberdade não se encerra após a filmagem. O material filmado se apresenta também como uma situação dada que oferece um leque de possibilidades entre as quais o montador tem de escolher. Nelson transformou muito o seu filme na mesa de montagem, a tal ponto que foi levado a fazer filmagens complementares. E numa terceira etapa, as possibilidades de escolha diminuem, sem dúvida, mas a liberdade ainda existe, e Nelson novamente transformou seu filme durante a dublagem. Este filme, que não é a concretização de uma previsão feita pelo roteiro, mas que esteve se fazendo até a última etapa, é uma *experiência* das mais importantes e pode ter conseqüências imprevisíveis para o cinema novo.

É talvez o resultado dessa experiência que as pessoas apontam quando dizem que o filme se expressa inteiramente pela imagem e pela montagem, sem necessidade de uma "mensagem verbal"; quando dizem que "pela primeira vez, a consciência da forma determina o sentido de um filme de Nelson".

Tal processo de filmagem, se conseqüente, não podia deixar de dar um filme de significação nova no panorama do cinema novo, o que Sérgio Augusto aponta: "pela união de Eros com a revolução, NPS realizou uma obra marcusiana. Nela, Freud e Marx, Fellini (ou a tendência às aberrações) e Resnais (ou a guerrilha que não acabou) são as referências que sustentam a combinação do sexo com a política, segundo a tese do filósofo alemão Marcuse... *Fome de Amor* é um filme de grande nível, moderno. Moderno: em vez de aplicar a psicologia à análise de fatos sociais e políticos (um método deturpado por esses mesmos fatos e só usado pelos autores tradicionais), Nelson prefere desenvolver o conteúdo sociológico e político das categorias psicológicas".

A Gazeta, 19/6/68

SUBDESENVOLVIMENTO EM *FOME DE AMOR*

Um dos temas importantes de *Fome de Amor* é o subdesenvolvimento, e este tema está no relacionamento da fita com o seu orçamento. *Fome de Amor* é uma fita de aparência pobre, poucos atores, muitas filmagens em exterior, a ação se dá quase num único local. Mas a produção, sem ser extremamente rica, não era indigente: uns quatrocentos milhões de cruzeiros antigos. Dava para fazer um filme bacaninha. A publicidade poderia ter anunciado, gloriosa: "Um filme brasileiro com filmagens em Nova Iorque". Os atores brasileiros na Broadway multiluminosa, Irene Stephania experimentando vestidos em boutiques da Quinta Avenida ou em Greenwich Village. Mas nada disso se deu. De Nova Iorque, vemos um descampado sujo com uma pelada, a filial da Varig e do Banco da Lavoura de Minas Gerais, ou primeiros planos dos atores na rua. Nelson Pereira dos Santos voltou deliberadamente as costas às possibilidades de realizar o filme de "bom nível técnico-artístico" que a produção lhe propunha. Com ironia e cinismo, ele "avacalhou" a produção, disse-lhe a mesma palavra que Arduino Colasanti diz a Irene Stephania numa confeitaria novaiorquina. Após essa palavra, Arduino é despedido. A atitude de NPS diante da produção é saudável, um dos aspectos mais positivos do filme.

A atitude de Nelson Pereira dos Santos vale um manifesto e tem uma significação política e estética da maior importância. Não penso que seja atualmente possível fazer, no Brasil, filmes de ficção de longa metragem sem refletir um instante sobre o que fez NPS.

Essa atitude se choca frontalmente com uma outra corrente, que consiste em fazer exatamente o contrário: com orçamentos inferiores a *Fome de Amor*, realizadores conseguiram fazer filmes que dão a impressão de uma boa produção, muitos ambientes, rico vestuário, cenografia elegante, etc. Tais filmes se dirigem a uma classe média, tipo Olido ou Astor, a quem se pretende dar um reflexo satisfatório de si mesmo. Um cinema bem feitinho, de "bom nível técnico-artístico", que nada tem de degradante para um subdesenvolvimento que não se preza. A fossa folclórica que a época atual impõe é vertida em sentimentos delicados docemente acolchoados no requinte dos ambientes. Uma fileira de telefones brancos disfarça o subdesenvolvimento – mas não a mediocridade.

Entre *Fome de Amor* de um lado, a *Capitu* e *Anuska* do outro, é difícil não optar pelo primeiro.

A Gazeta, 21/9/68

FOME DE AMOR EM FORMA DE ACINTE

Ao realizar *Fome de Amor*, Nelson Pereira dos Santos fez absoluta questão de fazer um filme que tenha acintosamente um aspecto subdesenvolvido, pobre. Tal atitude ficou patente do desprezo do diretor em relação às possibilidades financeiras da produção. Mas essa afirmação do subdesenvolvimento está presente em todos os aspectos da fita e adquire a sua plenitude no final.

A seqüência da bacanal é um dos melhores momentos do moderno cinema brasileiro. A seqüência atinge o seu ápice quando os burgueses fantasiados se torcem de rir diante do casal de "revolucionários" perdidos na ilha e guiados por um cachorro, à cata da revolução. É então que a seqüência (e o filme) desabrocha plenamente, atingindo a sua significação máxima e o maior desenvolvimento da alegoria.

Dentro da seqüência, o que precede esse momento parece um tanto mal feito; com exceção de um ou outro instante excelente (as referências a Che Guevara e ao Cristo, por exemplo), nem o diretor, nem os atores parecem muito à vontade, estão intimidados, fazem força para gargalhar. A festa não deslancha. O que, eventualmente, seja limitação da realização, acabou sendo um fator expressivo positivo.

É impossível assistir à bacanal de *Fome de Amor* sem pensar em outras; aliás, deve-se pensar em outras, pois é em relação a elas que esta seqüência adquire toda a sua significação. Em *Fome de Amor* estão presentes, no mínimo, a festa de *Cinzas e Diamantes*, de Wajda, e a última bacanal de *A Doce Vida*, de Fellini. Nesses três casos, uma burguesia sem perspectiva se aliena numa euforia angustiada; festas motivadas pela fossa e que só conseguem torná-la mais aguda, ao amanhecer. *Fome de Amor* se inclui naturalmente no conjunto dessas bacanais macabras, das quais foi conservada até uma figura típica: o desfile. Assim como os burgueses de Varsóvia fazem um cordão para dançar uma valsa de Chopin e os italianos decadentes formam um cortejo para ver o peixe na praia, os burgueses brasileiros descem a escada em direção à praia em fila indiana.

Mas há uma diferença fundamental entre a bacanal brasileira e as duas estrangeiras. Estas foram montadas de forma a provocar no espectador uma espécie de exaltação. Há nelas uma grandiosidade irrisória que empolga o espectador e deve tornar mais pungentes a decadência e o desânimo dos festivos. Enquanto que, em *Fome de Amor* essa exaltação fica constantemente anunciada e nunca se dá, mesmo com o strip-tease de Leila Diniz; nunca a seqüência alcança a grandiosidade que caracteriza os modelos polonês ou italiano, é uma frustração constante (até a resolução dessa frustração no finzinho da fita). NPS fez uma bacanal macabra subdesenvolvida, baseada em modelos europeus, para uma burguesia subdesenvolvida, baseada em modelo europeu.

A Gazeta, 25/9/68

A MATURAÇÃO DE BRESSANE

Numerosos críticos notaram que *Cara a Cara* revela, apesar de suas deficiências, um diretor de talento que poderá se tornar um bom diretor. Notaram, por outro lado, que o público não respondeu ao apelo do diretor e que os poucos espectadores desprevenidos que assistiram ao filme se aborreceram para valer. O que levou alguns críticos, principalmente cariocas, a concluir que Júlio Bressane deve continuar a fazer cinema (JB, comovido, agradece), mas que, antes de vir a público, ele tem de amadurecer ainda um pouco, fazer mais alguns exercícios.

Como amadurece o jovem cineasta no Brasil? Estes conselheiros ignoram provavelmente que a sociedade não fornece meio nenhum, amparo financeiro nenhum aos candidatos a cineasta para amadurecer. O processo de fazer filmes experimentais fora do mercado, fora das escolas e universidades, fora das instituições de amparo ao estudo, se esgota rapidamente para um indivíduo, e Bressane já fez dois filmes de curta metragem: *Lima Barreto: Trajetória* e *Betânia Bem de Perto*.

Mais curiosa é a idéia de que o cineasta – ou candidato a – pode amadurecer fora do público, à margem do processo cultural naquilo que ele tem de social. Não é apenas num diálogo com a sua câmara que o cineasta vai amadurecer, mas sim socializando a sua obra. É o conjunto das relações positivas e negativas que a obra e o diretor vão estabelecer com o complexo do processo cultural, público, crítica, mercado, intelectualidade, outras áreas da produção artística e cultural, etc., que possibilitará um amadurecimento, porque só assim a obra adquire um significado social. A obra de arte só existe realmente a partir do momento em que se insere dentro do processo social (o que não significa agradar à maioria).

No Brasil, a produção de curta metragem, que é onde deveria se proceder a "maturação", é dificilmente socializada, permanece restrita a exibições mais ou menos privadas, e estes críticos são os primeiros a não lhe dar a menor importância.

Por outro lado, ao pedir que Bressane amadureça, o que querem é que passe a fazer filmes de agrado público. Pensando defender o "cinema brasileiro", defendem a industrialização – ou o projeto de – do cinema brasileiro, e são duas coisas muito diferentes. A maturidade é ter sucesso de público, visto ser a falta de público a maior falha que os críticos notaram em Cara a Cara.

Eles deveriam, pelo contrário, se regozijar de que o mercado no Brasil possibilite que venham a público filmes como Cara a Cara, fracasso de bilheteria ou não. Que todos os filmes, imaturos ou não, venham a público, e público, crítica, exibidores, produtores, saberão, no meio de tudo, encontrar os seus rumos.

A Gazeta, 5/10/68

BRESSANE, JOVEM PROMISSOR

Disseram críticos que Cara a Cara de Julio Bressane (Bressane tinha 21 anos quando realizou esse seu primeiro filme de longa metragem), revela um jovem diretor de talento, mas um diretor por enquanto imaturo que deve se preparar mais antes de entregar as suas obras ao público. Bressane é, portanto, um jovem *promissor*. A figura do JP – criação, não de jovens, mas, evidentemente, de velhos ou, pelo menos, de pessoas bem adultas tem a vantagem de, ao mesmo tempo, 1) respeitar a mitologia moderna que consiste na promoção dos valores da juventude, ou considerados como tais; 2) respeitar uma lei aparentemente natural, conforme a qual os mais velhos detêm os centros de decisão da sociedade, morrem e são substituídos por mais jovens, e serão bem substituídos se os jovens forem promissores; 3) deixar nas mãos dos velhos e dos "adultos" as decisões. É essa a característica mais importante do JP.

Quem qualifica alguém de "promissor" afirma a sua própria superioridade. É de fato um reconhecimento de qualidades: embora essas qualidades não estejam concretizadas (apenas promessas), fomos capazes de identificá-las, a nossa capacidade de discernimento funciona bem. É também uma maneira de se precaver: ainda não chegou a sua hora, você está somente na fase das promessas, portanto a sociedade continua a me pertencer. Quando suas promessas se concretizarem, eu – seu professor, seu árbitro, com bom discernimento – lhe direi e então você poderá ingressar no grupo dos que são os donos da sociedade. Fica claro que a realização das promessas será a concretização do que acho o certo (no caso de Bressane, fazer filmes que atraiam o público).

Se o elemento "promissor" tivesse 60 ou 70 anos, poderia ser inquietante, pois as possibilidades de realização seriam mínimas. Mas a promessa se torna auspiciosa se a ela se acrescentar o adjetivo "jovem": os jovens têm toda a vida pela frente; aos jovens, as deficiências são desculpáveis, por serem jovens.

A expressão JP corta a comunicação com o jovem: os critérios de discussão e avaliação são colocados fora de seu alcance, pois a gente não se vive como promessa, mas como realização e aspiração. O jovem nada tem a responder a quem o acha promissor, só pode agradecer, bocejar, ou dar um pontapé.

Por outro lado, para o crítico, a obra de um JP não cria problemas, pois analisar, criticar o quê? Promessas? Não, as formas das promessas são indefinidas, o seu futuro é incerto. Portanto, o trabalho sério de análise e avaliação se fará quando as promessas se realizarem.

A expressão JP reflete uma atitude paternalista, que protege as posições de quem a emprega. Marginaliza o jovem, enquanto os mais velhos vivem a sua vida. É uma expressão natural numa sociedade que não deixa aos jovens senão a possibilidade de serem promissores – ou rebeldes.

A Gazeta, 9/10/68

CARA A CARA E A CRÍTICA

O crítico de cinema não pode se identificar nem com os exibidores, nem com o público. O crítico que valoriza aquelas mesmas fitas de que gostam os seus leitores, tende a ser inútil enquanto crítico. Ele se torna um prolongamento do seu público, poderá formular melhor que o seu público as suas preferências, poderá, no início da semana, encaminhar o público para as fitas de que provavelmente gostará e afastá-lo das outras. Mas ele não deixará de ser um reflexo de seus leitores e por isso não conseguirá manter com eles um real diálogo, porque não lhes fornecerá informações novas. Na coluna desse crítico, o leitor se encontrará a si mesmo e não ampliará o seu leque de idéias, de gostos, de discussão, etc.

O crítico que se identifica com os exibidores se torna prolongamento dos critérios de avaliação do comércio cinematográfico. Neste caso, também é inútil, não passa de uma extensão, mais sofisticada, da publicidade, e suas normas de avaliação serão os mecanismos do mercado de consumo.

É claro que, para o público e os exibidores, este é o crítico ideal, pois é conformista, não cria problemas, não é polêmico e não acrescenta nada de novo. Essas duas tendências são as seguidas por grande parte dos críticos brasileiros, o que ficou patente em comentários publicados em vários jornais do Rio e de São Paulo, a respeito de *Cara a Cara*.

A maior parte da crítica reconheceu em Júlio Bressane um diretor imaturo, porém promissor. No entanto, o filme parece ter sido um fracasso de bilheteria e os críticos notaram o desinteresse do público durante a projeção. Foi essa situação que serviu de critério para o comentário do filme. Só que era perfeitamente inútil porque o público não precisa do crítico para saber que não gostou (o público não precisa do crítico para ir às fitas de que mais gosta), porque o exibidor sabe melhor que o crítico que conclusões tirar dessa situação, porque o produtor avaliará melhor que o crítico as conseqüências da situação. O crítico não precisa paternalizar nem o público, nem os exibidores, nem o produtor, e é o que faz quando escreve que "o cinema exige muita sensibilidade e respeito para com o público, porque ele é quem paga e exige algo que o estimule, nada que o aborreça".

Ao escrever isto, o crítico não cria nada, não estabelece relações novas com nenhuma das partes, não coloca a crítica como um dos pólos possíveis do processo cultural e se limita a repetir a argumentação das outras áreas.

A maior parte da crítica reconheceu em Bressane um diretor imaturo, porém promissor. Não sei de nenhum crítico que tenha procurado localizar as promessas em *Cara a Cara*.

A Gazeta, 4/10/68

CHE GUEVARA MORREU

Che Guevara morreu. Bastou isso para que o promotor da guerrilha na América Latina, o terror dos governos, passe a ser amplamente consumido. Internacionalmente, Guevara é transformado em produto da indústria cultural. Sua imagem, cartazes, bandeiras, aparece em passeatas estudantis, em vários países. É premiada, no festival de Sofia, canção que o exalta. Filmes, peças de teatro, didaticamente ou não, cantam a sua glória.

Mas não são apenas setores esquerdistas ou liberais – universitários, intelectuais – que passam a consumir Guevara furiosamente. Os setores mais conservadores da indústria cultural o vendem lucrativamente: jornais divulgam o seu diário, revistas lhe consagram reportagens, posters são vendidos em boutiques sofisticadas, balas ornamentam bolsas de senhoras. Sua figura se presta a variações plásticas em *silk-screen*, seu nome, a variações verbais, "Viva Che/ Coslováquia", destituídas de significação política. Che Guevara vira o herói romântico da revolta, rebeldia da contestação, da juventude burguesa. Há tempo que a indústria cultural entendeu que teria interesse em vender a revolta. Porque ela obedece às leis do mercado, e a revolta se vende, o esquerdismo se vende. Porque isto dá à sociedade a possibilidade de controlar importante área jovem que, de forma ou outra, se sente insatisfeita com essa sociedade. Porque a revolta, tratada pela indústria cultural, perde seu significado político e se limita a aspectos morais, ou de comportamento, ou de vestuário... Fazer de Che Guevara um grande herói romântico da contestação, exaltar a sua coragem, a sua origem social renegada, as montanhas exóticas e perigosas onde combateu e principalmente morreu, era transformá-lo numa figura permitida da mitologia imaginária, fazer dele uma válvula de escape e aniquilar o político-guerrilheiro. O mito Guevara esmagou Che Guevara.

Este é um fenômeno natural. O que é aparentemente menos natural é que setores universitários e intelectuais em geral, com uma atuação que se pretende de esquerda, consumam um Che Guevara e uma guerrilha que não são essencialmente diversos do que propõe a indústria cultural. A guerrilha, não como opção política realista, mas como sublimação do desespero diante de uma sociedade opressora, é o que apresentam vários filmes e romances brasileiros. Sonha-se com a violência para superar a impotência atual concreta. Não é um Che Guevara político que se pensa, é o mito, imaginário, do herói que se vive. Seguindo exatamente o mesmo mecanismo proposto pela indústria cultural, a ação, o processo político, são relegados para um segundo plano, em favor de uma valorização do indivíduo, do herói. Daí a transformar Che Guevara em objeto de culto, é um passo só, fácil de se dar: "Che Guevara não morreu, aleluia!"

A intelectualidade de esquerda consome a mesma imagem que aquela apresentada pela indústria cultural: figura imaginária, mito compensatório, redenção de todos os fracassos, as fraquezas, os pecados, aspiração a sóis que brilharão amanhã, catarsis. Passividade. Alienação. A esquerda intelectual brasileira não está um pouco espantada de consumir a mesma imagem de Che Guevara que aquela da indústria cultural? Pergunta feita a pintores, dramaturgos, poetas, músicos, cineastas.

A Gazeta, 12/10/68

O INTELECTUAL NA TELA

De 1965 para cá, o cinema brasileiro tenta descrever e analisar a situação e o estado de espírito do intelectual de esquerda. Numerosas são as referências a essa categoria social, mas três filmes, por enquanto, constituem um retrato do intelectual de esquerda visto por ele próprio: *O Desafio* (1965), *Terra em Transe* (1967) e *Fome de Amor* (1968), realizados por três autores ligados às origens do cinema novo, um precursor. Nelson Pereira dos Santos, e dois da primeira geração, Paulo Cesar Saraceni e Glauber Rocha.

De *O Desafio* a *Fome de Amor*, o auto-retrato evolui fundamentalmente em três aspectos: passa-se de uma análise em base naturalista para um uso didático e deliberado da alegoria e da metáfora; o intelectual deixa de ser enfocado num contexto puramente brasileiro e passa a co-responsável do destino das Américas Latinas; nas duas fitas mais antigas, o intelectual, embora desnorteado, luta para (ou pelo menos, se perturba com) a realização de um projeto, de significação mais pessoal (o livro, e o amor de *O Desafio*), ou mais coletivo (a transformação da sociedade e a construção estética em *Terra em Transe*), enquanto que na terceira, o projeto se torna quase inexistente, se dilui numa aspiração angustiada e mística, extremamente vaga (fazer a revolução, ficando implícito que esses personagens que vemos na tela não a farão).

No entanto, em outros aspectos, não há evolução quanto ao enfoque do intelectual. É um indivíduo alienado, sonso. Divorciado totalmente do povo; a menina indigente de *O Desafio* corresponde às crianças fazendo palhaçadas grotescas diante de uma casa destruída em *Fome de Amor*; esse povo que nunca se afirma politicamente em *Terra em Transe* se torna pura e simplesmente, aos olhos do intelectual, inexistente na Baía de Angra dos Reis. A referência social do intelectual é a burguesia: ele se situa na sociedade pela ausência de relacionamento com o povo e pelo relacionamento conflituado com a burguesia, classe a que pertence. O conflito com a burguesia parece ter, nas três fitas, a mesma estrutura: uma tentativa de coexistência se revela inviável (de Marcelo com sua amante em *O Desafio*; de Paulo Martins com Sílvia e o senador em *Terra em Transe*; de Marina com seu marido em *Fome de Amor*); segue-se uma rutura, que consiste no afastamento do intelectual.

No fundo, se o auto-retrato do intelectual de esquerda se aprofunda, se generaliza e se a sua alienação se torna cada vez mais gritante, por outro lado, as coordenadas do retrato não se alteram essencialmente desde 1965. O cinema brasileiro ainda não conseguiu fazer uma análise da situação e da função do intelectual no conjunto da sociedade e dos motivos de sua alienação; o filme que mais se aproximou dessa análise é ainda *Terra em Transe*.

A Gazeta, 18/9/68

IV | Novas indagações sobre o Cinema Novo

POLÍTICA, OURO, JACARANDÁ, GUERRILHA, PALAVRAS, SUICÍDIO

Vidas Secas, Deus e o Diabo na Terra do Sol, Os Fuzis, que datam de 1963/64, continuam sendo obras chave da filmografia brasileira, mas pertencem indiscutivelmente ao passado. A vida inumana do Nordeste que, tal como a interpretava o cinema, exprimia antes a angústia da classe média que problemas rurais, é uma fonte de inspiração que se esgotou. Os conflitos da classe média aparecem de modo cada vez mais lúcido em personagens como Fabiano de *Vidas Secas*, Antonio das Mortes de *Deus e o Diabo*, o motorista de caminhão de *Os Fuzis*, e se torna cada vez mais difícil para os cineastas deixar de abordar diretamente a situação dessa classe de que constituem um dos aspectos da vanguarda cultural.

Os acontecimentos políticos e militares de 1964 aceleram esta evolução e surgem então filmes que tratam da classe média urbana. Estes filmes urbanos não atingiram o nível de expressão dos filmes rurais anteriores e não foram muito apreciados pelos europeus: nem por isto deixam de representar um passo à frente do cinema brasileiro. Quer se trate destes pequenos burgueses proletarizados de *Procura-se Uma Rosa* onde se manifesta a raiva do autor diante da dificuldade de entrar na sociedade de consumo (afinal, cada um tem direito à sua geladeira), ou dos gerentes de indústria de *São Paulo Sociedade Anônima* onde os fabricantes de autopeças, apesar de sua euforia, não têm nenhuma autonomia e dependem dos trustes internacionais, ou ainda a mulher neurótica de *A Falecida* que vive ativamente um processo de autodestruição, apresenta-se uma classe média apática, estagnada, angustiada, os braços abertos para o fascismo. Essa linha atinge seu ápice com o poema sociológico *Opinião Pública*, onde a classe média é vista como uma massa que não constitui uma verdadeira classe social, é incapaz de discernir seus próprios problemas e, por causa disto, vive constantemente no medo, se alia a grupos políticos e econômicos que sabem manobrá-la, e tenta abafar sua inquietação, seu pânico, sua ausência de perspectiva no misticismo, no fanatismo, no moralismo.

Mas este caminho tem fim. Embora um filme como *Copacabana me Engana* dê prosseguimento em 1968, com sensibilidade, à angústia sem perspectiva de um adolescente classe média, de nada adianta repisar na tecla do marasmo. O problema é político. Os cineastas não podem mais recuar diante da política, entendida em sentido lato. É *O Desafio* que introduz a política no Cinema Novo.[1] Sem dúvida, já havia elementos políticos no cinema brasileiro, por exemplo esta sátira da classe política feita através da caricatura de um deputado corrupto em *Rio Quarenta Graus*. Mas é a *O Desafio* que se deve a introdução da política no próprio centro do filme. Marcelo é um jornalista que não faz, diretamente, política, mas cujo comportamento profissional e sentimental é inteiramente orientado pela posição que toma diante dos acontecimentos políticos e pelo futuro que aspira para o conjunto da sociedade brasileira.

Ser concernido pela política, no entanto, é insuficiente num país em transe: do jornalista Marcelo passamos ao poeta Paulo Martins que não pode deixar de fazer política. Só a política transformará a sociedade. É *Terra em Transe* que orienta quase todo o cinema brasileiro

---

1. A política, não o político que permeia todo o cinema novo.

até hoje. O poeta que se joga na política não é, nem se torna nunca um profissional da política. São motivos éticos, é a impossibilidade de aceitar a sociedade tal como ela é que o levam à ação. A política é para ele um instrumento da ética. A realização total será a harmonização da política, da ética e da estética. Ética e estética podem se harmonizar, já a política não é nem moral nem estética, e isto arrebenta Paulo Martins, que desconhece Maquiavel. Por não se tornar um político profissional, Paulo Martins será sobretudo uma força de pressão. Ele tentará influir sobre os centros de decisão neste ou naquele sentido, agirá sobre o governador populista para que se torne uma real expressão do povo. Quer dizer que Paulo Martins procura a política no nível em que ele se expressa oficialmente, no nível dos altos mandatários. O que Paulo Martins consegue identificar como política no conjunto da sociedade, é somente a política de cúpula. É isto a política no atual cinema brasileiro: o sistema parlamentar e a política partidária tal como existem no Brasil, ou melhor, tal como existiam antes de 1964. A política não é um fenômeno que concirna ao conjunto da sociedade, o conjunto das classes sociais. É esta mesma política que encontramos em *Cara a Cara* e *O Bravo Guerreiro*, onde ela será precisamente qualificada de "política do ouro e do jacarandá", alusão às ricas residências modernas de gosto colonial onde os políticos profissionais discutem e tomam suas decisões. O personagem que domina esta política do ouro e do jacarandá é um alto mandatário elegante, de um fascismo delirante, que Paulo Autran interpretou magnificamente em *Terra em Transe* e que Paulo Gracindo retomará com a mesma segurança em *Cara a Cara* ou *Blá Blá Blá*.

Em *O Bravo Guerreiro*, a política é a ginástica que faz um deputado que passa de partido em partido para obter a aprovação pelo Congresso de um projeto de lei favorável aos sindicatos. O filme segue com rigor matemático a dança do projeto de senador em deputado, de deputado da situação em deputado da oposição. Quase que não é mais política, é politicagem, é sobretudo formalismo político. A política encontra-se enclausurada numa esfera tão reduzida que o sentido político do filme se ressente. *O Bravo Guerreiro* é obviamente um filme de oposição, um filme que nega que o mecanismo parlamentar e os homens que o manipulam possam ser a expressão política da sociedade. No entanto, como esta sociedade e sua expressão política não aparecem no filme, este se torna um ataque contra o Congresso e é qualificado de fascista (o que não é de modo algum) por ter sido lançado no momento em que os militares também atacam o Congresso. Porque a política de cúpula não é senão um efeito da política, porque ela não pode expressar o conjunto da política, o sentido de um filme como *O Bravo Guerreiro*, aliás admirável, encontra-se reduzido. Estes filmes são antes filmes sobre a política do que filmes políticos. Os filmes anteriores a 1964, do tipo *Vidas Secas*, que não se interessavam pelo mecanismo político, mas que apresentavam um mecanismo social global, têm certamente uma perspectiva política mais fecunda.

Será que os cineastas não têm uma compreensão mais realista da política? Provavelmente. Mas atualmente, eles não se detêm em captar o conjunto de um fenômeno político, nem apreender a significação política do conjunto da sociedade. Eles se preocupam principalmente em interrogar as possibilidades de ação política que tem um homem de seu meio. A política então se reduz àquilo que este homem entende por política. O espectador, quer em *Terra em Transe*, quer em *O Bravo Guerreiro*, não tem acesso direto ao fenômeno político; ele só tem acesso àquilo que uma consciência considera político. Entre o espectador e a política, há sempre a mediação de uma consciência (a do personagem). E esta consciência não é revolucionária, é reformista, pelo menos até os minutos finais do filme. Ela é reformista porque pertence à cúpula ela também. O poeta de *Terra em Transe* é amigo do senador fascista que o considera como um filho. O bravo guerreiro é deputado e ligado ao sistema. Ora, o sistema e a cúpula só consideram política aquela que praticam. Como o povo não é uma entidade política formulada nos termos oficiais do sistema, como o povo não está fazendo a revolução, o povo simplesmente não existe.

Há uma intenção crítica evidente nesta omissão do povo: trata-se de salientar que a política do ouro e do jacarandá só diz respeito aos interesses de alguns grupos dominantes; esta política não diz respeito ao povo, não o serve e não emana dele. Mas há também uma atitude menos crítica, embora lúcida em *Terra em Transe*: a dificuldade que tem a classe média para entender a política no seu conjunto, de ter um ponto de vista político sobre o conjunto da sociedade. Pois ela está fechada sobre si mesma, sobre o seu medo. E também o fracasso, flagrante em 1964, da vanguarda da classe média quando tentou se associar ao povo. Assim, o povo não existe. Isto é subentendido de modo parnasiano em *O Bravo Guerreiro*, isto se expressa de modo angustiado em *Fome de Amor* e quase trágico em *Terra em Transe*. À pergunta "O povo, onde está o povo?" feita pelo personagem de *Fome de Amor*, responde uma imperturbável panorâmica sobre a Baía de Angra dos Reis: uma natureza solitária e calma, a superfície da água que nada perturba e onde o sol se reflete, algumas ilhas de vegetação ainda virgem. O povo não existe. Em *Terra em Transe*, o poeta tenta pela agressão levar os representantes do povo à política: ele violenta o camponês, o insulta na tentativa de acordar este povo "covarde e analfabeto". Sem resultado, evidentemente. A política não é uma questão de moral.

Raros os filmes que tentaram apreender a política ao nível da sociedade global. Já foi citado *Opinião Pública*: é o único filme que se esforçou em analisar a significação e o comportamento político de uma classe, a classe média. Pode-se criticar uma compreensão insuficientemente dialética das estruturas sociais, mas é uma tentativa única e que só foi feita em relação à classe média. *Proezas de Satanás na Vila de Leva-e-Trás* pode ser um filme parcialmente fracassado, mas que, também, tem uma compreensão mais fecunda da política. O filme estuda um fenômeno político e econômico: o desenvolvimentismo. Paulo Gil Soares tenta apresentar o funcionamento e o sentido de todas as camadas sociais: como se verifica este repentino surto de crescimento, como se organizam as diversas camadas sociais em função deste desenvolvimento, quais são as relações que se estabelecem entre elas, quais os efeitos sobre a política de cúpula, quais as conseqüências do fracasso. Embora limitado porque a análise política não foi suficientemente aprofundada, *Proezas de Satanás* é uma das grandes aberturas para o atual cinema político brasileiro.

Opinião Pública e *Proezas de Satanás* são possíveis porque não há personagem mediador entre a política e o espectador. Nestes filmes, opera-se diretamente a análise ou a reconstrução de um fenômeno político. Mas, por enquanto, são exceções. Em geral é um personagem que nos introduz à política. E o que acontece com este personagem? As pressões exercidas por Paulo Martins sobre o sistema ficarão sem resultado; é uma ação individual que o sistema não pode aceitar até o fim, porque, em última instância, até para os demagogos, o sistema defende os seus interesses. Portanto, o personagem fracassa. Já que são motivos éticos que o levaram à política, este fracasso é vivido de modo bastante individual e desesperado. O desespero o conduz a uma negação radical do sistema e do tipo de ação que ele mesmo praticou. Esta negação pode assumir a forma de um suicídio. É o que se dá em *O Bravo Guerreiro*, cuja última imagem apresenta o deputado em primeiro plano, olhando o público nos olhos, com o cano do revólver na boca. E isto é uma novidade total para o cinema brasileiro. Já era muito raro que um personagem morresse no final de um filme (o que ocorre em *Os Fuzis*), mas era impensável que um filme se encerrasse com um suicídio. *O Bravo Guerreiro* ainda é caso único.[2] A forma atualmente generalizada da negação é o apelo à violência, à guerrilha. A metralhadora erguida pelo poeta agonizante no final de *Terra em Transe* inaugurará este final (...).

A guerrilha, qual o seu sentido no cinema brasileiro? Ela não representa uma proposta realmente nova, nem uma ação política realista. Ela é antes de mais nada a sublimação do desespero do personagem principal e do autor do filme. O indivíduo que fracassou,

---

2. Posteriormente, *O bandido da luz vermelha* também levaria o personagem ao suicídio.

sem perspectiva, grita pela violência para sair do seu desespero. A guerrilha torna-se assim um mito compensatório; a impotência da ação gera, ao nível do imaginário, uma ação radical. A guerrilha não é encarada nestes filmes como uma possibilidade real. Ela não é uma possibilidade real porque a ação política praticada anteriormente não era real. É a mesma saída que propõe um filme amador como *Sara:* um estudante está confrontado com os terríveis problemas que lhe coloca a sociedade brasileira, sem que a universidade lhe proporcione os meios de enfrentá-los; seu desespero individual o leva a uma corrida desenfreada erguendo uma metralhadora. Poderia até se chegar a filmes que apresentam a guerrilha como remédio contra a fossa. Estou exagerando, mas há muita ingenuidade nesta guerrilha para a qual se encaminha o intelectual frustrado de *Desesperato* ao final de uma festa mundana, após ele ter percebido que a alta sociedade à qual pertence está podre e nada tem a propor. Ingenuidade que revela também a encenação: os guerrilheiros perseguidos por um avião preferem caminhar pelo rio aberto a embrenhar-se pelo mato, isto porque o caminhar pelo rio era um símbolo mais expressivo. Esta interpretação da guerrilha mostra claramente que este cinema político é antes o resultado de uma frustração que de uma consciência política. A violência tomada como resposta à política de cúpula tem, antes de mais nada, uma função catártica.

A isto responde *Fome de Amor*. Um dos personagens principais do filme é um intelectual revolucionário, que participou diretamente das guerrilhas latino-americanas e que foi vítima de um atentado que o tornou cego, surdo e mudo. A isto é reduzido Paulo Martins na metáfora de *Fome de Amor*. A esquerda intelectual, que acredita ser revolucionária, vive uma alienação, ela é desnorteada, cega, sem perspectiva, isolada do mundo. Uma mulher apaixona-se por este homem e à medida que ela se aproxima dele e adquire idéias "revolucionárias", ela deixa de falar, transforma-se em surda, isola-se do mundo: para escutar a chuva, usa um microfone e ouve o barulho da chuva reproduzido pelo gravador. Finalmente, no decorrer de uma orgia mascarada, o surdo-mudo será fantasiado com uma barba grotesca e uma boina com estrela. Uma linda mulher grita euforicamente: "Eis o Papai Noel das Américas Latinas!" É a caricatura de Che Guevara. O filme não tem de modo algum a intenção de criticar o homem político e guerrilheiro Che Guevara, mas de esvaziar o mito Che Guevara, ele esvazia a guerrilha considerada como antídoto das angústias dos intelectuais que se querem revolucionários. O filme acaba com o surdo-mudo-cego procurando a revolução, guiado por um cachorro, numa ilha deserta da Baía de Angra dos Reis.

Fome de Amor leva a problemática adiante: é possível que personagens como os de *O Desafio* ou *Terra em Transe* continuem a aparecer nos filmes brasileiros, mas não será mais possível apresentá-los, sem ingenuidade, como a chave da revolução.

Um outro filme retoma a política de cúpula, o fascista delirante e a guerrilha, mas abre novas perspectivas: *Blá Blá Blá*. Este ensaio de curta metragem apresenta uma grande novidade: contrariamente aos filmes em que a guerrilha é um ponto de chegada, *Blá Blá Blá* ambienta-se após o fracasso da guerrilha. Um filme atualizado em relação aos acontecimentos bolivianos do ano passado. Entre as forças políticas e o espectador, nenhum personagem mediador. Há um esforço para colocar o espectador diretamente em contato com as forças que compõem o quadro político: o ditador fascista, o guerrilheiro que fracassou mas não desespera, o representante de um tradicional partido de esquerda que renega a estratégia até então adotada e opta pela violência dos terroristas, uma revolta nas ruas, a Igreja que intranquiliza o governo. E de todas estas forças, a mais forte é o ditador que, além dos meios de comunicação de massa, dispõe também dos soldados, dos aviões, das bombas. O romantismo não é mais possível.

É provável que *Fome de Amor*, *Blá Blá Blá* e *O Bravo Guerreiro* fechem um ciclo iniciado com *O Desafio* e *Terra em Transe*, o da política de cúpula.[3] Esta política se esvai em palavras. *O Bravo Guerreiro*

---

3. Após estes, só um filme importante deu prosseguimento ao ciclo: *Os Inconfidentes*.

amplifica um tema presente em *Blá Blá Blá*: um deputado impotente que só sabe falar é o centro do filme. O Congresso é o lugar por excelência onde só ocorrem palavras. A impotência política leva a uma valorização delirante da palavra (o que já encontramos em *Terra em Transe*). Todo o filme é um ritual em torno da palavra, atores petrificados, câmara estática. A última seqüência é um discurso de doze minutos, onde já não importa mais saber o que dizem as palavras, alienação verbal. Imagem final: um revólver na boca, matar o órgão que sobrevive à impotência, um órgão inútil.

Após esta onda de filmes onde a política é acuada na cúpula, poderá desenvolver-se, mais fecunda, a orientação de *Proezas de Satanás*, ou então a de *O Bandido da Luz Vermelha*, que acaba de receber o prêmio do Festival de Brasília. Este filme, que seu autor chama de *western* urbano sobre o terceiro mundo", reincorpora a política no conjunto da sociedade.

traduzido de
Cinéma 70, nº 150, 11/70
(escrito em 1968)

INDAGAÇÕES SOBRE AS SIGNIFICAÇÕES POLÍTICAS DO CINEMA NOVO

(...) O projeto do Cinema Novo brasileiro nunca foi o de um cinema revolucionário no sentido de cinema militante estritamente ligado a uma orientação política revolucionária, ou mesmo com relações mais elásticas mas visando a uma eficiência concreta na luta política. O projeto do Cinema Novo poderia provavelmente ser qualificado de nacional-popular (nacional com a significação que a palavra tem na América Latina e não na Europa: construção e defesa de valores e ações que levem à autonomia econômica, política e cultural do país).

O Cinema Novo tinha duas perspectivas: a elaboração de um cinema até então inexistente no Brasil, que expressasse o povo oprimido e se dirigisse ao público cinematográfico em geral; e a conquista do mercado pelo produto brasileiro contra o estrangeiro. Esta segunda perspectiva exigia um trabalho a um nível empresarial (mesmo que o nível empresarial fosse baixo, quase artesanal às vezes). Exigia que a gente a quem se dirigiam os filmes fosse o público pagante de cinema. Exigia um certo tipo de relacionamento com o governo: os fracos produtores brasileiros não podiam enfrentar os trustes da distribuição norte-americana e só medidas protecionistas adotadas pelo governo lhes permitiam alguma forma de vida econômica.

Os filmes que se faziam tinham intenções indiscutivelmente políticas e não eram os produtos mais indicados para a conquista de um amplo mercado. Basicamente, pode-se dizer que os filmes denunciavam o escândalo da miséria num país subdesenvolvido e clamavam por uma luta que ergueria o país a um nível de justiça social, em que o povo teria um papel na história.

Trabalhava-se, por um lado, para montar estruturas econômicas de produção/distribuição que, por outro lado, eram implicitamente negadas nos filmes, na medida em que estes rejeitavam uma sociedade em que existem tais estruturas econômicas opressoras. Mesmo que as estruturas econômicas tenham sido consideradas pela totalidade dos cineastas que integraram o Cinema Novo como meio, eles tinham que lutar por elas para produzir os filmes e levá-los até as salas de cinema. Esta me parece ser uma das contradições fundamentais do Cinema Novo que, na época em que o movimento começou a se afirmar, não era muito sentida porque o governo era liberal, porque a censura não atuava contra o cinema. Os dois termos da contradição podiam até se harmonizar na medida em que se considerasse como uma luta contra o imperialismo a colocação, no mercado, do produto nacional ao invés do estrangeiro. Os produtores não podiam deixar de promover este esforço de luta pelo mercado, pois o governo brasileiro deixa entrar o filme estrangeiro sem nenhuma limitação. Exibir um filme brasileiro no lugar de um norte-americano acaba se tornando por si só um ato político. E surgem posições como esta, que afirma que "o pior filme brasileiro é melhor que o melhor filme estrangeiro".

Mas a nascente estrutura econômica de produção/distribuição do cinema brasileiro mostrou logo as suas exigências: se o problema era conquistar o mercado, então precisava de produtos adequados e os filmes políticos não eram mercadorias adequadas. Adequados seriam os filmes de fácil aceitação pública, o que foi amplamente facilitado pelo desenvolvimento de uma censura que interdita qualquer enfoque político, facilitado por uma situação social opressora que reprime qualquer forma de oposição mais ou menos conseqüente, por uma situação social em que não circulam informações. E fácil aceitação pública, num país subdesenvolvido dominado internamente, não significa apenas comédias eróticas, melodramas, comédias popularescas, etc. Significa basicamente satisfazer no público cinematográfico já constituído as formas de expectativa contraídas pelo consumo do cinema estrangeiro durante décadas. Hoje, a quase totalidade dos filmes brasileiros que ocupam a reserva de mercado são comédias de inspiração italiana, bang-bangs que imitam o *western*-spaghetti e se ambientam no México com personagens que se chamam Soledad, Pablito. A estrutura produção/distribuição é hoje fonte de alienação, forma de penetração do imperialismo ideológico, embora os capitais da indústria cinematográfica ainda sejam brasileiros. Esta estrutura se volta portanto contra as intenções dos cineastas do Cinema Novo que propugnavam por ela.

As exigências da estrutura vão mais longe. Por mais que nos últimos quinze anos a produção/distribuição do cinema brasileiro se tenha desenvolvido, o empresário cinematográfico brasileiro continua fraco e sem possibilidades concretas de enfrentar o rival estrangeiro. O apelo ao auxílio governamental torna-se, portanto, mais intenso. Até poucos anos atrás, solicitava-se do governo a manutenção e ampliação da reserva de mercado. Isto é, o governo impunha ao sistema exibidor uma quantidade mínima de dias reservados à exibição de filmes brasileiros. Dentro desta reserva de mercado, o produtor funcionava como empresa privada e produzia seus filmes com seus recursos próprios e, principalmente, com os créditos bancários que conseguia obter. O empréstimo bancário era feito com juros e reembolso correntes, sem formas protecionistas. Ao lado disto, os cineastas solicitavam carteiras especiais em bancos do estado (com taxa de juros mais baixa e maior prazo de carência), bem como solicitavam aos governos da federação, dos estados, e às prefeituras, auxílios financeiros sob forma de prêmios. Dois tipos de prêmios: os ditos sobre a qualidade (um júri do governo escolhe o que julga serem os melhores filmes do ano) e uma percentagem sobre a bilheteria para todos os filmes exibidos no quadro da reserva de mercado.

Esta forma de proteção e auxílio à cinematografia nacional continua em vigor, mas novas vêm aparecendo. A partir de 1969-70, a Embrafilme começa a financiar filmes, em condições de juros e carência que são atualmente excepcionalmente favoráveis (com a finalidade de atrair capitais para a indústria cinematográfica); a Embrafilme atua como uma espécie de banco especializado em cinema, concedendo seus financiamentos não à totalidade dos projetos apresentados, mas a alguns que ela escolhe. São, na maioria dos casos, filmes de teor comercial, projetos em geral das firmas de maior porte. Mais recentemente, em 1974, a Embrafilme passou a co-produzir também. Atualmente estão em fase de produção filmes que resultam do acordo entre uma empresa privada e o governo, sendo que a autoridade do projeto e a realização do filme são da responsabilidade da primeira. A Embrafilme passou também para a distribuição de filmes brasileiros, não só filmes que ela co-produz, mas que ela escolhe e lhes são confiados pelas empresas privadas. Além disto, a Embrafilme está promovendo a exportação de filmes: quase todos os filmes brasileiros presentes nos mercados dos últimos festivais de Berlim e Cannes foram apresentados pela Embrafilme.

Previsíveis transformações, num futuro próximo, do Instituto Nacional de Cinema e da Embrafilme deverão acentuar a atual evolução. Os produtores estão insistindo sobre a necessidade de uma fiscalização muito mais rigorosa contra a sonegação de rendas pelos exibidores (uma percentagem importante das rendas dos filmes brasileiros é sonegada na bilheteria das salas; conforme certos produtores, esta sonegação atingiria 40%). Como o sistema atualmente em vigor do "ingresso padronizado" parece não ter dado os resultados almejados, está se pensando que a Embrafilme poderia se tornar um órgão arrecadador e pagador: arrecadaria o dinheiro do exibidor e pagaria ao produtor. Esta tese dos produtores, que poderá ser aceita pelo governo, fará provavelmente diminuir a sonegação, mas implica em que uma parte do movimento financeiro das firmas e uma parte de seu aparelho contábil passem para o governo.

Por mais que o trabalho da Embrafilme possa ainda ser considerado precário, é nítida a evolução para uma forma de estatização da produção: um sistema misto estado/empresa privada, que deixa nas mãos do Estado poderosíssimos meios de controle sobre a produção cinematográfica. Embora esta estrutura ainda esteja em fase de instalação, as suas conseqüências sobre a evolução do cinema brasileiro não são difíceis de imaginar. E essa estrutura vem de encontro aos desejos dos produtores (não necessariamente dos diretores) na medida em que pode fortalecê-los economicamente.

No setor de curta metragem 35 mm, a dependência dos produtores não é menor que na longa metragem. A projeção da curta metragem nos cinemas depende do governo escolher os filmes que serão comercializados, e ele só escolhe uns trinta por ano (além dos jornais cinematográficos e filmes de propaganda institucional). Ou então a produção depende de encomendas do Estado (filmes educacionais) ou de grandes empresas.

Além do poderoso mecanismo de dominação assim montado, existem mecanismos secundários. Por exemplo, um polpudo prêmio anual para a melhor adaptação cinematográfica de livro brasileiro. Logo proliferam as adaptações literárias. Adaptar um livro, mesmo que este tenha sido contestatório na época de sua publicação, é uma maneira de não se interrogar sobre a realidade atual, a não ser por alusão. Ou então: beneficiam de prêmios especiais e inviáveis os filmes infanto-juvenis: boa maneira de incentivar a produção de filmes antes para adultos infantilizados do que para crianças.

Apesar do cinema brasileiro ainda não ser um veículo muito influente ideologicamente, de economicamente ser pouco expressivo, assim mesmo pesam sobre ele severas formas de opressão econômica e ideológica, às quais só tem condição de escapar, atualmente, a produção em Super 8.

• • •

Outra contradição em que viveu o Cinema Novo relaciona-se com o público. Já foi amplamente comentado que os filmes do Cinema Novo não tinham público e conclui-se que isto representava um fracasso. Fracasso comercial, sem dúvida, o que atingia profundamente a produção, pois esta tinha características de produção capitalistas: mesmo que os realizadores dos filmes não visassem a lucros, como de fato não visavam, era necessário que os empréstimos feitos aos bancos fossem devolvidos com juros para assegurar condições de crédito que permitissem o prosseguimento do movimento. A ausência de público explica-se, provavelmente, através de duas séries de fatores: 1) a relação entre a produção cinematográfica brasileira e o sistema de distribuição/exibição, e 2) a relação entre os filmes e o público.

No primeiro caso, encontramos um sistema cujos interesses estão estruturalmente vinculados à exibição de filmes estrangeiros; em conseqüência, a atitude do distribuidor/exibidor em relação ao filme brasileiro não é só de desinteresse passivo, como de rejeição ativa. O filme só entra na sala por obrigação legal (reserva de mercado), e não é alvo, por parte dos exibidores, de um trabalho publicitário que se compare com o cuidado que cerca o cinema estrangeiro. A base dessa situação é o complexo mecanismo mundial de distribuição dos

Estados Unidos e o fato de que os filmes estrangeiros que chegam ao Brasil no decorrer de sua carreira internacional possibilitam condições de comercialização muito mais elásticas que os filmes brasileiros, os quais tem que se pagar no único mercado brasileiro, visto que a exportação ainda não é – ou só muito excepcionalmente – fonte de renda substancial para o produtor brasileiro. Além disto, considerado como mercadoria, o filme do Cinema Novo era um produto novo, diferente do que se costumava exibir no mercado (quer seja a corrente produção comercial européia ou americana, quer sejam os filmes ditos de arte, de Antonioni ou Godard), e por isto era necessário, para levá-los ao público, formas de promoção que só um espírito empresarial ativo poderia ter encontrado. E desse espírito está desprovido o empedernido e rotineiro exibidor brasileiro, submetido que está a mecanismos cinematográficos estrangeiros nos quais não tem a menor participação.

Por outro lado, as relações entre o público e os filmes do Cinema Novo só podiam ser difíceis. Porque a discussão socio-política sobre a sociedade brasileira proposta por estes filmes não representava a matéria de espetáculo que o público procura no cinema. Porque o público rejeitou esta discussão no cinema do mesmo modo que a rejeitava quando expressa em outros veículos, livros de sociologia ou imprensa. Porque o complexo de subdesenvolvimento cultural – por parte de uma elite cultural que poderia ter tido acesso intelectual à discussão proposta pelo Cinema Novo – leva o público a menosprezar "obras de arte" nacionais. A "alta cultura" só é aceita como tal pela elite subdesenvolvida depois de devidamente chancelada pela metrópole. É essa elite, que teria tido acesso ao Cinema Novo, que o recusou. Quando o filme não é "sério" – e os filmes do Cinema Novo eram seríssimos – mas apresenta elementos cômicos ou de galhofa que possam ser interpretados como uma desvalorização amável da vida social e política brasileira, ele é aceito com maior facilidade (uma das fontes do sucesso de *Macunaíma*). E mais os filmes possam ser vistos como "debochados" em relação ao Brasil, mais são aceitos pelo público; se ultrapassarem fronteiras além das quais são considerados vulgares pelo público mais culto, então só um público "popular" os aceita, e os aceita com muita boa vontade e simpatia. Na linguagem dos especialistas em mercadologia, diz-se que cinema brasileiro tem maior receptividade na "classe C" do que nas "classes A e B", nas quais não tem praticamente nenhuma.

Esta situação não representa um fracasso para o Cinema Novo em específico: uma situação dessa não tem solução especificamente cinematográfica. O trabalho do Cinema Novo só podia ser a longo prazo e o fracasso de um filme na época de seu lançamento significa apenas fracasso comercial e não necessariamente fracasso cultural, ou mesmo político.

Mas lá onde o Cinema Novo encontra sua maior contradição com o público é na própria tentativa de se dirigir ao público. Considerando o público uma massa formada pelo sistema cinematográfico industrial e voltada para o espetáculo, não era este o melhor canal para promover uma discussão política sobre a sociedade brasileira e o subdesenvolvimento. O Cinema Novo não alterou os mecanismos de exibição (nem tinha condições para isto) e não procurou fora do sistema da exibição cinematográfica mecanismos para chegar, não ao público, mas a grupos que se sentissem envolvidos ou pudessem se envolver na discussão proposta pelo Cinema Novo. E o Cinema Novo não podia procurar tais mecanismos, que não teriam sido rentáveis, pois os filmes precisavam de rendas mínimas. Então, o Cinema Novo procurava a sala de espetáculos para uma discussão que só podia se dar fora da sala de espetáculos. E os filmes, naturalmente, refletem estas contradições: são em parte espetáculo (estilo do chamado "cinema de arte"), em parte discussão, e não encontraram na época nenhum lugar onde realmente fossem adequados. Nem o público ia assistir, nem as projeções que se fizessem em sindicatos, associações de bairro, etc., ecoavam, porque os filmes impostavam a problemática numa chave que não era a dos freqüentadores destas organizações. Nesta mesma época, o teatro foi muito mais atuante, em parte por oferecer menor custo industrial e maior maleabilidade que o cinema. O teatro podia, mais que o cinema, se vincular a ações precisas e fazer um trabalho junto às bases.

Atualmente, os filmes já clássicos do Cinema Novo (*Vidas Secas, Deus e o Diabo na Terra do Sol, Terra em Transe, Os Fuzis*, etc.) encontram boa acolhida por parte dos públicos de cinematecas e cineclubes, e são descobertos com interesse por um jovem público estudantil.

• • •

O que foi dito até agora deixou claro que o Cinema Novo foi um movimento político-cultural e um movimento cinematográfico. Um cinema que promove uma discussão político-cultural a respeito do Brasil, da América Latina e do subdesenvolvimento. As duas coisas andavam juntas. Não se trata de uma discussão política que optava pelo cinema por ser este considerado um veículo mais apto por este ou aquele motivo, mas que poderia ter optado por outro se a eficiência o exigisse. Os cineastas do Cinema Novo eram fundamentalmente cineastas. Havia uma opção de base em favor do cinema. Mas havia uma opção não menos de base em favor de um cinema que fosse popular, no sentido de proclamar o escândalo da injustiça social e promover valores voltados para uma evolução progressista do país.

Do ponto de vista cinematográfico, o Cinema Novo fez evoluir consideravelmente o cinema brasileiro desenvolvendo novas formas de narração, de filmagem, sistematizando a produção barata, etc., fase que corresponde ao *slogan* de Glauber Rocha: "Uma idéia na cabeça, uma câmara na mão."

Mas o que estava se introduzindo de fundamental no cinema brasileiro não era apenas o interesse sociológico pelo Brasil, o desejo do cinema ter seu papel na evolução social (o que já vinha se manifestando nos anos 50 nos trabalhos de cineastas como Nelson Pereira dos Santos, Roberto Santos, Alex Viany e alguns outros), mas essencialmente uma concepção *globalizante* da sociedade e, nos melhores casos, uma concepção globalizante do homem. Usando estritamente (*Vidas Secas*) ou com extrema liberdade (*Deus e o Diabo na Terra do Sol*) uma dramaturgia relacionada com o realismo crítico, procurava-se enfocar o Brasil e o subdesenvolvimento como um conjunto de fatores interligados: analisava-se e fazia-se o processo da instituição subdesenvolvimento. Mesmo que tal análise e processo tenham sido feitos com parâmetros ideológicos limitados e nem sempre explícitos, tratava-se de uma voz nova e com potencial politizante pelo simples fato de ser globalizante. Até 1950, só um ou dois filmes brasileiros permitem uma leitura deste tipo; a perspectiva globalizante desponta com *Rio Quarenta Graus* (N. P. dos Santos), mas só se afirma com o Cinema Novo e até hoje esta perspectiva predomina: todos os filmes que oferecem interesse atualmente apresentam enfoques sociais globais, e nunca setoriais (tipo crítica de falhas de um sistema social, análise de um grupo social, etc.). Quando o filme focaliza a miséria do camponês, não denuncia uma falha a que o sistema deveria ou poderia remediar, mas na miséria do camponês é o conjunto do sistema social que se expressa. Do mesmo modo que na miséria do camponês é o conjunto da vida do camponês que se expressa: seu trabalho, seu comportamento emocional, seu sexo, sua fala, sua ideologia, etc., constituindo uma unidade.

Essa perspectiva globalizante inseria em si a exigência de transformação, não se tratava de uma análise constatatória, de um diagnóstico. O que promovia a compreensão global do sistema era a necessidade de transformá-lo. A dinâmica era a revolta que permitia o enfoque global.

Deliberadamente, uso palavras vagas – transformação, revolta, etc. – para me referir a estes filmes, devido justamente à sua pouca precisão política e a seu fundo que me parece liberal e populista, apesar dos momentos de radicalismo que aparecem neles.

Aliás, a própria constituição do grupo humano Cinema Novo revela esta pouca precisão política. O conjunto dos cineastas, dentro de um leque ideológico que podemos qualificar de esquerda, era bastante diversificado, indo desde um humanitarismo tipo centro esquerda até pessoas que tinham, em diversos níveis, uma militância concreta. O que juntava o pessoal era um nacionalismo que oferecia amplos matizes ideológicos, o amor pelo cinema e a amizade pessoal.

• • •

Esta perspectiva globalizante ainda se enquadrava dentro de uma concepção "artista" do cinema. Os cineastas eram artistas que se expressavam. É um cinema que se situa dentro da "política dos autores", o cineasta aparecendo, ao nível de seu filme, como o "capitalista da ideologia", que encontra seu equivalente, ao nível da produção, na figura do diretor/produtor-independente. A produção barata, precária, artesanal, sofrida, era uma resposta a um sistema industrial que bloqueia a livre expressão do artista, resposta ao sistema brasileiro de distribuição/exibição dominado pelo produto estrangeiro. Os poucos casos de produção em cooperativa em nada alteraram esta visão do artista, pois a cooperativa funcionava exclusivamente ao nível da produção do filme e pouco ao nível de sua realização (o resto pertence à mitologia do cinema como expressão coletiva). Também não havia relacionamento entre o diretor/produtor-independente e organizações políticas, sindicais, suscetível de orientar a realização do filme; podia haver é um relacionamento ideológico livremente escolhido pelo realizador, que funcionava como fonte de inspiração ou de compreensão da realidade social. Mas sem intervenção na produção do filme nem poder decisório na realização. O caso de quatro episódios de *Cinco Vezes Favela* produzido através da UNE – União Nacional dos Estudantes representa uma importante exceção.

Talvez se possa ver uma expressão da tensão entre a posição "artista" e a vontade de um cinema popular no uso que é feito freqüentemente dos elementos de cultura popular a que recorrem os filmes. São elementos tradicionais (formas de narração, literatura de cordel, música, etc.), quase folclóricos mas ainda em vigor, usados numa composição que, pelo menos à primeira vista, não é popular. Há uma elaboração erudita de materiais da cultura popular. Não é por nada que Villalobos é um dos músicos mais citados: este é um de seus processos de criação, e, assim, ele enriquece a cultura burguesa.

Evidentemente, o artista do Cinema Novo não expressava abstrusas angústias psicológicas ou metafísicas pretensamente eternas e universais, como fazia na mesma época um cineasta como Walter Hugo Khouri (e a diferença é da maior importância), mas o sistema de produção de um Khouri não se diferenciava essencialmente do do Cinema Novo. Aliás, esta concepção de um cinema artista, de um cineasta autor, foi várias vezes expressa, quando se atribuía ao cineasta, entre outras tantas tarefas, a de elevar o cinema brasileiro ao nível de dignidade de que gozavam outras formas de arte (a literatura, a arquitetura, etc.), quando se discutia a liberdade de estilo, etc. O Cinema Novo, ao se voltar para a problemática social e para a necessidade de uma transformação da estrutura social, fazia a crítica do artista acadêmico, formalista, do intelectual burocrático que difunde a ideologia da classe dominante. O Cinema Novo fez a crítica de certos componentes artísticos e intelectuais, mas não encetou o processo do artista e do intelectual. Nem chegou a iniciar uma reflexão crítica sobre as implicações ideológicas de seu processo de produção. Os empréstimos bancários e a luta pelo mercado certamente não facilitaram uma evolução neste sentido, mas penso que ela se teria produzido se não tivesse havido o golpe de estado de 1964. Pelo menos uma fração do Cinema Novo não teria ficado indiferente ao processo que se desenhava no teatro e na música, por exemplo, onde o contato cada vez mais intenso entre o artista e públicos populares novos para ele, públicos em situação política, teria levado necessariamente o artista a se criticar radicalmente pela sua nova prática, e a se transformar. O vislumbre, no início dos anos 60, de uma profunda transformação do papel do artista e do intelectual foi um dos fenômenos mais importantes para os artistas brasileiros. A ingenuidade e o sabor populista com que, às vezes, este relacionamento ocorria, em nada alteram as afirmações feitas aqui: construía-se um novo papel para o "artista". Este processo pouco atingiu o Cinema Novo, mas certamente o teria atingido profundamente se a situação social não tivesse sofrido a rutura que sofreu. O governo implantado em 1964 teve como principal norma para sua política em relação aos artistas, afastá-los dos novos públicos com que começavam a entrar em contato, isto antes mesmo de cercear completamente a liberdade de expressão. Como o relacionamento entre os artistas e os novos públicos ainda se dava basicamente através de manifestações artísticas, cortado este canal, o artista não pôde senão se retrair, voltar ao público burguês liberal a quem dirigia então sua contestação.

Também não teria podido ficar inerte durante muito mais tempo a gritante contradição entre um cinema que, pelas declarações dos cineastas, queria insistentemente ser visto pelo povo, e o vazio das salas. Essa contradição podia evoluir no sentido de fazer filmes que atraíssem mais espectadores, mas também, parcialmente, no sentido de filmes outros que procurassem outro público em outros lugares.

• • •

1964 é o ano da implantação de um regime militar, repressivo, voltado para o grande capital. É também a derrocada do populismo, isto é, de uma ideologia que impregnava toda a esquerda brasileira. É também, senão a derrocada, pelo menos o profundo abalo de uma linha política que pretendia que a Revolução Brasileira devia caminhar para uma primeira etapa (por alguns qualificada de Revolução Burguesa), caracterizada por uma luta contra o imperialismo, e para isto exigia-se a união de todos os segmentos da sociedade antagônicos ao imperialismo, independentemente da classe social a que pertencessem. Em outras palavras: deviam unir-se a "burguesia nacional" (cuja existência se revelou mítica) e o povo. Esta orientação contribuiu para a confusão ideológica do Cinema Novo, em específico justificou a síntese entre luta pela conquista do mercado cinematográfico/construção de um cinema popular revolucionário. Só uma análise que concluísse que o proletariado e um amplo setor da burguesia (a pretensamente antiimperialista) tinham interesses comuns (o anti-imperialismo), que concluísse que a afirmação da luta do proletariado passava pela afirmação deste setor da burguesia, só uma análise destas podia ocultar as contradições que necessariamente existiam entre a conquista do mercado e um cinema popular; esta análise iludiu a ponto de a palavra "cinema" ser tida como denominador comum destes aspectos da posição dos cineastas. O Cinema Novo foi o movimento que mais intensamente viveu esta contradição, mas ela estava em gestação desde anos. Expressava-se nesta quinta resolução do I Congresso Nacional do Cinema Brasileiro (1952), que recomendava "que os produtores e escritores de cinema tenham sempre em mente que a utilização de temas nacionais significa a um só tempo fator decisivo para o progresso material do cinema brasileiro e para a valorização e a difusão de nossa cultura" (Citado por G. Santos Pereira, "Plano Geral do Cinema Brasileiro").

Outro fator que dificultava ainda mais a percepção destas contradições é que todo o trabalho cinematográfico se fazia na legalidade: a ausência, nos anos que precederam 64, de uma clara repressão dirigida contra a produção artística fez com que se descuidasse de formas de atuação clandestinas, de estruturas que se diferenciassem das estruturas públicas e comerciais de cinema. Quando chegou a repressão, os cineastas não podiam oferecer muita resistência.

• • •

A reação do Cinema Novo após 1964 parece ter obedecido a duas orientações principais: 1) uma análise da orientação política que acabava de fracassar, e 2) a manutenção da luta pelo mercado e o prosseguimento de um cinema nacional-popular (não se trata evidentemente de linhas estanques).

A primeira orientação é de certo modo um voltar sobre si mesmo para auto-análise, com freqüentes elementos de auto-acusação, má consciência e masoquismo. Encontramos uma série de filmes produzidos principalmente entre 1965 e 1968, deslanchada por *O Desafio* (P. C. Saraceni). Com um baixo nível analítico, este filme, iniciado logo após o golpe, é centrado sobre o desespero vivido pelo intelectual-personagem principal, provocado pelo fracasso político, sobre a desarticulação de sua ação, de seu trabalho intelectual, de sua vida sentimental. O filme sugere as relações entre este intelectual de esquerda e a burguesia (sua relação amorosa com uma burguesa), faz aparecer de modo episódico e ingênuo um personagem pouco freqüente no Cinema Novo: o burguês industrial. E cria um elemento dramatúrgico que será posteriormente retomado em inúmeros filmes: a verborragia dos personagens como atitude compensatória e desesperada para a ineficiência da ação, a impotência. Estava-se tentando responder à pergunta: "Quem somos e por que fracassamos?", ou então: "Por que somos maus revolucionários?", e procurava-se a resposta na atitude do intelectual, principalmente nas relações estreitas que ligam o intelectual de esquerda ao poder reacionário. Senadores e deputados povoam estes filmes e a política corre o risco de não ser mais entendida como uma dimensão da sociedade global, mas como uma atividade de especialistas e afins. Analisa-se o trabalho político da cúpula, o relacionamento do intelectual com esta cúpula, lamenta-se a distância que separa este intelectual do povo e de que resulta a sua impotência. São filmes voltados para o passado na medida em que se fixam no quadro da chamada "política civil" cuja destruição sistemática começou em 1964. Esta série de filmes se encerra com *Fome de Amor* (N. P. dos Santos) e *O Bravo Guerreiro* (G. Dahl), mas ainda encontra uma expressão exacerbada em *Os Inconfidentes* (J. P. de Andrade). Domina a série, como domina toda a segunda fase do Cinema Novo e talvez todo o Cinema Novo, o filme de G. Rocha, *Terra em Transe*, que deixa claros os impasses do populismo e as limitações da ligação estreita que vincula o intelectual "revolucionário" com o poder situacionista (*Terra em Transe* continua um filme insuficientemente estudado: o desvendar de sua estrutura dramática poderá informar mais sobre estes impasses do que o próprio conteúdo imediato do filme).

Responde a estes impasses o apelo à guerrilha que encontramos no final de *Terra em Transe*. Apelo romântico, antes superação do desespero, do fracasso, da impotência do que uma resposta política a uma situação política. A guerrilha aparece em alguns filmes da época e o tratamento ingênuo que recebe revela que não representava uma hipótese concreta.

Neste concerto interrogativo de filmes que oscilam entre a tragédia (*Terra em Transe*) e o humor negro (*Fome de Amor, Os Inconfidentes*), uma única voz destoa: o documentário de curta metragem *Viramundo* (G. Sarno, 1965) também tenta responder, não à pergunta: "Por que fracassamos?", mas "Por que o fracasso da luta revolucionária?". Ao analisar a situação profissional, o comportamento religioso (a parte sobre o comportamento político-sindical não chegou a ser filmada) do proletariado paulista emigrado do Nordeste, tentava-se entender porque o povo ficou mudo quando em 64 os tanques foram para a rua. É verdade que esta preocupação não está alheia a *Terra em Transe*, mas o enfoque dado à questão é a do intelectual-personagem principal. Se o cinema posterior a 1964 se voltou tão pouco para o proletariado e o campesinato, será só por causa da censura, que, obviamente, não aprecia tais assuntos? Ou há motivos mais orgânicos dentro do próprio cinema?

Parece-nos que neste afastamento do povo como personagem e nesta análise voltada para o intelectual e a política praticada em nível de cúpula, se delineiam contradições que marcavam o Cinema Novo e se tornariam o drama básico de toda a produção artística brasileira dos últimos anos. O fato de ter indagado o intelectual e o político profissional sobre o fracasso do movimento social que parecia em marcha antes de 64, indica quão tênue era a relação povo/produção artística. O povo era, sem dúvida, uma profunda e sincera fonte de inspiração, a ascensão do povo a um papel histórico decisivo era o que se almejava, mas isto não implicava uma relação orgânica entre o povo e os produtores artísticos. Era uma aliança, antes decidida, aliás, pelos artistas do que pelo povo. Se a relação tivesse sido orgânica e necessária, o cinema não teria voltado sua análise tão estritamente para as cúpulas. G. Rocha foi certamente o cineasta que, na época, mais consciência teve dessa relação. Muitos cineastas tiveram uma consciência lancinante do divórcio intelectual/povo; vide o mundo concentracionário, assepticamente vazio, em que se movem os fantasmáticos intelectuais revolucionários de *Os Inconfidentes*. Mas poucos chegaram à seqüência de *Terra em Transe* em que o intelectual acusa o povo pelo que ele julga ser a sua passividade, agredindo até o camponês para levá-lo à ação. Seqüência esta vista na estrita perspectiva do intelectual.

Quer dizer que, ao mesmo tempo, encontramos entre artistas e povo uma aliança social e politicamente débil, mas encontramos um povo que serve de inspiração para o artista burguês (que quer deixar de sê-lo). Poderíamos dizer que não há relação concreta entre as Ligas Camponesas e *Vidas Secas*, mas que, em última instância, sem as Ligas Camponesas, *Vidas Secas* não existiria. O drama do Cinema Novo, e da produção artística posterior a 64 em geral, é justamente que o artista não se sente mais levado pelo povo. O corte das novas relações que se esboçavam entre os artistas e certos públicos populares, a repressão a que estão submetidos proletariado e campesinato, o congelamento das informações referentes à problemática popular e movimentos que, apesar de tudo, surgem pelo Brasil, reduziram o artista a se auto-inspirar. Autêntica castração. O artista não se sente mais sustentado pelos movimentos populares (mesmo que antes de 64 esta sustentação tenha sido débil, muitas vezes ilusória). O gueto no qual se diz que vive o intelectual brasileiro, é isto. E é só isto.

Tem-se falado muito na morte do Cinema Novo. Se morte houve, é provável que tenha havido, ela é a rutura povo/cinema.

• • •

A luta pelo mercado continua, mas se modifica profundamente. Os líderes desta luta não são mais os produtores do Cinema Novo; a conquista do mercado deixa de ser vinculada, mesmo implicitamente, a um cinema popular. Desenvolvem-se empresários (que não deixam de ser empresários por serem industrialmente de pequeno porte), para os quais mercado se conquista é com produtos adequados, ou seja, com filmes que atraiam público (erotismo, aventura, etc.). Esta a linha que o governo fortalece: um cinema de entretenimento e rentável, cujo volume de produção aumentou consideravelmente nos últimos anos. Os exibidores escolhem sistematicamente filmes deste tipo, e assim os filmes que (do Cinema Novo ou de outra linha como o mal chamado *Underground*) possam ser tidos como críticos ou intelectualizados, enfrentam, dentro da própria reserva de mercado, uma concorrência da qual saem vencidos.

A isto acrescentam-se os furores arbitrários da censura contra qualquer forma de pensamento de oposição, *mesmo liberal*, e a degenerescência da situação cultural e política.

O Cinema Novo tenta, então, enfrentar os seguintes problemas: fazer filmes que 1) preservem o teor popular do cinema e a concepção globalizante da sociedade, 2) sejam viáveis numa situação de intensa repressão, 3) contenham elementos de atração para o público, numa tentativa de, ao mesmo tempo, superar o divórcio ideológico que se manifestava entre o público e os filmes do Cinema Novo, bem como o divórcio comercial e, portanto, 4) tenham chances na competição entre filmes brasileiros para chegar às telas e contribuam para a afirmação do cinema brasileiro contra o produto estrangeiro.

Esta problemática se expressa toda no chamado cinema de metáforas. Em 1965-66; *Proezas de Satanás na Vila de Leva-e-Trás* (P. G. Soares) anuncia que a dramaturgia do Cinema Novo está sofrendo um processo de mudança radical, que os modelos do realismo crítico estão quebrados. O modelo dramatúrgico que se instaura (e que já estava em gestação em filmes de Rocha) apresenta-se sob a forma de uma fábula cujas aparências visuais estão desvinculadas de referências naturalistas, e cuja significação remete (ou deve remeter) à realidade social global. Em termos ideais, poderíamos dizer que a estrutura da metáfora deve ser análoga à estrutura social. Por que esta evolução? Desde já várias causas e intenções aparecem.

Os acontecimentos políticos de 64 deixaram patentes que a ideologia social que dominava até então (o populismo) fracassara, portanto, que o sistema dramático que era sustentado no Brasil por esta ideologia também fracassara. Decreta-se a morte de Lukacs e experimenta-se um sistema dramático que, sem passar pelo particular-realista, possa atingir diretamente o geral-abstrato que se quer comunicar. É para o cinema brasileiro uma nova maneira de indagar a realidade, um novo instrumental para trabalhar a realidade. É também a aspiração a um cinema mais didático: a fábula deve ser clara, imediatamente inteligível, ela apresenta um modelo simplificado da realidade (um sociólogo brasileiro apontou semelhança no processo de construção dos personagens de *Terra em Transe* e dos modelos sociológicos).

Ao mesmo tempo, a fábula revela o trabalho do cineasta. O filme, aos olhos do espectador, não se apresenta como o próprio real ou um substituto do real, mas como um discurso declaradamente artificial que remete ao real. Nesta distância discurso/real está a possibilidade didática de análise do real. Formalmente, este sistema se expressa principalmente pela teatralização do espaço cinematográfico. Filmes como *Brasil Ano 2000* (W. Lima Junior) e *Os Herdeiros* (C. Diegues), entre outros, são bastante explícitos sobre o sistema dramatúrgico usado. Evolui-se assim para um cinema de espetáculo, mas no qual o espetáculo permanece frio porque tem como função explicitar significações.

Portanto, filmes que tentam ser didáticos e espetaculares: um esforço para resolver o divórcio Cinema Novo/público. A metáfora didática deveria possibilitar ao público uma melhor compreensão dos filmes e da realidade tratada. E o espetáculo deveria atrair o público, fazer com que os filmes possam ser aceitos através dos mecanismos pelos quais os espetáculos do cinema comercial seduzem o público. R. Guerra viu bem que, se, por um lado, o espetáculo visava seduzir o espectador, por outro, a frieza não correspondia ao que o público em geral espera de um espetáculo. E o público brasileiro não se deixou sensibilizar por estes espetáculos.

Também neste recorrer à fábula pode-se ver uma reação contra os rigores da censura. Esta não aceitando a visão de camponeses, favelados, operários, a alegoria oferecia a possibilidade de veicular significações, quando representações realistas destas mesmas significações teriam sido bloqueadas pela censura.

Se a alegoria revela um esforço para renovar a análise da realidade e para veicular esta análise, ela também revela um afastamento da realidade. O trabalhar ao nível da fábula é, ao mesmo tempo, parece, um esforço de aproximação didática da realidade e um recuo. Este movimento contraditório é uma reação a 64: reflete o afastamento real do cineasta em relação à dinâmica social de seu país, e um esforço de superação deste afastamento. Assim é que o cinema de fábula pode evoluir para filmes caligráficos, a matéria da metáfora tomando a primazia em relação às significações da metáfora. O espaço teatral, a cenografia, os figurinos, passam a ser o sustentáculo de um espetáculo maneirista. Este fenômeno marca inúmeros filmes, como *Azylo Muito Louco* (N. P. dos Santos), *Pindorama* (A. Jabor). Talvez mesmo o maneirismo caligráfico possa ser, em alguns casos, uma atitude mágica para exorcizar a ausência de significações e o divórcio com a realidade social do país. Penso ser esta uma possibilidade de interpretação de *Os Deuses e os Mortos* (R. Guerra).

A complexidade desta evolução do Cinema Novo vem à tona com certa clareza nos filmes históricos recentemente feitos. Os filmes históricos recém-produzidos no Brasil podem ser facilmente classificados em duas categorias: os do Cinema Novo e os outros. Os outros tendem a dar uma visão heróica da História, são centrados em torno de um personagem, apresentam-se sob a forma de espetáculos que procuram ser luxuosos e, no caso de *Independência ou Morte* (Carlos Coimbra), veiculam um conteúdo doutrinário reacionário. Relacionam-se com o presente como que afirmando que nação de passado glorioso só pode ser nação atualmente gloriosa. As rendas da Marquesa de Santos significam "Brasil prá frente".

Os filmes históricos do Cinema Novo têm outros intuitos. Procuram uma visão crítica da História, cuja análise deveria permitir um melhor entendimento da situação socio-política atual (*Os Herdeiros*), e podem usar a visão crítica do passado como alusão alegórica ao presente (*Os Inconfidentes*, em relação à intelectualidade "revolucionária" e, de modo muito mais complexo, *São Bernardo*, de L. Hirzman, e *Como Era Gostoso o Meu Francês*, de N. P. dos Santos). O filme histórico faz parte do esforço de apresentação global da sociedade e do Brasil (exigência do Cinema Novo), mas ao mesmo tempo atende às exortações do Ministério da Educação e Cultura que implora aos produtores para realizarem filmes históricos. Só que os filmes não fornecem a visão ideológica que o governo espera. Então, ao nível da ideologia, se enfrentaria o governo no próprio terreno escolhido pelo governo. Mas as significações extraídas da História pelo Cinema Novo são às vezes incompreensíveis para o grande público, visto o grau de elaboração (é certamente o caso das significações mais contundentes de *Como Era Gostoso o Meu Francês*). Fazer filmes históricos – vazios de ideologia oficial – é também procurar uma maneira qualquer de não estar totalmente marginalizado, de se voltar para as circunstâncias atuais, aceitá-las e responder dentro das possibilidades *artisticamente* viáveis. A complexidade contraditória destas posições é explícita na produção (corajosa devido exatamente à sua ambigüidade) de *Os Inconfidentes*, filme lançado no ano em que o governo festeja o sesquicentenário da Independência. Nesta corda bamba, estão atualmente os cineastas do Cinema Novo.

(1974)
Capítulo do livro
Kino und Kampf in Latinamerika,
coordenado por Peter Shuman,
Munique, Carl Hanser, 1975.

V | Área ocupada

A atitude ambígua manifestada pela coluna de crítica da *UH* em relação ao cinema brasileiro provinha de um mau equacionamento do problema. O problema da qualidade, tal como era implicitamente colocado, não passava de um prurido estético-moralista; bastaria ter percebido a qualidade como uma relação entre a obra e um público, e não como um elemento intrínseco à obra, para ter superado facilmente essa dificuldade.

Havia, atrás disto, uma posição mais profunda que não vinha à tona. Hesitávamos entre uma atitude político-cultural e uma atitude industrial-comercial. A escolha ou síntese não era fácil. Qual seria a viabilidade de um cinema que fosse crítico em relação à sociedade brasileira e que se exibisse nas salas comerciais, sem um mecanismo de distribuição-exibição para assegurar a continuidade da produção? Por outro lado, produção-distribuição-exibição não necessitavam de um cinema crítico para se afirmar, mas sim de qualquer tipo de filme que fosse bem recebido por um amplo público. Como não nos questionamos suficientemente sobre o problema, mantivemos uma posição que reunia as duas orientações sem muitas perguntas quanto às suas afinidades: defender o filme brasileiro por ser brasileiro – e não porque determinados filmes tivessem determinada significação e função na sociedade brasileira – mascarava a ambiguidade e a ausência de reflexão teórica.

Esta ambiguidade encontrava uma certa justificativa na própria produção cinematográfica do momento. A época áurea da "chanchada" tinha passado e o Cinema Novo lutava nas duas frentes: fazer filmes críticos para passar nas salas comerciais.

Outra justificativa para esta ambiguidade era o momento histórico pelo qual se passava. A liberdade de opinião pública, a ausência quase total de censura em relação ao cinema brasileiro, criaram um ambiente estimulante, mas um tanto irreal; o sistema não exigia de nós análises e opções mais claras, e não tínhamos disciplina suficiente que nos levasse a maior rigor. Assim, não havia oposição fundamental entre um cinema crítico e um cinema que circulasse pelos circuitos comerciais. De certo modo, sistema e crítica ao sistema se harmonizavam numa atitude só.

Esta atitude não era totalmente uma criação da época; já tinha uma certa tradição. Em 1952, o I Congresso Nacional de Cinema Brasileiro recomendava "que os produtores e os escritores de cinema tenham sempre em mente que a utilização de temas nacionais significa *a um só tempo* fator decisivo para o *progresso material* do cinema brasileiro e para a valorização e a difusão de nossa cultura" (artigo n. 5, grifos meus).

Essa ambiguidade leva objetivamente a uma defesa do cinema como indústria e comércio, ou seja, a uma afirmação do capital e das suas estruturas de defesa. No fundo, é o prolongamento da ideia conforme a qual importa é defender o que interessa ao "desenvolvimento brasileiro", o que envolveria não só os interesses ditos populares, como os de uma pretensa "burguesia nacional". Perfeitamente sensível esta evolução em 1974, quando a produção cinematográfica está evoluindo para um sistema estatal/privado.

Uma insuficiente reflexão teórica sobre a significação e as possibilidades de uma atuação política do cinema brasileiro, em vários níveis (desde o filme de espetáculo dirigido comercialmente ao público em geral até o filme militante), levou a produzir predominantemente textos referentes à situação do cinema brasileiro no mercado e aos órgãos que regem a política cinematográfica. Tendência esta reforçada pelo fato de que a imprensa não tinha condição de acolher análises políticas, enquanto eram viáveis análises sobre a situação comercial e industrial, desde que enquadradas no que se entende por ideologia do desenvolvimento. É o que explica, sem justificar, a orientação dos textos que seguem:

QUEM SAIU LUCRANDO?

Grande parte da classe cinematográfica acusa o Instituto Nacional de Cinema, autarquia responsável por toda a política cinematográfica no Brasil, de ter uma orientação que, ao invés de proteger e incentivar o cinema nacional, vem prejudicá-lo. O pomo da discórdia são as chamadas co-produções.

Pela Lei de Remessa de Lucros, as distribuições de filmes estrangeiros têm 40% de seus lucros retidos no Brasil e gozam de vantagens fiscais se aplicarem esta importância na produção de filmes em associação com produtores brasileiros. Aparentemente, esta lei injeta capitais na indústria cinematográfica e beneficia o cinema brasileiro. Em realidade, esta em nada nos beneficia, senão, vejamos:

Pela legislação vigente, a firma que exibe o filme para o público fica com 50% da renda bruta. Dos 50% restantes, o distribuidor (intermediário entre o produtor e o exibidor) fica com 25% (ou seja, 12,5% da renda bruta), e o resto, 37,5% da renda bruta, vai para o produtor. No caso de uma produção em que um produtor estrangeiro e um brasileiro colocaram cada um 50% do capital, estes 37,5% serão divididos entre eles, cada um recebendo 18,75% da renda bruta.

Ocorre que o produtor estrangeiro é também distribuidor da fita; sua percentagem será, portanto, de $18,75 + 50 + 12,5 = 81,25\%$.

Ou seja, devido à tendência ao truste que apresentam as companhias estrangeiras, acumulando a produção, distribuição e exibição, a firma estrangeira fica com 81,25% da renda bruta e a brasileira com 18,75%.

Por outro lado, toda sala de cinema deve exibir compulsoriamente filmes brasileiros durante 56 dias por ano. Como as fitas produzidas neste regime de "co-produção" são legalmente consideradas brasileiras, elas poderão satisfazer o decreto de exibição compulsória. Nas salas controladas por firmas estrangeiras, serão exibidos durante os 56 dias as "co-produções" feitas por essas mesmas firmas, e o acesso a estas salas será vedado aos filmes de capitais inteiramente brasileiros.

Que este dispositivo legal beneficie a indústria cinematográfica, não há dúvida; mas não a brasileira, é claro. E apesar da Resolução nº 22, a situação não se alterou.

A *Gazeta*, 30/4/68

INGRESSO ÚNICO

Os produtores brasileiros lutam há anos para a implantação no Brasil do "ingresso único". Esta é uma medida que visa a suprimir uma das possibilidades de sonegação da renda por parte dos exibidores. De fato, há uma importante evasão de rendas nas salas de cinema, tanto no interior como nas grandes capitais. A supressão dessa evasão alteraria sensivelmente as rendas dos produtores. Tal sonegação se faz do seguinte modo: o espectador compra o ingresso na bilheteria e o entrega ao porteiro; este deve rasgá-lo e colocá-lo na caixa. Se o porteiro o colocar na caixa sem rasgá-lo, o ingresso poderá voltar à bilheteria e ser vendido uma segunda vez. Oficialmente, terá sido vendido apenas um ingresso, mas o exibidor terá recebido o valor de dois.

Alguns produtores tentaram solucionar pessoalmente o problema, colocando à porta dos cinemas fiscais seus que controlam as entradas. Solução precária, pois os produtores não têm condição de manter uma rede de fiscais que acompanhem os filmes em todos os cinemas do Brasil inteiro. Além disso, estes fiscais também são subornáveis. O problema só pode ser resolvido pelo Estado.

As medidas a serem adotadas devem obrigar o porteiro a rasgar o ingresso. Se o espectador tivesse que ficar com um pedaço do ingresso, este seria invalidado e não voltaria à bilheteria. É o que ocorre nos teatros, onde o espectador precisa do canhoto para encontrar sua poltrona na sala onde os lugares são numerados. Nos cinemas, não há numeração de lugares e é preciso encontrar outra motivação. Será a seguinte: com o pedaço do ingresso que ficar em sua posse, o espectador participará de uma loteria, nos moldes do Talão da Fortuna, baseado nas notas fiscais e cuja finalidade é também limitar a sonegação.

Naturalmente, será necessário um controle que só o governo poderá manter. Esta será tarefa do Instituto Nacional de Cinema que emitirá ingressos numerados, assim como o Banco Central emite notas. O exibidor comprará os ingressos ao INC que saberá exatamente a quantidade comprada e vendida pelo exibidor e poderá fiscalizar as receitas anunciadas pelas salas. A impressão de ingressos pelos exibidores será ato ilegal.

Como se vê, ingresso único nada tem a ver com a supressão de meia-entradas, nem com o tabelamento do preço das entradas. É um ingresso padronizado emitido por uma fonte única, que é o governo.

Mas a aplicação da medida está demorando. O Presidente da República decretou a implantação do ingresso único no ano passado; o INC informou que em janeiro ou fevereiro de 1968, a medida seria aplicada inicialmente, a título experimental, no Rio e em São Paulo e, em seguida, progressivamente, no resto do país. Há pressões contra a medida por parte dos exibidores. Por este ou outro motivo, até agora nada se deu. O INC pretende que os ingressos deverão ser impressos em papel importado para impedir a falsificação, o que demora, e a loteria exige profundos estudos. Quando o papel será importado, quando os estudos serão concluídos, quais os reais motivos do atraso, quando o decreto será aplicado? O INC não responde.

A Gazeta, 9/5/68

PODER FORTE, CULTURA FRACA

O Cinema Novo se encontra diante de uma escolha à qual não escapará. Quando começou, há uns 8 anos, encontrou uma situação econômica débil por parte do conjunto do cinema brasileiro. O mercado, sob o domínio das empresas estrangeiras, era fechado. No setor da produção, não havia nenhuma grande firma; a produção comercial era quantitativamente fraca e, por falta de mercado, não construíra nenhuma estrutura que pudesse se opor a qualquer ofensiva por mais tênue que fosse, que pudesse impedir ou assimilar e neutralizar o advento de uma nova forma de produção.

Era um campo aberto para que se manifestasse a vontade de pessoas ou grupos interessados em fazer cinema. A vontade pessoal, pois é a essa que devemos praticamente tudo o que existe em matéria de cinema brasileiro, visto que este só em raras ocasiões resultou de apelo do mercado. O produto estrangeiro abarrota o mercado, o que impede que este funcione como dinamizador da produção.

A este quadro, acrescente-se que o poder político era liberal. Nas suas contradições, ele deixava se desenvolverem as manifestações culturais. Em seguida, começou a sucumbir sob o peso das contradições, debilitando-se rapidamente, chegando quase ao caos. Surgiam com cada vez mais vigor formas e idéias novas, voltadas para a realidade brasileira.

Esta conjuntura era propícia à afirmação do CN no plano da produção e da cultura. Em termos específicos, o CN reencontrava uma lei da história do cinema: os movimentos cinematográficos só conseguem deixar de ser restritos e se afirmar amplamente quando a economia cinematográfica é fraca e o poder político perturbado. É o que se deu na URSS nos anos 20: o cinema russo praticamente inexistia, o país saía de uma revolução que a guerra prolongava, e o poder não era de todo estabilizado. É o que ocorreu na Itália em 1945: a produção cinematográfica, que era forte, se esfacelara durante a guerra, o regime estava por terra, a jovem e ainda instável república era liberal; nessa situação, o neo-realismo encontrou maneiras de se afirmar. O efervescente cinema soviético morre no fim da década dos 20, quando o governo, forte, passa a controlar todas as atividades e cria uma estrutura fechada de produção. O neo-realismo morre em 1950, logo após o endurecimento do poder que enrijece a censura e cria leis que regulam a produção cinematográfica. A esse mesmo fenômeno, a "nouvelle vague" deve seu meio fracasso: nasce numa crise da produção cinematográfica e numa crise do poder. Esta última foi curta demais (quando os primeiros filmes da "nouvelle vague" surgem, De Gaulle já está no poder); a crise da produção não fora tão profunda que os velhos produtores não pudessem assimilar algumas das novas formas de produção e que os novos produtores não pudessem aplicar antigas formas de produção.

O CN se encontra diante de uma situação nova: o poder se fortaleceu e controla todas as atividades, e tenta impor uma sólida e fechada estrutura de produção cinematográfica. O CN morrerá, ou se transformará.

A Gazeta, 25/6/68

A TESE DO MINISTRO E A DO DIRETOR

I – No último dia 4, saiu na imprensa paulista notícia conforme a qual o Ministro da Educação, sr. Tarso Dutra, se teria manifestado contrário ao projeto do deputado Gastone Righi que fixa para os filmes nacionais uma quota mínima de 25 por cento de exibições.

A notícia deixa entender que o Ministro se pronunciou contra o projeto porque a produção nacional não está apta a abastecer um quarto do mercado de cinema no Brasil. Conforme informações fornecidas pelo Instituto Nacional de Cinema, a produção nacional, de 1963 a 1967, teria participado em apenas 6,2 por cento no lote dos quinhentos e poucos filmes anuais que são assistidos por cerca de trezentos milhões de espectadores. Se o mercado brasileiro consome quinhentos filmes por ano, o Brasil deveria produzir cento e vinte e cinco para ter um quarto do mercado. Ora, no ano passado, o Brasil teria produzido apenas quarenta filmes (dado esse que entra em contradição com outras informações).

II – Em fins de junho, o sr. dr. Durval Garcia, diretor do Instituto Nacional de Cinema, "revelou que este ano haverá uma produção recorde e que talvez se registre uma crise de superprodução em função do mercado consumidor".

III – Que história é essa? Um acha que a nossa produção cinematográfica é tão fraca que não poderia abastecer um quarto do mercado; o outro prevê uma crise de superprodução! O que ocorre é que tanto o Ministro como o diretor do INC fazem declarações de qualquer teor para mascarar os verdadeiros problemas e pensam que as pessoas que tomarem conhecimento de seus depoimentos serão suficientemente estúpidas para não perceber que são infundadas e contraditórias. O que ocorre é que tais declarações são feitas para mascarar a tese oficial: o cinema estrangeiro deve continuar a dominar o nosso mercado.

IV – Não só o INC defende de todas as maneiras possíveis a presença do cinema estrangeiro no Brasil, como é o filme estrangeiro no Brasil que financia o INC: a verba do INC é constituída pelo imposto que o filme estrangeiro paga, por metro, na censura. O INC, pela sua estrutura, vive da presença do filme estrangeiro no Brasil: não se vê porque haveria de lutar contra ele. Portanto, por deficiência de produção ou por superprodução, ou por qualquer outro motivo, tal como a cor dos olhos das atrizes brasileiras, o cinema brasileiro não deve, em hipótese alguma, obter mais regalias do que aquelas que generosamente já lhe foram concedidas.

A Gazeta, 10/7/68

A CONSOLIDAÇÃO POSSÍVEL

A discussão entre exibidores e produtores cinematográficos brasileiros a respeito da exibição dos filmes brasileiros caracteriza-se por um círculo vicioso. Nenhum dos dois grupos consegue convencer o interlocutor, porque, evidentemente, os argumentos partem de ângulos totalmente diversos. Os produtores, insatisfeitos com a pouca abertura do mercado interno, pleiteiam medidas que venham a fortalecer a sua posição enquanto empresários: ampliar desde já as possibilidades de colocação dos filmes no mercado, para que a produção cinematográfica venha a se consolidar em termos econômicos. Isto é: medidas devem ser tomadas agora, *para no futuro existir uma produção com sólido embasamento econômico*. Os exibidores, insatisfeitos com a pouca receptividade dos filmes brasileiros por parte do público, respondem negativamente: abrir mais o mercado implica aumentar os prejuízos. Segundo eles, primeiro a produção deve se modificar: só quando o filme brasileiro chegar a ser bem aceito pelo público, poder-se-á abrir o mercado. Os exibidores argumentam assim com dados da situação atual e não revelam a intenção de trabalhar para uma *transformação* desta situação.

É um diálogo de surdos, que só evoluirá através de decisões autoritárias por parte dos centros de comando do país ou, então, se se introduzir (e principalmente se os exibidores introduzirem) no diálogo o seguinte dado: produção e mercado não são duas áreas estanques, são correlacionadas, e portanto modificações numa, acarretarão modificações inevitáveis na outra. Em resumo: *não haverá substancial transformação da produção se não houver transformação no mercado*. Embora muita gente se recuse a admitir, o fato é que a situação de que se queixam os exibidores – os filmes brasileiros não atraem o público – é uma conseqüência do estado do mercado de cinema no Brasil nas últimas décadas, estrangulado pela presença maciça do produto importado. Essa situação provoca uma série de comportamentos que se pode observar ao nível do exibidor, do público e do produtor.

Exibição a reboque. O exibidor no Brasil é basicamente um homem que recebe um produto estrangeiro que tem de apresentar ao público brasileiro. O seu esforço se concentra na apresentação. Em termos de apresentação, toda a parte que diz respeito ao próprio produto é tratada em termos de rotina, porque os produtores e distribuidores estrangeiros já cuidaram do essencial da publicidade, bastando que no Brasil se façam o tradicional *display* à porta do cinema, anúncio na última parte dos jornais, eventualmente um cartaz, e o *trailer*. Não há um trabalho específico feito sobre o público. As transformações recentes do mercado exibidor de São Paulo (a formação de uma Cinelândia sofisticada, na Avenida Paulista) não decorrem de um trabalho dos exibidores, mas são apenas conseqüências de transformações ocorridas na capital paulista e da existência de uma produção, em geral americana, de tom culto e contestatório (tipo *A Noite dos Desesperados, Domingo Maldito*). Com poucas exceções, o exibidor brasileiro está totalmente desligado da área de produção. Os problemas existentes na área da produção estrangeira são vividos por ele com atraso, já amortecidos, e sem que ele tenha a menor possibilidade de atuação.

O exibidor brasileiro, em relação à produção dos filmes que apresenta, vive assim a reboque, situação esta que não é nada propícia à formação de uma mentalidade empresarial dinâmica, imaginosa e agressiva. Apesar disto, não deixa de ser um comerciante viável para o filme estrangeiro, pois este já foi lançado no seu país de origem, já faz parte de circuitos internacionais – é portanto um produto relativamente barato, que chega ao Brasil muito pouco taxado e que possibilita uma grande flexibilidade de comercialização. É portanto compreensível porque a este produto estão vinculados os interesses e os métodos de trabalho dos exibidores. Decorre daí que nem os seus interesses se vinculam à produção nacional, nem os seus métodos de trabalho são adequados a uma produção que, por ser nacional, forçosamente lhe colocará uma problemática diferente.

Público condicionado. No comportamento do público encontra-se também a marca da dominação do mercado interno pelo produto estrangeiro. O público está dominado, na área cinematográfica, por um imaginário que lhe propõe o filme estrangeiro, produto de uma realidade social e cultural que não é a sua. Esse condicionamento criou para o público um hábito que o leva a recusar relacionar-se com um imaginário que, pela temática, dramaturgia, linguagem, fala, ritmo e produção, o remete, queira ou não, à sua própria realidade. Essa recusa ou "alergia" ao cinema nacional admite poucas exceções. Uma delas é para comédias que possibilitem uma atitude de deboche. O filme brasileiro torna-se assim, de antemão, um espetáculo "desaconselhável", como "desaconselháveis" foram quase todos os produtos elaborados no Brasil no momento em que vieram substituir um produto importado (veja-se a polêmica dos tecidos).

A isto, acrescente-se que o espectador não tem, na verdade, a possibilidade de escolher livremente entre ver um filme estrangeiro e um brasileiro. Estatisticamente, é pequena a possibilidade de a escolha recair no produto nacional, visto que ele comparece no mercado com muito menor freqüência que o estrangeiro (por lei, 84 dias por ano). A escolha é também limitada mercadologicamente, porque a publicidade que cerca o cinema brasileiro (não o filme em particular, mas a indústria em geral; tipo divulgação de prêmios, biografias de atores, etc.) é quantitativamente e qualitativamente inferior à do cinema estrangeiro. O filme brasileiro recebe um tratamento diferente do estrangeiro na exibição: é lançado maciçamente nos fins de trimestres (o cumprimento da lei de exibição é trimestral) e não distribuído homogeneamente no decorrer do ano. Assim, o filme brasileiro no mercado aparece em geral como algo diferente, um produto meio esquisito, e o comportamento do consumidor de cinema é o mesmo que teria um consumidor num supermercado diante de um produto que aparecesse meio escondido num canto de prateleira, pouco valorizado, enquanto outros o são muito e oferecem brindes. É óbvio que o produtor sozinho nunca conseguirá alterar a imagem do cinema brasileiro e mudar os hábitos, se não houver um trabalho ativo e original por parte de quem coloca o filme em contato com o público. Também é óbvio que tal trabalho só será efetuado pelo exibidor quando os seus interesses estiverem mais vinculados (ainda que em decorrência da legislação) à produção brasileira.

Produtor, o caçador. Um exame rápido e um tanto simplificado da produção cinematográfica brasileira mostra que esta, diante do mercado, assume dois tipos principais de comportamento. De um lado, nota-se que o cineasta produz à margem do mercado para, em seguida, tentar atingir a exibição. De outro, a história do nosso cinema mostra que a produção costuma aproveitar as brechas que o mercado lhe deixa, brechas que podem ser mais ou menos ocasionais ou, ao contrário, conscientemente provocadas. Essas brechas ocasionais são representadas por circunstâncias especiais, tais como: o século que se iniciava, filmes, em geral comédias, de enredos baseados em ocorrências locais (crimes célebres, sátira política, etc.) produzidos em relativa quantidade e com sucesso de público. É preciso levar em conta que os monopólios cinematográficos até 1910 ainda não estavam totalmente consolidados e que a produção internacional não se interessava por uma temática que seduzia um público regional bastante fechado. Outra brecha da mesma ordem: o documentário e os cinejornais internacionais não davam cobertura a acontecimentos de interesse do público local (carnaval, futebol, inauguração de estradas, propaganda do café, etc.) ou de políticos e fazendeiros que queriam propaganda cinematográfica; esta situação possibilitou a firmas como a Rossi Filme ou a Independência Filme sobreviverem durante quase toda a década de 20. Ou então o advento do cinema sonoro e a quase simultânea ascensão do rádio, que estão na origem de uma leva de filmes nacionais sonoros.

Como brechas provocadas, há os decretos de Getúlio Vargas referentes à exibição obrigatória de um filme nacional de curta metragem antes do longa metragem estrangeiro e, mais tarde, à exibição obrigatória de filmes brasileiros de longa metragem, em todas as salas do território nacional, durante certo número de dias, decretos que traçam as linhas essenciais da política "de amparo" do Governo.

Um cinema decola. Apesar de tais medidas não terem sido suficientes para criar uma base econômica para a indústria cinematográfica, tiveram efeitos imediatos sensíveis. Se 28 filmes de curta metragem são lançados em São Paulo em 1931, treze em 1933 e 65 em 1934 (ano em que começa a vigorar o decreto), em 1935 o total de "complementos" chegava a 279. Quanto ao longa metragem, o decreto é promulgado em 1939, passa a vigorar em 1940, ano em que, conforme a revista *Cinearte*, estreou o maior número de filmes brasileiros de longa metragem desde o advento do cinema sonoro.

A obrigatoriedade de exibição do curta metragem, se possibilitou um aumento de produção e um florescimento breve de algumas firmas, não criou relações interessantes entre a produção e o público, pelo fato de o cinejornal e, em geral, o filme de curta duração que precede a projeção do longa metragem serem tipos de produção sem público específico. Quanto à obrigatoriedade referente ao longa metragem, criou relações novas entre a produção e o público. Os produtores aproveitaram a reserva de mercado com filmes que atingissem a maior quantidade possível de público no mercado interno: foi a época de ouro da comédia musical e, de modo geral, da chamada chanchada. Produtores como a Atlântida, Herbert Richers, Watson Macedo e Osvaldo Massaini obtiveram um franco sucesso com filmes estrelados por Oscarito, Grande Otelo, Dercy Gonçalves, Zé Trindade e outros. É significativo o fato de que se lançavam no mercado filmes a que o público correspondia e a essa correspondência respondiam os produtores com outros filmes na mesma linha.

É bom notar que o lançamento regular desses filmes sucedeu – e não antecedeu – às medidas que criaram a reserva de mercado. De fato, se nos anos 30 algumas comédias produzidas pela Byington e pela Cinédia, fazendo apelo às vedetas do rádio, atingiram indiscutivelmente o grande público – o que criou um clima favorável para a assinatura do decreto de exibição compulsória –, esta produção só se sistematizou com a Atlântida, a qual é fundada em 1941, mas só a partir de 1947, com a entrada do exibidor Luiz Severiano Ribeiro na firma, passa a produzir chanchadas em série. Com o acesso do produtor às salas de exibição, cria-se um equilíbrio entre produção e mercado: *a produção se mostra sensível ao apelo do mercado*, o sistema de *feed-back* funciona, os interesses financeiros da produção e da exibição se harmonizam.

A chanchada dos anos 40 e 50 foi depois desbaratada. Por quê? Sem dúvida porque os produtores se concentraram numa única linha de produção e, quando os consumidores destes filmes passaram para a TV, os produtores não tinham outra coisa a oferecer a este mesmo público, nem produtos para conquistar um outro. É provável que os produtores não tenham tido uma visão empresarial muito audaciosa e agressiva. Mas é lícito pensar também que em qualquer outro gênero cinematográfico teriam sofrido uma concorrência do produto estrangeiro, concorrência essa que inexistia ao nível da chanchada.

Gênios e oportunistas. O "comportamento" do nosso cinema caracteriza-se também pelos elementos que militam na profissão: a produção provém de pessoas que *resolvem* fazer cinema, não em resposta a qualquer apelo real ou potencial de mercado. Estes "criadores" podem ser divididos em duas grandes categorias, sem nenhuma fronteira rígida entre as duas: faz-se cinema porque é uma arte moderna e/ou as mensagens cinematográficas podem atingir um grande público. É o caso de toda uma série de diretores/produtores, desde Humberto Mauro até o Cinema Novo e o Cinema Novíssimo. Ou, então, faz-se cinema porque Hollywood provou que pode ser um excelente negócio. Arma-se uma infra-estrutura de produção, pensa-se forçar o mercado pela simples qualidade dos filmes: é o caso das várias firmas que encontram o seu modelo na Vera Cruz. Não surpreendentemente, em nenhum destes casos o mercado se deixa forçar: o sucesso ocasional de um ou outro filme lançado graças ao decreto de exibição compulsória não possibilita um embasamento industrial. No caso da Vera Cruz e similares, o embasamento (investimentos, créditos bancários, estúdios, equipamento, etc.) é artificial, pois a maior fatia do mercado continua dominada pelo produto importado. Quando uma firma aspira à industrialização, acaba fechando. Enquanto isso, o indivíduo que faz cinema porque quer – e por que não? –, após o fracasso financeiro de um filme, tenta armar a produção seguinte: o produtor independente é mais flexível por não ter infra-estrutura a sustentar.

A partir do Cinema Novo a situação se delineia mais claramente: desde 1962-63 até recentemente, quando se falava em cinema brasileiro, pensava-se logo no chamado Cinema Novo, representado por uma produção de intenções culturais, de grande prestígio intelectual no Brasil e no exterior, que conseguiu chegar às salas graças à lei de exibição compulsória, que sensibilizou apenas um público restrito e por isso mesmo deixou insatisfeitos os exibidores. Se o surto de Cinema Novo não pode ser compreendido exclusivamente em termos de mercado (está enquadrado no movimento global da cultura brasileira da época), assim mesmo a sua relação com o mercado o explica parcialmente.

A dificuldade que encontravam os homens do Cinema Novo em fazer filmes que interessassem um público maior do que a elite atingida resulta não só da problemática cultural geral da sociedade brasileira mas também do isolamento dos cineastas em relação ao público, conseqüência da falta de comercialização sistemática de seus filmes. O cineasta é um indivíduo que não tem diálogo com o público para o qual trabalha, a imaginação cinematográfica tende a trabalhar em circuito fechado.

Essa situação atingiu seu ápice nos anos 1969-70, não só por causa da situação sócio-cultural do país, mas também pelas deficiências no relacionamento cineasta-público. E o prestígio que atingiu este cinema, a sua importância na produção global e a luta que os exibidores lhe moveram indicam paradoxalmente uma fraqueza da produção de intenções "comerciais". Apesar de o ciclo do cangaço ter-se desenvolvido paralelamente ao Cinema Novo, a chanchada deixou um vazio na produção, levando o cinema de intenções "culturais" a uma situação de hipertrofia, do ponto de vista do mercado. A mesma quantidade de filmes culturais, numa produção comercialmente equilibrada, ocuparia apenas um setor, quantitativamente pouco importante, da produção global (como ocorre na França e na Itália), e nunca atingiria as proporções brasileiras. Esta relativa hipertrofia da produção cultural (de que se queixam os exibidores) é portanto decorrente do fato de que as condições do mercado motivam insuficientemente a produção comercial.

A lenta conquista. À medida que o mercado se abrir para a produção brasileira, ele vai motivá-la no sentido de satisfazer um público que aumenta. Isso aconteceu em outros países e não há motivo para que não aconteça no Brasil. Os resultados da lenta e recalcitrante abertura dos últimos anos, apesar das hesitações e deficiências de fiscalização, já estão aí: filmes brasileiros com grande sucesso de público. *Os Paqueras* atingiu o segundo lugar na classificação das receitas de bilheteria no conjunto dos filmes brasileiros e estrangeiros lançados em 1969, e *No Paraíso das Solteironas*, o quarto lugar. De 1969 a 1970, o nosso cinema aumenta em 67% a sua renda líquida, apesar de em 1970 apenas 14,85% dos ingressos vendidos terem sido para exibição de filmes nacionais. E, em 1972, *A Viúva Virgem* obterá com certeza um dos melhores lugares na classificação. Por outro lado, em 1971 e primeiro semestre de 1972, houve, no total dos filmes brasileiros exibidos, uma nítida redução percentual das obras de intenções principalmente culturais (dos filmes "de autor" e de público restrito), em relação aos filmes que visam ao divertimento do grande público. Bastou que se abrisse um pouquinho a reserva de mercado para que imediatamente a produção reagisse, e reagisse exatamente no sentido dos interesses financeiros dos produtores e dos exibidores.

Estes poucos dados, fornecidos pelo Instituto Nacional do Cinema, mostram que a produção é capaz de reagir de modo financeiramente favorável, *desde que haja uma solicitação por parte do mercado.* No entanto, a reserva atual de mercado (que não deve ser analisada em função da situação atual da produção e da exibição, mas em função do volume e do tipo de produção e exibição que se quer alcançar) é insuficiente para: 1) consolidar o embasamento econômico da produção; 2) alterar os hábitos do público em relação ao consumo do filme brasileiro e equilibrar o relacionamento produção-público; e 3) modificar a posição do exibidor no comércio cinematográfico, deslocando parcialmente os interesses vinculados à produção estrangeira para a produção brasileira, e em medida suficiente para que venham a alterar o seu comportamento e métodos de trabalho. A atual fatia de 23% do mercado serviu de teste para mostrar que a produção brasileira tem condições de responder adequadamente ao apelo do mercado, mas é insuficiente para firmar esta resposta.

É tarefa dos economistas avaliar a reserva mínima de mercado para que venham a se produzir as transformações almejadas. Tais transformações implicarão alterações estruturais – e portanto riscos –, tanto para os exibidores quanto para os produtores. O esforço dos exibidores e produtores, por um lado, e dos órgãos competentes do Governo, por outro, poderia convergir para três alvos principais: 1) fixação das metas que se quer alcançar, tanto para a produção como para a exibição do filme brasileiro no mercado interno; 2) implementação das medidas preconizadas; e 3) estudo e planejamento da fase de transição, que representariam o deslocamento parcial dos interesses da exibição vinculados à produção estrangeira para a produção brasileira, de modo a limitar os riscos. Este último item é fundamental porque aí é que os exibidores fixam a sua argumentação, negando a possibilidade de maior abertura do mercado interno para a produção brasileira.

Visão, 11/9/72

O EMPRESÁRIO SUBSTITUI O GÊNIO

Já houve, nos últimos vinte anos, muitos congressos e seminários do cinema brasileiro. Mas este foi o primeiro *Congresso da Indústria Cinematográfica*, e se encerrou no último dia 27 no Rio. Substituindo os cineastas de roupas hippies por congressistas de terno e gravata, ele mostrou que a expressão "Uma câmera na mão e uma idéia na cabeça" é coisa do passado. O vocabulário agora é outro – "mercados naturais do Brasil", "tempo ocioso do equipamento e da mão-de-obra" – e as pessoas também são outras – em lugar dos cineastas "geniais", aparecem os empresários da indústria cinematográfica brasileira.

A finalidade oficial do Congresso foi informar seu promotor, o Instituto Nacional de Cinema, a respeito dos problemas que os diversos setores ligados à produção e à comercialização do filme brasileiro encontram. Curioso, entretanto, o modo adotado pelo INC para se informar: escolher as pessoas que deviam expor os problemas e sugerir soluções, correndo o risco de só ouvir quem quer ouvir e só receber informações de quem quer receber. Mais curioso ainda, se considerarmos que parte desses informantes pertence ao seu próprio Conselho Consultivo (e que, por conseguinte, sua função é informá-lo independentemente de qualquer congresso) e que os outros exercem cargos de direção em diversos órgãos de classe, estando em comunicação regular com o Instituto, também independentemente de qualquer congresso. Acrescente-se a isso, ainda, uma disciplina excessivamente rígida que dificultou enormemente o exercício da palavra dos que não eram convidados oficiais.

Além disso, é de se supor que o problema do cinema brasileiro já seja do conhecimento do INC, pois há tempos é o mesmo: a ocupação do mercado interno pelo filme estrangeiro, bloqueando a comercialização do filme brasileiro. O INC já recebeu inúmeros informes dos órgãos de classe, de seminários (como os promovidos pelo Festival de Brasília), de comissões criadas por ele próprio sobre o assunto. Por esta razão, a finalidade do Congresso – informar ao INC – não ficou muito clara, pois não parecia de óbvia necessidade. Por esta razão também, poucas idéias novas surgiram nas exposições e nos debates.

Mas, apesar de tudo, o congresso foi importante. Principalmente por ter revelado uma profunda transformação na mentalidade e no comportamento da classe cinematográfica, que deixa de ser *genial* para ser *empresarial*. Grandes sucessos recentes, como os filmes com

Roberto Carlos, *A Viúva Virgem, Independência ou Morte*, e a elevação da renda média do filme brasileiro, começam a fazer da indústria cinematográfica, se não uma força, pelo menos um sistema econômico que já pode fazer ouvir sua voz, que se sente cada vez mais forte, vendo também a possibilidade de lucros na comercialização de seus produtos. Diante dessa força econômica nascente, a lei da exibição compulsória transforma-se num paliativo, quase numa esmola. Por meio dessa lei, todos os cinemas são obrigados a exibir filmes brasileiros durante 84 dias do ano. É uma reserva de mercado dedicada exclusivamente ao cinema brasileiro e dentro do qual o filme brasileiro só concorre com filmes brasileiros. Mas agora os produtores querem competir diretamente com o produto estrangeiro, *desde que em igualdade de condições*. Isto é, querem limitar a importação e onerar o filme estrangeiro (taxações, dublagem obrigatória, feitura de cópias e material publicitário no Brasil), de tal modo que custe, ao ser exibido, o que custa uma produção brasileira média. A conquista do mercado interno possibilitará a amortização da produção, e a exportação para os mercados "naturais" do Brasil (América Latina, África) reverterá em lucros. A lei da exibição compulsória não será eliminada já, mas estamos, indiscutivelmente, numa fase de transição.

Esta evolução vai levar a uma transformação nas relações entre os diversos setores que compõem a classe cinematográfica. Há ainda pouco tempo, os cineastas brasileiros se juntavam para defender o cinema brasileiro como uma coisa una; hoje começam a surgir diferenças e contradições. Contradições com os técnicos, por exemplo. A consolidação da produção fortalecerá o mercado de trabalho para as diversas profissões técnicas. Os produtores enfrentarão em breve problemas trabalhistas sindicais, tais como equipe mínima e outras. Essas contradições estão latentes, revelando-se em certos comentários feitos ao relatório dos técnicos. Alguns produtores falam "na nossa classe dos técnicos" – porque no Brasil não existem produtores, mas sim técnicos que, por circunstâncias diversas, chegaram a produtores –; outros citam "os soldados que vão na frente dos canhões" ou de "um pessoal fabuloso" com quem se congratulam. Isto significa que o técnico de boa vontade está em vias de se transformar num operário especializado.

Contradições surgem também entre diretores, embora não se tenham definido, pois eles ainda não existem como classe. São muito raros os diretores assalariados. Em geral, eles têm uma porcentagem na produção, quando não são os próprios produtores ou co-produtores. Trata-se, antes, de uma classe de pequenos produtores, com duas tendências básicas: os que aspiram a grandes produtores e os que consideram seu trabalho mais como uma tarefa cultural do que como um negócio. Estas tendências os levaram a apoiar os grandes produtores e ao mesmo tempo, diferenciar-se deles, o que neutralizou, no plenário, contradições que eram mais sensíveis nos corredores. A perspectiva parece ser a seguinte: o produtor não pode prescindir do diretor para a elaboração do seu produto – lucrativo ou não. E daí, uma série de reivindicações: participação do diretor no prêmio de qualidade que atualmente o INC outorga aos produtores, por exemplo. Por outro lado, não há cinematografia que possa viver sem uma renovação das suas idéias, o que torna necessária uma faixa de produção desligada dos gêneros que atualmente fazem sucesso (comédia erótica, filme histórico) e que sirva de laboratório para a grande produção. Conseqüentemente, os diretores querem obter financiamentos, oferecendo, como garantia, a sua criatividade, verificada em trabalhos anteriores e precisam para isso, de liberdade de expressão tanto por parte dos produtores como da censura.

Está encerrada a fase que se abriu por volta de 1930, com os cineastas pedindo proteção do governo para consolidar seus negócios e obtendo migalhas; encerrada a fase da luta cultural do tipo Cinema Novo. A tônica, hoje, é o cinema empresarial e, conseqüentemente, novas contradições, novas formas de luta cultural deverão se desenvolver.

Opinião, 6/11/72

A MÁSCARA NO PROTESTO DOS EXIBIDORES

O mercado exibidor brasileiro é abastecido em grande parte (parte que, pelo que se sabe, ainda não foi calculada com precisão) por filmes estrangeiros, deixando apenas uma pequena área para o filme nacional. Para tornar economicamente viável a indústria cinematográfica brasileira é necessário que ela disponha de uma parcela de mercado muito maior que a atual. A conquista desta parcela implica obrigatoriamente numa mudança das fontes de abastecimento dos exibidores, que terão que se abastecer menos nos produtores e distribuidores estrangeiros e mais nos brasileiros. São mudanças que por sua vez obrigam a uma reorganização das distribuidoras e exibidoras que atuam no Brasil, numa modificação de seus métodos de trabalho e de seu relacionamento com o público. É, porém, esperado que os exibidores reajam contra uma reestrutura do mercado do cinema no Brasil, já que isso virá perturbar seus negócios, que são basicamente a comercialização de filmes estrangeiros. Essa reestruturação, é verdade, vem se dando lentamente, o que caracteriza uma fase de transição, marcada por uma série de conflitos entre os interesses dos produtores (colocar mais filmes brasileiros no mercado) e dos exibidores (não alterar a comercialização dos filmes estrangeiros).

Em última análise, porém, parece pacífico o fato de que eles não estão vivendo um fenômeno isolado no processo de industrialização brasileiro. Sempre que houve a substituição de um produto estrangeiro importado pelo similar nacional, seguiu-se uma fase de reação negativa por parte dos vendedores do produto estrangeiro, e por parte dos consumidores.

Argumentos contestáveis. Basicamente, no entanto, esta fase de transição não pode ser senão conflitiva, já que, no seu conjunto, os exibidores não se associam aos esforços da produção (com as eventuais honrosas exceções de praxe). Esses conflitos são baseados principalmente no fato de que o filme estrangeiro tem, ao chegar ao Brasil, um custo inferior ao de uma produção média brasileira. Sem fundamento, porém, os exibidores costumam mascarar a situação – em si, conflitiva – acrescentando a ela argumentos contestáveis. Entre eles está o de que o INC não foi capaz de elevar o nível qualitativo do cinema brasileiro. A qualidade é uma questão bastante subjetiva que os exibidores não levantam em relação ao cinema estrangeiro, e que aliás, não lhes importa: importa é se o filme dá ou não dinheiro. Outro argumento (do manifesto dos exibidores) reclama para eles, exibidores, um amparo "em conjunto" com a produção. Ora, se se quiser desenvolver a produção, é impossível dar aos dois o mesmo tratamento, visto que é a atual situação da exibição e da distribuição que bloqueia a produção. E, por outro lado, é indiscutível a evolução da produção cinematográfica brasileira em termos empresariais. A título de exemplo: os dois filmes de maior bilheteria de 1º de janeiro a 30 de setembro de 1972 são brasileiros: *A 300 Km por Hora*, com Cr$ 4.575.144,00 e *A Viúva Virgem*, com Cr$ 3.740.709,00. A melhor renda de filme estrangeiro para o mesmo período só vem em terceiro lugar: *007, Os Diamantes São Eternos*, Cr$ 3.362.986,00 (dados do INC).

Em resumo, apesar do tom pomposo, o documento *(A Verdade que Precisa Ser Dita)*, lançado pelos exibidores no último dia 5, não traz qualquer informação substancialmente nova para um debate antigo.

Opinião, 16/4/73

CHANCHADA, EROTISMO E CINEMA EMPRESA

Os Mansos é certamente uma representação quase caricatural do atual momento do cinema-empresa brasileiro. Alguns exemplos para ilustrar esta afirmação:

O produtor cinematográfico brasileiro luta para substituir o filme estrangeiro no mercado interno. Em termos empresariais, só há dois caminhos: ou o produtor oferece ao público filmes com elementos que o estrangeiros não podem apresentar, a diferenciação funcionando como atrativo; ou então ele tenta fazer um produto parecido com o estrangeiro e que possa satisfazer no público brasileiro uma expectativa e hábitos criados pelo filme estrangeiro. É claramente pela segunda tendência que optaram os produtores, escolhendo como modelo a comédia erótica italiana. Em *Os Mansos*, esta situação leva ao pastiche: o segundo episódio é quase falado em italiano; ambienta-se num meio indefinido e abstrato, que pode ser algum bairro carioca como de uma cidade italiana; a trama está baseada nos chavões de um suposto código de ética italiano: os maridos "desonrados" têm que salvar sua honra no sangue.

Por mais fraco e instável que seja ainda o empresário cinematográfico brasileiro – como faz questão de ressaltar a Sincro, produtora de *A Viúva Virgem* e *Os Mansos* – é o produtor que aparece como figura dominante do empreendimento, é o produtor que assegura a continuidade e o sucesso de um filme a outro. A publicidade de *Os Mansos* se vale do sucesso de *A Viúva Virgem*, mas não ressalta, neste último filme, nem os atores, nem o diretor, mas sim exatamente os produtores: "Dos mesmos realizadores de *A Viúva Virgem*...", dizem os anúncios publicitários. O trailer vai mais longe, afirmando que "o público não erra", discreto aceno a Adolph Zukor. Esta é de fato a frase que se usa em português para traduzir "The public is never wrong", título do livro de memórias de Zukor, fundador da Paramount, frase que afirmaria uma harmonia de interesses entre o público e o produtor e, portanto, harmonia entre o produtor e o setor distribuição-exibição. Ou então a Sincro teve intenções irônicas ao citar Zukor?

O cinema empresarial leva a explorar o mais possível os elementos de sucesso comprovado. Por exemplo: o primeiro episódio de *Os Mansos* retoma um dos motivos principais de *A Viúva Virgem*: a bolsa de valores e o aproveitamento da mulher com finalidades econômicas; o cáften deixou as casas de tolerância e foi para a bolsa. Em *A Viúva Virgem* esta situação tinha atualidade, em *Os Mansos* é apenas o reaproveitamento de uma fórmula de sucesso. *Eu Transo, Ela Transa* é uma variação do mesmo tema: o personagem principal se torna alcoviteiro de alto nível para fazer progredir os seus negócios na alta finança. A conclusão do segundo episódio de *Os Mansos* é uma variação da conclusão de *Viver de Morrer*: a trama se desenvolve em triângulos amorosos para chegar à revelação final de que o problema é entre dois homens. A conclusão do terceiro episódio: uma variação da conclusão de *Os Machões:* neste, o rapaz que não conseguia mulheres, torna-se homossexual, naquele, o homem, desistindo das complicações em que se meteu com mulheres, resolve ficar com um homossexual. Neste último episódio, outra variação de situação de *Os Machões*: o homem que se deixa seduzir por um travesti, sem perceber. Outra variação de *Os Machões*, encontramos em *Cassi Jones, o Magnífico Sedutor*: para alcançar seus fins, o sedutor se disfarça de homossexual. E essa já era uma variação de uma situação do filme italiano *O Transplante*: para conquistar damas, o sedutor se vale do fato de que todos pensam que ele foi castrado. Se não houver renovação na imaginação dos empresários, o desgaste está para breve. E depois do desgaste?

O barato e o caro. *A Viúva Virgem* e *Os Mansos* são produções baratas, que não procuram esconder a mediocridade dos seus recursos. Há inclusive um tom meio "avacalhado" nestes filmes que, provavelmente, não está alheio a seu sucesso. Em *Os Mansos* é particularmente o caso do terceiro episódio que revela desleixo na narração, enxerto de piadas gratuitas em relação ao filme. Diante disso, *Cassi Jones* oferece outra opção. Uma produção à altura de um público de "bom gosto". Situações e temas semelhantes à comédia mais "vulgar" poderão ser usados, mas apresentados num invólucro mais sofisticado. *Cassi Jones* se desenvolve numa maior quantidade de locais com mais cenografia, mais luzes, mais objetos de cena. Nada indica que o público em geral prefira este filme empetecado àqueles que vão mais diretamente ao alvo: fazer rir com coisas de sexo. Mas parece que o setor de exibição viu em *Cassi Jones* uma opção viável para um público que não aceita a chulice mais despojada: foi a opção de salas elegantes como o

Belas Artes e o Astor, em São Paulo, que não lançam filmes da Sincro, dos quais *Cassi Jones* só se diferencia pela maquiagem.

Uma terceira via se apresenta atualmente em termos de comédia: é aquela que despreza a neo-chanchada e se volta para a chanchada tradicional, "autêntica". É o caso de *Quando o Carnaval Chegar*. Na época em que se desenvolve a nova chanchada, a velha (desprezada na sua época) aparece como um produto cultural digno de atenção das pessoas cultas. A antiga chanchada tinha um grande público (a nova também), representava valores "populares" autênticos: são argumentos que levam pessoas cultas a acharem de bom tom voltar-se para ela com ternura e superioridade. É o que faz *Quando o Carnaval Chegar*, que se ambienta parcialmente no Quitandinha dos áureos tempos da Atlântida, citando alguns filmes, utilizando um ator característico da época (Lewgoy). A velha chanchada se dignifica na metachanchada, não mais para o consumo do grande público, mas para o consumo de apreciadores. Atualiza-se o quadro com valores modernos, no caso: Chico Buarque, Nara, Betânia. Só que a síntese não se faz: não se sintetizam os valores da atual "canção popular" com os valores da velha chanchada revisitada, como tampouco se consegue superar as duas ordens de valores. O filme se torna uma justaposição de valores, num tom passadista. No filme, Lewgoy está presente como ator tradicional da Atlântida, que lhe atribuía sistematicamente papéis de vilão, mas também como ator de *Terra em Transe* do Cinema Novo, prestigiado pela camada culta, repetindo gestos do governador de Alecrim. Mas ele se limita a citar seu papel de vilão de chanchada e a citar seu papel de ator de cinema nobre, sem que nasça disto um novo personagem, uma nova ação, apenas uma colagem amorfa: Lewgoy resume o espírito do filme. Mas Lewgoy, além de ter estado na chanchada tradicional e no Cinema Novo, além de estar em *Quando o Carnaval Chegar*, também está em *Os Mansos*. Saudade da velha chanchada, a nova chanchada com mais ou menos ornamentos, serão realmente opções?

Opinião, 23/4/73

PERMITIDO PARA MENORES

Em março deste ano, alguns cinemas apareceram com uma novidade: dois filmes por dia, um à tarde, proibido até no máximo dez anos, e outro à noite para adultos. Como a grande maioria dos filmes brasileiros e estrangeiros é proibido para menores de dezoito anos, o novo sistema de programação parecia abrir repentinamente a possibilidade para um público infanto-juvenil de ir ao cinema.

Há uns trinta anos, Hollywood mantinha a política "dos oito aos oitenta", conforme a expressão do produtor Walter Wanger. Só excepcionalmente o produtor podia dar-se o luxo de se dirigir apenas a uma faixa do público consumidor: o grosso da produção tinha de agradar a filhos e pais ao mesmo tempo. Mas o Zorro, Tarzan, o *western* sem muita violência, o filme de aventuras e pirataria quase desapareceram: na sua luta contra a concorrência da TV, o cinema passou a produzir espetáculos "fortes", sumiu o "filme para toda a família". "Uma tragédia", no entender do crítico carioca Salvyano Cavalcanti de Paiva.

No Brasil também a situação é séria: dos filmes importados pela Colúmbia em 1972, só 20% foram liberados para menores de dezoito anos; da Fox, só 10%. Os distribuidores se queixam de que vêm perdendo assim importante faixa do público potencial. E a potencialidade comercial desta faixa é óbvia: conforme estatísticas oficiais, dos dez filmes brasileiros de maior renda até dezembro de 1972, oito são livres ou interditados só para menores até dez anos. Não significa que sejam filmes infantis, pois, além dos três filmes com Roberto Carlos, incluem-se, entre os oito, três filmes de Mazzaroppi. Mas são espetáculos a que tanto crianças como adolescentes podem assistir.

Problemas comerciais. O filme infantil é de comercialização difícil: não só não tem público noturno, como de dia dois terços do seu faturamento são de meias entradas, o que reduz a renda. Além disso, este gênero não tem público a semana toda nem o ano todo: é um cinema para tempo de férias ou, nos períodos letivos, para fins de semana. No caso do cinema brasileiro, não raro os pais transmitem aos filhos o pouco entusiasmo que lhes inspira, de modo geral, o filme nacional, antes mesmo de as crianças terem tido experiência própria de cinema brasileiro. Diante dessa situação, o Instituto Nacional do Cinema adotou medidas de incentivo à exibição e produção de filmes infanto-juvenis no Brasil: pela Resolução 80, exibindo em vesperais filmes brasileiros de censura livre ou proibidos apenas para menores até dez anos, o cinema satisfaz a lei de exibição compulsória (84 dias por ano), valendo a tarde, para efeito de lei, metade de um dia. A medida é considerada realista. João Luiz Araújo, da Telstar, que o produziu, afirma que *Piconzé*, desenho animado infantil, nunca teria a carreira que está tendo (em cartaz desde seu lançamento, em janeiro), não fosse esta nova resolução do INC. Esta medida vem reforçar outra tomada em janeiro para amparar os produtores: o filme infantil recebe em dobro o adicional de renda de bilheteria a que todo filme brasileiro exibido tem direito.

Produção cresce. Graças a esse tipo de incentivo, a produção do filme infantil está em via de se tornar significativa no Brasil. Toda a história do cinema brasileiro acusa apenas nove filmes feitos especialmente para crianças: os três pioneiros são *Sinfonia Amazônica* (Anélio Lattini, 1953, primeiro desenho animado brasileiro de longa metragem), *O Saci* (Rodolfo Nanni, 1953) e *Pluft, o Fantasminha* (Roman Lesage, 1962). Os seis outros são recentes e os únicos em condição legal de cumprir a lei de exibição compulsória: *O Detetive Bolacha Contra o Gênio do Crime, A Dança das Bruxas, As Quatro Chaves Mágicas, Aventuras com o Tio Maneco* e os desenhos *Piconzé* e *Presente de Natal*. Com exceção do último, são todos filmes feitos com cuidados e capazes de despertar o interesse de platéias infantis.

O conjunto destes filmes não parece apresentar traços comuns. Incluindo adaptações de peças de Maria Clara Machado, de um conto de Grimm, inspirações na mitologia rural brasileira ou imitação de filmes policiais, eles apenas têm uma afinidade: agradar às crianças e não aborrecer demasiado os pais, pois são estes que geralmente acompanham as crianças ao cinema. Mas, basicamente, esses filmes foram feitos de acordo com a idéia que os próprios produtores têm da infância. "Para que recorrer a um psicólogo infantil?", pergunta um produtor. "Será um psicólogo 'quadrado', mais inimigo do que amigo das crianças, ou então será um psicólogo moderno e realista, e teremos então problemas com a censura, já que não há área mais controvertida do que a educação."

A experiência de que se valem os produtores é a educação dos próprios filhos; e estes pais de família continuam a produzir, respondendo com rapidez à nova abertura de mercado proporcionada pela resolução do INC.

Neste impulso, a filmografia infantil poderá dobrar em pouco tempo: a Telstar (*Piconzé*) está com dois desenhos animados em produção, a R. F. Farias *(Aventuras com o Tio Maneco)*, com mais um filme; Geraldo Sarno termina as ambiciosas filmagens de *O Sítio do Pica-Pau Amarelo* e a Luta Filmes (*O Detetive Bolacha*) tem dois roteiros prontos, cuja produção até agora não foi decidida.

Por parte dos produtores, duas tendências parecem estar surgindo: a R. F. Farias, bem sucedida lançadora de comédias eróticas como *Os Paqueras*, amplia seu leque de produção com o filme infantil, enquanto a Telstar se especializa em desenhos animados. A distribuidora Distar também se especializa em filmes infantis e de censura livre.

Exibidores gostam. Quanto à exibição, a resolução é também, de certo modo, realista: o filme infantil não tem público à noite. *O Detetive Bolacha* recebeu em seis dias, no Pax (Rio), 611 espectadores antes das 18 horas e apenas 114 depois; para *Piconzé*, no período de uma semana no Lumiere (São Paulo), venderam-se 2 517 entradas antes e 889 depois das 18 horas. Portanto, com a possibilidade de cumprir o decreto com vesperais, o exibidor passa a se interessar por filmes infantis.

É cedo ainda para se ter um quadro geral do comportamento da exibição diante da resolução do INC, mas exemplos isolados parecem mostrar a sua funcionalidade. É o caso de *Piconzé*, cuja renda no Cine Rivoli (Curitiba), com duas vesperais durante uma semana de julho, foi de quase 15 mil cruzeiros, enquanto o filme da noite (estrangeiro) rendia em três sessões cerca de 13 mil cruzeiros na mesma semana. (Conforme dados do INC, a renda semanal média deste cinema durante 1972 foi de 15 700 cruzeiros.) Quer dizer que um filme "adequado" para vesperal deu resultados satisfatórios para o exibidor. São previsões financeiras deste tipo que levaram o Cine Indaiá (Santos) a relançar *Pluft, o Fantasminha* durante as férias, embora, por ser filme velho (1962), ele não possa mais cumprir a lei de exibição compulsória. Que a medida é boa para os exibidores é um fato confirmado por Florentino Lorente, diretor da Companhia Serrador: "Basta dizer que houve uma melhoria de 30% de público nas exibições da tarde, depois que começamos a exibir filmes nacionais".

Produtores desconfiam. Mas há outro fator que leva o exibidor a simpatizar com a medida e se mostrar inesperadamente favorável à exibição de filmes brasileiros. Já que têm de cumprir a lei de exibição compulsória, que em média os filmes brasileiros dão menos dinheiro do que os estrangeiros, que as sessões da tarde são sempre mais fracas do que as da noite, então o exibidor pode interpretar a resolução como uma vantagem para o cinema brasileiro. E deixa a noite para o estrangeiro.

Foi por isso que a medida do INC encontrou resistência junto à maioria dos produtores brasileiros. Roberto Farias, apesar de produtor de filmes infantis e um dos promotores da resolução, declara: "Pretendo, como membro do Conselho Consultivo do INC, pedir a revogação da resolução, porque os exibidores a usam com má fé". Exemplos dessa má fé:

– As salas pretendem cumprir a nova lei com duas sessões à tarde, enquanto dão três à noite. O Cine Rivoli deu, durante a mesma semana, 14 sessões para o filme brasileiro e 21 para o estrangeiro. Portanto, o produtor brasileiro sai lesado, já que com essa matemática dois quintos valem a metade.

– Os filmes brasileiros exibidos à tarde são mal anunciados. Em São Paulo, quando o Liberty, por exemplo, projetava *Assalto à Brasileira*, nada, na fachada, indicava que o filme estivesse em cartaz.

– Os exibidores usam fitas de censura livre ou até dez anos, mas que nem por isso são infantis ou juvenis. Em alguns casos, o filme para adulto pode interessar crianças (*Como era Gostoso o Meu Francês*), mas certamente não é o caso de *Azyllo Muito Louco* ou *Os Inconfidentes*, dois exemplos de filmes usados para cumprir a lei através de vesperais.

Assim vêm sendo drasticamente prejudicados os interesses da produção brasileira: diminui o tempo disponível para filmes nacionais destinados ao público adulto que vai ao cinema à noite, enquanto filmes que poderiam passar à noite só passam à tarde.

Lei furada. No entanto, por mais que se acusem os exibidores de má fé, todos reconhecem que eles estão dentro da lei. É que a lei está mal formulada. Esta é a opinião da maioria dos produtores. De fato, a lei se refere a "filmes livres ou de impropriedade até dez anos", e não conceitua o que seja filme infantil ou infanto-juvenil. A censura livre indica apenas que o filme não é pernicioso para crianças, que não contém cenas de violência, sexo, etc., o que de modo algum implica que este filme seja *do interesse* das crianças.

Por outro lado, parece provado que as vesperais podem contar mesmo é com o público de três a dez anos, portanto infantil e não juvenil. Por exemplo, *Tati, a Garota*, proibido até dez anos, recebeu no Cine Ouro (São Paulo) mais público à noite do que de dia. Os produtores são unânimes em reconhecer a urgência de modificar a resolução, para que esta defina melhor o que é filme infantil e inclua apenas filmes de censura livre.

Sem estas providências, acredita-se que a resolução do INC, criada aparentemente para servir de estímulo para o cinema nacional, poderá a médio prazo ter o efeito exatamente contrário. Diz um produtor: "Além de diminuir o tempo de obrigatoriedade em sessões noturnas, a resolução não incentiva o cinema infantil, mas apenas o de censura livre para filmes, infantis ou não. Se por trás de tudo isso existe a vontade de desestimular o filão erótico no cinema nacional, trata-se de uma decisão errada e inútil: os cinemas continuam faturando à noite praticamente só com erotismo, enquanto a Resolução 80 corre o risco de se transformar numa porta aberta para produções dirigidas mais a adultos retardados do que a crianças". Um recente lançamento vespertino intitulado *O Judoka*, que vende o culto à mera força física, é um exemplo, entre outros, que parece confirmar esses receios.

Visão, 13/8/73

UM DEBATE SOBRE A QUALIDADE E A LUCRATIVIDADE DO CINEMA NACIONAL

Em resposta a Ivã Lamounier que declarou ser a "má qualidade" dos filmes brasileiros responsável pela queda de 20% da assistência cinematográfica de 1973 para 1974.

O que espanta à primeira vista, numa declaração como a do sr. Lamounier, já feita mil vezes, é o poder do cinema brasileiro. O cinema brasileiro não ocupa nem um quinto do mercado cinematográfico no Brasil. O que não se entende muito bem é como um cinema que ocupa tão pouco espaço, e tão pouco tempo, é capaz de façanhas tão destruidoras.

Ele é capaz de tais façanhas, mas só na mente dos distribuidores e exibidores. Os exibidores encontram dificuldades diversas nos seus negócios, é verdade. Mas, quando distribuidores e exibidores falam de suas dificuldades comerciais, o único obstáculo a que se referem é o cinema brasileiro.

Por que não dizer, por exemplo, que o cinema estrangeiro não vai bem? Que os filmes que dão dinheiro são os filmes de grande produção com grandes nomes, mas as produções médias encontram dificuldades junto ao público? Uma estatística feita por um instituto de sociologia paulista, há uns dois anos, teria dado algo como 80% de ociosidade para o cinema estrangeiro na cidade de São Paulo. Por que os exibidores e distribuidores não revelam estas estatísticas? Mas a existência destas estatísticas nem se consegue comprovar: publicar estas informações sobre o cinema estrangeiro seria provar que o problema não está no cinema brasileiro.

Por que os exibidores quando falam da fuga do público, não dão informações precisas? Diz-se que em São Paulo há uma retração de público. Se há uma retração, por que a concentração de cinemas no centro e nos bairros ricos? Por que a proliferação de salas novas?

Por que não dizer que as salas que fecham, na maioria, são salas de bairros geralmente pobres? E nos bairros, em São Paulo pelo menos, verifica-se que são salas enormes, obsoletas, instaladas há várias décadas, que não correspondem ao atual comportamento do público, e estão destinadas, mais cedo ou mais tarde, a virar supermercados ou galerias com lojinhas. Por causa do cinema brasileiro? Ou por causa do baixo poder aquisitivo de grande parte do público?

Por que não dizer que o maior inimigo das salas de cinema não é nem o cinema, brasileiro ou estrangeiro, nem o público e sua alegada fuga, mas a especulação imobiliária? A valorização de imóveis nos centros urbanos é tamanha que o exibidor, quando não é proprietário de sala, dificilmente aguenta. Por que não dizer que o aluguel de uma sala, quando baseado em percentagem, o que em geral ocorre, é de 20 a 25% da renda? Sendo que o exibidor paga as despesas de condomínio, o imposto predial e outras taxas. Mas os exibidores se recusam a informar sobre a especulação imobiliária de que são vítimas por receio de se indisporem com seus senhorios.

O exibidor enfrenta estas e outras dificuldades. Mas, ao invés de se tentar fazer uma análise objetiva da situação, cria-se uma fantasia: o cinema brasileiro é o grande mal.

O irracionalismo desta posição encobre em verdade uma outra realidade: as vantagens de comercializar o cinema estrangeiro no Brasil e os vínculos que unem os exibidores aos distribuidores de filmes estrangeiros: é sabido que o filme estrangeiro custa, no mercado brasileiro, mais barato que o filme brasileiro. No mercado interno, o filme brasileiro deve se pagar, enquanto o filme estrangeiro já vem pago, e só tem que cobrir as despesas de comercialização. O que dá uma grande elasticidade à comercialização do filme estrangeiro.

Só para fitas estrangeiras de prestígio, os "serpicos", "golpes de mestre" e outros "papillons", o exibidor chega a pagar 60% da renda ao distribuidor. São condições escorchantes, mas isto o exibidor não diz publicamente. Quanto às fitinhas e filmecos, os distribuidores cobram 45, 40, 35 ou mesmo 30% da renda. Mas o produtor brasileiro, que tem de pagar o seu filme, vai exigir os 50% que a lei lhe faculta. Resulta que, mesmo com rendas iguais, o filme estrangeiro é, para o exibidor, mais vantajoso que o brasileiro. A má qualidade do cinema brasileiro é isto, apenas isto.

O produtor brasileiro não é um inimigo nato do exibidor, porque o produtor precisa do exibidor para levar filmes até o público. São os exibidores e distribuidores de filmes estrangeiros que apresentam o produtor brasileiro como inimigo para encobrir a realidade da sua situação: as vantagens comerciais objetivas que lhe proporciona o cinema estrangeiro e as dificuldades múltiplas que encontram.

Quanto à alegação de má qualidade do cinema brasileiro por parte dos exibidores, isto já ninguém mais leva a sério. Porque exibidores e distribuidores nunca cuidaram de qualidade, mas de rentabilidade. De boa qualidade é o filme que tem boa bilheteria. Ou alguma vez um exibidor tirou de cartaz um filme de sucesso por achá-lo de má qualidade?

Mas, se os exibidores e distribuidores se preocuparem com qualidade, ótimo: assim serão drenados do mercado interno brasileiro os karatês e outros conguefus, os gringos, os lando buzzanca e tantas outras coisas de não muito boa qualidade que andam pelas telas.

Opinião, 18/10/74

Os textos precedentes ilustram como a luta pela afirmação do filme brasileiro no mercado interno está desvinculada de qualquer outro tipo de análise. Há uma rutura entre a fala sobre a indústria e o comércio, e a discussão sobre as significações e perspectivas culturais e políticas do cinema brasileiro. Vejo dois motivos principais que explicam este fenômeno:

Primeiro, um baixo nível metodológico (a relacionar com nosso quadro ideológico) que até hoje nos impede de analisar dialeticamente as relações entre a proposta cultural e política dos filmes, seus temas, suas formas, com as condições de produção e comercialização. Sabemos que existem vínculos, não sabemos detectá-los. Claro que esboços de análises foram feitos. Por exemplo: no caso do cinema comercial, o esforço feito para substituir o produto estrangeiro leva o produtor brasileiro a imitá-lo. Esta tendência é clara no bangue-bangue paulista que imita o gringo italiano; é isto que explica a derrocada do cangaceiro, que representa a proposta comercial gerada na época do nacionalismo do início dos anos 1960. Percebem-se também formas de adaptação: rivalizar com o produto estrangeiro dando ao brasileiro mais atrativos; assim, o *western--spaghetti* brasileiro é muito mais erótico que o original italiano. Outra adaptação: a imitação é sempre imitação quase artesanal de um produto industrial, o que não é sem consequência, não só ao nível da técnica e custos de produção, como da dramaturgia etc. Também os vínculos entre a comédia erótica brasileira e a italiana foram apontados.

No caso do cinema erudito ou crítico ou cultural ou de autor, é provável que a lei de exibição compulsória tenha favorecido o aparecimento de filmes, em geral apreciados nos meios universitários, que não atingem o grande público. A lei de obrigatoriedade, que foi indispensável para a sobrevivência da produção, provocou um relaxamento dos vínculos entre o produtor e o espectador, já que, pela lei, independentemente da aceitação do filme pelo público, há uma probabilidade para que o filme chegue às salas.

Até agora a análise dos vínculos condições de produção/proposta cultural-comercial dos filmes não ultrapassou esse nível primário.

Apesar do baixo nível metodológico apontado, a produção de textos sobre o mercado cinematográfico e a situação da produção são importantes para o crítico. Não só porque assim colabora na luta pela conquista do mercado. Importantes em termos de crítica mesmo: ajuda o crítico a não ver o filme como algo abstrato, destacado do contexto da produção, contribui para inseri-lo dentro do processo cultural de que ele é parte e não juiz. Manter-se próximo à produção é um instrumento de trabalho indispensável, embora crie problemas quando se trata de entrar em polêmica com amigos. Mas uma atitude simultaneamente de identificação e distanciamento deve ser mantida.

Outro motivo que explica a desarticulação entre a discussão indústria/comércio e a discussão cultura/política é o receio de que qualquer divergência ao nível cultural ou político venha enfraquecer a luta pela conquista do mercado. A palavra de ordem é, e não pode ser outra, "ocupar as telas"; a divergência manifestada em relação a determinados filmes é tida como nociva à tática dos produtores no seu trabalho de consolidação econômica do cinema brasileiro, ou como prejudicial à união dos cineastas, união necessária para enfrentar os distribuidores e exibidores de filmes estrangeiros. Em realidade, não é qualquer divergência que é vista assim: é basicamente a divergência em relação aos filmes de impostação dita cultural que são comercializados. Criticar o cinema "marginal" (marginal porque não foi aceito pelos distribuidores e exibidores) ou a comédia erótica (baixo nível "cultural") não seria considerado tão prejudicial quanto criticar os filmes "sérios". Ocorre que assim se rechaça a discussão social e política do cinema brasileiro. A eliminação dessa discussão abafa problemas importantes, encobre e pretende legitimar posições que recusam serem questionadas politicamente.

Em 1966, um artigo tenta levantar um debate dessa ordem, mas não teve continuidade:

QUE CINEMA VOCÊS QUEREM?

Uma série de filmes de curta metragem recentemente realizados em São Paulo e sobretudo no Rio de Janeiro apresentam estreitas afinidades entre si, o que permite perceber uma nova tendência, se não no cinema brasileiro em geral, pelo menos na produção de curta metragem. Um espírito comum domina essa produção, assim como a produção de documentários do ano passado, onde se destacam os filmes produzidos por Thomas Farkas, era dominada pela tentativa de análise de problemas brasileiros, uma análise ativa que descrevesse certos mecanismos da sociedade brasileira, e que levasse o espectador a uma informação mais ampla, a um conhecimento mais profundo destes mecanismos e a um juízo de valor. Na leva mais recente, salienta-se *Em Busca do Ouro* (Rio, 1966) em que Gustavo Dahl narra o ciclo da mineração em Ouro Preto, onde se destacam a descoberta e o tratamento do ouro, o enriquecimento de Vila Rica, as relações com Portugal e o pagamento do tributo, a Inconfidência e a repressão e, finalmente, o esgotamento do ciclo e a modorra burguesa que toma conta da cidade. Essa narração é feita sobretudo através do comentário oral e da divisão do filme em capítulos bem destacados, dando ao filme um certo tom épico. As imagens não correspondem a esse tom. Acompanham o comentário objetos que são vestígios do passado, objetos que foram ferramentas, sinais do esforço feito para extrair o ouro da terra, ou do enriquecimento e bom gosto da época. Mas que hoje não correspondem a nenhuma realidade, são frios e inúteis objetos de museu, lembranças. A realidade de hoje é o museu. A câmera nos apresenta tais objetos de modo imparticipante. É uma câmera que olha, que contempla, e que não se deixa alterar por aquilo que encontra na sua frente. Vemos uma batéia sob vários ângulos como que para identificá-la e a batéia está depositada sobre pedras redondas de uma rua, que são o eco do cascalho que vivia há séculos; mesa e candelabro repousam na luz filtrada e na limpeza excessiva de um quadro de Vermeer de que teriam sido eliminados os personagens. Pois nesse mundo do objeto-eco do passado, Dahl cuidou de eliminar o homem, e não há outro movimento que não seja o da câmera. Se porventura surgir uma forma humana, não será senão uma estátua. À medida que o filme vai progredindo, há como que um esvaziamento e se passa dos objetos às colinas mineiras, desertas, silenciosas, brumosas, que a câmera focaliza com a mesma impassibilidade de antes. E uma maravilhosa música barroca é uma laje intemporal sobre esses objetos de museu. Por fim, surgem os homens. Mas estão imobilizados em fotografias fixas e entregues à neurose ou a práticas religiosas que salientam sua mediocridade. Esses objetos, as colinas, a ausência do homem, os movimentos lentos e frios da câmera imperturbável, a demora dos planos, nos introduzem num ambiente progressivo de melancolia, que se prende a nós como a umidade. Domina o filme o cuidado deliberado de fazer uma obra de arte requintada; é intenção do autor que o filme se apresente como um objeto que se enquadre imediatamente numa cultura de bom gosto, numa cultura de luxo.

Ficamos com a impressão de que ontem era a epopéia, a luta, a ação; hoje, os vestígios da epopéia, a melancolia, a contemplação, a ausência do homem, a saudade da ação. Que não se diga que foi o próprio assunto escolhido por Dahl que determinou o tom. O tom decorre exclusivamente da atitude – que poderia ter sido outra – assumida pelo autor diante do assunto. O filme de Dahl oferece certa semelhança, não sei se intencional, com a época atual. Com a mineração, Vila Rica se enriquece e era lastimável pagar tributo à metrópole quando se poderia guardá-lo; houve a rebeldia e a pressão violenta, e a rebeldia gorou. E após, houve a modorra. E o autor do filme encampou a modorra que passa a ser seu ponto de vista para enxergar o presente.

O filme de David E. Neves, *Humberto Mauro* (Rio, 1966) provoca uma impressão semelhante e também se apresenta como um delicado objeto artístico. O Mauro que vemos não é o pioneiro do cinema brasileiro, o homem que lutou para fazer cinema, que, quando fracassou o empreendimento mineiro, não abandonou e recomeçou no Rio. O Mauro do filme é um velho senhor no fim da vida, é um crepúsculo. Mauro surpreende pássaros para filmá-los. Neves filma Mauro com a mesma delicadeza e ternura com que Mauro filma os pássaros, por uma porta entreaberta. Que Alex Viany ou Glauber Rocha nos digam que Humberto é o pai do cinema brasileiro, que vejamos, no final, o velho Mauro conversando com jovens, não consegue atenuar o gosto crepuscular que deixa o filme. Esse filme elegante, de rico colorido, nos transmite uma impressão de final, de cansaço, de calma tristeza.

Outros filmes, que também abordam momentos da história do Brasil ou personalidades da cultura brasileira, deixam o mesmo gosto: se Heitor dos Prazeres é Heitor dos Prazeres é antes de mais nada porque pinta. Mas Antonio Carlos Fontoura, sem perceptíveis intenções polêmicas, omite justamente Heitor dos Prazeres pintando. Vemos quadros dele, vemos seus ajudantes pintar, mas ele pintar, não. Júlio Bressane nos apresenta *Lima Barreto* com o mesmo enfoque: Lima Barreto é antes o doente, o amanuense, o mulato rejeitado pela sociedade, que o criador. Escrever passa a ser apenas uma das características de Lima Barreto. E o filme, feito com fotografias da época, se resolve numa evocação romântica do Rio de Janeiro início de século. *Djanira e Parati* (Pedro Rovai, São Paulo, 1966) é o elogio de um passado rico e desaparecido, e a saudade que fica; a cidade adormecida continua "viva na pátina dos muros, nos limos das paredes corroídas, que nos trazem consolo, saudade, inspiração". O filme de Rubem Biáfora, *Mário Gruber* (São Paulo, 1966) embora de todos o menos melancólico e sinceramente apegado, ainda que de modo discutível, à obra do pintor focalizado, não deixa de se enquadrar nessa tendência: as preocupações sociais de Gruber como pintor e como homem que vive numa sociedade problemática, a tentativa de fundir arte, demônios pessoais e ideologia social, são apresentados no filme como uma vaidade humana; essa vaidade não altera os desígnios da arte que é supra-humana. Em suma, de modo geral, trata-se de despir os assuntos daquilo que eles têm de problemático.

Tudo diferencia *Universidade em Crise* (Renato Tapajós, São Paulo, 1965-1966) dos filmes precedentes: focaliza um assunto candente (a greve e a ocupação policial da Universidade de São Paulo no ano passado); é um filme semi-amador cuja produção laboriosa não possibilitou os recursos necessários para alcançar o grau de elegância e requinte que caracteriza (se não como fato, pelo menos como intenção) os outros filmes citados. Sobre tal assunto, podíamos esperar um filme vibrante e combativo (na medida do possível): não é o caso. O movimento estudantil nos aparece moribundo. Os estudantes são retratados como apáticos, corpos relaxados, mãos entre as pernas, gestos hesitantes, cabelos de moças, oradores que não são ouvidos, uma câmera de movimentos inseguros. Os longos planos que sempre se repetem numa montagem lírica sugerem a apatia de um grupo de indivíduos que se mostra sem rumos e o realizador do filme também assume uma atitude apática, embora angustiada, diante dessa apatia. Depois da projeção de *Universidade em Crise*, ficamos com o mesmo gosto crepuscular.

Um filme amador paulista, de problemática e feitura medíocres, consegue sintetizar essa apatia: *A Bomba Tarada* (Paulo Meireles, 1966): diante dos recortes de jornais e das informações radiofônicas que lhe apresentam um mundo agressivo (música já conhecida: bomba atômica, Kennedy-Johnson-Krutchev, etc.) um adolescente assume um olhar vago e contemplativo e se deita (tratamento sério).

Todos esses filmes têm em comum uma profunda melancolia, tristeza, apatia, contemplação, passividade, quase um gosto de renúncia. Esses filmes de pessoas que, diante de um obstáculo, se desinteressam dos problemas atuais, eliminam os homens de suas preocupações e, numa atitude romântica, se voltam para o passado, se encolhem sobre si mesmos, se refugiam numa nostalgia vaga, se isolam num morno e apaziguador desespero. Esse cinema está perfeitamente adequado ao atual momento brasileiro, não na medida em que ele revela um óbvio, mas inconseqüente, desgosto com a situação presente, e sim porque é uma das tendências cinematográficas de que precisam os atuais dirigentes do país. Esse cinema não terá problemas com a censura nem com ninguém, porque é um cinema aproblemático, é um cinema que se afunda no romantismo.

Apesar de todas as limitações, esse não é o único cinema possível hoje. Ao se mostrar apenas melancólico diante da situação, a gente se torna joguete dessa mesma situação. Mais perigoso e eficiente que a censura, é o entristecimento que provém de uma falta de perspectiva e tem um efeito esterilizador. O micróbio não está apenas fora de nós, está também dentro de nós. Se ela se desenvolver, essa tendência levará forçosamente a um cinema afastado da realidade, um cinema irracionalista. Talvez a pergunta seja violenta, mas ela se impõe: será isso o prenúncio de um cinema fascista?

Artes, 9/10/66

CHOVEU NA CAATINGA?

Que paranóia! (Gustavo Dahl).
Um caso de joalheria cultural. (Arnaldo Jabor).
Todos esses encontros sobre o cinema em geral tocam em cheio a esquizofrenia coletiva. (Sylvie Pierre).

Estes comentários caracterizam de maneira a um tempo vaga e precisa o I Encontro do Cinema na Universidade, organizado por estudantes da PUC do Rio em outubro, sob a epígrafe "Vai Chover na Caatinga".

Da parte dos estudantes, a promoção desse encontro foi sinal de vitalidade e particular interesse pela cultura brasileira – tônica das atividades do cineclube da PUC, que trabalha essencialmente com filmes nacionais e organiza debates freqüentes com diretores. Mas não sei a que conclusão terão chegado os estudantes após os três dias do Encontro.

Visto do lado dos cineastas, o Encontro se desenvolveu num clima bizarro, às vezes constrangedor, e sem muitas perspectivas além do simples fato de se encontrar com os estudantes. Estavam presentes basicamente cineastas ligados ao Cinema Novo. Das exceções, só falou Neville d'Almeida. Esta composição (intencional? fortuita?) do grupo de cineastas com que dialogaram os estudantes talvez tenha determinado a orientação dos debates. Sentia-se que os estudantes consideravam os cineastas do Cinema Novo como interlocutores válidos, antes pelo que fizeram do que pelo que estão fazendo. O passado lhes teria conferido uma auréola de prestígio que o presente não chegou a desfazer. Florões de um momento da vida cultural brasileira considerado brilhante e olhado com nostalgia, eles formariam hoje um dos últimos bastiões da nossa cultura. Pelo que fizeram, havia tendência por parte dos estudantes a prestigiá-los. Pelo que fazem, a atitude se aproximaria do questionamento, até do pedido de contas. Sentia-se chegar o momento em que a mesa ia virar banco de réus. Mas ocorreu que as duas tendências se neutralizaram: nem muito prestígio, nem muito questionamento. E a neutralização impediu que se chegasse a uma discussão real e atual.

Para evitar o esvaziamento, procuraram-se e encontraram-se derivativos.

No primeiro dia do Encontro, boa parte das discussões giraram em torno do ensaio "Cinema: Trajetória no Subdesenvolvimento", de Paulo Emílio (*Argumento*, nº 1), que foi resumido na abertura dos trabalhos do segundo dia. Este texto deu forma estruturada e coletiva à sensibilidade dos cineastas que estão por volta dos quarenta. E provocou talvez certo alívio, pois as pessoas se encaixavam na categoria de "ocupado" e não de "ocupante". Mas na medida em que o ensaio dizia tudo, bastava referi-lo, sem necessidade de encontrar outras palavras, outra compreensão da realidade cinematográfica. Paulo Emílio foi o bode expiatório do Encontro.

O bode expiatório foi Roberto Farias. Toda a insatisfação dos estudantes em relação ao atual cinema brasileiro foi descarregada em cima dele: "Você fez *Roberto Carlos em Ritmo de Aventuras*" era uma pecha equivalente a: "Você, o mercantilista!" Não sem algum masoquismo, Farias aceitou o papel e passou os dois primeiros dias se justificando, explicando sua vida pautada por *Selva Trágica*, tentativa no setor do filme de autor.

Mas todos os problemas se tornam relativos, todas as contradições se eliminam e a unanimidade se faz é em torno da defesa da reserva de mercado. Devido à sua importância, mas em termos que eludem qualquer discussão sobre a significação ideológica, mercado é o tema a que se chega sempre que outros problemas estão no ar e não são abordados. Em torno do mercado acaba se criando um comportamento um tanto quanto automático, beirando o ritual: palavras e frases que se repetem de pessoa para pessoa, de ano para ano.

Nesta circunstância, o enfoque mais frutífero foi o sociológico, brilhantemente assumido por Sérgio Santeiro: a atitude de análise e compreensão da realidade, teorização que pode informar eficientemente a ação, mas que no quadro do Encontro não suscitou o vocabulário da ação. Numa das primeiras intervenções da primeira noite, Leon Hirzman fez uma advertência: "Não se deve nutrir ilusões em relação ao encontro, pois o conhecimento, a consciência dos fatos, não leva necessariamente à ação." Esta é certamente uma das diferenças principais entre este e outros encontros ocorridos anos atrás, quando o vocabulário da ação prevalecia e a teorização freqüentemente não passava de justificativa para a ação.

Argumento, nº 3, 1/74

A transformação de Paulo Emílio em bode expiatório deu-se pela interpretação ingênua do seu ensaio; integrar-se na categoria de "ocupado" provocava boa consciência. A base sociológica do texto de Paulo Emílio me parece ser a tese de Gunder Frank conforme a qual "para gerar um subdesenvolvimento estrutural, mais importante que a extração do excedente econômico, é a impregnação da economia nacional de um satélite pela estrutura capitalista e suas contradições fundamentais (...) estrutura que organiza e domina a vida nacional dos povos na área econômica, política e social." Por isto é que "ocupados" e "ocupantes" são tão difíceis de identificar, diferentemente do que ocorre no colonialismo clássico. Por isto que se encaixar na categoria "ocupado" é uma operação excessivamente rápida. O produtor cinematográfico, enquanto produtor, é "ocupado", mais exatamente, produz numa área "ocupada". Mas, enquanto indivíduo que come e usa sapatos, o produtor cinematográfico pode muito bem estar na categoria "ocupante". A meu ver, a maneira mais dinâmica e fecunda de interpretar o estudo de Paulo Emílio consiste em inserir o cineasta nas duas categorias. O cineasta se torna então o lugar de uma tensão, de uma contradição. E ele deve sempre questionar se, embora produzindo numa área "ocupada", sua produção não está marcada pela ideologia da categoria "ocupante".

Nos meios cinematográficos só se discute em geral o primeiro termo do problema, a área "ocupada", deixando a discussão do segundo para quando o primeiro for resolvido. Como se fosse possível.

UMA CRISE DE IMPORTÂNCIA?

Falar com um grande ou um pequeno público, o cinema veículo para grandes audiências, o intelectual que sai de seus redutos de alta cultura para se dirigir às massas; tema sempre presente nas discussões dos cineastas e retomado em recentes depoimentos por alguns dos fundadores do Cinema Novo. De modo geral, nestas entrevistas (publicadas pelo semanário *Opinião*), é afirmada a necessidade de se dirigir a um amplo público: o cinema é um veículo de massa, negar-se ao amplo consumo é caretice. "A proposição do consumo de massa no Brasil é uma proposição moderna... É uma posição avançada o cineasta tentar ocupar um lugar dentro desta situação nova" (Joaquim Pedro). Posição antagônica à de certos cineastas posteriores ao Cinema Novo, do tipo Luiz Rozemberg, que não parecem considerar como fundamental colocar seus filmes em contato com um grande público.

A insistência destes diretores que provêm do Cinema Novo, em atingir as massas consumidoras de cinema, tem raízes históricas. No início dos anos 60, multiplicam-se as declarações segundo as quais a finalidade dos filmes ligados ao Cinema Novo é atingir o público popular. Não com intenções comerciais (embora o público seja uma necessidade para a continuidade da produção), mas porque estes filmes eram vistos como instrumentos de conscientização, como portadores de informações sobre a sociedade brasileira que podiam modificar a posição das pessoas dentro desta sociedade. Mas os filmes não atingiram amplo público, e muito menos um público popular. Em parte por causa da resistência do sistema de exibição à produção brasileira, em parte por causa dos próprios filmes que impostavam assuntos e estilos num nível que os tornava inacessíveis a espectadores desprovidos de razoável aparato cultural. No balanço do Cinema Novo que se começa a fazer por volta de 64-65, a distância Cinema Novo/público tinha um peso fundamental. Após ter realizado *Terra em Transe*, Glauber Rocha afirma que o essencial não é que o filme seja visto por muitos, mas sim visto por quem possa aproveitá-lo, que o filme exista e que ele proporcione uma discussão sobre a sociedade brasileira, nem que a discussão se limite a cinematecas, cineclubes, salas de arte: não é uma situação ideal, mas dentro das possibilidades, é uma situação válida. Esta foi uma posição adotada momentaneamente por Glauber, aceita certamente como o menor dos males, mas a maioria dos seus colegas tendia a achar que se devia adotar uma atitude totalmente diferente: conquistar um público que o Cinema Novo da fase inicial não tinha alcançado. Enquanto o cinema às pressas chamado de *underground* não se preocupava com o que o público pudesse achar de seus filmes e, até, o agredia com uma estética que negava os seus gostos mais imediatos, os cineastas que provinham do Cinema Novo optaram por estilos que deviam facilitar a penetração dos filmes nos circuitos comerciais e a aceitação do público. Filmes como *Brasil Ano 2000, O Dragão da Maldade Contra o Santo Guerreiro, Os Herdeiros*, etc., apresentam um certo nível de espetacularidade, tenta-se valorizar os recursos de produção, trabalha-se a cor (na medida do possível), recorre-se a formas musicais. Em verdade, este espetáculo não se apresenta como válido em si, mas como um instrumento de expressão da realidade social; é certamente este caráter didático (o que o diferencia da tradicional superprodução) que exibe o aparato de produção que fez com que o público não tenha aderido muito a estes filmes; mas de qualquer modo a espetacularidade foi uma tentativa de estabelecer uma ponte entre os cineastas e o sistema exibição/público.

A reafirmação atual da necessidade de entrar no consumo de massa parece ser um prolongamento dessa problemática antiga e mais um esforço para instalar a ponte entre os cineastas e o público.

Outra ordem de fatores que parece motivar esta insistência em alcançar o público consumidor é a modificação do *status* sociocultural do cineasta crítico de dez anos para cá. O Cinema Novo atingiu na década de 60 um grande prestígio cultural, interno e externo, junto às elites culturais. Prestígio que não era mundano, mas baseado no interesse que despertavam as informações trazidas pelo Cinema Novo, o que colocou a intelectualidade cinematográfica numa posição de destaque nos rumos que vinha seguindo parte da cultura brasileira. Então o cineasta crítico era voz ativa, hoje não é quase ninguém. Já afastado do público, ele foi alijado da sua problemática (análise e interpretação da sociedade) e foi destituído de um certo poder de decisão. É a crise de importância a que se refere Joaquim Pedro. "Tentar ocupar um lugar dentro desta situação nova" (consumo de massa) é um esforço para reencontrar uma posição atuante dentro da sociedade.

É preciso também verificar o seguinte: o cinema culto dito *underground* não ofereceu uma opção de produção regular nem de contato com o público, e foi rapidamente eliminado. E o cinema comercial tipo comédia erótica, que permite uma produção regular e conquistou razoável público, não se apresenta como opção válida para o cineasta crítico. Isso contribui muito para que os fundadores do Cinema Novo continuem a pensar as suas relações com o público de acordo com o parâmetro estabelecido no início do Cinema Novo, apesar de afirmarem repetidamente que estamos numa situação nova que exige resposta nova.

Esta procura do consumidor é salutar e corajosa. Embora os cineastas não saibam como, estão dispostos a enfrentar a situação:

fazer cinema nas condições brasileiras, fazer cinema quando grassa a comédia erótica, fazer cinema além da hipocrisia e aquém do interditado, diz Joaquim Pedro. Estão dispostos a rever os critérios de sua atividade profissional, os conceitos dos anos 50 não são mais válidos. Tudo isto importa em ter direito de falar. Estar aqui e agora, não fugir e fazer valer o seu direito de falar ao público, e "assumir uma atitude responsável diante das massas afluentes" (Joaquim Pedro) que estariam entrando no consumo de massa. Fazer agora o que se fazia ontem só que com metáforas não é resposta para hoje. Esta resposta não será encontrada apenas verbalmente nem pela análise teórica (embora indispensável), mas também pela prática de uma relação cineasta/público através de filmes.

Mas a análise teórica tem que ser feita e a prática não se dará sem contradições, algumas já aparecendo nas entrevistas citadas. Uma contradição já desponta nas frases de Carlos Diegues, entre a dificuldade de trabalhar e a resolução de trabalhar: "E quem se interessa hoje pelo cinema brasileiro acaba tendo que defender um cinema que está sendo patrocinado com determinados interesses". "Com tudo isso, só me interessa fazer cinema no Brasil em condições brasileiras." Outra contradição é que atingir o público pelas salas comerciais significa entrar, minimamente que seja, no sistema: gera-se então a velha idéia de entrar no sistema para miná-lo de dentro: "Você tem que se apoiar nos mitos da indústria cinematográfica para poder ir contra ela" (Jabor). Só que neste embate cheio de matizes, é difícil saber quem mina quem: é mesmo difícil saber até onde vai a atitude de justificação. A respeito de *Toda Nudez Será Castigada*: "Fiz um filme que tem uma camada de suporte erótico e que no entanto não é um filme pornográfico e é o meu melhor filme. E o mais importante *politicamente*, pois está sendo exibido no Roxy e em grande circuito" (Jabor). O problema consiste em saber o que exatamente acrescenta a palavra "politicamente" (grifada por Jabor), qual a diferença desta frase e sem "politicamente". E se o fato de *Toda Nudez* passar ou não no Roxy é um fato *político*, então por que pedir ao cineasta brasileiro, como o faz Jabor, que se insira "como brasileiro na sua área geográfica" (grifado por mim)? Estamos vivendo numa área geográfica? São duras contradições a enfrentar. E não se pode tentar superá-las através da retomada de uma mitologia que envolve o cinema: "um veículo que é moderno justamente por ser um veículo de comunicação de massa" (Joaquim Pedro). O conjunto de recursos técnicos não deve ser confundido com o sistema social, industrial, comercial, estético, que se vale destes recursos técnicos e os usa para seus fins. Não há uma essência do cinema = veículo de massa. Aliás, nem todos os entrevistados aderem a esta mitologia: "O cinema na sala de exibição é uma coisa que tende fatalmente a acabar, a diminuir sempre" (Zelito). Por outro lado, se o problema for trabalhar hoje com o veículo de maior consumo, então não há dúvida: é a TV. No entanto, com exceção de Geraldo Sarno, os entrevistados não pretendem trabalhar para a TV ("A TV é a arma mais importante da integração nacional e não estou querendo competir com a TV, que não sou otário" (Jabor)). Quer dizer que quando se afirma que "o verdadeiro problema do cinema está em se assumir o seu caráter coletivo", deve-se acrescentar que a opção pelo "caráter coletivo" não é inerente ao cinema, é uma opção política que recorre ao cinema, o qual, por sua vez, facilita o contato com grande público.

A opção pelo "caráter coletivo" parece ser mais ou menos generalizada, e afirmada de modo categórico. Tudo o que não é "caráter coletivo" é taxado de marginalismo e rejeitado abruptamente. "Mas acho que a marginalização é uma atitude menor, medíocre e escapista" (Jabor). Em matéria de cinema, o que não é grande consumo vira "uma espécie de beletrismo muito acadêmico" (Joaquim Pedro). Além do consumo e do beletrismo, parece não haver outra escolha possível. É claro que se os exemplos de produção perfeitamente enquadrados no sistema (comédia erótica) são pouco sedutores, também pouco sedutoras são a extinta produção *underground* e a produção Super 8, pouco divulgada e de temática muito restrita. No entanto, não é verdade que o que se faz atualmente em matéria de produção brasileira que não passa pelo Roxy, sejam as únicas coisas que se pode fazer. Além do que se faz atualmente em Super 8, podem se fazer outras coisas. E isto seria interessante. Talvez o fato de que Jabor consiga mostrar com *Toda Nudez* valores que vêm sendo protelados pela TV, como a "liberdade, vida, verdade", não signifique que todos consigam mostrar os valores que ao ver deles venham sendo protelados pela TV. Neste caso, poderia não ser tão subjetivo, individualista, menor, medíocre ou escapista tentar manter uma discussão racional (em Super 8 que seja), discussão essa que dificilmente poderia ser mantida no Roxy. E se o Roxy for critério para manter ou não uma discussão, pode ser então que esta discussão racional venha a desaparecer. E é certamente melhor que ela não desapareça, embora possa não atingir o grande público. Mas se for importante, como diz Joaquim Pedro, manter "os valores que me parecem ser os mais consistentes para orientar uma produção cultural" (o racionalismo), se for importante, como diz Diegues, defender e preservar a nossa própria identidade para compreender e agir numa situação nova, então o Roxy não será com certeza o único critério.

Argumento, 10/73

Em 1974, retoma-se este debate com artigo que fundamentalmente tinha como intenção contestar, através principalmente de *Os condenados*, um filão cinematográfico que faz da cultura um prestígio social. Por que *Os condenados*? Porque era um dos filmes mais comentados do momento, um filme caligráfico, um melodrama mundano a que o nome de Oswald de Andrade, a cenografia, a fotografia, a interpretação de Isabel Ribeiro conferiam prestígio, fazendo dele uma espécie de réplica dos "telefones brancos" italianos dos anos 1930:

A PORNOCHANCHADA CONTRA A CULTURA "CULTA"

Depois deste artigo, vou passar por inimigo da cultura e defensor roxo da pornochanchada. *Ainda Agarro esta Vizinha* é um filme sobre a favela classe média: nas caixas de morar, amontoam-se os puritanismos, as libertinagens e as frustrações de gente que, embora mantendo um certo *status* e lutando por ele, constitui uma espécie de *lumpem*-classe média. O filme pertence ao gênero dramático conhecido como comédia de costumes e leva a rir de si próprio grande parte de seu público: é mais ou menos nesta faixa da classe média que se recruta a maior parte do público de cinema, e indiscutivelmente é nela que se recruta a quase totalidade do público disposto a gostar de cinema brasileiro. O burlesco a que são levadas as amarguras desta classe média deu ao cinema Odeon (Rio), no dia da estréia de *Ainda Agarro esta Vizinha*, um ar de festa: uma sala apinhada de espectadores que riram do início ao fim e saíram sorridentes do cinema.

É claro que esta comédia de costumes se inspira em uma situação real, transmite valores conservadores: é conservador o *happy-end* que reúne o mocinho e a mocinha, assim como é conservadora a sua dramaturgia herdada do velho *vaudeville* e do teatro de revista, com a sua virgem, a velha tia caça-dote, a bicha, o pretendente bocó, etc. O filme nem propõe uma crítica de valores, nem elabora novos tipos a partir da situação social na qual se baseia. Nem poderia ser de outro modo, já que o alvo é divertir o público e que o empreendimento comercial não deixa muita folga para o experimentalismo.

A partir daí, podemos fazer algumas considerações:

1. Contrariamente ao que se considera em geral, falando globalmente da pornochanchada, nem todas as pornochanchadas são iguais. Há uma grande diferença entre um filme como *Um Marido sem... é como um Jardim sem Flores*, por exemplo, e *Ainda Agarro esta Vizinha*. O primeiro filme joga com personagens e situações chavões do *vaudeville*, tentando provocar o riso pela combinação abstrata dos

personagens sem nenhuma outra referência que a própria matemática do *vaudeville*: combina-se o marido com a amante, a esposa com o amante, e os quiproquós destas combinações quase não têm fim. Ou como *A Virgem e O Machão*: o primeiro corno vê o machão com a esposa do segundo corno; o segundo corno vê o machão com a esposa do primeiro corno e etc. Tudo isto costuma acontecer em luxuosos ambientes, com atores que exibem roupas de butique.

Ainda Agarro esta Vizinha não trabalha desse modo: embora sua informação provenha do *vaudeville*, ele parte de uma situação concreta vivida pelo público, e esta situação está sempre presente no filme. Nisto a Sincro, firma produtora dos filmes de Rovai, retoma a linha de *A Viúva Virgem*, que fora esquecida em *Os Mansos*: dar uma relativa informação, através do riso e do divertimento, considerados como um prazer válido, sobre algum aspecto de uma situação nossa.

2. *Ainda Agarro esta Vizinha*, com sua grande quantidade de personagens, multiplica as situações e seu ritmo praticamente não cai. A montagem faz as *gags* funcionarem: o montador intui quando a *gag* está se esgotando, quando ela precisa ser fortalecida por um elemento novo. Basta verificar a reação do público para sentir que as situações estão bem construídas e bem desenvolvidas. Nisso também, nem todas as pornochanchadas são iguais. Os roteiristas e o montador de um filme como *A Banana Mecânica*, de Carlos Imperial, têm também como objetivo provocar o riso, mas não sabem construir as situações. A imaginação é pouca para elaborar as *gags*. O espectador prevê conclusões de piadas (que então deixam de ser piadas) e o montador nada faz para se antecipar ao espectador: quando o montador chega ao desenlace da piada, o espectador já está noutra. Quase que só as comédias da Sincro e da RFF (Roberto Farias Filmes) apresentam esta segurança de situações e na montagem. Quer dizer: um certo *know-how* industrial.

3. Pode-se comparar *Ainda Agarro esta Vizinha* com outros filmes, *As Moças Daquela Hora*, por exemplo. Esta é também uma

pornochanchada, mas que se diferencia das outras procurando ser sofisticada. Ela tem os ingredientes habituais do gênero, só que, ao invés de colocados franca e abertamente, eles vêm apresentados num envólucro "artístico": a fotografia é trabalhada, usa desfocados "poéticos": há uma tese – os preconceitos prejudicam o harmonioso desenvolvimento sexual e sentimental das jovens: a atração sexual é dignificada; há até um toque metafísico – o halo de mistério que envolve as prostitutas como seres acima do tempo e do espaço. A intenção parece ser a seguinte: já que o público classe A e as pessoas de bem em geral torcem o nariz diante da vulgaridade da pornochanchada, tenta-se dourar a pílula. O problema é dignificar a pornochanchada, sem alterá-la nos seus princípios básicos. No fundo, uma pornochanchada que se reveste da plasticidade dos sofisticados filmes publicitários que promovem sabonetes e carros de luxo.

Se vulgaridade há (o que não acredito), ela se encontra antes em *As Moças Daquela Hora* do que em *Ainda Agarro esta Vizinha*, ou mesmo *As Cangaceiras Eróticas*. Porque a vulgaridade de *As Moças* é uma vulgaridade encoberta, que não se reconhece como tal. Enquanto *As Cangaceiras*, por exemplo, é um filme franco, que não esconde seus objetivos com calcinha de renda. E me parece mais honesto e natural, e portanto menos vulgar, afirmar claramente o propósito de fazer filmes que mostrem traseiros do que mostrar traseiros em filmes de uma forma velada, que esconde uma vergonha reprimida por fazê-lo.

Não esquecer que a palavra "vulgaridade" ainda não perdeu seus vínculos com a etimologia latina: *vulgus* significa multidão, povo. Quando alguém declara a vulgaridade de um filme, geralmente não tenta fazer nada mais do que confirmar o seu *status* social e cultural e se diferenciar da "massa" que aprecia esta pretensa vulgaridade.

4. *Ainda Agarro esta Vizinha* também suporta a comparação com *Os Condenados*. Este é um filme cuidado, bom nível de produção, feito com atenção e até com amor. Mas não passa de uma espécie de fotonovela, com tipos bastante convencionais e gastos: o rapaz que chega do

interior, a prostituta fascinante e destruidora. O livro é adaptado e reduzido a nada; usa-se apenas o prestígio cultural da obra de Oswald de Andrade. O filme aparece então como uma trama que serve de pretexto e de suporte a um *show* de figurinos e de fotografia. Há realmente momentos de câmara e de fotografia belíssimos, que podem encantar o espectador. Mas não ultrapassam o nível do ornamental. *Os Condenados* se apresenta como um filme de arte, um dos componentes de destaque da atual cultura cinematográfica brasileira (apresentado na Semana dos Realizadores do Festival de Cannes). Mas propõe um conceito de cultura decorativa. *Os Condenados* não questiona absolutamente nada. Simplesmente, pela sua elaboração formal e pelo seu vínculo com um dos papas da cultura brasileira do século XX, oferece uma oca e falsa dignidade cultural. Pode ser até que pertença a um filão de filmes "artísticos" e conservadores cuja função seja apenas conferir à produção cinematográfica brasileira um verniz de prestígio cultural. *Os Condenados* é um aristocrata congelado do cinema brasileiro. *Ainda Agarro esta Vizinha* é preferível, porque se relaciona com um grande público, falando um pouco e sobre esse grande público, porque não tem veleidades em relação a uma artificial cultura "culta". E se a pornochanchada tem valores conservadores ou retrógrados, os valores veiculados por *Os Condenados* e filmes afins não são menos conservadores, nem menos retrógrados.

Falar em *Sagarana* seria ainda mais vantajoso para *Ainda Agarro esta Vizinha*. *Sagarana* é outro aristocrata que representou o Brasil no festival de Berlim. Ele capitaliza o prestígio cultural de Guimarães Rosa e é objeto de um concurso no ensino secundário carioca (prêmio de Cr$ 2 000,00 sobre o tema "livro e o filme"). E todos estes filmes adaptados de prestigiosas obras literárias concorrem a um prêmio de Cr$ 250 000,00 no Ministério da Educação.

5. Poderia se falar também em *Triste Trópico*, que foi apresentado na "Semana de Filmes Inéditos" promovida pela Cinemateca do Museu de Arte Moderna (Rio). Aí está um filme que, mesmo lançado em grande circuito comercial, dificilmente se relacionaria com

um amplo público. É um filme de pesquisa radical, que questiona a maneira de fazer cinema e a maneira do cinema se relacionar com a realidade. Se ele ganhar prestígio cultural, não será pelos seus ornamentos, mas pela perturbação que pode trazer e pelas propostas que faz. Perturbação e propostas que, num primeiro momento, só serão produtivas num ambiente restrito de intelectuais, universitários e principalmente cineastas. Pelas discussões que gerar. *Triste Trópico* pode influenciar os realizadores de filmes. O filme assume assim um papel importante, culturalmente dinâmico. E se a dignidade cultural tem que ser procurada, que não seja nos cetins bem fotografados, mas na pesquisa, no experimentalismo, na procura de uma nova dramaturgia que possa modificar a compreensão da realidade brasileira. E poderiam se acrescentar outros filmes, os documentários *Getúlio Vargas, Passe Livre*. Mesmo que se discorde destes filmes enquanto tais, eles têm uma importância fundamental pelo esquema de produção. Produção independente e barata. O *Getúlio Vargas*, de Ana Carolina Teixeira, foi uma experiência importante nesse sentido.

6. Dos filmes brasileiros recentemente estreados, os que abrem caminhos são antes *Ainda Agarro esta Vizinha* e *Triste Trópico*. O primeiro pelo seu relacionamento com o grande público, que não deve ser entendido como relacionamento puramente comercial, mas como comédia de costumes (naturalmente, essa comédia de costumes está longe de ter alcançado sua fase de maturidade). E o segundo pela proposta de evolução. É nestas áreas antagônicas que se encontra o maior dinamismo do cinema brasileiro.

E há filmes que fecham caminhos: são os *vaudevilles* abstratos e mecânicos; são os filmes candidatos à Academia Brasileira de Letras.

(*Carlos Murao*)

(1) Ver *Opinião*, nº 97.

Opinião, 27/9/74

O artigo tinha a intenção de levantar polêmica. Mas só levantou indignação por parte dos produtores e diretores envolvidos e seus amigos, e a polêmica morreu com esta carta:

CULTURA "CULTA" X PORNOCHANCHADA

Como produtor de cultura neste país e há 10 anos fabricante de imagens cinematográficas, venho a público protestar contra o artigo publicado neste jornal em 27/9/74 "A Pornochanchada contra a Cultura 'Culta'".

O sr. Carlos Murao insiste em tentar dirigir o cinema brasileiro do alto de sua cadeira de rodas numa estrada asfaltada de mão dupla, esquecendo os caminhos de terra que levam do litoral para o interior. Quer estimular a concorrência fazendo dos filmes cavalos de corrida. Acha válido divertir o público com o que chama discriminatoriamente de "pornochanchada com certo *know-how*", desde que na sua opinião mostre alguns aspectos de uma situação nossa. Como exemplo cita o filme *A Viúva Virgem*. Mas não acha válido *Banana Mecânica* porque é mal montado e sem ritmo, não revelando a seu ver nenhuma situação social.

Esse crítico, que nada entende da construção de uma imagem, precisa aprender que arte nacional não se faz com escolha discricionária e diletante de elementos; uma arte brasileira já está feita no inconsciente do povo.

O sr. Murao faz parte desse asilo de macunaímas invejosos, servis e impotentes, isolados no campo de concentração dos apartamentos paulistas. Incentiva nossa triste história que começou com europeus sórdidos violentando índias inocentes. Negros conformados cujo produto médio é o mulato de serviço, intelectual ambíguo por excelência, cristão e coerente.

Cinema popular não é feito para o povo, mas permite a todos o acesso aos instrumentos que possibilitam a materialização de seus sonhos, sem culpa de sua cultura nem pena de outras. Liberdade para a utopia. Aí então veremos a riqueza mítica, cultural e científica da resistência escrava em todo mundo, e não mais o fascínio do oprimido pelo seu opressor como incentiva esse crítico com seu poder central paternal democrático.

O filme *Os Condenados* propõe uma estética revolucionária e como tal deve ser considerado e discutido. O sr. Murao compara o livro de Oswald de Andrade com o filme de Zelito Viana. Na sua cabeça cultura rima com literatura, e não admite que sejam utilizadas para o cinema o que chama de prestigiosas obras literárias. O diretor Zelito Viana deve ser respeitado como homem que produziu alguns dos filmes mais importantes do cinema brasileiro. Produziu. Sr. Murao acha que temos que produzir uma arte subdesenvolvida. Procura peças raras, louças finas de museus vanguardistas.

Discordo com a autoridade de quem sofre na carne o não-lançamento comercial de dois filmes de longa metragem. Não sei o que é experimental. Estou filmando Machado de Assis e não tenho pai para dar satisfações. Cada filme é uma experiência nova.

Quanto ao documentário *Getúlio Vargas*, por mim co-produzido e que o sr. Murao afirma ter uma importância fundamental pelo esquema de produção barata, gostaria de esclarecer que o custo deve ter sido parecido ao de *Os Condenados*. Só a má fé ou a ignorância pode reduzir a questões de preço a importância fundamental desse filme.

Sr. Carlos Murao, pare com debates e provocações inúteis. Chuta logo a bola que o poder de um jornal lhe dá. Está em seus pés há muito tempo.

Seu artigo fecha caminhos, mais alguns como esse e o senhor será forte candidato à Academia Brasileira de Letras.

O cinema brasileiro continua.

Miguel Faria Júnior
Rio de Janeiro, GB

Opinião, 11/10/74

É gratuita a afirmação de que estas discussões prejudicam a tática dos produtores no seu trabalho de conquista do mercado. Tampouco procedente é a afirmação de que tais discussões provocam cisão no meio cinematográfico. Porque estas cisões existem independentemente de artigos deste tipo: cisões entre os produtores mais importantes, cisões entre as gerações mais novas ou os curta-metragistas e os produtores e diretores que provêm do Cinema Novo. Em geral as divergências ficam nos bastidores, não são discutidas e têm forte tendência a se degradar em problema pessoal. De fato, ocorre que se tenta eliminar do cinema brasileiro a discussão política. Ela não é fácil, porque abertamente não pode ser feita devido à repressão. E internamente também não é feita.

Mas 1974 parece anunciar uma reestruturação do meio cinematográfico. O desenvolvimento de algumas firmas, a força de um certo cinema comercial, vem criando no Brasil a noção de grande (relativo ao contexto brasileiro) produtor. Não é possível que se identifiquem com estes produtores o conjunto dos cineastas brasileiros que inclui os pequenos produtores, os que tentam fazer cinema comercial mas não conseguem bom entendimento com os grandes exibidores, os diretores contestatários, os aspirantes a cineasta, os curta-metragistas. Já no congresso da Indústria em 1972 sentia-se divergências entre um produtor independente como Roberto Santos e os "grandes" produtores, pois estes tinham acesso aos exibidores e de certo modo, na medida em que alguns filmes obtinham boas bilheterias, seus interesses podiam identificar-se. Também Paulo Thiago manifestava divergências enquanto diretor com dificuldades para produzir: salientava que a redução do cinema comercial à comédia prejudicaria os produtores, pois os filões comerciais se esgotam e precisam se renovar; esta renovação, para o próprio interesse comercial, seria o trabalho de diretores novos que os produtores deveriam acolher e considerar seus filmes como balões de ensaio. Era também a maneira dos novos diretores penetrarem nas "grandes" produtoras. Sentia-se então que as diferenciações que provocava a evolução do cinema brasileiro comercial não permitia mais que todos se agrupassem sob o lema homogêneo e sem contradição de "cinema brasileiro".

Estas diferenciações ficaram veladas como continuam veladas em 1974, embora se aprofundando. Com os produtores e diretores que provêm do Cinema Novo e um setor forte da produção cinematográfica (Roberto Farias) se aproximando do poder, estas diferenciações só podem se acentuar. Haverá interesses conflitantes. Possivelmente está em gestação uma reestruturação da "classe" cinematográfica na base dos interesses dos diversos grupos e uma reorganização ideológica da "classe". O "cinema brasileiro" como algo uno está atualmente sendo mantido de modo frágil.

Contrariamente ao que pensam certas áreas da produção, estas diferenciações — desde que não venham fortalecer objetivamente os distribuidores de filmes estrangeiros — não são nocivas ao cinema brasileiro. Principalmente pelo seguinte: na medida em que o governo se empenha em consolidar o cinema brasileiro (a nomeação de Roberto Farias para a Embrafilme é significativa), é ilusório pensar que o governo favorecerá igualmente todo e qualquer tipo de filme. Mesmo independentemente de censura e repressão, uma instituição conservadora como é qualquer governo manifestará preferência objetiva por certos tipos de filmes. É portanto vital para a sobrevivência de um cinema que queira ter uma função social complexa a existência de polos divergentes dos que estão próximos ao poder.

Particularmente se a tendência for apoiar por um lado um cinema comercial, por outro um cinema de prestígio cultural, será indispensável introduzir um debate que coloque o problema de um cinema de perspectiva popular. É necessário lutar pela afirmação do cinema brasileiro no mercado interno, em favor de um cinema de perspectiva politicamente popular (não confundir com sucesso de bilheteria) e lutando contra os filmes de ornamentação cultural. Querer abafar este debate, que está latente em filmes como *São Bernardo* ou *Passe livre* ou *A noite do espantalho*, é uma mistificação ideológica, é colocar o cinema da burguesia (o cinema do "intimismo à sombra do poder" para retomar a expressão usada por Carlos Nelson Coutinho) como enfeixando todas as possibilidades do cinema brasileiro.

VI | Apostas críticas

BARRAVENTO, FILME REALISTA

Barravento, primeiro filme de um dos principais animadores do chamado "cinema novo", Glauber Rocha, ocupa um lugar particular na recente produção cinematográfica brasileira. Até há uns dois anos, o "homem do povo" não aparecia na tela. As chanchadas de Zé Trindade ou Mazzaroppi giravam em torno de uma figura popular, urbana ou rural, mas esta era deformada, falsificada; a favela limitava-se à escola de samba; o caiçara servia de ornamento aos melodramas da Vera Cruz; os problemas do Nordeste desapareciam atrás das fardas dos cangaceiros. Quanto a *O Canto do Mar*, *Rio Quarenta Graus* ou *O Grande Momento*, abordaram problemas dos populares, mas ficaram fatos isolados. O cinema dito sério era atraído pelos problemas psicológicos da burguesia. Ora, de uns tempos para cá, o "povo" vem tomando um lugar de destaque no cinema brasileiro. *O Pagador de Promessas* mostra uma massa supersticiosa em choque contra a intolerância da igreja católica; *A Grande Feira* narra a luta da população de uma feira contra uma empresa imobiliária que quer se apoderar do terreno; *Tocaia no Asfalto* revela as relações existentes entre os latifundiários e os políticos e alguns aspectos dos *basfonds* baianos; *Assalto ao Trem Pagador* ou *Cinco Vezes Favela*, descrevem aspectos da vida no morro carioca. Nessa linha, *Barravento*, que focaliza os conflitos provocados, numa aldeia de pescadores supersticiosos, pela própria evolução de sua vida, é um filme pioneiro, pois é anterior a todos aqueles.

O aparecimento do "povo" no cinema brasileiro é um fenômeno que acompanha a evolução da sociedade brasileira. Assim mesmo, o cinema continua sendo produzido pela burguesia, fazendo com que os problemas populares sejam focalizados de um ponto de vista burguês, e não realmente popular. A importância dada a tais problemas é justificada, pois corresponde a um momento em que a solução de alguns deles é do próprio interesse da burguesia. Mas, simultaneamente, esse mesmo interesse limita e deturpa uma justa apresentação e interpretação daqueles problemas. O caso do *Pagador de Promessas* é característico: o filme deixa entender que o ingresso do povo na igreja, apesar das autoridades clericais e policiais, é uma vitória popular, quando essa vitória pertence, no fundo, muito mais à igreja que ao "povo". Outros filmes são ainda mais significativos da parcialidade com que são apresentados os problemas, já que os trabalhadores são quase que totalmente substituídos por marginais. Assim, *A Grande Feira* e *Tocaia no Asfalto* reduzem o "povo" a prostitutas, pistoleiros, mendigos, etc.

Barravento, socialmente, coloca-se numa posição quase que oposta: as suas personagens não são marginais, mas sim trabalhadores. Os pescadores trabalham com uma rede cujo aluguel representa 90% do total de sua pesca; o que sobra deve bastar à sua sobrevivência. Vinculados a superstições herdadas dos escravos africanos, procuram a explicação das suas dificuldades nas manifestações das divindades, e tentam solucioná-las pela magia. Esses ritos de origem africana ainda são freqüentemente considerados como um meio de preservar a cultura e a dignidade dos negros. Já tiveram esse papel, hoje não o têm mais. E *Barravento* afirma que, bem longe de constituir um meio de luta, são entraves à evolução humana e social. O conflito, no filme, é provocado pela volta à aldeia de um homem que abandonou a pesca e a vida vegetativa para viver alguns anos numa grande cidade; através da violência, quer substituir a magia pela ação.

Essas poucas indicações já mostram que *Barravento* se situa numa perspectiva realista, estranha aos outros filmes citados, que se enquadrariam melhor no naturalismo ou no populismo.

Outra característica de grande importância de *Barravento* é a sua generosidade. O diretor ama profundamente as suas personagens e as engloba num amplo movimento sensual, numa luta que apanha o trabalho, o sexo, a natureza. G. Rocha conseguiu comunicar um furioso amor à vida. Esse amor à vida, é raro no cinema brasileiro, inclusive quando Pires descreve com bastante vitalidade um bordel baiano em *Tocaia no Asfalto*, ou quando Faria encara com simpatia a força física e psicológica de Tião Medonho em *Assalto ao Trem Pagador*. Esse ímpeto, que tanto enriqueceu *Barravento*, é fundamental para o cinema nacional.

Por outro lado, *Barravento* não é isento de confusões e contradições que prejudicam não só a narração e a exposição das idéias, mas também o seu teor. Porém, a maior das suas contradições é certamente a de ser um filme realista, que se enquadra na perspectiva popular, e que o "povo" deveria ver e compreender, e que, no entanto, permanecerá provavelmente hermético ao público ao qual se dirige. Isso devido às suas fraquezas de linguagem, que prejudicarão a sua comunicação com o público. Mas é provável que o filme consiga comunicar a paixão que o anima. Se, por um lado, a dificuldade de comunicação invalida em parte o filme, por outro, *Barravento*, como filme experimental, tem uma importância fundamental na filmografia brasileira, e o que importa, não é que seja cinematograficamente, mas sim socialmente experimental. *Barravento* continua à espera de exibidores.

"Página Popular de Cultura" da
Última Hora, 20/7/63

Este texto já em 1965 tinha envelhecido: ele se apega ao conteúdo mais imediato do filme. Afirma-se a "perspectiva popular" do filme, a sua "perspectiva realista", nega-se a sua ideologia populista, exclusivamente na medida em que o próprio filme faz estas afirmações a respeito de si mesmo, ou, pelo menos, atribuem-se ao filme tais afirmações.

A partir de 1965, já não mais numa perspectiva jornalística, tento superar este nível do conteudismo imediato, para procurar com mais intuição do que metodologia a significação dos meios a que recorre o filme para se expressar (análise do significado do significante). Basicamente, trata-se de identificar os elementos que compõem o filme, encontrar as relações que interligam estes elementos e procurar as significações do filme nestas relações.

Bastou esta evolução para que um filme como *Barravento*, de sua perspectiva não populista fornecida por um enfoque ingênuo, se tornasse um modelo de concepção populista da sociedade. A primeira leitura salienta o esforço de Firmino, que, após longa permanência na cidade, volta à aldeia para transformar o comportamento da comunidade de pescadores e os efeitos dessa vontade, enquanto a segunda leitura salienta o voluntarismo desse esforço, o seu isolamento em relação à comunidade, a qual não manifesta a mesma vontade de Firmino, e o resultado desse voluntarismo: Firmino transformou Aruã que lhe sucede, mas Aruã, ao assumir a função de líder, por sua vez se isola da comunidade e parte para resolver sozinho o problema coletivo da rede. Na primeira leitura, valoriza-se a função perturbadora de Firmino, na segunda, salienta-se que o líder não emana da coletividade, lhe impõe a sua vontade transformadora e resolve os problemas sem que ela participe. Entre as duas leituras: 1964.

Em realidade, esta evolução só foi realizada parcialmente: os elementos sobre os quais me fixei foram elementos da estrutura narrativa e os personagens. Não exatamente nos personagens, mas nas relações que os personagens mantinham entre si através da ação dramática, procurei a significação ideológica dos filmes. Não a ideologia voluntariamente expressa pelo filme, mas o que seria a sua ideologia objetiva (a qual pode até contradizer totalmente a ideologia voluntariamente expressa) manifestada pelo sistema dramático do filme e a imagem da sociedade revelada por este sistema. O resultado deste trabalho foi o livro *Brasil em tempo de cinema* (escrito em 1965, publicado em 1967 após breve atualização). O texto seguinte apresenta um resumo da tese principal do livro:

TRAJETÓRIA DE UMA OSCILAÇÃO

O Cinema Novo na sua fase de maturação esforçou-se em apresentar, através de casos particulares, retratos gerais da sociedade brasileira, com a intenção de salientar as injustiças de sua estrutura e com o intuito, conforme os diretores, não só de levar ao público informações referentes à sociedade dentro da qual está inserido, mas também de provocá-lo a uma reação, cujo primeiro passo seria uma tomada de consciência. Por motivos vários, o quadro da sociedade brasileira que nos apresenta o cinema compõe-se de dois grandes grupos: camponeses e favelados por um lado, por outro grã-finos. Estes constituem um grupo ocioso, que se desloca em vistosos carros americanos, bebe uísque à beira de piscinas, gosta de pintura abstrata e de livros franceses, tem um comportamento sexual irregular, não se realiza no casamento e se entrega não raro a desvios eróticos; é um grupo parasitário, que não trabalha (pelo menos que nunca é apresentado trabalhando ou fazendo política) e que desfruta de magníficas condições de vida; a este grupo, apresentado de um ponto de vista moralista, é atribuída a responsabilidade pela situação na qual se encontra o outro grupo: camponeses e favelados vivem na situação oposta: nenhum meio que possibilite uma vida digna de um ser humano, são pessoas rejeitadas fora de uma sociedade onde circula dinheiro, onde o trabalho permite viver dignamente, onde se tomam decisões a respeito de si mesmo e da coletividade; freqüentemente as pessoas nem trabalham e formam um *lumpem*-proletariado; são mendigos, ladrões, prostitutas. Este quadro nos apresenta dois pólos extremos da sociedade, dois grupos marginais: se o grupo inferior é marginal por não se encontrar integrado num processo evolutivo da sociedade brasileira, reduzido que é à condição de pária, o grupo superior não é menos marginal: são pessoas que não trabalham, não produzem, não planejam. Podemos dizer que filmes como *Cinco Vezes Favela* (1962), *A Grande Feira* (1962), *O Assalto ao Trem Pagador* (1962) nos apresentam marginais de cima e marginais de baixo. Entre estes dois pólos: nada. O latifundiário que faz política, o gerente que dirige uma fazenda, o industrial, o funcionário público, o comerciante, o estudante, o intelectual, o operário, enfim, burguesia, classe média e proletariado, são eliminados em favor dos dois pólos extremos. *A Grande Feira* apresenta-se como um afresco de Salvador, microcosmo em que devemos encontrar uma síntese de problemática brasileira. A feira é ameaçada por uma companhia imobiliária que pretende construir sobre o terreno; o centro da ação é a luta dos feirantes para conservar a sua feira, que é uma das principais fontes de abastecimento da cidade. Os feirantes são pobres mas realizam um trabalho real. Ora, no filme a população da feira é praticamente reduzida a assassinos, mendigos, ladrões e prostitutas. Por outro lado, o filme apresenta a alta sociedade da cidade que não se liga à feira através da ação, mas sim pelo intermédio de uma grã-fina que se aborrece e procura no "povo" sensações eróticas fortes que seu meio não lhe fornece. Eis a que se reduz a sociedade em Salvador. A deformação é óbvia: trata-se de uma visão esquematizada e idealizada da sociedade brasileira.

No entanto, n'*A Grande Feira*, há um outro elemento: um marinheiro desembarca em Salvador no início do filme. Apresenta-se como um sueco acostumado a grandes viagens internacionais: trata-se em realidade de um riograndense que nunca se afastou da costa brasileira. Ao chegar a Salvador, interessa-se pela luta dos feirantes e, verbalmente, coloca-se ao seu lado; mas não se ligará a eles pela ação. Adota a atitude do espectador que chega ao início do espetáculo, comove-se com a ação e vai embora no final da peça. No fim do filme, embarca e justifica sua partida: "Se esta gente – diz ele a respeito dos feirantes – fizesse uma revolução, eu ficaria". Portanto, o marinheiro é perfeitamente consciente da necessidade de uma alteração da situação dos feirantes, alteração essa que de certo modo o concerne, pois poderia alterar o seu comportamento, mas da qual não quer assumir responsabilidade e à qual não quer contribuir a não ser pela simpatia com que a encara. Enquanto isso, vai embora.

Em realidade, a sua passividade não é total. Antes do embarque, ele evitará o pior: um feirante anarquista resolve fazer explodir tanques de petróleo, acabando assim com o problema, mas também com a feira e com grande parte da cidade. No último momento, arriscando a vida, o marinheiro impede que se pratique este ato de terrorismo, evita o "extremismo".

O marinheiro tem uma outra característica: em Salvador, tem duas amantes: uma prostituta que vive na feira, a outra é a grã-fina entediada. Conforme está com uma ou com outra, veste-se diferentemente: com ou sem terno. As duas lhe agradam e ele oscila entre as duas mulheres, cada uma ligada a um dos pólos sociais que nos apresenta o filme. Assim como ele não se fixa socialmente, não se fixa emocionalmente, oscila entre os dois pólos e vai embora.

Este personagem que não se fixa, que não adere a nada, que oscila entre os dois pólos sociais, em geral pelo intermédio de duas mulheres, e que poderá vez ou outra agir contra os atos "extremistas" tanto do pólo inferior como também do superior, é um dos personagens mais freqüentes do Cinema Novo daquela época. Penso que se deve ver neste personagem o embaixador de uma classe média ausente do filme. É um personagem indeciso e flutuante que tem na estrutura dramática dos filmes um papel semelhante àquele que tem, na sociedade, uma camada da classe média que, também, oscila. A classe média não foi diretamente abordada num filme como *A Grande Feira*; entretanto é ela e apenas ela, que lhe fornece a sua ideologia. O namoro simultâneo e indeciso com as classes superior e inferior; evitar o extremismo, pois nunca se sabe aonde ele pode levar (principalmente quando é apresentado de modo tão arbitrário quanto a tentativa de fazer explodir os tanques), sobretudo quando se trata do extremismo da classe inferior; e uma piscadela idealista e inconseqüente para o "povo": são elementos fornecidos por uma camada da classe média que se pensa progressista mas que não encontra nela nenhuma força e não quer encarar de frente a sua situação e problemática, preferindo se travestir numa personagem simbólica.

Deste personagem, não vamos caçar todas as representações nos vários filmes em que surge, mas apenas descrever as suas várias modulações e etapas de sua evolução. Antes de *A Grande Feira*, outra fita ambientada em Salvador, *Bahia de Todos os Santos* (1961) já apresentava um personagem oscilante nos moldes do marinheiro: Tônio, adolescente sem pouso fixo, que vive de contrabando e furtos. Mas, enquanto o marinheiro encontrava os dois pólos de seu movimento pendular fora de si, Tônio vai encontrá-los dentro de si mesmo: é incapaz de escolher, desejando sempre realizar e não realizar a mesma coisa. Tal contradição é fonte de angústia. Tônio quer, por exemplo, abandonar sua amante inglesa que o enoja, mas fica com ela; ele deseja uma bela prostituta, de quem nunca se tornará amante. Tem amigos portuários (este é o único filme da época que apresenta um proletariado) que estão em greve; quer ajudá-los por solidariedade humana, mas se nega a aceitar sua causa política: como fazer para ter uma atitude clara nessas condições? A mais forte de suas contradições, Tônio encontra-a no seu próprio corpo: mulato, é rejeitado pelos brancos por ser preto, e pelos pretos por ser branco. Tal contradição é sem saída, dela não escapará. Está afundado nestas contradições, indeciso, só e angustiado.

Outra versão deste mesmo personagem, encontraremos em *Os Fuzis* (1963): como o marinheiro, Gaúcho chega no local dos acontecimentos no início do filme, por acaso e por acaso está obrigado a ficar em Milagres. Mas as contradições de Gaúcho vão mais longe e o levarão ao aniquilamento. Gaúcho dedica-se ao transporte de cargas: no presente momento transporta alimentos, cebolas, que apodrecerão enquanto espera uma peça para consertar seu caminhão e prosseguir a viagem. A situação que ele encontra em Milagres é, por um lado, a fome: esfomeados adoram um boi para fazer chover; por outro, soldados ocupam preventivamente a cidade para proteger alimentos armazenados que caminhões virão buscar. Gaúcho, sem ser dono de armazém nem soldado, está objetivamente do lado deles: ele pertence ao mundo onde se transportam alimentos. Mas a sua consciência não está do lado deles: lastima a situação dos esfomeados e ele foi soldado mas, por motivos vagos, deixou a farda; para a consciência é uma situação pouco confortável. O problema de Gaúcho é antes moral; quando manter a ordem significa matar esfomeados, então se deve ter vergonha de manter a ordem. A ação de Gaúcho no entanto limita-se a conversar com um soldado para convencê-lo da inviabilidade de sua posição. O apodrecimento das cebolas neste lugar de fome aumenta a tensão psicológica de Gaúcho, cujas palavras tornam-se mais agressivas, tanto contra os soldados, quanto contra os esfomeados ("O boi santo não é de nada!"). Numa atitude mais beatnik do que outra coisa, levado por uma certa exasperação e sem querer afrontar realisticamente a situação, Gaúcho se alheia bebendo e praticando a ironia ("Viva os defensores da lei!"). Os dados propostos inicialmente pelo filme atingem sua contradição máxima quando os caminhões carregados estão deixando a cidade e entra no bar um homem levando nos braços seu filho morto de fome. Gaúcho instiga o homem a uma reação, sem conseguir demovê-lo de sua passividade. Bêbado e enlouquecido pela inércia do homem, Gaúcho num acesso de fúria incontrolada, quase histérica, atira contra os caminhões e é logo morto pelos soldados. Sua herança: uma dúvida na cabeça do soldado com quem costumava conversar.

A grande novidade que traz Gaúcho é que sua inação, a sua não fixação num grupo social, a sua angústia psicológica e moral o impedem de prosseguir a viagem (contrariamente ao marinheiro) e o impelem para uma ação violenta e desesperada, que só não é inconseqüente porque o leva à própria morte. É a morte de um personagem deste é excepcional no cinema brasileiro da época, já que os roteiristas sempre cuidaram de deixar-lhe uma escapatória no final do filme: acabado o espetáculo, prossegue-se a viagem para um destino desconhecido. A impotência de Gaúcho só se resolve no seu desaparecimento.

Quem leva este personagem a um paroxismo nunca atingido pelo cinema brasileiro é sem dúvida o Antônio das Mortes de *Deus e o Diabo na Terra do Sol* (1963). Antônio das Mortes não é um personagem em contradição, ele é reduzido a uma contradição. É a contradição personificada. Antônio é pago pela igreja e pelos latifundiários para acabar com os fanáticos e os cangaceiros, sendo que fanatismo e cangaço são apresentados pelo filme como duas formas de alienação que canalizam a violenta insatisfação e a agressividade de um campesinato ainda imaturo para fazer a sua revolução. Justamente por isso, pensa Antonio das Mortes que, acabando com estas duas formas de alienação, ele dá ao camponês a possibilidade de realizar sua revolução. Apesar desta sua intenção, Antônio nunca se ligará a Manuel, representante dos camponeses no filme, mal o conhece. Quanto a Manuel, ignora tudo a respeito de Antônio das Mortes. Manuel e Antônio não se conhecem e não se conhecerão.

Há uma contradição: como, simultaneamente, ser pago pelos inimigos do povo e agir em favor do povo? É o que Antônio não consegue resolver. Ele tentará superar esta contradição. Quando o cego lhe pergunta quem é, Antônio não quer dizer o nome e acrescenta: "Não quero que ninguém entenda nada de minha pessoa!" Esta vontade de mistério é plasticamente traduzida pela imensa capa que dissimula os seus gestos e o chapéu que lhe esconde o rosto. Mas o mistério não resolve a contradição e a tentativa de sublimação de Antônio vai mais longe: ele se convence de que tem que cumprir um destino, tem que executar uma missão sem pensar nem julgar. Transforma-se assim, para si mesmo, numa total alienação, em agente de um poder superior e divino. Não se trata de um papel histórico, mas sim de uma predestinação. Antônio conclui disso que, após ter matado fanáticos e cangaceiros, após ter libertado Manuel de suas duas alienações, só tem que morrer. No filme, Antônio das Mortes não morre, desaparece.

O filme leva a contradição até a alienação e a morte. Após Antônio das Mortes a personagem que vive da contradição desaparece praticamente do cinema brasileiro (podemos encontrá-lo ainda de vez em quando, mas num total estado de degenerescência como em *Riacho de Sangue* – 1966). Por parte da personagem, a contradição atinge um tal nível de alienação, e por parte do autor do filme, um tal nível de consciência, que se torna indispensável ultrapassá-la. Esta contradição exige uma escolha.

Ora, o que se constata é que os personagens que sucedem a Antônio das Mortes não escolheram. Sem ser vivificados pela contradição e sem realizar uma escolha que se impõe, os personagens entram numa fase de marasmo; eles estagnam. No fim de *Um Ramo para Luísa* (1965), o protagonista declara ser incapaz de tomar uma decisão a seu respeito, de resolver um problema que lhe diz respeito.

A passagem do personagem oscilante e contraditório para o personagem estagnante corresponde a modificações profundas no cinema brasileiro, sendo que a mais importante é o abandono dos temas e personagens rurais em favor dos urbanos. Passando para a cidade, os personagens perdem sua estrutura simples e tornam-se psicologicamente mais indefiníveis; mas por outro lado, tornam-se socialmente mais definidos: à indefinição social do marinheiro de *A Grande Feira* e inclusive de Antônio das Mortes, sucedem personagens nitidamente caracterizados como da classe média, dos quais sabemos onde moram, onde trabalham, quase quanto ganham. Esta classe média é ampla: vai do desempregado da zona norte de *A Falecida* ao sargento de indústria, proprietário de uma pequena fábrica em *São Paulo Sociedade Anônima* e ao jornalista e intelectual de *O Desafio*. Outras alterações aparecem: a narração cronológica é substituída por um farto uso de *flash-backs*; e a ação torna-se menos densa enquanto que a dialogação invade o filme. Efeito do marasmo: o passado invade o presente e a palavra (já tão sensível no Gaúcho) se torna rainha.

O personagem que melhor ilustra esta ausência de escolha é o Carlos de *São Paulo Sociedade Anônima* (1964), ambientado nos anos de 1957 a 1960, no momento da implantação da indústria automobilística. Vendo aumentar o mercado de mão-de-obra especializada, Carlos faz um rápido curso de desenho industrial e ingressa na seção de controle da Volkswagen. Em seguida, aceita um cargo numa pequena fábrica de autopeças, da qual se torna gerente. Carlos tem várias amantes com quem não consegue estabelecer relações sólidas; acaba casando, um pouco por solidão, um pouco por vontade de se fixar, com uma mulher cuja intenção é organizar um lar e melhorar tanto quanto possível seu nível de vida. Um belo dia, Carlos encontra-se na pele de um chefe de família que logo vai comprar um apartamento à beira-mar, de um gerente de fábrica que trabalha muito e ganha bem. Mas percebe que esta vida não lhe interessa. Carlos simplesmente seguiu o trajeto que costumam seguir os rapazes de uma certa camada da classe média paulista: com um certo grau de instrução, consegue-se um determinado posto; firmado no emprego e podendo pagar o aluguel de um apartamento modesto, casa-se; o resto é decorrência. É o que Carlos fez, mas ele nunca quis especialmente ser aquilo que é, nunca escolheu a vida que ele tem. Se ele nunca quis a vida que tem, tampouco quis uma outra. Nem quis nem deixou de querer. Carlos se exaspera. Uma só alternativa: aceitar tudo ou reagir contra tudo. Reage. Como? Nunca teve projeto para si mesmo, muito menos por uma coletividade. Nem sabe o que é que não aceita na situação em que se encontra. Lutar? Carlos não saberia nem contra que, nem como. Abandona tudo e foge. É a única solução. Mas a fuga é estéril. Então volta. Carlos que se deixa guiar pelas oportunidades que lhe oferece a sociedade, que não escolhe nem para si nem para os outros, que não tem idéia nem ação a opor à situação que rejeita, que só é capaz de fugir, tem os braços abertos para o fascismo.

São Paulo Sociedade Anônima nos dá mais informações sobre a classe média a que pertence Carlos, informações totalmente novas para o cinema brasileiro. Arturo, o patrão de Carlos, vê aumentar o mercado de autopeças, mercado que acompanha a fabricação no Brasil de carros. Arturo, personagem dinâmico, sobretudo preocupado com a elevação de seu nível de vida, seu carro americano e as poses de grande industrial que possa tomar, não é um empresário que tenha um plano de desenvolvimento, mas sim que aproveita o *boom* da grande indústria. E ao fabricar as suas autopeças, ele depende totalmente da grande indústria automobilística. O pequeno industrial depende totalmente do grande industrial. O reconhecimento do condicionamento econômico da classe média pela grande burguesia é um elemento novo no cinema brasileiro. Este marasmo, esta impossibilidade de escolha, de decisão, de ação é a tônica dos personagens do Cinema Novo nos anos 1964-1966.

Simultaneamente ao aparecimento de Carlos e seus semelhantes, novo personagem desponta no cinema brasileiro. Os personagens do marinheiro, de Gaúcho, de Antônio das Mortes, mais espectadores do que atores da ação dos filmes, representam um marginalismo a um tempo social e dramático que não se podia perder porque continua a significar uma perplexidade e uma hesitação diante da realidade que tanto o Carlos de *São Paulo Sociedade Anônima* quanto o Marcelo de *O Desafio* (1966) não traduzem mais. Claro que Carlos e Marcelo são perplexos, indecisos, angustiados, mas eles não são marginais, nem social, nem dramaticamente; embora insatisfeitos, eles são integrados na sociedade e na ação dramática do filme, e por mais lucidamente que se oponham à sociedade, eles perderam a liberdade, a disponibilidade que os outros tinham. Podemos dizer que eles perderam a disponibilidade lúdica que indubitavelmente tinham um personagem como o marinheiro ou mesmo Antônio das Mortes. Esta disponibilidade (sem a oscilação entre os dois pólos sociais), vamos reencontrá-la num personagem que tem o papel de um coringa, de um mestre de jogo. É alguém que simultaneamente orienta os personagens da ação dramática e é espectador desta ação, podendo ele mesmo, vez ou outra, integrar-se na ação, mas a título experimental, com a faculdade de escapar assim que o desejar. O primeiro filme em que aparece tal personagem é *Society em Baby Doll* (1965), mas é em *A Grande Cidade* (1966) que ganha vigor e dinamismo: Calunga orienta os personagens, arma situações e comenta a ação, sem participar diretamente dela, sem se ligar a nada, permanecendo num plano superior (embora seja ele, como os outros personagens do filme, emigrante nordestino). Após ter feito as honras da cidade para os espectadores, ele é o cicerone de Luzia e serve de pombo correio entre a moça e seu namorado malandro, Jasão. Tudo isso é feito numa fantasia coreográfica: pulos e risos, é a maneira dele se apoderar da grande cidade. Mas o final do filme dá uma nova dimensão ao seu papel de mestre de jogo, quando Calunga, por descuido, transmite a Luzia um recado de Jasão procurado pela polícia, diante de uma terceira pessoa, a qual, involuntariamente, veiculará o recado, possibilitando assim à polícia localizar Jasão. É Calunga que, sem querer, entrega Jasão à polícia: nem como correio ele serve. Não sem uma certa brutalidade, Carlos Diegues tira Calunga do seu fácil papel de mestre de jogo e o compromete. Não é possível ficar à margem dos acontecimentos, queiramos ou não, estamos envolvidos. Mas Calunga se recupera logo e, após um momento de angústia coreográfica, mima a ação do filme e, sobretudo, a morte de Jasão por que é responsável.

Teoria e Prática, nº 1 (1968)

Este trabalho foi limitado por uma perspectiva sociologizante bastante superficial. A insuficiência da literatura sociológica brasileira sobre a classe média, a quase inexistência de estudos sobre a intelectualidade brasileira e sobre a produção cultural no Brasil, me levaram a estabelecer relações frequentemente mecânicas, que um aprofundamento da análise dramática dos filmes poderia ter corrigido. Mas este aprofundamento não se deu, visto que o trabalho foi inteiramente feito de memória. Um dos freios à evolução do trabalho teórico sobre cinema é a precariedade dos recursos técnicos à disposição dos interessados, que não dispõem em geral nem de cópias nem de mesa de montagem.

Mas, mesmo permanecendo neste nível, penso que o método pode ainda ser frutífero. Praticamente na mesma linha, estão os textos seguintes:

UM AUTOR DE CINEMA BRASILEIRO SE IDENTIFICOU COM O SEU PÚBLICO OU, VAMOS TODOS À PRAIA

Com Domingos de Oliveira e *Todas as Mulheres do Mundo*, seu primeiro e por enquanto único filme lançado, um fenômeno novo estoura no cinema brasileiro; sem dúvida nada há de parecido em todo o "cinema novo", e bem poucos casos semelhantes na história do cinema brasileiro. Domingos de Oliveira é um autor, ou seja, um cineasta que não fez o seu filme com a precípua intenção de ganhar dinheiro e para isso lança mão de esquemas que deverão agradar ao público; mas, ao contrário, um cineasta que se projeta na sua obra, que expõe as suas idéias, que diz ao público o que pensa a respeito de uma série de problemas abordados no filme. Uma característica essencial do "cinema novo" é que o autor se coloca contra os espectadores; as idéias do autor e as idéias dos espectadores são em geral diametralmente opostas; o autor quer abalar os espectadores e estes não querem saber do autor; o encontro autor-espectadores é um conflito: esta é a forma de diálogo proposta pelo cineasta. O fenômeno extraordinário que se verifica com Domingos de Oliveira é que não só o autor não pensa diametralmente oposto aos espectadores, mas ainda estes se encontram no autor; o autor é um prolongamento da comunidade, a qual vê na obra um mundo imaginário que cristaliza as suas idéias, sentimentos, aspirações. O encontro autor-espectadores é harmonioso, os espectadores se sentem bem como Domingos de Oliveira; Domingos é a voz pela qual fala extensa parcela da classe média que acorreu às salas e deu à fita uma renda excepcional para o cinema brasileiro.

Domingos de Oliveira não é portanto apenas o prolongamento dos cineastas que fizeram comédias somente porque esse era o gênero que dava certo junto ao público brasileiro; tampouco sua fita é o simples desenvolvimento de duas recentes comédias de sucesso, *Society em Baby-doll* e *Toda Donzela Tem um Pai que é uma Fera*, cujos autores não se empenharam ideologicamente nos seus filmes.¹

O conflito autor-espectador não prejudicou o desenvolvimento ideológico e estético do "cinema novo"; ao contrário, o "cinema novo" tem neste conflito uma das características básicas e necessárias, sem a qual não teria sido o que foi e não seria o que é. O conflito não era mera atitude de oposição, não era aceito *a priori* pelos autores que o enfocavam de modo dinâmico; por isso, bem longe de ser um obstáculo cultural, foi um estímulo criador e através dele pode se avaliar em parte a função social e a orientação estética do "cinema novo". O autor que está de acordo com a grande maioria do público, tem determinada função social, não é, porém, um intelectual necessário.² É óbvia a repercussão dessa atitude sobre a situação econômica do cinema brasileiro, ou melhor, sobre a situação econômica do "cinema novo".³ Quando muito os filmes se pagavam mas dificilmente chegavam a dar lucros, o que não impediu, aliás, que os cineastas continuassem a fazer seus filmes. Mas impediu que o "cinema novo" se consolidasse numa base industrial e se expandisse economicamente. Resta a saber se era desejável e se era possível sem que se abdicasse do compromisso fundamental do "cinema novo" em relação ao público: opor-se a ele.

A debilidade econômica bem como a não-adesão do público aos filmes que se vinham produzindo, provocaram natural angústia (que, aliás, faz parte do tipo de relacionamento que o autor "cinema novo" escolheu manter com os espectadores) no seio do próprio "ci-

---

1. Apesar de eventuais declarações de Luis Carlos Maciel a respeito de *Society em Baby-doll*.
2. O que não implica que o conflito deva ser mantido nos mesmos termos em que foi proposto pelo "Cinema Novo".
3. De fato, quem atribui ao "Cinema Novo" a debilidade econômica do cinema brasileiro são industriais e comerciantes ou pseudos, ou candidatos a, ou defensores de – que não fazem senão mistificar a sua incapacidade ou as suas dificuldades empresariais e, ao invés de analisar a sua situação, preferem malhar um bode expiatório.

nema novo" e em jovens candidatos a cineastas que estão aparecendo.

Esta angústia gerou um mito: a "comunicação", mito esse amparado por idéias ambientes, veiculada por pessoas e publicações confusas ou que defendem as posições conquistadas pela indústria das "comunicações às massas". Se, originalmente, os cineastas colocavam o problema de como comunicar o que eles tinham a comunicar, o debate se degradou a tal ponto que hoje pouco se pergunta o que comunicar: as atenções estão voltadas para uma comunicação em si, uma pseudocomunicação. Trata-se de levar às salas que exibem filmes brasileiros e *comunicação acaba sendo sinônimo de receita de bilheteria*. Honradas exceções mantém uma posição mais positiva e menos comodista.

A classe média de poder aquisitivo superior à média, universitários, intelectuais, cineastas, fica sem jeito para aderir a fitas que "comunicam", mas apresentam-se como fáceis, vulgares e mal realizadas. Um Mazzaroppi não levará a nossa adesão. Mas se a fita que "comunica" nos parecer moderna, com uma linguagem não anterior à "nouvelle vague", desprovida de falhas técnicas gritantes (embora possa ter algumas falhas), não teremos porque lhe negar os nossos aplausos. É o que acontece com *Todas as Mulheres do Mundo*. A fita de Domingos de Oliveira é de estilo moderno e fluente, ela "comunica": viva Domingos de Oliveira!

Entretanto, a discussão não pode parar aqui, pois o único real problema que coloca *Todas as Mulheres do Mundo* no plano cultural (no plano comercial e industrial o debate tomará outro rumo) é: o que comunica? Pergunta a que se julgou desnecessário tentar responder, já que a fita "comunica".

Acho difícil responder à pergunta por falta de documentação (não foi feita por enquanto nenhuma análise da fita e não houve pesquisa sobre o público) e porque ainda não se tem perspectiva para enquadrar a fita num contexto cinematográfico maior. Mas acho imprescindível que desde já se comece a responder. Tal resposta não poderá ser formulada por uma pessoa apenas; porque não há crítico cinematográfico no Brasil que disponha de um método para responder a tal pergunta e porque se torna cada vez mais duvidosa a crítica cinematográfica feita em base estritamente individual. A resposta poderá nascer de um debate, de uma polêmica. As notas que seguem fornecem elementos para a análise de *Todas as Mulheres do Mundo*.

A construção dramática da fita sugere um mundo onde os acontecimentos não resultam de contradições contidas em determinadas situações, mas ao contrário, de fatores fortuitos que inesperadamente vêm incidir sobre as situações. De fato, em vários momentos, as situações se esgotam e o filme toma novo impulso graças à injeção de um elemento novo que nada deixava prever nas situações anteriores. Exemplificando: "tudo estava bem, as relações entre Paulo e Maria Alice estavam harmoniosas, quando ela resolve visitar um primo no Rio Grande do Sul (elementos novos: existência do primo e o inesperado interesse de Maria Alice por ele); vem coincidir com a decisão de Maria Alice um telefonema da "prima" Isabel (personagem desconhecida até então) que convida Paulo para uma visita de ordem erótico-sentimental; contrariando o comportamento que vinha adotando de dedicação a Maria Alice e aproveitando a viagem desta, Paulo reencontra sua mentalidade de conquistador e aceita o convite; coincide com esta situação, que Maria Alice, ao fazer escala em São paulo, fortuitamente encontra um rapaz que insiste em conversar com ela: diante das idéias emitidas pelo rapaz, Maria Alice resolve interromper a sua viagem e volta ao Rio junto a Paulo, que, então, ela pega em flagrante delito de infidelidade, o que vai provocar a rutura entre os dois. A nova situação em que se encontram os dois personagens não se origina em contradições contidas nas suas relações anteriores, mas ao contrário resulta do fato de que acontecimentos fortuitos se deram por coincidência ao mesmo tempo. Decisão da viagem, telefonema, encontro paulista, interrupção da viagem são os elementos *fortuitos e coincidentes* que dão à fita a possibilidade de prosseguir. O mesmo pode se dizer do reaparecimento do noivo de Maria Alice com quem ela rompera no início do filme e que tinha sumido (reaparecimento, aliás, apresentado como fortuito pela própria fita), e da repentina morte acidental do mesmo noivo.[4] *Todas as Mulheres do Mundo* não se desenvolve num mundo estruturado e necessário, mas ao contrário num mundo onde imperam o acaso e a coincidência. Do mesmo modo que os fatos ocorrem, eles podem não ocorrer; com total imprevisibilidade, se darão amanhã acontecimentos que virão alterar a nossa vida. Não somos donos do mundo, nem podemos pensar o mundo e fazer conjeturas a seu respeito, porque o mundo é gratuito e ocasional. Tal visão do mundo não está expressa em palavras, diálogos, atitudes de personagens, mas está implícito na própria construção dramática da fita. Grande parte do charme do filme vem daí.

Como este mundo não é necessário, mas é regido pelo acaso e a coincidência, temos constantemente a impressão de que as personagens não aderem completamente a ele, que não há uma relação necessária entre as personagens e o mundo, mas ao contrário, dentro dessa frouxidão, sentimos que as personagens podem se desprender do mundo como uma fruta cai da árvore. O que se manifesta de diversos modos.

Uma das manifestações dessa ausência de necessidade é a falta de rigor no tratamento do foco narrativo. A fita é um relato feito por Paulo que conta um episódio de sua vida. O enredo é portanto contado do ponto de vista de Paulo. No entanto, quando facilitar a narração ou quando parecer engraçado, não se hesitará em romper o foco narrativo, transferi-lo para outra personagem e voltar à anterior. O caso mais nítido da alteração do foco narrativo é o encontro entre Maria Alice e o rapaz paulista que, embora não presenciado por Paulo e não relacionado com ele (relacionado com ele é a decisão tomada por Maria Alice após o encontro), será por ele narrado de modo direto. Enquanto antes, Paulo, o centro do filme, contava o seu caso, nesta

---

4. É possível que tal construção dramática encontre sua motivação *imediata* na gênese do filme: inicialmente concebido como um curta-metragem, o enredo recebeu posteriores desenvolvimentos.

seqüência a narração de Paulo passa a ser mero artifício dramático, quando o foco narrativo foi de fato transferido repentinamente de Paulo para Maria Alice. E a chegada de Maria Alice ao Rio confirma a transferência: ela sobe a escada, abre a porta do apartamento e, do ponto de vista dela, pegamos Paulo em flagrante, ao invés de Maria Alice irromper na sala onde está Paulo com a "outra", do ponto de vista dele. É Maria Alice que surpreende Paulo e não é Paulo que é surpreendido por Maria Alice. O mesmo recurso é usado na cena em que Maria Alice rompe com o noivo e, mais ainda, após a rutura, quando o foco narrativo passa para o próprio noivo que exterioriza verbalmente os seus pensamentos interiores (atitude irônica em relação à personagem). Embora a fita seja um *flash-back* dirigido por Paulo e o relato comece com Paulo dizendo: veja o que me fizeram, não haveria o menor receio em destituir Paulo, de vez em quando, de sua posição de narrador. E, mais uma vez, parte do charme da fita provém dessa falta de rigor. Do ponto de vista dramático, o efeito é o de que o foco narrativo é ocasional e não necessário, de que, embora o enredo seja narrado com o enfoque de Paulo, arbitrariamente o foco narrativo poderá mudar de personagem conforme os desejos do autor do filme.

Embora não se tenha feito uma análise das enquadrações e da movimentação da câmara, tenho quase certeza de que tal análise confirmaria a impressão de que as personagens não estão solidamente integradas no seu mundo. Os fundos, por exemplo, dão freqüentemente uma impressão de instabilidade pelo fato de muitas vezes estarem as personagens não sobre um plano, mas sobre uma perspectiva combinada: fundo composto por uma parede perpendicular ao eixo da câmara e um corredor; jogo de parede, porta e corredor; paredes com matérias diversas que dão efeitos diversos de profundidade; repetido uso de espelhos; uso de fotografias e cartazes na parede que esculpem a perspectiva. Ao contrário disto, poderá ser usado um fundo neutro, sem referência nem perspectiva (de repente o mundo tridimensional é abolido), como é o caso num dos momentos mais importantes da fita: a primeira aparição de Maria Alice.

Essa impressão de que as relações entre as personagens e o mundo não são sólidas, de que essas relações são frouxas, de que os acontecimentos não são necessários mas fortuitos, será amplamente confirmada pelas idéias veiculadas pela fita. Um dos primeiros problemas lançados pelo filme é o da liberdade. É a personagem de Flávio Migliaccio que cabe esta tarefa no discurso que precede o relato de Paulo. A liberdade que prega FM – não se prender a nenhuma mulher – é uma liberdade abstrata que não passa de uma total disponibilidade. Ser livre é ser disponível. Não ser totalmente disponível é não ser livre. E quando Paulo, na biblioteca, lê em voz alta um texto teórico que me parece fundamentar esse conceito de liberdade total, o texto escolhido é a introdução do livro de A. Neil sobre Summerhill: por mais simpatia que se tenha por esse texto, não se pode negar que ele fala é de uma liberdade abstrata e a-histórica. E o que vai acontecer é que por ser abstrata e a-histórica a liberdade de que gozam ou pretendem gozar as personagens do filme, toda vez que ela terá que ser posta em prática, as personagens se sentirão tolhidas e limitadas. A prática da liberdade é a opção; a liberdade abstrata e a-histórica não possibilita a opção. Retomando um tema angustiado que varre o cinema brasileiro de *Vidas Nuas* a *Terra em Transe*, toda vez que as personagens serão chamadas a optar, elas não conseguirão fazê-lo. Aliás, é o próprio FM que tira a conclusão quando se dirige à platéia para repetir várias vezes: "Impossível escolher". "Todas", responde Paulo quando lhe é perguntado a qual das "primas" ele escolheria para casar, se tivesse que escolher. E no jogo do pinto, Paulo pega a última caneca, a que sobra, porque ele não foi capaz de se decidir enquanto havia mais de uma em cima da mesa. Maria Alice teoriza esta atitude no tocante ao problema feminino. Diz ela (na cena do bilhar) que os homens querem as mulheres independentes, mas que na hora do casamento preferem as mulheres que não o sejam; e que o mesmo se dá com as próprias mulheres: dizem que querem ser livres, mas é da boca para fora, na hora H não querem sê-lo.

    Poderia se objetar que a prática de Paulo foi oposta a tal conceituação da liberdade, pois, em verdade, ele optou. Entre todas as mulheres, ele escolheu uma e se fixou nela. Mas a fita parece desmentir que se trate de opção por parte de Paulo. Sem dúvida, ele escolheu ao se despedir de suas numerosas amantes e ao se concentrar em Maria Alice. Mas seu amor vira paixão e passa a independer de sua vontade. É ele mesmo que o diz ao jogar seu paletó no chão (quando ainda não sabe da volta de Maria Alice ao apartamento). Do ponto de vista dele, não é tanto ele que escolheu o amor como o amor que o escolheu. O que só faz confirmar as afirmações de Maria Alice no início do filme; o amor não é algo que se decida, que se resolva, é algo que vem sobre a gente. Se a fixação de Paulo numa só mulher não deixa de ser objetivamente uma escolha, é, porém, uma escolha que se faz colocando a vontade entre parênteses. E, pela mesma ocasião, colocando entre parênteses a responsabilidade. Paulo apaixonado não é um indivíduo que se escolhe, mas um indivíduo que vive como sendo escolhido.

O suicídio – eu sou categórico – é o prolongamento lógico dessa liberdade abstrata, dessa disponibilidade, dessa impossibilidade de opção. Se as personagens não mantêm com o mundo relações sólidas e necessárias, suicidar-se será a maneira mais imediata de se desprender desse mundo fortuito. É Domingos de Oliveira quem introduz no moderno cinema brasileiro o tema do suicídio. Em *Todas as Mulheres do Mundo*, o tema não é desenvolvido, mas ele é uma obsessão que aparece como uma marca d'água. Qual é o melhor meio de tornar esta vida mais digna? O suicídio, responde Paulo durante o jogo da verdade. E Paulo vai, durante os seus desgostos amorosos, fazer uma frustrada – e grotesca – tentativa de suicídio; nem por ser grotesco o tratamento da cena, o suicídio deixa de aparecer como uma possível perspectiva de Paulo. Paulo tem um amigo que se suicidou: essa é a notícia que recebe na boate onde vai dançar com Maria Alice, notícia que ele recebe com pesar e que é comentada pela figura de Don Quixote. E a personagem de Irma Álvarez teria tentado o suicídio. O suicídio tem uma presença insistente na fita, embora seja às vezes envolvido por um tratamento irônico. Por que Domingos de Oliveira não deu maior desenvolvimento ao tema? Talvez porque, que seja tranquilo ou desesperado, o suicídio supõe uma atitude radical diante do mundo. As personagens da fita não podem tomar atitudes radicais, não podem escolher. Por outro lado, Domingos de Oliveira não explorou ainda todas as facetas de sua problemática, mas informa que no próximo filme, *Coração de Ouro*, o suicídio merecerá maior desenvolvimento, o que virá sem dúvida lançar novas luzes sobre *Todas as Mulheres do Mundo*.

E penso que o tratamento que o diretor deu ao sexo decorre do mesmo fenômeno de as personagens não estarem enfronhadas no mundo. O amor entre Paulo e Maria Alice nunca chega a tomar a forma de um homem e uma mulher nus numa cama. Teremos a sugestão da cena. Teremos a nudez de Paulo e a de Maria Alice, mas individual. Teremos Paulo nu numa cama com uma mulher, mas não é Maria Alice. Teremos Paulo e Maria Alice numa cama, mas vestidos. Paulo e Maria Alice não conseguem concretizar suas relações sexuais, ou então – o que é mais provável – Domingos de Oliveira não lhes dá essa possibilidade. E o ápice do amor sexual de Paulo para Maria Alice toma a forma de uma sublimação literária de gosto duvidoso: o corpo de Leila Diniz recortado em pedaços serve de pretexto para fotografias de "nu artístico". As partes do corpo são fotografadas sem referências, elas são abstraídas do mundo ambiente; o tom da fotografia difere da seqüência em que se insere este trecho, o que faz com que a abstração seja maior ainda. Sobre o corpo de LD assim apresentado, vem o elogio "poético" do corpo de Maria Alice. Essa gente bem comportada e de boa família, ao sexo prefere a literatura. O tratamento dado ao sexo, pretensamente poético, em realidade frustrador para as personagens e para o autor, além de revelar um provável moralismo, manifesta inibição e uma falta de integração no mundo.

Paulo e Maria Alice casaram, tiveram muitos filhos e foram felizes. No fim do filme, encontramos um Paulo pai de família satisfeito com a sua situação. Na felicidade familiar, Paulo se realiza e a presença irônica das "primas" na festa de aniversário das crianças não altera a proposta que nos faz Paulo – e também Domingos de Oliveira: essa paz, essa harmonia encontradas no seio da família é a melhor resposta que se possa dar às agruras deste mundo.

Não há por que, portanto, não gostar de *Todas as Mulheres do Mundo*.⁵ É um alívio. O mundo é fortuito; as coisas acontecem por acaso; as nossas relações com o mundo são abstratas e frouxas, inclusive as sexuais; o mundo nada exige de nós, e nós nada exigimos dele. Tudo isto, apresentado de modo risonho, acaba no doce lar. Estamos em pleno irracionalismo. *Todas as Mulheres do Mundo* oferece exatamente tudo aquilo que o "cinema novo" insistiu em negar. Que o mundo é estruturado, que os fatos não são acidentais, que homens e sociedades mantêm relações exigentes, que a incapacidade de escolher é um câncer social, nada disso é verdade. E é com um cinema irracional, a-problemático (não há problemas no acaso), que o Brasil poderá erguer uma indústria e um comércio cinematográfico; Domingos de Oliveira aponta, com segurança e talento, o caminho. Pois é exatamente este o cinema que quer a classe média. O festival de cinema brasileiro de Brasília, ao dar o primeiro prêmio a *Todas as Mulheres do Mundo*, sancionou (e o Itamarati confirmou ao escolher a fita para Cannes) o interêsse que o público, certa intelectualidade e as autoridades têm em que se faça no Brasil um cinema risonho e irracional. O mesmo festival de Brasília, coerentemente, negou seus favores a *Opinião Pública*. A fita de Arnaldo Jabor explica onde estão as raízes do sucesso de *Todas as Mulheres do Mundo*.

Aparte

GAROTA DE DOIS GUMES

Cinema crítico é o que o Cinema Novo quer fazer, porque não há nenhuma manifestação artística possível cujas raízes não estejam numa oposição, por mais tênue que seja, à sociedade em que vivemos. Não adianta nem abrir a boca, se não é para se opor à sociedade atual. Isso, o

---
5. Já que a fita não se apresenta como vulgar. Porque quando Mazzaroppi diz exatamente a mesma coisa, nós não gostamos.

Cinema Novo sabe perfeitamente, como também sabe que o chamado grande público não aceita o cinema crítico, e tampouco os exibidores. E de que adianta abrir a boca, se ninguém ouve? E como se poderá continuar a abrir a boca, se os filmes não se pagam? Mas e tampouco adianta fazer filmes apenas para que se paguem, isso é tarefa de outros cineastas que não os do Cinema Novo, e com a qual nada tem a ver.

É fácil entrever a solução: fazer filmes que ao mesmo tempo sejam críticos e seduzam o grande público. Qual é a fórmula de tais filmes? A fórmula mágica que venha satisfazer os anseios intelectuais do cineasta, bem como a sua necessidade de atingir o público e as exigências financeiras da produção cinematográfica. Tal fórmula será sem dúvida um dos maiores achados do século, pois virá resolver o divórcio cada vez mais profundo entre os intelectuais e a massa.

Qual a fórmula? Leon Hirzman teve a coragem de tentar responder à pergunta. A resposta se chama: *Garota de Ipanema*. Penso que LH mastigou durante muito tempo esta fita, não sob a forma da garota de Ipanema, mas sob a forma de um esquema conforme o qual a fita se comporia fundamentalmente de duas partes. Na primeira, o público estaria em contato com uma realidade que lhe agrade, se projetaria satisfatoriamente sobre a personalidade central: seria a lua de mel com um público ligado à fita por empatia. Na segunda parte, após a conquista do público, os elementos que possibilitaram tal empatia seriam pouco a pouco solapados; após uma parte de alienação, a fita entraria numa fase de desmistificação: o público veria desmoronar na sua frente aquilo que inicialmente lhe parecera bom e desejável. Tal desmistificação, após a empatia, provocaria no público um reflexo crítico.

Apesar do roteiro, pelo que se diz, ter sido escrito à medida das filmagens, não é difícil reencontrar o esquema em *Garota de Ipanema*. Um longo plano branco separa as duas partes: a câmara permanece sobre a porta do quarto em que Márcia se tranca na manhã do primeiro dia do ano, após breve desentendimento com os pais, durante o qual ela diz que este será um ano muito bom para ela. Na primeira parte, há música, a garota é bonita, simpática, domina as situações, Arduíno Colasanti chateia, ela o afasta sem maiores problemas. A segunda parte é a fossa: a garota não é nada daquilo que pensávamos, sua alegria não é sólida, sua desenvoltura é superficialidade: Adriano Reis lhe propõe um amor autêntico, exige que ela se entregue, mas a garota fica confusa, tem medo, perde toda espontaneidade, se entrega a mesquinhas investigações sobre a vida do rapaz. A tão brilhante garota interrompe um beijo pela metade.

Dentro da perspectiva deste sistema, a primeira parte não oferece grandes dificuldades para um cineasta que saiba manejar mais ou menos uma linguagem comercial. A segunda parte é mais problemática. Ao se desmistificar a primeira parte, corre-se o risco de perder o público: tudo aquilo de que você gostou, não passa disso, não vale nada, no fundo, você foi enganado. O problema consiste em desmistificar a primeira parte, sem, porém, perder o público, o que vale dizer, sem agredi-lo. Teremos então que proceder a uma desmistificação amável, coisa essa que não existe. A desmistificação cor de rosa não desmistifica, como bem o demonstra *Garota de Ipanema*.

Essa aparente tentativa de desmistificar sem que haja um real propósito de desmistificar, levou os autores a impostar a segunda parte do filme num tom diferente da primeira. Enquanto, no início, as personagens se definem e o enredo caminha através de situações concretas, a segunda se desenvolve praticamente no plano do irreal, do imaginário, quase do onírico. O homem com que se defronta Márcia é um mago impreciso. As situações concretas cedem o lugar ao diálogo: o conflito entre as personagens fica a cargo de uma fala pretensamente poética, repleta de chavões que pertencem a uma subliteratura existencialista. Os lugares tornam-se abstratos: o fundo infinito no estúdio de fotografia, a praia sem referência, puxam as personagens para fora do mundo concreto. Ao assistir à fita, a reação espontânea é achar aborrecida a segunda parte, por ser moralista e querer ser psicológica; é preferir, ao mago do amor autêntico, o artista que, nos dizem, não passa de um rapaz de família que respeita os preconceitos de uma sociedade opressora da mulher, mas que tem sobre o outro a infinita vantagem de ter sangue nas veias, de ter uma existência concreta. Por que, enquanto se descreve a alienação, o mundo é concreto, as personagens armam e desmancham situações, há sol, mulheres e ondas na praia? e por que, no momento em que se passa para a crítica, o mundo se torna macilento, indefinido, abstrato? Por que a parte crítica é verbosa, cerebral, frouxa e indecisa na composição das situações e das personagens? Há uma série de motivos prováveis, entre os quais o receio dos autores em chocar e perder o seu público, caso fossem mais conseqüentes na crítica; a colocação superficial dos problemas na primeira parte (para não carregar demais a fita), fazendo com que a segunda careça de base para a crítica; e a grande hesitação, a profunda indecisão em relação ao que o cineasta deve apresentar ao público e à posição que deve assumir diante do cinema e diante de si mesmo. Ideologicamente, o cineasta aceita abdicar de uma série de intenções para chegar ao público, aceita entrar em parte no jogo do cinema comercial, sabendo que isto é apenas um recurso, uma concessão que não o engaja inteiramente. Mas emocionalmente, ele não consegue se convencer. Ele não ama o filme que faz, fica com reticências em relação a tudo, ele não se entrega. Resulta uma fita acanhada, indecisa, inibida. Essa inibição é sensível durante todo o decorrer de *Garota de Ipanema*, sobretudo na segunda parte, mas também no tratamento de muitas cenas da primeira e na concepção musical da fita. A nenhum momento, os autores adotaram um partido franco, tomaram uma decisão segura. A fita acaba parecendo esses adolescentes que ainda não se acostumaram com seu corpo de adulto e, ao menor gesto, receiam derrubar o vaso que está ao lado. Desse ponto de vista, a fita padece da mesma inibição de *El Justicero*, de Nelson Pereira dos Santos, com a diferença que *El Justicero* é de muito melhor qualidade e que Nelson viveu essa inibição mais conscientemente que os autores de *Garota de Ipanema*, o que leva a um estado de raiva furiosa que explode no final do filme, enquanto que *Garota de Ipanema* parece ter sido aceito passivamente pelos seus autores. Diante destas duas fitas, um *Todas as Mulheres do Mundo* se afirma com indiscutível superioridade, porque Domingos de Oliveira não sofre dos problemas com que defrontam Nelson Pereira dos Santos e Leon Hirzman e pode se entregar inteiramente à sua fita, sem receio, sem inibição, o que ele faz é o que ele quer fazer, e isso é um valor positivo.

Garota de Ipanema e *El Justicero* representam momentos de uma fase do cinema brasileiro e refletem praticamente – e não apenas verbalmente – a desorientação dos intelectuais brasileiros diante da ação. Falava-se em conquistar o público. Para conquistar o público, precisa dar-lhe o que ele quer. Pela primeira vez, dois intelectuais tentaram fazê-lo. Comercialmente, o resultado parece não ter sido inferior às expectativas. São filmes importantes porque são experiências que precisavam ser tentadas e seu fracasso no plano da expressão crítica, se bem explorado, pode contribuir para uma melhor compreensão do problema da criação e da responsabilidade dos cineastas na sociedade brasileira.

Embora não seja de todo impossível que um público bastante amplo seja atingido por um certo cinema crítico dentro de limites a serem fixados pela produção, embora no Brasil exista possibilidade de sucesso de público para comédias, ou mesmo dramas, que façam crítica de costumes, há incompatibilidade entre o público e um cinema realmente crítico cuja perspectiva, na América Latina, será forçosamente política. Então trata-se de saber: – se se pretende conquistar o público, consolidar economicamente o cinema brasileiro, abrir mercado interno e externo. Se essa for a finalidade, as preocupações críticas não são fundamentais. É uma decisão a se tomar. Desde que tomada, o cineasta deverá deixar de lado a sua inibição e trabalhar em função de seus fins. *Garota de Ipanema* seria mais positivo se fosse um filme seguro, se fosse deliberada e corajosamente uma comédia musical (o que não significa que a fita tivesse que se limitar a mulheres e música e deixar de lado a fossa). Mas é pouco provável que encontremos uma justificativa política e cultural ao assumir tal atitude. Tanto mais que a tese segundo a qual fitas simplesmente comerciais viriam conquistar o público e dar base econômica ao cinema, para que, em seguida, o público possa aceitar filmes políticos – ou como alguns querem, filmes "difíceis", "de arte" – é ingênua ou desonesta.

Se há possibilidade por parte dos cineastas de realizarem filmes culturalmente válidos, a partir de um compromisso entre suas intenções críticas e seus propósitos comerciais. Se filmes de propósitos comerciais são indispensáveis para a conquista de mercado, no entanto, o que tais filmes dizem ao público é freqüentemente desnecessário que seja dito, e me pergunto se cineastas que teriam possibilidades de realizar filmes críticos não perdem seu tempo ao tentar fazer filmes comerciais. Será que filmes nascidos do compromisso poderão fazer progredir alguma coisa no Brasil? Ou será, ao contrário, que eles deixarão de ser críticos e não serão tão comerciais como se não tivessem outras intenções? Pode haver alguma importância em filmes em que seus autores não acreditam realmente, como é o caso de *El Justicero* e *Garota de Ipanema*? Sem convicção, sem empenho total, num ou noutro sentido, não conseguiremos sair dessa vacilação e desse espírito de conciliação que revela *Garota de Ipanema*.

Já que *Garota de Ipanema* não tem a menor importância cultural para o Brasil e que, em termos econômicos, os resultados seriam melhores se a finalidade do filme tivesse sido deliberadamente esta, é lícito perguntar-se se Leon Hirzman não seria mais útil ao Brasil e ao público brasileiro se desse andamento aos filmes que tem na cabeça, filmes estes que seriam certamente de audiência mais restrita, mas que abririam perspectivas culturais mais amplas.

É errôneo pensar que são inúteis filmes que atingem um público relativamente restrito, mas que tenham a possibilidade de entrar em violenta polêmica com problemas essenciais da sociedade brasileira e latino-americana.

De qualquer modo não se resolverá o problema das comunicações de massa, nem o problema cultural brasileiro em âmbito cinematográfico, nem o divórcio entre o público e o intelectual, nem a situação econômica do cinema brasileiro, fazendo filmes misturando um pouco de crítica com um pouco de comercial. O coquetel Glauber Rocha-Mazzaroppi não tem futuro.

Aparte, nº 2, 5-6/68

NOTA SOBRE *INDEPENDÊNCIA OU MORTE*

Se o romance entre Dom Pedro I e a Marquesa de Santos obedece, no filme, a uma seqüência lógica de fatos concatenados entre si, o mesmo não pode ser dito de todos os elementos do enredo. Por exemplo, da carreira política de José Bonifácio.

No filme, José Bonifácio aparece pela primeira vez na loja maçônica. Mais tarde, Pedro o fará ministro e em seguida, a loja quererá afastá-lo de Pedro. Por quê? Depois Pedro lhe dá todo o seu apoio, para mais tarde brigar com ele e aceitar sua demissão (só por influência de sua amante?). Depois Pedro o nomeia tutor do futuro Dom Pedro II. Por que essa reviravolta? A carreira de José Bonifácio é uma incoerência que resulta dos caprichos dos maçons e dos caprichos do Imperador. Através de José Bonifácio e dos fatos históricos em geral, o filme apresenta uma história totalmente desestruturada, uma seqüência arbitrária de situações ocasionais.

No entanto, podemos tentar encontrar uma outra ordem: o relacionamento entre Dom Pedro I e o povo. Ao mesmo tempo aristocrata (família real portuguesa) e popular (foi educado no Brasil juntamente com moleques de rua), Pedro I tem um único critério para nortear seus atos: o povo. Numerosas as declarações, nos diálogos, que comprovam esta afirmação. Quando pressionado pela corte para voltar a Portugal, ele manda publicar os documentos para que o povo se informe e se manifeste, declarando se quer ou não que Pedro permaneça no Brasil.

No entanto, não façamos confusão: isto não significa que o povo manda em Dom Pedro. Ele age por vontade própria. O que ocorre é que há uma harmonia, uma espécie de secreto e intuitivo entendimento entre a vontade de Pedro e os desejos do povo. Ele outorga uma nova constituição, não por "imposição", mas por "merecimento". A imposição macularia a sua figura. Quanto ao merecimento, é ele quem reconhece se é o que o povo merece. "Tudo para o povo, nada pelo povo". Ele é um pai. Ele age messianicamente. Por isso ele pode logicamente pedir à tropa que lhe faça "confiança", e seus problemas serão resolvidos. E José Bonifácio do filme tem razão ao afirmar que ele nos "deu" a Independência.

Torna-se assim compreensível que a carreira de José Bonifácio esteja incoerente no filme, que a história esteja desestruturada. Já que existe harmonia entre o povo e o dirigente supremo, não precisa existir nada entre o povo e o dirigente. Não há necessidade de qualquer forma de mediação. Instituições e ministros representam, portanto, uma camada inútil, historicamente dispensável, na relação dirigente-dirigidos; é compreensível que eles não sejam senão joguetes nas mãos arbitrárias do Imperador, de sua amante, dos cortesãos, dos maçons.

Quanto ao povo, a certeza de que existe uma harmonia entre ele e o dirigente torna desnecessário que ele manifeste a sua vontade, já que o dirigente sempre sabe qual é essa vontade. Por isso, este povo tão falado nos diálogos, é quase inexistente no filme, a não ser que se considere como povo os amigos de Pedro que bebem com ele na taberna. No filme, o povo tem uma função decorativa, ele exibe roupas coloridas nas ruais, nas casas dos nobres. E quando age, tem como função única: aclamar. Há uma imagem que se repete várias vezes e que caracteriza muito esta função: o líder (em geral D. Pedro, mas pode ser outro orador) fala no fundo, de frente para a câmara; o povo fica entre o líder e a câmara, de costas para esta, e num determinado momento agita os chapéus para manifestar sua aprovação eufórica às palavras do orador. Assim o povo sempre aparece de costas e parece não merecer ser visto de frente, este povo de quem D. Pedro dirá no final que perdê-lo significa perder o poder.

Quando se chega aos acontecimentos de abril de 1831, quando o povo se rebela contra D. Pedro, ele não pode entender o que acontece. Nem ele, nem os espectadores. Rompeu-se a tal harmonia? Por que, já que além de perceber e de dar ao povo o que ele merece, Pedro lhe sacrificou a sua amante: que maior prova de dedicação? A revolta do povo em abril de 1831 torna-se gratuita, o povo torna-se irracional. Assim é que, numa situação incompreensível, o povo rebelado diante do dirigente messiânico, só resta uma única função: a de ser um povo ingrato. Não há outra saída.

Estudos Cebrap, nº 4, 4-5-6/73

Esta mesma linha metodológica permitiria abordar um filme como *Carnaval no fogo*, de Watson Macedo. Sob o seguinte ângulo: uma quadrilha aguarda seu chefe que ela ainda não conhece, e deverá identificá-lo pelo porte de uma determinada cigarreira. Mas o chefe perde a cigarreira, que é achada pelo mocinho. Decorre desta situação que o mocinho será tido por todos os personagens, até o fim do filme, como o verdadeiro chefe da quadrilha. Menos por ele e pelo chefe da quadrilha.

Nota-se que, para os personagens, o único traço característico do chefe da quadrilha é o porte da cigarreira. É a posse de um objeto que define determinado personagem para os outros. Perdendo o objeto, o personagem perde os seus atributos. Atribuindo-se o objeto, qualquer outro personagem adquire também os atributos do primeiro portador. O fato de ambos os portadores saberem, cada um, quem são, é totalmente ineficiente no universo dramático do filme. Estes personagens qualificados por objetos, pura exterioridade, vivem num mundo reificado ao extremo.

Esta é uma ponte para o estudo de *Carnaval no fogo*, para o sistema dramático de Watson Macedo em geral. É possível que em nenhum outro filme de W. Macedo, esta função do objeto esteja tão explícita, mas quase todos os filmes são baseados neste sistema que ele chama de "troca" e que, de uma forma ou outra, se repete obsessivamente na sua obra. Podemos indagar: por que a afirmação deste sistema dramático na década de 50 (*Carnaval no fogo* é de 1949). Alguma relação com outras áreas da produção cinematográfica não vinculada à comédia? Alguma relação entre a reificação em *Carnaval no fogo* e a reificação em *Noite vazia* de Walter Hugo Khouri? De modo geral, os filmes considerados dignos de se tornarem objetos de análise são os filmes "cultos", aqueles que, pelo seu realizador, pelo seu estilo, temática etc., já vem se apresentando como dignos e elaborados objetos culturais. A aplicação deste método ao cinema tido como popularesco, e que constitui quase um terreno virgem, permitiria encontrar significações certamente atuantes, mas que até hoje não foram reveladas.

A aplicação deste método ao cinema popularesco terá outra vantagem fundamental. Ao invés da análise ficar restrita a um plano horizontal (tomar como objetos filmes provenientes mais ou menos da mesma fonte de produção: a área culta dos cineastas, a área mais crítica e politizada, os autores, os cineastas menos comerciais, etc.), ela passa a atuar verticalmente. A análise vertical da cultura brasileira (em geral pouco praticada) possibilitará novas sínteses. No nosso caso, o mesmo método aplicado a filmes cultos e a filmes popularescos permitirá o eventual aparecimento em filmes popularescos de temas também tratados pelo cinema culto, o desvendamento de significações parcialmente semelhantes e/ou parcialmente divergentes sobre os mesmos temas. Isto nos levará a uma compreensão mais precisa de como atuam ao nível estético os conflitos que caracterizam a sociedade brasileira no seu conjunto. Qual a dinâmica estética no cinema brasileiro da composição da sociedade em classes sociais? Pergunta fundamental para a elucidação da qual a análise vertical contribuirá. Do mesmo modo que se esboçou uma análise de *Carnaval no fogo*, podemos sugerir:

Nem Sansão nem Dalila, cujo enredo oferece farto material para reflexão. No decorrer de um sonho, Oscarito, num país imaginário da antiguidade, torna-se dono da peruca, e portanto da força, de Sansão. Algum sábio informa o rei que seu reino será destruído por um homem muito forte. Chega Oscarito/Sansão ao palácio. Algumas estrepolias de Oscarito o levam a ser perseguido pelos soldados, que percebem sua força excepcional e não conseguem prendê-lo. Artur, o chefe dos soldados, informa o rei da presença do homem forte no palácio. O rei satisfaz as vontades de Oscarito, que se torna governador: é a maneira de não ver seu reino destruído. O novo governador adota medidas de agrado popular; todos os dias feriados, baixa o preço do farelo, o que indispõe os comerciantes, tudo isto acompanhado por uma propaganda política radiofônica enaltecendo o novo governador. Artur quer envenenar Oscarito, disso convence o rei. Tentativa de envenenamento por ocasião de um discurso demagógico ("as mamatas estão soltas") que Oscarito pronuncia com grande sucesso, mas tentativa frustrada. Artur e o rei pedem auxílio de Dalila para roubar a peruca de Oscarito. Confusão no momento do roubo, o rei não alcança a peruca que fica em posse de Artur, o chefe dos soldados. Artur se torna o chefe do reino, abole as leis decretadas por Oscarito, que é feito prisioneiro juntamente com o rei. Tudo acabará bem com a destruição do templo que será nefasta para Artur e o fim do sonho.

Até a destruição do templo, este enredo é límpido: a aristocracia (ou uma certa área liberal do poder civil) aceita a convivência com um poder populista que ela não pode evitar. A convivência resulta de um acordo que cede terreno ao populismo, mas a aristocracia permanece parcialmente no poder e não perde os seus vínculos com o exército contrário ao populismo. A aristocracia aceita o compromisso para não ser derrubada. O populismo, por sua vez, só consegue o poder aceitando um compromisso com a aristocracia. Na sua tentativa de reconquista do poder, a aristocracia faz apelo a Artur, mas este capitaliza a vitória para si: derruba tanto a aristocracia quanto o populismo e se instala no poder. Resta que o surgimento do populismo no filme não deixa de ser estranho: a peruca de Sansão.

Nem Sansão nem Dalila se torna assim um dos filmes mais lúcidos e mais didáticos sobre política brasileira. Aguenta o paralelo com filmes de intenções políticas declaradas e mais sofisticadas. Coloca pergunta em relação à comédia popularesca dos anos 1950: em geral, esta comédia fazia a crítica de aspectos da vida cotidiana, aspectos do sistema social (carestia da vida, corrupção dos políticos, manobras eleitorais), mas parecia que não tinha condições para apreender globalmente o sistema social, para apresentar uma síntese do mecanismo global. *Nem Sansão nem Dalila* consegue e este fato é uma ponte para a revisão da comédia popularesca sob este ângulo: a possibilidade de uma crítica institucional. Só este tipo de indagação (mesmo para chegar à conclusão de que *Nem Sansão nem Dalila* é uma exceção) poderá alterar a nossa compreensão do cinema brasileiro na década de 1950.

Os comentários feitos sobre *Nem Sansão nem Dalila* mostram a possibilidade de descobrir como certos filmes tratam autenticamente de política, embora, a meu conhecimento, nunca tivesse sido levantado este aspecto. Poderá ocorrer que *Nem Sansão nem Dalila* não seja um caso isolado. Pode-se inclusive propor um trabalho de questionamento sistemático de diversos filmes sob este ângulo, no sentido de revelar o assunto político tratado pelo filme, mas até então encoberto pela crítica. Por exemplo, *Aves sem ninho*:

NOTAS SOBRE *AVES SEM NINHO*

Este filme, pertencente ao período brasileiro de Roulien, foi realizado em 1939, durante a ditadura Vargas. Não é propriamente um filme sobre política, no entanto, seu enredo pode ser analisado de um ponto de vista político e ser considerado, mesmo, como uma metáfora sobre política: este é *um dos* enfoques válidos do filme.

De um orfanato feminino em que são usados métodos opressivos, foge uma moça para escapar à tirania. Recolhida por um professor, forma-se em pedagogia e torna-se conhecida por suas idéias renovadoras e liberais. Recebe convite da presidente do orfanato (que não sabe que a jovem professora é a moça que fugiu) para dirigir a instituição. Ela aceita. No orfanato, implanta métodos liberais bem aceitos pelas alunas, mas os conflitos com a presidente e os funcionários levam a uma briga em que morre uma moça. A presidente despede a diretora. A conclusão do filme insinua tratar-se apenas de uma derrota momentânea, pois o governo assume as idéias novas da ex-diretora do orfanato e as levará adiante.

Notam-se, nesta síntese do enredo, traços que marcaram: (1) a vida política do Brasil; e (2) a representação dessa vida política no cinema brasileiro. Alguns desses traços:

1. Soluciona-se individualmente, uma situação desfavorável, particularmente uma situação politicamente opressiva, fugindo dela e não trabalhando nela. Este tema da fuga atravessa provavelmente todo o cinema brasileiro, tanto o culto como o de consumo popular e continua presente em filmes recentes, como *Brasil Ano 2000*. Só que, no caso de *Aves sem Ninho*, a fuga é uma espécie de retração que possibilita uma preparação para agir melhor.

2. A preparação para a ação é entendida como preparação intelectual, apenas. Mito de que a ação decorre mais de uma conscientização do que de uma aprendizagem da ação propriamente dita. Notar o papel atribuído ao intelectual, tanto o professor como a moça formada.

3. A ação: esta é possibilitada por uma arbitrariedade do roteirista. Embora se dedique à pedagogia, a moça não toma a iniciativa de voltar ao orfanato para transformá-lo. Ela recebe um convite, altamente improvável já que é conhecida pelas suas idéias liberais e que a presidente do orfanato continua na posição tirânica do início do filme. A arbitrariedade do roteirista não é tão arbitrária: reflete as imensas possibilidades de conciliação que ofereceu a vida política brasileira.

4. A ação agora é possível porque a moça está infiltrada na cúpula dirigente. Não o era quando a moça era apenas um elemento da massa.

5. A posse da nova diretora no orfanato representa reforma importante. No entanto, ela não tomará as devidas providências: substituir o quadro docente e de funcionários por profissionais que possam apoiar a nova orientação. Ao deixar inalterado o quadro antigo, ela se isola ao invés de consolidar sua posição. Insondáveis as possibilidades da conciliação.

6. A chave fundamental do filme está no relacionamento que a diretora institui entre ela e as alunas. A reforma é uma dádiva para as alunas, não decorrendo em momento algum de uma ação destas. Ao contrário, a diretora tem que fazer esforço para as alunas se manifestarem (cena em que confessam não gostar de matemática). É o paternalismo instituído. O filme em nenhum momento encara outro tipo de ação que não seja messiânica (e quando encara, se encara, é tarde demais). A massa não existe senão como objeto sofredor, digno de maior atenção por parte da cúpula dirigente, à qual deve manifestar sua gratidão.

7. A reforma efetuada pela nova diretora é concebida apenas como liberalização da situação encontrada. Não é uma transformação da estrutura antiga, apenas um afrouxamento. Melhor do que nada, claro...

8. O afrouxamento da estrutura leva a uma "agitação" que nem as alunas nem a diretora conseguem capitalizar.

O governo da época aceitou o filme, não sem as costumeiras manobras de bastidor, limitando-se a exigir a intervenção, no desenlace, de um deus ex-maquina governamental que levará adiante as propostas da ex-diretora do orfanato. Notar que tais propostas não são incompatíveis com o governo, visto que pode aceitar assumi-las e que a intervenção ex-máquina do governo não contraria o espírito do filme, visto que é apenas a ampliação da ação paternalista proposta pelo filme.

Aves sem Ninho tem um pensamento político ao mesmo tempo reformista e reacionário (na medida, principalmente, em que não cria um distanciamento dramático que possibilite uma crítica à ação dos personagens – a diretora e as alunas), ao mesmo tempo em oposição e intimamente afim com a situação governamental da época em que o filme foi feito.

Aves sem Ninho é um dos capítulos mais interessantes da vida tortuosa do "cinema político" no Brasil.

> Programa da Cinemateca do
> Museu de Arte Moderna
> do Rio de Janeiro, 3/71

Outro exemplo de trabalho que pode ser desenvolvido a respeito de filmes de audiência popular, aplicando a metodologia usada nas análises anteriores:

Um filme de Mazzaroppi, *Uma pistola para Djeca*, particularmente o personagem do capataz. Resumindo muito um enredo complicado: a filha do camponês Gumercindo (Mazzaroppi) foi violentada e engravidada pelo filho de um fazendeiro de duvidosa reputação, ladrão de gado. Nasce um garoto. Muitos anos depois, a atuação nefasta da família do fazendeiro envolve o garoto que chega a ser raptado. A mãe do garoto, que aceitara a situação com resignação e se dedicara ao filho, irritada pelos novos acontecimentos, resolve se vingar e, numa festa, matar o pai do garoto. Mal ela aponta a espingarda, a vítima cai fulminada por um tiro. Paralelamente: o capataz é cúmplice do fazendeiro no roubo do gado; manifesta o desejo de casar com a filha do fazendeiro. O fazendeiro, pressionado, aceita, caso contrário o capataz revelará a verdade sobre os roubos. Mas, no momento do noivado, o fazendeiro manda a filha para a Europa, frustrando portanto a aspiração do capataz. Este resolve se vingar e, na festa, mata o filho do fazendeiro. É o tiro do capataz que fulmina o filho do fazendeiro, enquanto a filha de Gumercindo nem chegou a atirar: ela pensa ser assassina, mas, em realidade, não foi além da intenção de matar.

A filha de Gumercindo e o capataz criam uma dupla expressiva. Ao nível da moral do dramalhão, a morte do filho do fazendeiro restabelece a justiça: fez mal à moça e foi punido. Só que o restabelecimento da justiça não provém de um ato da vítima da injustiça. A justiça se fez sem que a vítima tivesse que agir.

O assassinato do filho que, no dramalhão, é um bem em relação à vítima, é apenas mais um ato mal praticado por um personagem que já era mau (o capataz era ladrão, efetuara o rapto do garoto). Quer dizer que, para o restabelecimento do bem, o beneficiário desse bem não precisa se envolver na ação, ele continua com as mãos limpas; e o capataz acrescentará um ato nefando à sua ficha.

Esta figura do justiceiro punido, ou melhor, do vilão justiceiro me parece uma categoria dramática interessante, porque permite que a força boa possa ao mesmo tempo usufruir do ato justiceiro e permanecer passiva. Convite à passividade. Cômodo este vilão justiceiro: o mal fazendo o bem sem que o bem tenha que se comprometer.

Vejamos *O caçador de diamantes* (1932), também num resumo parcial: antes da saída da bandeira, os pais de D. Maria aceitam o casamento de sua filha com Dom Luís; mas é Dom Fernando que D. Maria ama. Luís e Fernando saem na bandeira. Esta é massacrada pelos índios, e os índios, que simpatizaram com Fernando, entregam-lhe a esmeralda desejada. Luís, ferido na sua honra (sua bandeira foi destruída e não conseguiu a pedra), vai espontaneamente se perder no sertão. Fernando fica com a pedra e o coração de Maria. Fernando, o galã, grande vencedor, nada fez para chegar a este resultado: ele não descartou Luís, seu rival, que se afastou espontaneamente; não conquistou a pedra: foi-lhe oferecida pelos índios por motivos de simpatia. Mais uma vez, o bem é beneficiado sem ter praticado uma ação decisiva no processo.

Quem desencadeou esta situação é um vilão cuja traição possibilita que os índios ataquem a bandeira, início do processo que leva ao afastamento de Luís. E o vilão, posteriormente, será morto pelos índios. A traição do vilão é punida, mas resulta num bem para o galã que se manteve passivo. A importância do vilão justiceiro é que os beneficiários de sua ação não têm que sujar as mãos.

O relacionamento aqui feito entre o filme de Mazzaroppi e *O caçador de esmeraldas* é ocasional e não resulta de trabalho sistemático: vi os dois filmes na mesma época, e não pretendo estabelecer nenhuma filiação entre os dois. Mas a sistematização deste trabalho oferece uma perspectiva.

A sistematização deverá também levar em conta que os filmes nunca são considerados em si (a não ser como fase momentânea do trabalho), que tampouco são respeitadas as categorias tradicionais na história e crítica cinematográfica, tais como: grupos de filmes de um mesmo diretor, escola, época, estilo, gênero dramático, ficção e documentário. O cinema brasileiro é considerado como um todo, e dentro deste todo, pelas suas afinidades ou oposições totais ou parciais, os filmes como que dialogam entre si. Aliás, nada mais tenho feito senão tentar fazer com que filmes brasileiros dialoguem entre si. Ou seja: é o próprio método que estabelece os relacionamentos entre os filmes e/ou grupos de filmes. Caso contrário, *Uma pistola para Djeca* e *O caçador de diamantes* nada têm a ver e relacioná-los é absurdo. Este princípio deve ser mantido mesmo que o método passe do nível personagem/ação dramática para níveis mais complexos. Um perigo: este princípio permite identificar rapidamente as semelhanças entre os filmes (tendência nítida em meus trabalhos), mas deve ser usado sobretudo como uma possibilidade de salientar as diferenças.

Este tratamento do cinema popularesco pode levar a uma renovação da atitude dos intelectuais em relação a ele. O fato é que em geral os intelectuais nunca levam este cinema a sério, sempre assumindo atitudes, positivas ou negativas, de superioridade. Negativas quando a pretensa vulgaridade deste cinema é julgada indigna do bom gosto. Positivas quando, apenas invertendo o signo da atitude anterior, a rejeição é substituída pela exaltação. É o que acontece em relação à chanchada. Após longa fase de desprezo, ela é valorizada pelos intelectuais. Atitude que frequentemente consiste em curtir o popularesco, não raro visto como *kitsch*, o que permite apreciar o popular sem perder a dignidade intelectual. Assim, faz as delícias de uma sofisticada plateia classe média tal sequência que mostra uma menina de guarda-chuva dançando frevo num cenário de colunas gregas sob o olhar de uma espécie de Vênus de Milo (*Um beijo roubado*, 1950), ou tal outra de cangaceiros dançando toada, fazendo círculo em volta de uma dupla que dança a mesma música em estilo clássico com roupas adequadas para o Lago dos Cisnes (*Caídos do Céu*, 1946).

Ou então, a atitude de retomar em filmes produzidos pela área intelectual elementos dramáticos do cinema popular. A angústia de um Cinema Novo divorciado do público, ininteligível fora da camada culta da classe média, leva a usar aspectos de chanchada ou de filmes de cangaço para se comunicar com o público. Atitude sem dúvida dinâmica, mas que, se por um lado revela um grande esforço para se dirigir ao público, revela também a dificuldade ou atual impossibilidade por parte dos intelectuais de fazerem propostas dramáticas que sensibilizem camadas populares de público. Exceção: *Macunaíma*. Talvez Miguel Borges seja um dos raros cineastas que consiga levar a sério o cinema popular sem assumir uma atitude de dependência (uso suas formas para me comunicar com o povo, porque as minhas não estão funcionando), nem de curtição/*kitsch*/alienação.

Por outro lado, estes amores com o cinema popular só são válidos para os filmes antigos. As mesmas pessoas que curtem chanchadas dos anos 1950, vistas como inofensivas peças museológicas, rejeitam as atuais, chamadas pornochanchadas, sentindo-se feridas no seu bom gosto e no seu puritanismo.

Em relação à chanchada atual, o caso de *A viúva virgem*. Para aqueles que não apreciam o filme, havia a possibilidade de usá-lo como documento sobre, por exemplo, um mito erótico de grande apelo popular: a viúva virgem, a síntese do proibido e do permitido, a grande conciliação, o pessedismo erótico, o que já teria sido levar o filme a sério. Havia também a possibilidade de perceber que o filme continha informações didáticas e críticas sobre um momento da vida financeira do país que envolvia as classes médias diariamente: o *boom* da bolsa. O filme apontava para uma perspectiva de cinema crítico (é verdade que não globalizante e que dificilmente chegaria a fazer a crítica do sistema em si) que o cinema culto, fechado em filmes políticos mas históricos e metafóricos, podia ter meditado.

É necessário elaborar diante deste cinema atitudes novas que nos possibilitem dialogar de igual para igual, perceber os elementos críticos que estas fitas possam conter e perceber os seus elementos de alienação cultural. O esforço doloroso que é feito em muito número musical para dignificar o samba com elementos culturais importados pela classe média (como nas duas sequências referidas acima) nada tem a ver com o *kitsch*, nem podem ser motivos de gozo, a não ser para reafirmar uma superioridade de classe. Do mesmo modo: este público classe média rejeita nestes filmes o samba que se apresenta totalmente deformado pela influência do jazz americano (misturas de samba com *boogie-woogie*, por exemplo), em nome de uma pureza e autenticidade da música popular, que o musical dos anos 30 teria mantido. Mais uma atitude de superioridade e alienação, pois essas plateias cultas que fazem tais exigências são cúmplices e responsáveis por essa chamada deformação do samba, já que elas são consumidoras de elementos culturais importados. Deve também ser percebido que nestas mesmas fitas que apresentam samba com *boogie-woogie*, surgem também cenas de paródias de danças americanas (Violeta Ferraz dançando um *twist* grotesco), o que cria uma tensão entre a assimilação avassaladora da importação e uma tímida resistência, talvez pouco mais do que um antídoto, mas assim mesmo uma certa tensão. Por exemplo, em *Samba em Berlim*, chega ao Brasil um americano para escolher músicas e cantores para os Estados Unidos. O americano é ironizado o tempo todo, mas o filme acaba apoteoticamente nos estúdios de Hollywood com um *show* brasileiro, ou inversamente: o filme acaba apoteoticamente nos estúdios de Hollywood, mas o americano é ironizado o tempo todo.

É necessário reequacionar nossa atitude em relação ao cinema de audiência popular, o que não será fácil porque não envolve apenas uma atitude cinematográfica. É possível (mas não é certo) que trabalhos como os sugeridos a respeito de Watson Macedo ou *Nem Sansão nem Dalila* contribuam para isto.

Outra maneira bastante fácil de enriquecer os resultados obtidos pelo método até agora empregado (fundamentalmente baseado em análises de personagens e enredos) é procurar nas outras formas de arte narrativa produzidas no Brasil estruturas afins. Bastante fácil, visto que este método apreende personagens e ação dramática a um nível relativamente abstrato, isto é, levando pouco em conta as formas específicas (no caso cinematográficas) que atualizam a narração. A título de exemplo:

Riobaldo tem "uma vida dividida em duas partes – como membro da plebe rural quando menino e quando jagunço, como membro da camada dominante quando jovem e quando velho (...)." "Filho de fazendeiro e futuro fazendeiro cumprindo destino de plebeu, letrado vivendo vida de iletrado, homem de mulheres amando um homem, mente exercitada perdendo-se no calor da ação (...)": esta uma das maneiras de Walnice Nogueira Galvão aproximar-se do Riobaldo do *Grande sertão: veredas* (em *As formas do falso*, Perspectiva, São Paulo, 1972). Estas frases que salientam, em vários níveis, a bipolaridade de Riobaldo podiam referir-se àquele personagem que chamei de oscilante e que encontramos em inúmeros filmes da década de 60, *A grande feira, Bahia de Todos os Santos*. Mais particularmente a Antônio das Mortes de *Deus e o diabo na terra do sol*. Com este, as afinidades são maiores: em função de sua vida dividida, "Riobaldo não consegue firmar a noção da própria identidade", e de Antônio das Mortes, eu escrevi: "Ele é o incompreensível, não é nem isto nem aquilo (...) Sua consciência está tão pouco clara que 'nem quero que ninguém entenda nada de minha pessoa'. Sua pessoa é tão contraditória, pois ele é e não é, que nem nome pode ter."

Com outro personagem de Glauber Rocha, o Riobaldo de WNG tem afinidades: Paulo Martins de *Terra em transe*. Paulo, rasgado entre a ação política e a literatura, ecoa nestas frases de WNG: "Por que é que Riobaldo quer transformar sua vida em texto? Para poder compreendê-la, porque a 'vida não é entendível' (...). Para impor uma ordenação, não à vida, porque esta já passou, mas ao que dela restou na memória, é preciso refletir sobre ela e torná-la texto." Nem todas as dimensões de Paulo

Martins estão aqui contidas, mas a afinidade é certa. A impossibilidade de ordenar o "caos" social pode levar à ordem poética. A recuperação pelo verbo da experiência sociopolítica fracassada é tentativa obsessiva de inúmeros personagens de filmes brasileiros desde O desafio, chegando até a ser elemento constitutivo da construção de alguns filmes, Terra em transe, O bravo guerreiro.

A aproximação de tais estruturas afins ou semelhantes (tal como surgem, no caso, nos textos dos analistas literário e cinematográfico) é mais uma via que se abre à pesquisa.

Não se trata naturalmente de estabelecer influências, nem filiações (o que só terá um interesse historicista), mas de procurar que significações, semelhantes ou diferenciadas, permeiam a produção cultural brasileira, que significações nossos métodos de trabalho nos possibilitam revelar, que significações interessa ao nosso momento sociocultural revelar. Portanto, qual o uso que estamos dispostos a fazer das obras passadas ou presentes? No fundo, é aí que atua a crítica e é por isto (o uso que estamos dispostos a fazer) que ela pode ser uma autêntica criação pelos seus métodos e pelas significações que estabelece.

Recorrer ao Riobaldo de Guimarães Rosa/Walnice N. Galvão, ao invés de procurar diretamente no original os elementos com os quais se pode estabelecer conexões com o cinema, não implica preguiça. As relações aqui esboçadas se dão ao nível do ensaio, ao nível do que se diz sobre e a partir das obras, ao nível do que se faz com as obras. O que é válido para a nota seguinte e algumas outras.

Na mesma linha de preocupação com que se abordou Riobaldo, podemos ir mais longe. Chegar a um ponto talvez absurdo, hipoteticamente válido. Caramuru. O personagem Diogo/Caramuru da epopeia de Santa Rita Durão é visto por Antônio Cândido (Literatura e sociedade, Cia. Editora Nacional, 1965) como oscilante, como personagem simbólico que une as duas culturas, os dois continentes, as duas realidades humanas, a europeia e a americana. "Quando procuramos Diogo, encontramos Caramuru, quando buscamos Caramuru, encontramos Diogo." O mesmo ocorre com a índia Paraguaçu, esposa de Caramuru, que, "civilizando-se", obedece a um "movimento contrário e simétrico" ao de Caramuru. Chegando ao ponto em que o europeu americanizado fala em nome da terra americana, enquanto a americana europeizada fala pela civilização. Diogo, completado por Paraguaçu, constitui "um ser misto e fluido, oscilando entre duas civilizações".

Os personagens oscilantes do Cinema Novo, Riobaldo e o Caramuru do século XVIII, aparentemente, nada têm em comum, o conteúdo destes personagens é diferente. Também a oscilação na construção do Caramuru só podia exercer uma função social diferente da que exerce hoje a oscilação dos personagens do Cinema Novo. Aproximar tais personagens parecerá então um gesto puramente formal: é na bipolaridade dos personagens e de suas ações que podemos encontrar afinidades. Só que, a pergunta: a afinidade formal é apenas um acaso? Embora não veja agora nenhuma maneira de responder à pergunta, apesar das diferenças de conteúdo e função social dos personagens, intuitivamente respondo: não é um acaso. É a única resposta que se afigura como fecunda, mesmo que seja para chegar à conclusão, após pesquisa, de que se trata de um acaso, ou mesmo que a analogia percebida aqui é superficial e por demais genérica para permitir esta aproximação. Mas isto só após investigação das obras na tentativa de comprovar ou infirmar a hipótese. E mais: mesmo que invalidada a hipótese pela pesquisa, permanecerá significativo (pelo menos, para mim) que tenha sido levantada tal hipótese num esforço para estabelecer novas articulações na produção cultural brasileira.

O esforço para estabelecer conexão entre personagens que pertencem a épocas históricas diferentes e a gêneros ficcionais diversos não representa uma atividade formalista, nem a negação da história. O estabelecimento de constantes formais não pretende afirmar a ilusória existência de algum nível artístico a-histórico, ou coisa que valha, nem a concretização em várias épocas de modelos que pairam no ar. Supõe, claro, a possibilidade metodológica da comparação entre formas. Mas, fundamentalmente, a premissa é que a forma tem uma significação (que não a que se entende comumente por conteúdo), que a recorrência formal (tanto mais quando se trata de gêneros diversos) é sintomática de permanências de significações. Que a bipolaridade de Caramuru se prenda, na interpretação de Antônio Cândido, à colonização, enquanto a bipolaridade do personagem do Cinema Novo se relacione, na minha interpretação, à função social da classe média, não impede que haja um outro nível (por enquanto não sei qual) de significações. Imaginemos que esta forma e sua permanência se ligue a alguma elaboração imaginária da função de segmentos da classe dominante brasileira. Historicamente, deveremos então pesquisar a significação de tais formas não na sua permanência nem na sua concretização específica nas diversas épocas, mas certamente numa tensão entre a permanência e a diversidade das concretizações e da função social destas concretizações nas diversas épocas.

A possibilidade de estabelecer tão fácil relacionamento entre o Riobaldo literário de Guimarães Rosa/Walnice N. Galvão e personagens cinematográficos é rica por um lado, mas por outro indica uma limitação: a forma de expressão cinematográfica sem a qual estes personagens não existiriam está longe de estar integrada ao método. O esforço atual deve ser integrar o método indicado anteriormente num método mais amplo que apreenda os filmes num nível mais complexo: a significação da própria forma.

A este nível, a crítica cinematográfica brasileira não tem muitas hipóteses de trabalho. Pesam mais aí as limitações financeiras e técnicas que dificultam o trabalho dos críticos. Pesam outros fatores de ordem cultural geral. O clima político, social, cultural do governo Médici levou, a mim pelo menos, a trabalhos de levantamento de dados, pesquisas supostamente neutras do ponto de vista ideológico. Enquanto não aprofundava o trabalho de crítica iniciado nos anos 1960, fichava algo como 1.980 filmes brasileiros compilando mais de 11 mil edições do jornal *O Estado de S. Paulo*. Trabalhos desta ordem são úteis, fazem falta na bibliografia sobre cinema brasileiro, mas não fazem evoluir em nada os métodos de trabalhos, nem a compreensão de nosso processo de produção cultural.

Ao lado de trabalhos metodologicamente simplórios, desenvolveu-se uma linha de pensamento altamente teórica: foi o sonho da semiologia. São provavelmente dois aspectos de uma mesma crise, na qual eu estava duplamente envolvido. Pois, enquanto compilava 11 mil jornais, traduzia *A significação no cinema* de Christian Metz. Entendeu-se a semiologia como uma reação teórica contra o empirismo e impressionismo que dominavam até então a crítica cinematográfica; como um recuo tático para melhor penetrar mais tarde no cinema brasileiro. Em realidade, penso que a semiologia não passou de um álibi, um sono mais ou menos indolor, e não é só no cinema que ocorreram estes derivativos teóricos. A assimilação da semiologia europeia nos dava a impressão de que nosso nível de informação atingia o dos pesquisadores europeus; a semiologia não criava caso ideológico, nem político; a semiologia dava foros de técnico a quem estava totalmente desligado do processo de produção cultural cinematográfico brasileiro: uns quadros e umas tabelas já queriam dizer "profundo entendedor", uma máquina de fazer doutores; aos sonhos tecnocráticos da ideologia oficial, respondia-se com uma tecnologia importada. Os livros de semiologia lidos foram muitos, a produção semiológica foi mínima, não só a mera aplicação dos métodos, quanto mais uma crítica da semiologia cinematográfica de origem linguística que, em geral, se revela inapta a apreender a linguagem cinematográfica. Este mergulhar cego na semiologia talvez não tenha sido totalmente negativo, na medida em que, num momento de rigoroso imobilismo cultural, era uma janelinha pela qual soprava alguma brisa. Mas poderíamos ter escolhido outras brisas.

Por outro lado, a assimilação da semiologia cinematográfica, mesmo no nível incipiente em que ela se encontra, poderá, mais tarde, fornecer interessantes elementos de método, quando não se procurar mais o rigor científico como uma dádiva da nossa importação cultural, mas sim como uma superação do empirismo no estudo da produção de significações culturais no cinema brasileiro, experimentando para isto métodos originais ou não, testando-os pelos resultados que derem ou que, hipoteticamente, prometem dar. Esta longa frase parte da hipótese de que há um relacionamento dialético entre a produção cultural e os métodos de análise desta mesma produção. A produção sugere e enriquece os métodos de compreensão, os quais permitem enriquecer a produção ao revelar e ampliar suas significações latentes (o que não exclui a importação de informações metodológicas, desde que estas não tenham uma função opressora e paralisante, mas venham a se integrar na dinâmica do trabalho produzido aqui). O que supõe naturalmente a vontade de uma afirmação cultural autônoma, ao invés de colocar as significações da produção cultural brasileira na dependência dos métodos de análise europeus. Isto não implica nenhum fechamento a quaisquer informações provenientes da Europa ou outras partes: desde que dessa informação se faça um uso ativo e crítico, e não uma mera assimilação para reprodução.

Em todo caso, após alguns anos de semiologia, me parece que nos defrontamos com os mesmos problemas que tínhamos anteriormente: descrever as formas de expressão dos filmes brasileiros e procurar as significações para as quais abrem estas formas. Essa descrição, por enquanto, ainda encontra limitações técnico/financeiras e metodológicas (o que anotar, como anotar). Quanto às significações, o problema é maior ainda. Exemplos de trabalhos:

Descrever o relacionamento que o cineasta estabelece entre a câmara e o objeto filmado. Tive a um momento a impressão de que dois filmes com muita semelhança na fotografia e no manejo da câmara, Os fuzis e Deus e o diabo na terra do sol, estabeleciam de fato relações fundamentalmente diferentes com o objeto filmado. No filme de Glauber Rocha (fotografado por Dib Lufti), a câmara tenderia a seguir o movimento dos atores que ela focaliza, enquanto no de Ruy Guerra (fotógrafo: Ricardo Aronovich), ela tenderia a preceder o movimento dos atores. É o que parece se verificar em duas sequências: no monólogo de Corisco (trecho que foi usado no cartaz, quando Othon Bastos faz o sinal da cruz com a espada), a câmara está sempre num ligeiro atraso em relação ao ator; é o movimento do ator que lidera o da câmara. Na sequência da procissão de *Os fuzis*, a câmara se movimenta independentemente da movimentação do cortejo. Fica apenas a sugestão: as duas sequências foram escolhidas arbitrariamente ao sabor das projeções; uma sequência em cada filme: não quer dizer que o filme todo obedeça a este sistema, nem que haja um único sistema no filme. Isto é trabalho para mesa de montagem e para quem dispuser das cópias. Mas fica registrada uma perspectiva de trabalho, um nível de significação a explorar (particularmente importante porque dificilmente resultará apenas de um trabalho consciente e planejado do diretor), significações que poderão ou não se chocar com significações provenientes de outros níveis.

Outra sugestão de trabalho: a montagem de *Rio quarenta graus*. Um dos aspectos a analisar na montagem deste filme são as articulações entre os vários fragmentos das histórias que compõem o enredo. Misturando enredos que se ambientam nas diversas camadas que compõem a sociedade do Rio de Janeiro, o filme apresenta não só a crônica de um dia na vida da cidade, como esboça as relações existentes entre as várias camadas. É a favela que abre e fecha o filme, ela é como a referência central do filme; os garotos favelados, vendedores de amendoim, engraxates, circulam constantemente pelo filme.

A passagem de um fragmento de uma história a outro fragmento de outra história pode ser feita diretamente: acabada a ação do último plano do primeiro fragmento, passa-se no plano seguinte ao início da ação do segundo fragmento, sendo que pode haver um plano de introdução para o segundo fragmento. Por exemplo, após a briga na feira, a sequência das crianças brincando com a lagartixa na praça e depois no jardim botânico abre-se com o plano de uma árvore. Este plano suaviza a transição e ambienta a nova sequência.

Mas, de modo geral, procuram-se articulações mais complexas entre os fragmentos. Por exemplo:

– ligar pelo diálogo. Jece Valadão pergunta a um garoto: "Onde está a tua irmã?". Resposta: "Na feira." É a transição para a mudança de ambiente e a sequência que apresenta a irmã do garoto na feira, onde ela será encontrada por J. Valadão.

– ligação sonora. Uma sequência que gira em torno do deputado, acaba no carro deste, com o rádio ligado transmitindo um jogo de futebol. É a passagem para uma sequência no Maracanã durante o jogo.

– proximidade geográfica. Há diversos casos desse tipo: finaliza uma sequência centrada sobre os garotos. Na última imagem da sequência, os garotos jogam bola de gude em primeiro plano, enquanto, na perspectiva, aproximam-se Roberto Bataglin e um amigo. Os garotos saem de quadro, ficando os dois atores mais pertos da câmara: iniciou a sequência de que R. Bataglin será um dos protagonistas. Neste como nos outros casos semelhantes, a proximidade espacial entre os atores da sequência finda e da sequência que inicia é ocasional.

– semelhança do ponto de vista espacial. No fim da sequência em que Sadi Cabral persegue um garoto, este se refugia no teto do trenzinho do Corcovado, tendo atrás dele a Baía da Guanabara. Corta para um plano geral aéreo da cidade. Corta para o interior do avião onde se encontra o deputado: acabou a sequência do garoto perseguido, iniciou a do deputado.

– contraste entre clima dramático: da tensão que marca o acidente de trânsito em que morre um dos garotos, passa-se à euforia de um gol (caso único no filme).

Verifica-se o seguinte: em nenhum caso estas ligações acrescentam informações às histórias que se desenvolvem alternadamente, nem aos personagens, nem criam verdadeiramente relações mais complexas entre as camadas sociais em que se ambientam as histórias. Poderiam ser todas suprimidas que o enredo não se alteraria, nem se alteraria o corte vertical praticado na sociedade carioca.

Mas sofreria um certo tom de crônica que tem o filme e a sua fluência narrativa. Pois estas ligações se referem ao tempo e ao espaço comuns em que se desenvolvem os enredos. Talvez estas ligações sejam antes um tributo pago à montagem cinematográfica "clássica", ao espetáculo, do que articulações correspondentes às relações entre os personagens e às camadas sociais focalizadas. Se, por um lado, o filme deixa clara sua vontade de ter uma compreensão sociológica da sociedade carioca entendida como exemplo da sociedade de classes e, diante desta estrutura social, firmar uma posição de simpatia pelos explorados, por outro lado, não fica menos claro, através da análise deste aspecto da montagem (e provavelmente de outros aspectos do filme) que não foi encontrada uma construção dramática que emane da realidade social abordada e da posição intencionalmente assumida. Em termos lukacsianos, dir-se-ia que *Rio quarenta graus* não chega a ser uma obra realista, permanecendo a um nível naturalista. A gratuidade destas ligações é uma das chaves para entender na própria forma o seu nível antes descritivo que realista.

No entanto, não me pareceria adequado dizer que as intenções realistas e polêmicas do filme são negadas pelo naturalismo da montagem. Mais acertado seria ver uma tensão entre a vontade realista e a dificuldade de realizar esta vontade. A significação do filme (nos aspectos aqui abordados) não surge da apresentação das várias camadas sociais e sua hierarquia nem de uma forma que serve à descrição e não revela os mecanismos que articulam estas camadas. O aspecto da montagem aqui referido não é mais verdadeiro do que a presença das várias camadas na tela, nem o contrário. A significação do filme (ou melhor, uma das possibilidades de significação do filme) surge desta defasagem. Esta defasagem, essa falha (não no sentido de defeito, mas de fratura) é superior a qualquer um dos dois aspectos do filme aqui abordados (montagem, apresentação das camadas sociais), e é ela que torna o filme problemático, é ela o problema do filme.

Exemplar por tantos motivos, *Rio quarenta graus* aqui também continua sendo um exemplar: do momento pelo qual passava o cinema brasileiro, das contradições ideológicas do segmento social donde provém o filme, das contradições ideológicas dos intelectuais, da dificuldade de construir um cinema realista, construção que é sempre um processo.

Outra proposta de trabalho, numa perspectiva mais complexa que a sugerida para *Rio quarenta graus*: a tendência de Glauber Rocha para construir seus filmes conforme um sistema simétrico. Sistema talvez pouco atuante em *Barravento*, talvez inexistente em *O leão de sete cabeças*, mas fortemente presente em *Deus e o diabo na terra do sol*, em *Cabeças cortadas* (o filme, não o roteiro) e fundamental em *Terra em transe*.

O enredo de *Terra em transe* pode ser entendido como a mesma história contada duas vezes consecutivas: duas vezes Paulo Martins sai de Eldorado, duas vezes trai o Senador Dias, duas vezes é levado a agir por Sara junto ao governador Vieira, que duas vezes se encontra com o povo, duas vezes Paulo se afasta de Vieira. A segunda vez repete a primeira com algumas diferenças e com maior intensidade. Este procedimento (simetria, espelho, eco) encontra-se em diversos níveis do filme, além da construção do enredo: a política/poesia, as duas mulheres de Paulo Martins. Até na cenografia: as duas casas (Eldorado, Alecrim) de Paulo Martins se repetem com a existência de escada na sala. Na montagem: duas tomadas semelhantes de Hugo Carvana após a traição de Fuentes; repetição do plano de Glauce Rocha entrando na redação da *Aurora Livre*. No texto: "umas de mais, outras de menos"; "Eu estou morrendo agora / Eu estou morrendo no centro desta hora / Pela minha vida, a minha morte chora". (Apenas sugestões para uma análise do filme neste sentido.)

    O nível de simetria envolve todos os aspectos do filme: enredo, composição de personagens, construção de diálogos, cenografia, encenação, é talvez um dos mais profundos da obra. E, no entanto, diante deste aspecto do filme, estamos mudos. Críticos já o notaram (particularmente o espanhol Augusto Torres), é razoavelmente fácil descrevê-lo, mas ninguém conseguiu analisá-lo como significação. Simplesmente a crítica cinematográfica brasileira não dispõe de metodologia para trabalhar o potencial de significações num nível como o da simetria em *Terra em transe*. E intuitivamente sente-se que este nível abrirá provavelmente para significações (ou melhor, para uma constelação de significações) que poderão entrar em choque com significações de outros níveis da obra, e pode-se supor que neste nível se opera uma das inserções mais íntimas do filme com momentos da cultura e da ideologia no Brasil. *Terra em transe* é um filme cujo potencial de criação está muito longe de estar esgotado.

Com um enfoque ainda descritivo podemos, a título hipotético, aproximar do barroco a construção simétrica do filme, uma simetria sempre ligeiramente defasada. A relação do filme com o barroco está tanto na sua exuberância formal como na sua construção simétrica. Podemos relacioná-lo com obras da literatura erudita, sempre a título prospectivo. Por exemplo, retomar Caramuru, questionar a forma e a função da simetria nas duas obras e lançar hipóteses sobre seu relacionamento. Ou a forma e função da antítese na literatura jesuítica brasileira. Ou a antítese em Euclides da Cunha.

Ou então fazer um questionamento semelhante em relação a uma certa tradição literária popular. Conforme Telê Porto Ancona Lopes (*Mário de Andrade: Ramais e Caminhos*, Duas Cidades, São Paulo, 1972), Mário de Andrade salientou na poesia popular construções "paralelas" ("Lá vem a vaca lá vem o boi / Lá vem o padre casar os dois"). Essa construção em espelho teria uma função didática no quadro de raciocínios primários; mas sobrevive inclusive quando se perdem as oposições de pensamento. Por que, a título prospectivo, não tentar um diálogo entre as formas em espelho, ecos, simetrias, que encontramos na cultura erudita literária ou cinematográfica, com formas aparentemente parecidas na expressão popular? O que teria a vantagem de proporcionar uma abordagem não horizontal da produção cultural brasileira (cultura erudita, cultura popular, que, em geral, correspondem cada uma à produção de camadas ou segmentos sociais relativamente homogêneos), mas vertical. Sendo a análise vertical muito pouco praticada entre nós, é terreno quase virgem. Também a vantagem de procurar a vivência, significação e funções sociais das formas não apenas no seio dos gêneros (o romance, a lírica), nem ao nível de um veículo ou meio de expressão (literatura, cinema), mas propor uma investigação sobre estruturas formais e suas significações em nível superior às suas concretizações específicas.

A título de sugestão para análise de uma estrutura formal que se manifesta diferentemente em diversas áreas da produção cultural, estas notas sobre a presença da estrada no plano final de inúmeros filmes brasileiros. O caminhar final dos personagens por uma estrada, um caminho qualquer, em geral, afastando-se da câmara, tem marcado o Cinema Novo insistentemente. E tem sido interpretado como uma esperança, pelo menos por parte dos personagens, num futuro incerto, mas supostamente melhor que o presente. No filme, não se resolve o conflito que envolve os personagens e estes abandonam o local do conflito não resolvido buscando um lugar e um momento em que poderão realizar suas aspirações como seres humanos.

BRASÍLIA, CIDADE HISTÓRICA - DEPOIMENTO

Brasília, cidade de ficção científica. Suas linhas abstratas contra o céu, seu espaço inesperado, suas formas elásticas que jogam no espaço, pessoas à cata de calçadas, siglas, gratuidade no deserto, canteiro interminável, ruínas prá frente: os cineastas que lá chegam, a maior parte, pensam logo em ambientar um filme de ficção científica na cidade do ano 2000. Foi Truffaut, à procura de locação para *Farenheit 451*, foram Álvaro Guimarães, Nelson Pereira dos Santos, creio que Walter Hugo Khouri também. Nenhum dos projetos se concretizou. O único filme brasileiro do gênero foi realizado em Nossa Senhora dos Remédios de Parati, *Brasil, Ano 2000*.

De um urbanista que se diz – ironicamente, mas nem tanto – do século XIX, Brasília propõe aos seus moradores um espaço imediatamente racionalizável. A compreensão das suas coordenadas possibilita aos indivíduos se situarem constantemente em relação ao conjunto da cidade, possuir a cidade racionalmente, movimentar-se nela inteligentemente (se houvesse os devidos recursos de movimentação). Havendo sempre em volta o espaço informe das montanhas a ressaltar a elaboração de um espaço organizado para o nosso uso e nossa compreensão. Estar em Brasília é experiência chocante para um paulista sempre perdido à procura de alguma rua Santa Terezinha, afundado numa cidade que resulta da sedimentação de camadas de urbanismo que vão se superpondo, frutos de grupos sociais dominantes que denunciam pelo seu urbanismo a ausência de projeto social global.

Estranho Brasília, que se propõe como um projeto social global expresso pelo urbanismo imediatamente acessível, estar a sugerir constantemente espaço de ficção científica ou então ter inspirado *Amor e Desamor*, filme psicológico em que siglas e postes de luz expressariam a inumanidade da sociedade moderna.

Deixando de lado filmes falsamente didáticos ou epopéias à la Jean Manzon sobre a construção, Brasília é tida pelos cineastas como o signo de uma sociedade fria, cujas formas geométricas a serviço da eficiência engolem o indivíduo. O que está em contradição com a significação mais imediata do seu plano urbanístico e sua arquitetura.

Por que os cineastas, bem como a maior parte das pessoas que lá vivem ou por lá transitam, não conseguem se desfazer dos seus preconceitos e julgam Brasília tendo como ideal a cidade velha e acumulada, impossibilitando-se assim de apreender a cidade nova com seu projeto novo? Por que Brasília teria significações subjacentes que contradigam e embaralhem as suas significações mais imediatas?

Poucas semanas em Brasília bastam para perceber o desnível entre sua população e seu urbanismo. Só crianças e universitários conseguem viver eficientemente em Brasília. O resto da população classe média se limita a deslocar para lá – que preguiça! – a poeira acumulada na papelada amontoada em escritórios cariocas e nas estantes de armarinhos mineiros. Espantosa a justaposição dos palácios de estrutura aberta – lá na extremidade do Eixo Monumental – com as rosas de plástico que enfeitam salas de estar, as capas que protegem os sofás contra o uso, tal farmácia de armários escuros, fac-símile de alguma farmácia de Uberlândia, mais digna de conto de Machado de Assis que de Brasília – lá na W3 onde vivem as pessoas. Onde estão os homens e as famílias para os quais a arquitetura modifica suas formas com o deslocamento do usuário, os homens que se sentem dignos e respeitados ao transitarem por rampas sem corrimão? Homem senhor do espaço de vastas perspectivas humanistas, não de uma perspectiva única a organizar o mundo, mas múltipla conforme o movimento do participante, e que o torna dono da perspectiva.

Sonho humanista logo carcomido por uma classe média burocrática que conta os seus pontos de avanço, classe média que a cidade traumatiza, ao invés de abrir-lhe novas perspectivas, porque a devolve a si mesma ao tirar-lhe os derivativos que lhe proporciona a cidade velha. Muito mais: sonho humanista sem resistência diante da realidade do país. É o que analisa o documentário *Brasília, Contradições de uma Cidade Nova*: cidade do homem renovado, na sua intenção, seu destino, como o de qualquer grande cidade da América Latina, é ser um núcleo urbano cercado por favelas.

Não é certamente de todo inútil, mas de pouco adianta criar os signos de um novo humanismo se não se altera a estrutura social de modo a que ela possa sustentá-los, ou melhor, que ela possa produzi-los. Senão os signos do novo humanismo são apenas um gênero perecível difícil de conservar fora da geladeira.

Mas: serão realmente signos de um novo humanismo se a estrutura social não os produz nem os sustenta? Não é impossível, desde que sua criação expresse as forças que possam vir a transformar a estrutura. Brasília dá às vezes uma tímida impressão de que ela expressa tais forças. Mas a cidade se contradiz nas suas próprias intenções. A chegada à Praça dos Três Poderes talvez revele a contradição. Deixemos de lado as especulações sobre a praça e a evolução recente dos Três Poderes.

A praça, apoiada em prédios em três de seus lados, projeta quem desemboca nela. Projeta. Projeta para quê? Para o cerrado. A introdução brutal e espetacular mais do visitante que do usuário o lança para o vazio. O prédio, prédio oficial, palácio, igreja, que em geral serve de ponto de referência para a organização da praça, aí foi eliminado, e não substituído. A abertura da praça para o cerrado indica uma crise, critica o atual sistema de valores, mas não consegue apontar novo rumo. Brasília e o Cinema Novo, cristalizações mais agudas dessa crise produzidas pela cultura brasileira entre 1955 e 1964, têm o mesmo final: à praça dos Três Poderes que se abre para... o vazio correspondem o final de *Vidas Secas*, Fabiano e família a andarem para frente, deixando os prédios para trás, o final de *Deus e o Diabo na Terra do Sol*, Manoel a se projetar para o mar, signos de aspiração a um futuro renovado, mas vago, impreciso e indeciso. O quarto lado da praça vem perturbando há tempo dirigentes e arquitetos. A praça cai, está desequilibrada, falta-lhe um apoio. A indefinição de uma forma encontra freqüentemente sua explicação numa dificuldade política. A linha leve de um salão de chá viria mais tarde resolver o problema da abertura para o vazio.

Após percorrer com o olhar a perspectiva vazia ofertada pela Praça, a volta pelo Eixo Monumental realça a monumentalidade das dimensões e da arquitetura: aonde leva essa via majestosa? Então a Catedral aparecia como o símbolo crítico de Brasília: ela também surgindo, concentrando os seus esforços para. Também para o vago. Mas a vagueza do seu sonho humanista encontrava a sua limitação no inacabamento. Sonho interrompido e abandonado pela pressão da realidade ou pela crítica.

Brasília se torna então espetáculo: conseqüência da defasagem entre a realidade e as propostas da cidade, conseqüência de propostas generosas que não se fundamentaram numa possibilidade concreta de a sociedade brasileira superar o estado crítico em que se encontra. Suntuoso espetáculo que se ofereceu uma burguesia liberal, diante da falência do seu liberalismo. Cidade ideológica, Brasília é uma cidade histórica.

Acrópole, nº 375/376, 7-8-70

O tema da estrada prosseguiu até recentemente (e talvez recentissimamente se se quiser ver no rio pelo qual caminha o índio no final de *Uirá* outra manifestação desta mesma forma), mas sofrendo profundas modificações em relação a filmes como *Vidas secas* ou *Deus e o diabo na terra do sol*. Aqui o caminhar final é francamente assumido como uma ida para o futuro. É também este o sentido que a estrada tem em *Jardim de espuma*, por exemplo. Mas sem o tom afirmativo dos filmes anteriores. Neste filme, o plano da estrada encerra a trajetória de um dos personagens: a guerrilheira, na penúltima sequência, volta para as montanhas afastando-se da câmara. As diferenças principais em relação aos filmes anteriores é que o plano não é apresentado de uma só vez (entrecortado por planos do Embaixador raptado que fica na estrada próximo à lata de lixo), e que não encerra o filme, mas sim a evolução de um personagem.

Também debilitada se encontra a forma em *Brasil ano 2000*; a montagem não oferece a segurança dos filmes anteriores e parece indicar uma como que hesitação quanto à validade da sugestão feita pela estrada final. O rapaz e a moça querem escapar à sociedade opressora do *Brasil ano 2000*, mas suas tentativas fracassam, donde resulta uma integração deles na sociedade que repudiavam. Integração que seria impensável num filme da primeira metade da década de 60. Só que, no último momento, quando o rapaz já vestiu a simbólica roupa de astronauta que faz dele o mais novo elemento desta sociedade, a moça rejeita a sua roupa simbólica e sai, solitária, pela estrada; no último momento, e inesperadamente, ela assumiu a coragem do rompimento, num gesto que mais parece uma intervenção arbitrária do roteirista que um desenvolvimento consequente do personagem e das colocações do filme. Os planos finais me parecem expressar esta arbitrariedade e hesitações: em plano geral e câmara alta, Aneci Rocha na estrada deserta com a canção de Gal; alternam-se planos em que Aneci aparece de costas afastando-se da câmara (afastando-se da cidade) e outros, contracampo, em que ela está de frente aproximando-se da câmara. A substituição do plano único de um *Vidas secas*, por exemplo, por esta montagem contraditória, me parece sugerir uma incerteza quanto ao uso da forma e quanto às suas implicações ideológicas e poéticas. Em *Brasil ano 2000*, a forma da estrada como encerramento do filme está em decadência (expressão de mudanças ideológicas num contexto histórico).

Mas *O anjo nasceu* faz uma crítica radical da estrada final. O plano inicia de modo semelhante ao que acontece nos filmes do Cinema Novo: os personagens se afastam pela estrada, ficando a câmara fixa no lugar donde eles saem; a diferença aí é que os personagens estão de carro, e não a pé como acontecia. Só que o plano que tinha uma duração condicionada pelo tempo de afastamento dos atores tem em *O anjo nasceu* uma duração que independe dos personagens: o plano permanece na tela longo tempo após o desaparecimento do carro, e o essencial do plano está após o desaparecimento do carro. O plano encontra-se entregue ao acaso: a eventual passagem não controlada pelo diretor de carros pela estrada. Mas passam apenas dois carros num plano de cerca de sete minutos, permanecendo a estrada vazia o resto do tempo; é na obsessiva insistência do plano na estrada vazia que se encontra a crítica às significações sugeridas pelo uso dessa forma no Cinema Novo e a renovação da forma: não há nada na estrada. O zoom final sobre a estrada vazia (que vem aliviar a tensão do espectador criada pela longa duração do plano imóvel) é uma piada dramática: não há nada mesmo na estrada.

É necessário que nos aprofundemos nos filmes brasileiros muito mais do que o fizemos até agora e muito mais do que estamos atualmente capacitados para fazer. Este aprofundamento exige um instrumental mais complexo que o de que dispomos, instrumental que se desenvolverá antes num corpo a corpo com as obras, do que de uma informação teórica que venha de cima para baixo de tipo: nos informamos agora para analisar depois. Estou fazendo uma proposta de trabalho semiempírica e bastante selvagem que horrorizará a crítica universitária. Por outro lado, a tese do formar-se teoricamente primeiro para depois agir é falsa, tanto em política como na crítica cinematográfica.

O estudo dos mecanismos que levam um filme ou um conjunto de filmes a deflagrar significações visa naturalmente contribuir para a compreensão dos processos da produção cultural brasileira, mas visa mais. A dupla leitura que foi feita de *Barravento* prova que o levantamento das significações imediatas do filme (digamos seu conteúdo explícito) não permite situar uma obra dentro das tensões e conflitos que relacionam as classes sociais, não permite perceber a imagem da sociedade que o filme constrói nem como ele se relaciona com a sociedade e com essa imagem, nem perceber a inserção social que objetivamente (e não ao nível das intenções) a obra procura. É necessário atingir a sua estrutura e pesquisar a significação da estrutura enquanto tal e não enquanto veículo de um conteúdo.

O estudo desses processos visa, a longo prazo, a contribuir para o estudo das lutas de classes tais como se manifestam no campo artístico. Mas de modo totalmente diferente do que costuma fazer a sociologia que em geral torna a obra como uma extensão ou expressão ou ilustração ou mesmo reflexo, no campo artístico, dos conflitos sociais em outras áreas. O esforço aqui proposto é no sentido de procurar não as formas estéticas que assumem os conflitos sociais, mas de indagar como se dá a luta de classes no campo estético. O que constitui uma proposta bem diferente; preserva-se o estético enquanto tal, não pela vontade de isolar as "belas artes" da contaminação da história, mas para que não escape o objeto da análise concreta, isto por um lado; por outro, para investigar como o estético trabalha historicamente.

Este tipo de análise – com esta ou outra metodologia – é só uma das vias para compreensão da produção estética como luta de classes. Só uma das vias, mas indispensável, o que não exclui métodos propriamente sociológicos, estudos genéticos, etc., particularmente o estudo dos métodos de produção.

E a crítica só poderá evoluir na exclusiva medida em que se apegar à produção cinematográfica e lutar para analisá-la. É este trabalho junto à produção que possibilitará a transformação da crítica. A crítica, no entanto, tem deixado passar oportunidades de evoluir ao se desligar da produção.

Um dos aspectos recentes do cinema brasileiro insuficientemente estudado é a metáfora. Além de uma análise do sistema metafórico em *Terra em transe*, encetada principalmente por Luciano Martins, Mario Chamie e Zulmira Ribeiro Tavares, só se fizeram considerações genéricas. Metáfora é aqui usado num sentido restrito, correspondendo ao que comumente foi chamado entre nós de cinema metafórico. E não num sentido lato pelo qual se pode chegar a considerar a própria obra como uma metáfora.

A metáfora que aparece, depois de 1965, nos filmes do Cinema Novo, foi vista ora como um afastamento da realidade, ora como uma tática contra a censura, ou como forma de autocensura, ora como uma maneira de reconstruir a realidade de modo mais didático. Notou-se a necessidade de transformações da dramaturgia cinematográfica como reação, dentro mesmo do próprio Cinema Novo, contra o tipo de dramaturgia que vinha então se desenvolvendo. Assinalou-se que, através do processo metafórico, ingressavam no cinema brasileiro elementos fantásticos que o ligavam a um certo imaginário hispano-americano. Discutiu-se parcialmente a necessidade da metáfora ter uma estrutura que corresponda (homóloga num certo nível) com a realidade social que ela pretende expressar. Foi também rapidamente apontada a tendência da metáfora passar a se desenvolver sozinha, perdendo os seus vínculos com a realidade exterior a que ela pretende remeter, e então se limitar a ser matéria para espetáculo. Estas discussões foram úteis, mas devem ser consideradas como hipóteses.

Concretamente, em filmes específicos, o sistema metafórico não chegou a ser estudado. Embora os filmes que recorrem à metáfora sejam contemporâneos, embora só apareçam depois de uma certa data, embora a metáfora se desenvolva num momento sociopolítico repressivo, são necessárias análises concretas e específicas antes de poder chegar a seguras afirmações de conjunto.

Exemplo de texto que aborda a metáfora ao nível de um filme:

JOANA FRANCESA, UM FILME FECHADO?

O aspecto mais discutível de *Joana Francesa* (de Carlos Diegues), sem dúvida, é o caráter mecânico do personagem Joana e do enredo. Joana é uma personagem disponível que, em função disso, aceita morar com o coronel Aureliano em sua fazenda. Lá ela sofre um processo de integração, através do qual perde sua disponibilidade, torna-se herdeira espiritual da avó da família e passa a atuar como uma força destruidora. Sua trajetória se interrompe quando não resta mais nenhum membro da família. Então Joana procede à sua própria destruição. Sobrevive apenas o criado negro.

Os personagens são despsicologizados: seu "tipo" indica uma função social já estereotipada pela literatura, teatro, cinema (o coronel em decadência, o herdeiro, a mãe autoritária, etc.); como tal, limitam-se a cumprir os atos necessários para o desenvolvimento da trama. Eles como que não oferecem resistência às exigências que lhes faz o roteiro. Dobram-se à vontade de seu manipulador. E toda a evolução – a seqüência das mortes, a trajetória de Joana da disponibilidade à integração – assume no filme um caráter automático. Esta concepção de roteiro entranha o enredo com uma espécie de fatalismo: não de uma fatalidade contra a qual se revoltariam os personagens, ou que os dobraria cruelmente; apenas de uma fatalidade de ordem burocrática, burocraticamente obedecida.

A concepção do personagem Joana ilustra este aspecto abstrato e mecânico do filme: ela não se *torna* uma destruidora no decorrer de seu convívio com a família do coronel; ela *é* uma destruidora. Ainda no bordel paulista, mostra-se enfaticamente o gesto com o qual ela esmaga uma barata – gesto que já a situa no nível do mito.

A impostação de Joana como personagem mítico cria no filme uma camada autônoma de significações simbólicas que funciona como um jogo interno. Por exemplo, o fogo. Logo após o plano noturno de Joana na cadeira de balanço da varanda, que marca um momento chave do processo de integração (o servidor negro comentará posteriormente que essa cena lhe dera a impressão de que a avó voltara), vem um plano do canavial em fogo. Este incêndio tem como única função qualificar Joana, visto que a queimada não intervém no enredo. Joana fica assim ligada, miticamente, a um elemento natural que a acompanhará até quase o final do filme: a queimada quando Joana leva o cônsul para visitar a fazenda; o incêndio no momento final do processo de destruição (ela pede que Gismundo ateie fogo à cabana depois de ter assassinado o monstrinho). Penso que não é forçar demais o filme dizer que nele o fogo responde à água, como em certos livros sobre o imaginário.

De fato, no filme, se o fogo é destruição, a água será disponibilidade, oposição à Joana integrada. Por exemplo, a entrada de Joana na piscina quando ela ainda não perdeu a sua disponibilidade. O casal incestuoso está ligado à água, e é a partir de uma cena na piscina que Joana resolve castigar os dois jovens. O coronel, perdendo a vontade, isto é, desligando-se do sistema, recolhe-se perto do rio, em cujas águas seu corpo aparece boiando. E a própria Joana volta a se relacionar com a água, depois de ter completado o processo de destruição: é perto do rio que ela escreve suas memórias. (Parece estranho que se possa fazer este comentário sobre a água e o fogo, mesmo que incompleto e impreciso, a respeito do trabalho de um cineasta que foi integrado ao Cinema Novo).

A colocação de Joana num nível mítico, o diálogo simbólico dos elementos naturais, o caráter mecânico do encadeamento dos fatos, dão uma profunda coerência interna ao filme. Mesmo que pouco estimulante, trata-se de um rigor que faz do enredo uma construção impecável: a morte da barata; do assassinato mágico da esposa do coronel ao assassinato concreto e consciente do monstrinho; o suicídio; as cenas simétricas das despedidas, da visita à fazenda e dos encontros de Joana com o cônsul; a progressiva integração de Joana, acompanhada pela progressiva expulsão dos que não se integram (o filho bastardo, os filhos incestuosos). Poder-se-ia multiplicar os exemplos mostrando que este filme funciona como um relógio. Rigor ironicamente destacado por certa ênfase meio séria, meio grotesca, dada pela marcação, a música, o padre, etc.

No entanto, a rigorosa construção do filme parece não se referir a nada, além de si própria. Exibe-se a lógica interna, mas esta – devido ao aspecto mítico de Joana, ao caráter mecânico do roteiro – não corresponde a uma outra lógica.

Tenho impressão de que a estrutura abstrata do filme devia servir de suporte para significações referentes à realidade social de 30 ou à realidade atual. No entanto, este rebatimento não se dá porque *a construção do nível metafórico não está baseada na estrutura social*, ou numa dialética social. Não há homologia entre a estrutura social e a estrutura da metáfora. Portanto a metáfora funciona abstratamente, fecha-se sobre si mesma, por mais rigorosa que seja (ou talvez mesmo por causa desse rigor). E o filme cinde-se nitidamente em duas partes: por um lado a metáfora, o rigor, o drama; por outro, elementos de crônica histórica já codificados (engenhos e usinas, lutas eleitorais, rivalidades familiares, etc.). A estruturação da metáfora parece fechar *Joana Francesa* sobre si mesmo. Joana é uma personagem fechada, não só porque morre como conseqüência lógica do seu processo de destruição, mas principalmente porque evolui da disponibilidade à integração total. Isto está perfeitamente equacionado no filme, e para encerrar a questão, no final, coloca-se à personagem a mesma questão feita no início: voltar para a França. Os dois encontros de Joana e o cônsul sintetizam a evolução de Joana.

Poderíamos, evidentemente, procurar sinais de abertura, situações que não se completam, personagens a evidenciar que sua trajetória não se resolve no filme. E encontraríamos: o bastardo e o casal incestuoso, filhos do coronel. O primeiro é expulso de casa e fica-se sabendo no final que estaria ligado aos bolchevistas. O casal incestuoso é mais desenvolvido: ele se opõe ao sistema representado pela família, às lutas políticas, etc., e sua oposição fundamentalmente lírica o diferencia também do bastardo.

Mas o que impede o bastardo e o casal de representarem aberturas é que não são importantes para a conclusão do filme. E, sobretudo, eles estão perfeitamente integrados dentro da construção do filme tal como foi apresentada. A rejeição do bastardo pelo pai é um episódio do processo de destruição que Joana está empreendendo (corresponde à morte da mãe: a atuação de Joana se dá através do coronel). A rejeição do casal é mais um episódio do processo de destruição (com a ressalva de que Joana tolera que se libertem e vão viver no mato). O bastardo e o casal servem fundamentalmente para a caracterização de Joana. Eles se opõem à família ou a Joana, antes como funções necessárias à evolução da própria Joana do que para se afirmarem. Essa dependência funcional em relação ao personagem principal impede que representem uma abertura ao nível da construção dramática do filme. Embora não deixe de pairar no final – quando Joana se refere à ligação do bastardo com os bolchevistas e diz ao cônsul que o casal deve estar pelo mato –, sua presença é puramente referida e verbal. Este fechamento do filme e da personagem central, sua perda de disponibilidade, estão em contradição total com uma característica dos personagens criados pelo Cinema Novo: a figura principal de muitos filmes, não tendo resolvido seus problemas no desenrolar do enredo, encaminha-se no final para um futuro indefinido, possivelmente mais auspicioso que o presente. Esta abertura para um futuro expressava-se freqüentemente com o personagem se afastando da câmara por algum caminho ou estrada, como no último plano de *Deus e o Diabo na Terra Do sol* ou *Vidas Secas*. Em filmes mais recentes reencontra-se esta auspiciosa estrada: por exemplo em *Jardim das Espumas*, quando a guerrilheira se dirige para as montanhas, salvo engano, no penúltimo plano. Mas esta estrada foi criticada, com ironia e angústia, em *O Anjo Nasceu*: a estrada está vazia. *Brasil Ano 2000* optou por um compromisso: os esforços das personagens para se libertarem fracassam e a conseqüência lógica de sua evolução é a integração na sociedade que eles repudiavam. De fato, o rapaz se integra. Mas, na última hora, o roteirista "força a barra": repentinamente a moça rompe com a sociedade e parte pela estrada. É um final clássico do Cinema Novo, ainda que, no caso, inteiramente artificial, um adendo para não ser pessimista.

Dos filmes da primeira metade da década de 60, passando por *O Anjo Nasceu* e *Brasil Ano 2000*, e chegando a *Joana Francesa*, a disponibilidade com que se encerrava a trajetória dos personagens é substituída pela integração e a morte, sendo que a morte, neste último filme, não é apenas o fim da vida, mas a integração máxima (visto ser o filme um processo de destruição).

Argumento, nº 2, 11/73

Mas este nível de análise de metáfora deve ser ultrapassado. Tenho, por exemplo, a impressão de que todas as metáforas que aparecem nos filmes da segunda metade dos anos 60 não são equivalentes, que há provavelmente dois grandes tipos de metáforas: um, mais próximo da alegoria, corresponde a metáforas que procuram traduzir, codificar uma realidade já conhecida. É a que encontramos em *Proezas de satanás na Vila de Leva--e-Trás* e *Brasil ano 2000*: embora funcionando num nível relativamente autônomo (coerência interna da fábula), ela é facilmente desmontável, e tanto o conjunto da metáfora como cada uma de suas partes, em princípio, correspondem aos elementos que surgiram de determinada análise da realidade. Pelo menos no seguinte sentido: o real foi reduzido aos seus elementos julgados essenciais e às relações entre estes elementos. Parece-me ser assim que, a partir de uma determinada compreensão do que se convencionou chamar desenvolvimentismo, se construiu a metáfora de *Proezas de satanás* (embora possa não ter ocorrido assim a fase de criação): opera uma redução do real, sua função é portanto eminentemente didática. Sendo que, em tese pelo menos, uma redução não implica um empobrecimento e uma metáfora pode ter a complexidade do real e proporcionar um conhecimento dialético. Outro aspecto a estudar: a matéria da metáfora; esta não é apenas o suporte das significações que deverão ser traduzidas e aplicadas ao real, esta matéria tem uma importância em si, pois é ela que constitui o espetáculo com que se relaciona o espectador, e ela participa do conhecimento propiciado pela metáfora. Não seria indiferente que *Proezas de satanás* use esta ou aquela fábula para reconstruir o sistema social a que o filme se refere; é significativa em si a opção por esta ou aquela fábula: no caso, um sistema social de que se diz que propicia o progresso da sociedade global, é reconstruído com elementos de cultura popular nordestina e apresenta uma imagem miserável da sociedade.

É provavelmente a um sistema semelhante que obedece um filme como *Indústria*, mas com uma codificação mais complexa. Tem-se a impressão de que o movimento foi o seguinte: uma pesquisa leva a determinada análise do real, e a determinadas conclusões sobre este real, do tipo (simplificado): diante dos trustes estrangeiros, o empresário brasileiro é um pequeno empresário sem força, mesmo que se apresente como grande e moderno industrial. Destaca-se a vontade e ilusão de força e grandeza do empresário e a mediocridade da situação real. A partir daí, se construirá a metáfora, salientando os aspectos considerados essenciais das conclusões e mantendo o seu nível de contradição.

Um texto (documentário ou ficcional) poderá então sugerir o aspecto grande industrial que se coloca como igual às potências industriais (que de fato o dominam), enquanto a imagem se encarregará de salientar o aspecto pequeno industrial. A contradição imagem-texto será reforçada pela heterogeneidade acintosa e inesperada dos materiais apresentados (ressurgimento do interesse por Eisenstein no Brasil). Assim, o texto não entrará em contradição com uma oficina cujo nível artesanal desmentiria as afirmações grandiosas do texto (este é o mecanismo encontrado na sequência ambientada na fábrica do patrocinador de *As delícias da vida*), mas com um material que surgirá como insólito (por exemplo, um fundo de quintal com algumas galinhas magras), insólito que deve motivar o processo de decodificação por parte do espectador.

Há um primeiro problema: a decodificação pode ser tão difícil que o filme se torna hermético e suas imagens, apesar de racionalmente escolhidas, sejam tidas como aleatórias. Em *Indústria*, este problema é secundário, pois se trata de filme experimental, uma busca de caminhos.

Outro problema, mais grave, é que, se esta análise corresponder de fato à construção da metáfora em *Indústria*, a metáfora não é propriamente construída a partir do real, mas baseada nas conclusões que o analista (roteirista, diretor) tirou de sua análise do real. O perigo – pois é um afastamento da realidade – é que a metáfora não remeta mais ao real, não se torne para o espectador um instrumento de conhecimento do real, mas sim apenas uma possibilidade de conhecer as opiniões do autor. Não sei dizer se realmente isto ocorre em *Indústria*.

O segundo tipo de metáfora, se é que existe realmente, é mais difícil de definir. Trata-se de uma metáfora não gerada pela vontade de propiciar uma informação sobre um real já conhecido, mas pela vontade de indagar uma realidade desconhecida ou mal conhecida, pela dificuldade de abordar esta realidade por ser mal conhecida, a metáfora servindo então de instrumento de indagação. Neste caso, a metáfora vai se construindo pouco a pouco, ela não se apresenta de imediato estruturada (caso de *Proezas de satanás*), mas vai se desenvolvendo à medida que, pelo seu próprio desenvolvimento, vão sendo revelados aspectos do real. É o que provavelmente ocorre em *Fome de amor*: nesta direção, poderíamos investigar as relações entre os diversos personagens do filme, sobretudo entre aqueles interpretados por Irene Stefania e Paulo Porto, as relações que se estabelecem entre I. Stefania e os instrumentos de som, para chegar ao final com o cego de boina à la Che Guevara à procura de uma revolução. *Fome de amor* certamente não apresenta (escrevo estas notas de memória) uma coerência, na construção da metáfora, igual à das fábulas de *Proezas de satanás* ou *Brasil ano 2000*. É que *Fome de amor* tem antes uma atitude de pesquisa em relação ao real abordado, o que dá à metáfora uma função mais rica e complexa, e arriscada, que nos outros dois filmes citados.

Pode-se também indagar – e este é o ponto-chave – o funcionamento dramático dos elementos que constituem a metáfora. Ou seja: quais as relações que mantêm entre si esses elementos, já que é destas relações que depende a possibilidade da metáfora significar ou indagar o real. Tomando o caso de *A noite do espantalho*: o latifundiário vende suas terras ao imperialismo que as quer livres de gente, donde a necessidade da expulsão. Na metáfora do filme, o imperialismo é representado por um dragão, figura frequente na literatura de cordel, uma das fontes de inspiração do filme. Apresentar o imperialismo sob a forma de um dragão é ressaltar sua força, poder destrutivo, temor que inspira, etc. Ocorre que no filme o dragão não tem nada para fazer: assim que chega é recebido com honras pelo latifundiário e sua corte, atitude que se manterá inalterada até o final do filme. O latifundiário informa o jagunço de que as terras serão vendidas ao dragão que não quer os camponeses, o que desencadeia o drama. Mas o dragão não impõe nada, não discute nada, não intervém nunca. Neste caso, mesmo aceitando que o imperialismo, ao nível do filme, possa ser expresso através de uma única entidade dramática sem contradição, não vejo como o dragão pode representar o imperialismo. Pois a forma dramática dragão nega aquilo mesmo de que o imperialismo é acusado: prejudicar o povo da sociedade que ele oprime. Este prejudicar não se faz pela simples presença do imperialismo, mas por uma série de ações. A inação dramática do dragão não pode expressar uma série de ações. Isto pode ser afirmado, mesmo levando em conta a sequência em que os burgueses estão num tabuleiro de xadrez e se movimentam após gestos feitos pelo dragão que se encontra no topo de uma montanha. Aí está a sugestão de que o dragão manipula a burguesia. Mas a encenação não é clara. E mesmo que fosse, trata-se de um conceito geral (o imperialismo domina a burguesia) e não de uma ação que nasça ou intervenha no desenrolar das ações que constituem o enredo (esta análise refere-se à figura do dragão e não ao conjunto do filme).

Então, a estrutura da metáfora não corresponde à estrutura do real que ela quer expressar; a metáfora torna-se no máximo uma alegoria gráfica, necessariamente arbitrária. Saímos da dramaturgia para entrar e ficar no terreno da cenografia. De uma metáfora assim concebida pode-se dizer que ela nos aliena do real, porque ela o reifica, tornando-se sem contradição e sem dinâmica (*mea culpa*, pois colaborei no roteiro). O que de modo algum implica que, em si, uma metáfora reifique o real.

Indispensável desenvolver este tipo de análise para investigar as modificações dramatúrgicas introduzidas pelo cinema metafórico entre nós e, portanto, a compreensão política que da sociedade brasileira teve este cinema. Metáfora/tática ou metáfora/alienação são afirmações por demais genéricas e apressadas para levar a este conhecimento.

Voltando à crítica: outro momento em que apresentou indiscutível inércia, senão total omissão, foi nos anos 67-70 diante do mal chamado Cinema Marginal. Um estudo dos filmes de Sganzerla, Bressane, Batista de Andrade, Trevisan, teria possibilitado uma renovação metodológica. Mas a crítica se omitiu (inclusive eu). Quando estes filmes foram comentados, foi antes num tom polêmico (Cinema Novo *versus* Cinema Marginal), ou para denunciar *a priori* seu irracionalismo, raramente, talvez nunca, num esforço de analisá-los. Neville d'Almeida tem razão ao declarar que os críticos estavam sempre ao lado do Cinema Novo (pelo menos aqueles críticos que não militavam contra o Cinema Brasileiro), e não é só pelo espaço que se podia dar nos jornais e revistas aos filmes do Cinema Novo. É basicamente porque os críticos não tinham um instrumental de análise ou compreensão. Este instrumental estava preso ao realismo crítico, não podia prescindir de personagens, de enredo; desaparecendo estes elementos de dramaturgia, os críticos não sabiam por onde apreender os novos mecanismos de significação. Ou se aceitava o desafio, o que não foi feito, ou se voltava a uma crítica impressionista baseada no gosto e nos adjetivos, incapaz de elucidar os processos de significação com que operavam estes filmes.

Em realidade, pelo menos alguns aspectos destes filmes podiam realmente ser apreendidos com a metodologia crítica já em pé. Por exemplo, pode-se provavelmente apreender aspectos de *O bandido da luz vermelha* relacionando-o com filmes que o antecederam.

Por exemplo, *São Paulo Sociedade Anônima*, que tem com o *Bandido* afinidades bastante claras, por mais que o primeiro esteja ligado ao realismo crítico, enquanto o segundo quer se afastar dele. Em ambos os filmes, a vida urbana é vista como agitada, moedora de homens, e a fragmentação estilística tem a função de expressar o "caos" urbano. E em ambos os casos, esta fragmentação vai até certo ponto, não conseguindo fazer estourar profundamente as formas mais tradicionais de narração cronológica. Na segunda parte de *São Paulo S/A*, a cronologia retoma os seus direitos, enquanto no *Bandido*, ela nunca os perde realmente: o modo de apresentação das informações e as digressões a diluem, mas ela sempre permanece presente como arcabouço que arma o enredo do filme.

Ou então o Cinema Novo. Uma das diferenças óbvias é que o *Bandido* se vincula à cultura urbana, enquanto a maioria dos filmes do Cinema Novo estão vinculados a uma cultura rural. Mas, em ambos os casos, os filmes procuram o que se considera cultura popular, o cordel e o rádio por exemplo. Isto acarreta outra diferença: enquanto a fonte de material do Cinema Novo tende a ser literária, no caso do *Bandido*, a fonte são os meios de comunicação de massa, a matriz é o audiovisual. Os meios de comunicação de massa, tanto a produção local (o rádio) como o material importado (fragmentos de filmes classe B americanos inseridos na montagem; o filme policial americano parodiado). Esta transferência para os meios de comunicação de massa, e a fragmentação formal que dela decorre, parece ter sido um dos principais aspectos que motivaram a adesão ao filme de parte da intelectualidade.

No entanto, é válido perguntar-se se, acima destas diferenças, não haveria mais profundas entre o *Bandido* e o Cinema Novo. Tenho impressão de que o *Bandido* assume diante da cultura popular urbana uma atitude bastante semelhante à do Cinema Novo diante da cultura popular rural: apropriar-se de elementos de cultura popular para uma elaboração erudita. Parece que basicamente o processo é o mesmo, inclusive se a elaboração erudita do *Bandido* vinha a atender a preocupações outras que aquelas a que atendia a elaboração erudita do Cinema Novo. Basicamente a cultura popular ou consumida popularmente é usada como matéria-prima para a cultura culta.

Um dos processos de significação fundamentais do *Bandido* é a colagem e a paródia. A inserção de trechos de filmes americanos no contexto do filme desvaloriza o prestígio do espetáculo original, reduzindo-o à proporção de seu consumo; é a sua assimilação que dá ao produto estrangeiro importado a sua significação. A paródia vai no mesmo sentido: ela reproduz (assimilação), de modo estilizado quando não caricato, o produto estrangeiro, denunciando que se trata de uma reprodução. Ao assumir esta atitude, o filme identifica um dos comportamentos culturais de um país subdesenvolvido. Reconhece estar ligado a este comportamento e, ao mesmo tempo, o critica. Espontaneamente, este comportamento tende a se camuflar, a assimilação cultural quer se apresentar como autêntico comportamento cultural. Enquanto que esta paródia deixa às claras a falsidade do coportamento, embora esteja participando dele. No *Bandido*, esta atitude leva a rejeitar a cultura "culta", Sganzerla fala de "meus filmecos". Aceitar a cultura "culta" seria mistificar o comportamento cultural inautêntico (ao mesmo tempo em que esta rejeição faz parte também da oposição ao Cinema Novo). De modo paradoxal, a rejeição da cultura "culta" passa a integrar a própria cultura "culta". Isto porque só rejeita conscientemente a cultura "culta" quem poderia optar por ela e portanto a conhece. A paródia das comunicações de massa é sempre uma atitude culta.

Ao assumir tal posição, o *Bandido* colocava-se na vanguarda de uma reflexão sobre a paródia que atingiria com Júlio Bressane e Ivan Cardoso seus momentos mais complexos. Particularmente com *O rei do baralho* em que, nos estúdios da Cinédia, faz-se uma paródia da chanchada dos anos 50, insistindo sobre os aspectos que, num misto de paródia e de pasticho, relacionava a chanchada com o policial americano. De certo modo, *O rei do baralho* é uma paródia de paródia, atinge o original estrangeiro através de um de seus subprodutos subdesenvolvidos. A isto acrescenta-se o trabalho feito por Ivan Cardoso, filmando as filmagens de *O rei do baralho*, num processo delirante de vampirismo cultural.

Este processo denuncia um comportamento geral da cultura brasileira, particularmente cinematográfico: a imitação que leva a sério e se apresenta como produção autêntica. Esta imitação é corriqueira no cinema brasileiro em função mesmo da situação em que se encontra. O espectador brasileiro adquiriu uma série de hábitos, reflexos e expectativas em função de seu longo convívio com o cinema estrangeiro; uma das tendências, então, da produção brasileira é substituir o produto estrangeiro tentando responder à expectativa do espectador formado pelo filme estrangeiro. Por exemplo, o bangue-bangue paulista.

Outras vezes, a imitação do filme estrangeiro funciona, como fórmula comercial não tem dúvida, mas também como dignificação cultural. Por exemplo, *O descarte*, em que a fórmula gasta do suspense à la Hitchcock tem também como tarefa elevar o produto até o suposto nível de dignidade cultural que pretendemos ver nos filmes estrangeiros.

O processo iniciado com a atitude de paródia assumida pelo *Bandido* atinge um aspecto básico de nosso comportamento. Mas, mais uma vez, trata-se da culturização de uma atitude que já existia no cinema brasileiro. A chanchada usava fórmulas de filmes americanos para seu sucesso comercial; a fórmula de *Carnaval no fogo* é próxima da de filmes da dupla

Jerry Lewis-Dean Martin. Mas também usava a paródia propriamente dita, desde o título (*O barbeiro que se vira*, *Matar ou correr*, paródia do título brasileiro *Matar ou morrer* do western americano *High Noon*) como de danças importadas dos Estados Unidos (*boogie-woogie*, *twist*), e chegava a fazer e a assumir a paródia de filmes inteiros (o próprio *Matar ou correr*, *Nem Sansão nem Dalila*, que provém do filme de Cecil B. de Mille). A paródia na chanchada não tem talvez toda a dimensão crítica que assumiria a partir do *Bandido* como denúncia de um processo cultural, mas é uma atitude de deboche diante da importação cultural e de desvalorização do produto importado. Por isto, a paródia no *Bandido* é a introdução da cultura erudita de uma atitude presente no cinema de audiência popular, ao mesmo tempo que é uma afinidade com este cinema.

Gamal delírio do sexo também é suscetível de uma abordagem parcial a partir de categorias críticas elaboradas na época do Cinema Novo; pode-se aplicar a categoria do personagem oscilante ao personagem interpretado por Lourival Pariz, mendigo e burguês. Sendo inclusive possível que, por trás da forma altamente metafórica do filme, se encontre uma estrutura bem próxima à de *A grande feira*, por exemplo.

Dessa forma, estabelecem-se afinidades entre estes filmes e outros que os antecederam, mas não se descobre o que neles é diferente. E muito menos por que eles são diferentes: a que vêm atender as suas diferenças, para que elas abrem? Trabalho inteiramente por ser feito. O estudo de *Gamal* poderia ter sido particularmente útil para a evolução crítica que se preconiza, pelo seguinte: se por um lado encontra-se no filme um arcabouço (e não afirmo que este seja o único nível de construção dramática do filme; nem o mais importante) já frequentemente experimentado pelo cinema brasileiro, por outro, a maneira dele se manifestar é totalmente diferente. Enquanto nos filmes ligados ao realismo crítico, a oscilação do personagem tem que ser deduzida do seu comportamento e da sua ação impostadas em termos "realistas", aqui está ausente esta camada intermediária, as relações interpersonagens que constroem o arcabouço tendem a se manifestar diretamente, sem passar por situações que as traduzam. O "diretamente" vem a ser: passando por formas que, do ponto de vista do que seria uma representação "verossímil", são totalmente arbitrárias, as relações entre personagens (que no realismo crítico assumem a forma de relações entre pessoas) viram relações entre entidades dramáticas e outros elementos (em diversos níveis, tanto os que comumente são os personagens como elementos cenográficos, marcação de atores, etc.). E é este justamente um dos caminhos que levam o crítico à construção/descoberta das estruturas de um filme.

Mesmo o irracionalismo (nunca devidamente definido) que críticos e alguns cineastas viam nos filmes do Cinema Marginal, não foi estudado. Elegeu-se, por exemplo, o desaparecimento quase total da fala (nos filmes de Júlio Bressane, em *Pecado mortal*) como expressão do irracionalismo. A ausência da fala remeteria a uma compreensão desarticulada do real. Penso que José Carlos Avelar fez uma análise neste sentido. Me parece que o mutismo nestes filmes deveria ter sido relacionado com o derramamento verbal que ocorria em outros filmes produzidos contemporaneamente, como *Terra em transe*, *O Bravo guerreiro* e outros. Tão interessante e provavelmente mais produtivo que analisar e qualificar em si a verborragia de filmes provenientes da área do Cinema Novo e o mutismo de filmes do Cinema Marginal teria sido procurar analisar a tensão que se estabeleceu, ao nível do verbal, entre estes dois grupos de filmes.

Ainda a respeito do suposto irracionalismo, não se percebeu, por exemplo, que o que se vinha chamando de irracionalismo entrava em tensão, em alguns filmes, com elementos de aparência racional, ou mesmo hiper-racional. O plano longo de câmara fixa dos filmes de Júlio Bressane tem uma aparência muito mais racional que os arabescos da câmara de Dib Lufti, o fotógrafo e câmara por excelência do Cinema Novo. Em *O anjo nasceu*, é provável que haja, por um lado, uma tensão entre um enredo e personagens que não constituem uma reconstrução lógica da realidade e, por outro, a câmara e a montagem que se apresentam com um rigor matemático, uma frieza objetiva, um como que hiper-racionalismo delirante. Devemos perceber também que, contemporaneamente ao

Cinema Marginal, aparecem alguns filmes, de tendência totalmente diversa, que são baseados numa análise racional da realidade abordada, de inspiração sociológica, e numa linguagem que procura reconstruir racionalmente a realidade a partir da análise. Tais como *Lavrador* de Paulo Rufino e *Indústria* de Ana Carolina Teixeira Soares. Estes filmes bradam que são racionais, que são sintéticos, que não são redundantes, que não há nenhum derramamento emocional ou prolixidade de montagem e de fala que marcaram muitos filmes do Cinema Novo. Estes filmes e outros que os seguiram, os de Sérgio Santeiro e de Artur Omar, por exemplo, declaram-se acintosamente racionais. Artur Omar chega a dizer que a montagem de *Triste trópico* foi quase um trabalho de computador: numeraram-se as séries, dentro das séries numeraram-se os planos, numeraram-se os textos, as músicas, e a montagem foi feita a partir desta classificação (de fato, a montagem criadora do filme ultrapassa a rigidez matemática da proposta – aliás a proposta propunha a sua própria superação uma vez o filme pronto). O racionalismo acintoso destes filmes deve ser diferenciado do racionalismo da montagem intelectual praticada por um Gustavo Dahl ou um Eduardo Escorel. Eles praticam uma montagem antes presidida pela concatenação das ideias e a organização do raciocínio do que pelas exigências da narração ou a expressão do sentimento. Mas, neles, a montagem está sempre subordinada às ideias a expressar e não vem em primeiro plano declarar ao público: veja como eu sou racional.

A tensão entre irracionalismo e hiper-racionalismo acintoso remete a uma problemática abordada em *Arquitetura nova* que Sérgio Ferro escrevia em 1967 (*Teoria e Prática*, n. 1). Em 1964, a ideologia que sustentavam determinadas formas arquitetônicas se esvaziou. Depois de 64, os arquitetos não conseguem reformular um projeto arquitetônico de ampla significação social, o que os leva, numa atitude compensatória, a valorizar o aspecto racional de formas ideologicamente esvaziadas e socialmente inócuas. Hipertrofiam-se nestas formas elementos que têm como função declarar a racionalidade da linguagem empregada, linguagem esta que não tem sustentação na dinâmica social e que, portanto, não passa da outra face do irracionalismo. Não tenho certeza de que a análise de Sergio Ferro possa ser transposta mecanicamente para a área cinematográfica, mas tenho impressão que ela pode contribuir a esclarecer o sistema dramático de pelo menos *O anjo nasceu.* E talvez outros filmes como *Pecado mortal*, de Miguel Faria, *Bang bang*, de Atonacci. Essa tensão irracionalismo/hiper-racionalismo não marca todo o Cinema Marginal (nada disso aparece em *Jardim de espumas* e, em geral, no Cinema marginal paulista), mas o esforço crítico deveria ter evitado o uso de um conceito frouxo, impressionista, de irracionalismo, e ter indagado se este irracionalismo não entrava em contradição com outros elementos. Só a investigação de um sistema e não a qualificação de irracional aplicadas a filmes podia fazer evoluir a crítica.

As palavras irracionalismo/racionalismo formal sugerem interpretações já prontas: são manifestações artísticas que correspondem ao "capitalismo tardio", conjugando-se o racionalismo burocrático com o irracionalismo libertário. Este cinema seria então o sucessor de uma fase que se abre em 1965 com o cinema metafórico, este correspondendo a uma burocratização inferior em relação ao racionalismo formal ao nível dos significantes. Penso que é deste modo que se poderia aplicar à evolução do cinema brasileiro a tese apresentada por José Paulo Neto em "Depois do Modernismo" (em *Realismo e anti-realismo na literatura brasileira*, Carlos Nelson Coutinho e outros, Paz e Terra, Rio de Janeiro, 1974), e cuja organização lógica não deixa de ser sedutora. No entanto, não me parece que ela possa ser aceita por enquanto para analisar esta fase do cinema brasileiro, por representar uma explicação mais ou menos elaborada em outro contexto social e mecanicamente transposta e aplicada a um momento da cultura brasileira. Por prescindir de análises concretas de obras: apesar de a introdução do livro afirmar que a "abordagem lukacsiana se faz na base de análises concretas e não apenas em torno de preocupações puramente metodológicas", a tese de JPN não está sustentada, no texto, por análises de obras. Por decorrer de uma estética normativa (não há literatura realista sem "tipo", por exemplo), que gera preconceitos (a alegoria é, em si, antirrealista porque fetichiza o real que ela deveria expressar). Por ter que recorrer, por falta de metodologia, a premissas vagas: "o esteticamente válido se define em função do humanamente válido" (Gilvan Ribeiro, no mesmo livro). Por colocar como princípio o herói problemático: o herói problemático e não a obra problemática. Por considerar as obras como um plano estático, um instante parado, e não querer encarar a viabilidade de considerar se as tensões contraditórias de uma obra, que impedem a sua homogeneidade, não podem ser não só tão reveladoras (a obra como documento), mas tão realistas (a obra como indagação do real), como a homogeneidade perdida. Por não querer encarar a viabilidade de abordar estas tensões não apenas ao nível de uma obra, mas de várias obras, do mesmo ou de diversos autores, e portanto considerar a obra como elo de um processo, o qual pode ser tão produtivo como cada uma das obras que o constituem (estes comentários são feitos a partir do livro citado e não de teorias de Lukacs).

A tese de José Paulo Neto, que pode ser um dos modos de questionamento deste cinema, é incapaz de explicá-lo na medida em que, por um lado, não leva em consideração o que venha a ser a especificidade do "capitalismo tardio" e do capitalismo burocrático num país de capitalismo dependente. E em que, por outro lado, os termos racionalismo e irracionalismo são genéricos, não são produzidos pela análise das obras, não refletem as diferenças de "racionalismos" das diversas obras. Por mais que *Indústria* e *Triste trópico* tenham aparências semelhantes e exibam acintosamente o seu racionalismo formal, as duas fitas têm um funcionamento diferente, que a aplicação destas categorias genéricas não leva em conta. O primeiro filme constrói metáforas que devem ser decodificadas pelo espectador para chegar à compreensão do período da indústria brasileira focalizado pelo filme, enquanto o segundo só se expressa pela sua construção. O primeiro constrói a metáfora em função de um referente, enquanto o segundo quer eliminar qualquer referente a não ser si próprio, e a partir daí (a construção do filme e não o conteúdo de suas imagens e dos textos) procurar relacionamentos com a sociedade: o cinema brasileiro em geral (particularmente a interpretação que ele dá da história do Brasil), o cinema de ficção e o documentário, a cultura importada e a cultura local, etc. Evidentemente, aplicando modelos de interpretação lukacsianos, poderia se dizer que, de *Proezas de satanás*, por exemplo, a *Indústria*, há um fortalecimento da metáfora cuja leitura se torna mais difícil em função de um grau maior de codificação; e de *Indústria* a *Triste trópico*, há um abandono da metáfora, para dela guardar apenas a sua arquitetura. O que corresponderia, de *Proezas* e *Triste trópico*, a uma evolução da burocratização da sociedade. Mas colocar no mesmo rol *Proezas*, *Indústria* e *Triste trópico*, Júlio Bressane, os arquitetos e Rubem Fonseca, sem a análise concreta de suas obras concretas (análises que não existem; em todo caso, que não foram publicadas), é aplicar sobre eles, de cima para baixo, uma teoria esmagadora que nos impede a nós mesmos de entender o que concretamente está acontecendo. É ignorar o que os diferencia, ignorar que estas diferenças supõem respostas diferenciadas ao momento social e estético da cultura brasileira. Ignorar que estas obras possivelmente não se encaixam total e homogeneamente nas categorias do racional e irracional, mas podem oferecer tensões entre elas e dentro delas, e que a sua inserção na sociedade brasileira se opera através destas tensões, e só destas tensões. Que as formas mais burocratizadas podem, dialeticamente, enriquecer perspectivas realistas.

Aliás, basta comparar os textos já referidos de Sérgio Ferro e José Paulo Neto para perceber a diferença entre uma tese que parte da análise das obras e do momento histórico em que foram produzidas e uma tese mecânica (e por isso com um certo nível de burocratização) que ignora as obras e o momento histórico.

Do que foi dito neste capítulo, destas preocupações e das possíveis orientações metodológicas sugeridas, decorre que nunca se procura numa obra alguma verdade, alguma mensagem. Mas sim significações móveis que se estabelecem pela relação que se estabelece na obra entre seus vários elementos e particularmente pelas tensões que podem ocorrer entre estes elementos, entre os vários níveis da obra. A obra é tida como forma dinâmica (o que nada tem a ver com a dinâmica dos personagens), como um processo gerador de significações.

A tarefa de análise pode ser aqui propriamente criadora na medida em que consegue pôr à luz e enriquecer, ao nível das estruturas, o sistema de relações. E não só ao nível de uma obra: estabelecer relações entre várias obras (mais exatamente: estabelecer relações entre as relações internas de diversas obras) e desencadear significações múltiplas a partir destas relações. Estas relações serão sempre ambíguas e as significações, sempre flutuantes.

Considerar que a crítica contribui para o deflagrar de significações potenciais na obra implica não só no fato de que a crítica é uma ativadora da vida social da obra. Implica também que ela possa contribuir em desvendar para os próprios autores aspectos inesperados de seu trabalho, contradições, desvendar elementos de dramaturgia que estão latentes mas ainda não afirmados, discutir estes elementos e colaborar para seu amadurecimento. Aí seu papel pode ser ativo em relação aos filmes futuros, porque ela se torna um dos instrumentos que contribui para o desenvolvimento da dramaturgia. Papel relevante se a dramaturgia for uma investigação simbólica da realidade no sentido de apropriar-se dela e projetá-la para o futuro.

Fica implícito no tipo de propostas que a crítica não avalia o pretenso valor de uma obra, não julga. A riqueza ou valor ou qualidade de uma obra provém das relações que ela propõe e das relações que somos capazes de estabelecer a partir dela, e das constelações de significações que conseguimos extrair destas relações. O chamado valor da obra depende da obra e do que fazemos com ela.

Este processo deflagrador de significações nunca tem fim não só porque ele sempre pode ser aprofundado em qualquer momento, como, sobretudo, pelo evoluir da história. Necessariamente estamos levados a rever as relações estabelecidas e portanto a deflagrar novas significações conforme as novas situações sociais que aparecem, como também por causa das novas obras que surgem.

Estas afirmações implicam que a obra não seja vista como um momento parado, mas como um elo num processo que ao se desenvolver transforma a obra, ou, mais exatamente, transforma o que fazemos com ela.

Por outro lado, a insistência aqui feita sobre a análise interna da obra e de conjuntos de obras não implica que esta seja a única via de abordagem, embora me pareça por enquanto a única suscetível de levar em consideração o nível estético e superar as estéticas normativas ainda vigentes, os métodos impressionistas, historicistas e sociológicos. Mas não se exclui de modo algum as análises exteriores, sociológicas, etc., que abordam as obras diferentemente, sem uma metodologia suscetível de captar o nível estético. A própria análise interna precisa de outro tipo complementar de análise (particularmente a análise sociológica dos métodos de produção), porque a obra e a análise interna remetem à sociedade global, lançando indagações e hipóteses. É necessário então que estas hipóteses sejam verificadas por análises sobre a sociedade global, o que levará a hipóteses sobre as obras e suas formas (Goldman). Portanto, a insistência aqui dada a certos métodos não é a negação de outros, é uma insistência devida ao fato de que os métodos preocupados com o estético são muito menos desenvolvidos que os outros. A análise interna de uma obra ou conjunto de obras não pode ser desvinculada da análise da função exercida por elas na sociedade, na parte da sociedade que as produz e nas que as recebem.

O que foi dito sobre o estabelecimento de relações e o processo de deflagração de significações negam a possibilidade de afirmar qualquer coisa de estável a respeito da significação de qualquer coisa; qualquer afirmação só poderá ser um momento provisório de um texto ou de uma cadeia de textos sobre filmes. Sempre se apontará para perspectivas de significações. Nunca se dirá: isto significa aquilo.

Este trabalho pode ser feito a partir de qualquer obra ou conjunto de obras, mas será particularmente favorecido por filmes cuja construção se baseie claramente num sistema de relações aberto, como, para citar filmes recentes, *Vozes do medo* ou *Triste trópico*. A análise destes filmes poderá fazer evoluir esta perspectiva crítica (e enriquecer a nossa perspectiva sobre obras relacionadas com outros sistemas estéticos).

Resta que a impossibilidade da afirmação quanto à significação deve necessariamente levar também a uma transformação na própria maneira de escrever o texto crítico: a relação entre a(s) obra(s) e o texto como um detonador de significações, certas ou incertas, contraditórias ou não, não importa. O comentário que segue sobre *Vozes do medo* representa apenas um vago esboço de uma possibilidade de renovar a própria redação do texto crítico e a relação com o leitor. A experimentação de um texto que conserva suas articulações lógicas (e as formas gramaticais que sustentam essa lógica), mas dessas articulações deveriam emanar apenas significações flutuantes: flutuante relação texto/leitor (leitor devendo fazer uma opção pessoal diante do texto), relação texto/filme (o texto abre o filme não dizendo o que ele é; e não se pode dizer o que ele é, pois é movediço, ou o texto o faz movediço), e, através do texto, relação filme/espectador-leitor (o texto levando o espectador a fazer uma opção pessoal diante do filme). Mas apenas uma experimentação limitada:

OS VÁRIOS TONS DE *VOZES DO MEDO*

Alguns anos atrás, Roberto Santos liderava um projeto original na história do cinema brasileiro: um longa metragem composto de vários episódios realizados por pessoas que podiam até nem se conhecer, deixando-lhes total independência na realização dos episódios. Os realizadores eram profissionais de cinema (Maurice Capovilla ou o próprio Roberto Santos) ou de outros meios de expressão, teatro (Guarnieri), artes plásticas (Cyro del Nero), ou ainda não profissionais de cinema, alunos da Escola de Comunicações da Universidade de São Paulo (Roman Stulbach, Plácido de Campos). Os episódios deviam girar em torno de um tema: a juventude atual, o medo da juventude – mas com muita elasticidade. A produção era precária, às vezes filmagens de fim de semana. A cargo de Roberto Santos, além dos episódios que dirigiria, ficava a coordenação geral da montagem final (o que deveria constar dos letreiros). O jeitão do filme devia lembrar a mistura de gêneros, informações, estilos que caracterizam os meios de comunicação de massa como a televisão e revistas do tipo *Realidade*: documentário e ficção; produção pobre e produção mais vistosa; cor e preto-e-branco; filmagem ao vivo, fotografias fixas, desenho animado; interrupção do episódio logo após o título para "os nossos comerciais"; fotonovela; grande uso de letreiros, manchetes; som direto e som de estúdio; etc.

Passaram-se os anos. Quatro anos mais tarde, apresenta-se *Vozes do Medo* num cinema de São Paulo, sem vários trechos de sua versão original, principalmente sem dois ou três episódios e com um outro que, pela metade, tornou-se ininteligível.

As Várias Tensões. Vozes do Medo pode ser considerado como um filme de episódios e usado pelo espectador como tal. Uns gostarão de tal episódio e não de tal outro. Os que preferem cinema social criticarão *As Bonecas* e optarão por *Caminhos* ou *O Jogo do Ludo*. Mas preferirão *As Bonecas* aqueles que querem um cinema-arte, e assim por diante. Mas é possível que esta não seja a melhor maneira de ver o filme, que se torna freqüentemente longo, mal realizado, de interesse desigual.

Enfocar o filme pela sua temática é uma outra coisa possível para o espectador. Sob este ângulo, nem sempre o filme é coerente. O episódio dos homossexuais só se relaciona com a juventude e o medo na medida em que tudo pode se relacionar com a juventude e com o medo. Também *Jogo de Ludo* e *Produto*, que apresenta a mulher coisificada, como objeto de beleza. Além disso, o filme se torna freqüentemente superficial. *Vozes do Medo* não apresenta um amplo panorama da juventude. A profissionalização dos menores é apenas sugerida. O amor frustrado é visto quase como problema isolado. Ozualdo Candeias em *Zezero* teve uma compreensão muito mais global do amor frustrado do operário, relacionando vida sentimental e sexual com o conjunto da vida profissional e da quase marginalização do operário (tanto Candeias como um episódio de *Vozes do Medo* tratam da frustração sexual e sentimental vivida por operários da construção civil). *Retrato do jovem brigador*, ao descrever uma agressividade que não consegue se canalizar – porque encontra seu fim em si mesma e desemboca no medo quando poderia se tornar eficiente – é um bom episódio, mas está num nível de crônica. A superficialidade existe também em relação ao medo. O medo é quase apresentado como algo em si, e não como um componente do corpo social. O mesmo pode ser dito da loucura que, conforme o episódio *Loucura*, atingiria de modo indiferenciado o conjunto do corpo social. São concepções idealizadas

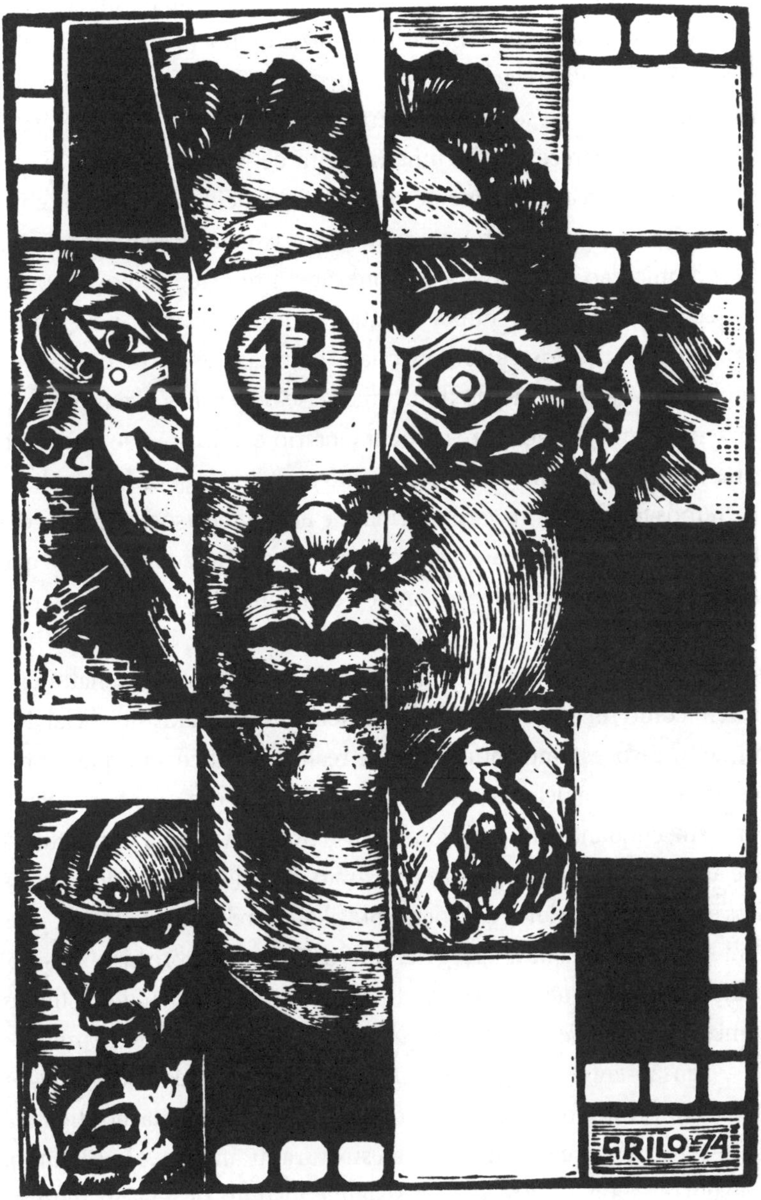
13
GRILO 74

e negativas de medo e de loucura. As amplas referências a poemas de Carlos Drumond de Andrade, poeta do medo, são quase ingênuas se comparadas ao uso que Arnaldo Jabor fazia do poeta em *Opinião Pública*, criando ricas relações entre o medo que se definia pela função histórica da camada social de que tratava o filme e a criação literária. Mas me parece que há uma maneira de ver *Vozes do Medo* que torna o filme excepcionalmente rico. A multiplicidade de estilos e informações que o filme procura para se aproximar do jeito dos meios de comunicação de massa, a desconexão entre os episódios que não conseguem se encaixar numa temática única, o desnível no grau de realização dos vários episódios, criam entre as 12 ou 13 partes que compõem a atual versão do filme uma série de tensões. Exemplificando: temos uma tensão entre o documentário e a ficção, não enquanto gêneros cinematográficos, mas enquanto maneira de abordar a realidade. Temos tensões entre várias formas de ficção: o episódio sobre o dia de folga dos operários na construção civil é uma ficção naturalista que pela descrição de um comportamento cotidiano exemplar indica uma condição social, se opõe ao episódio *O Jogo do Ludo*, no qual a forma alegórica, completamente desvinculada de qualquer aspecto naturalista, tem como função explicitar diretamente um mecanismo social. No primeiro caso, estamos num nível de realismo crítico, em que o problema geral passa pela representação "realista" de um caso particular e concreto, enquanto que no segundo caso procura-se uma dramaturgia que atinja diretamente o geral e o abstrato. Relacionar estes dois episódios é discutir vinte anos de cinema brasileiro, é relacionar *Rio 40 Graus* com *Azylo Muito Louco*. É retomar toda a discussão sobre historicismo, realismo crítico, que se abriu há 10 anos e foi deslanchada por filmes como *Proezas de Satanás na Vila de Leva-e-Trás* ou *Terra em Transe*.

Tensão entre *O Jogo do Ludo* e *Loucura*, dois episódios alegóricos. No primeiro, a alegoria procura ser uma explicitação didática do sistema social e este informa a estrutura dramática. No segundo, a alegoria está a serviço de um sistema abstrato (a relação mestre-escravo e sua reversibilidade – ! –) sem fundamento em nenhum sistema social. E o relacionamento desta alegoria com fotografias fixas apresentando cenas da vida urbana num momento político conturbado só consegue esvaziar o conteúdo destas fotografias. E este delicado papel da alegoria é um problema crucial do atual cinema brasileiro.

Tensão entre *O Jogo do Ludo* e *As Bonecas*. No primeiro, a cenografia e os figurinos estão a serviço da alegoria, enquanto o segundo vive da cenografia e dos figurinos, evoluindo para um cinema abstrato (as filmagens com prisma). E neste tecido de relações que se criam entre os episódios, *As Bonecas* não está deslocado na medida em que representa uma tendência do atual cinema brasileiro, a tendência para a caligrafia apresentada em filmes como *Pindorama, Os Deuses e os Mortos*, etc. Alguns planos (os de desfile) de *As Bonecas* lembram, aliás, planos de *Azylo Muito Louco*.

O espectador-criador. Pela quantidade de vezes que foi citado o episódio *O Jogo do Ludo* percebe-se que ele ocupa no filme uma função polarizadora, enquanto na versão original a polarização principal era dada pela tensão entre este episódio e o da menina favelada.

Esta maneira de ver o filme, ou melhor, esta maneira de agir em relação ao filme, pode ser estendida a outros aspectos de *Vozes do Medo*. Por exemplo o espaço urbano. Ora a cidade é tratada como ambiente onde vivem as pessoas dos documentários e os personagens da ficção, ora como espaço cênico: um terreno baldio ou uma obra, meio construção meio ruína, são usados como palco que tem como pano de fundo os edifícios compactos de São Paulo. Ainda que, nestes dois tratamentos da cidade, reencontremos tendências gerais do cinema brasileiro. E o anjo do *Jogo do Ludo* que se perfila sobre o plano geral de São Paulo é uma referência ao diabo do *Auto da Vila Vitória* de Geraldo Sarno, que dominava a cidade do Terraço Martini. O espectador pode levar longe este sistema de compreensão de *Vozes do Medo*, *fazendo* do filme:

1. uma obra em que o espectador pode ser tão criador quanto o "autor", porque sua estrutura se presta a este tipo de construção. O filme não se desfigura, mas se aprofunda e se enriquece;

2. um filme, não sobre a juventude e o medo, mas sobre o cinema brasileiro, ou melhor, sobre sua problemática dramática.

É quase certo que esta concepção do filme não estava nas intenções declaradas dos autores. Mas o sistema de produção possibilitou este filme. Evidentemente, neste enfoque, pode-se imaginar um filme ainda mais rico. Mas, como está, é uma obra que me parece realmente original no cinema brasileiro, original não pelos seus episódios (alguns dos quais são bastante medíocres), mas pelo sistema dramático que acabou por se criar – com a colaboração do espectador – entre os episódios. Original pelo papel que, neste enfoque, é deixado ao espectador (culto). Relação entre estrutura dramática e espectador que leva *Vozes do Medo* a propor uma das melhores discussões, em termos de cinema brasileiro, sobre obra aberta (juntamente com *Fome de Amor* de Nelson Pereira dos Santos).

Negando no final. Original porque as significações que o espectador pode fazer surgir do filme não são conceitos, mas relações entre conceitos, relações que não nascem de uma mensagem que o filme contenha, mas da organização de seu material dramático.

Evidentemente, estou propondo uma leitura de *Vozes do Medo* provavelmente diferente daquelas que foram previstas. De fato, a minha impressão é que toda abertura está negada nos minutos finais. O penúltimo episódio, *Loucura* (que por um lado, como vimos, se integra bem ao sistema aberto do filme), é colocado como mensagem final, o recadinho que a ideologia do "autor" acha que tem que dar ao espectador. E o último episódio, *A Pantomima das Três Forças*, fecha o filme sobre si mesmo, em círculo, ao retomar a cenografia do primeiro episódio e ao voltar a Carlos Drumond de Andrade que já tinha aberto o filme. Enquanto durante todo o tempo de projeção o espectador ficava livre para se aborrecer ou inventar o filme à medida que os episódios iam se sucedendo, no final temos que entrar na ordem.

Carlos Murao
Opinião, 17/6/74

Isto também é uma maneira de fazer crítica:

UM PARÁGRAFO E TREZE PERGUNTAS

Parece que o Cinema Novo, para sobreviver, resolveu entrar na dele. Em 1963-64, o movimento, iniciado alguns anos antes, culminava com três filmes – *Vidas Secas, Deus e o Diabo na Terra do Sol, Os Fuzis* – em que a temática rural tentava expressar a problemática global da sociedade brasileira inserida no terceiro mundo. Valorizando em particular o enfoque da classe média sobre essa sociedade. Depois uma pausa para meditação: dramaturgia e temática parecem não conseguir mais agarrar a realidade, a evolução política isola cada vez mais o cineasta da sociedade, é rompido o contato anteriormente esboçado – talvez mera veleidade – com o "povo". Em função desse isolamento, o Cinema Novo passa a se interrogar sobre a classe na qual é produzido. *O Desafio, São Paulo, Sociedade Anônima*, tentam entender a função da classe média. É o momento em que o cinema se lamenta sobre a predestinação funesta que representa o fato de pertencer à classe média. Passando para a crônica de costumes, virá a resposta: a classe média tem as suas vantagens, *Todas as Mulheres do Mundo*. Marcar passo em torno da classe média não tem muito futuro. Tenta-se galgar mais um degrau na análise: a política, *Terra em Transe, O Bravo Guerreiro*. Fruto do isolamento cada vez mais acentuado do cineasta – a casca do ovo quase fechada em volta dele – esta análise apreende a política, não como fenômeno que atinge a sociedade na sua totalidade, mas em nível de cúpula, em nivel de politicagem. Esta concepção de política se esgota. O ovo está completamente fechado e, de fora, faz-se o vazio. *O Bandido da Luz Vermelha* dá um grito. Dentro do ovo, cada um na sua, estamos aqui para avacalhar dolorosamente, sejamos zulus anárquicos. A este individualismo dolorido e urrado, que alguns fingem acreditar ser uma liberdade reencontrada, responde o carnaval grotesco e fúnebre de *Macunaíma* e o rigor delirante de *O Anjo Nasceu*, e sua poderosa renovação lingüística. E agora?

– É necessário encontrar alguma justificação para fazer cinema?
– Ou basta fazer filmes porque se tem vontade e pronto?
– O Cinema Novo, na sua forma atual, expressa o impasse da sociedade brasileira?
– Ou apenas o impasse de artistas que não conseguem forma alguma de entrosamento com a sociedade?
– O carnaval das metáforas e as formas delirantes são uma negação de tratar a realidade e uma protetora torre de marfim?
– Ou uma pesquisa para uma expressão mais completa da realidade?
– Ou uma forma de expressar disfarçadamente o que não haveria clima para expressar de outro modo?
– A subversão e a renovação da linguagem são apenas subversão e renovação da linguagem?
– Ou geram ou provêm de outras subversões e outras renovações?
– Expressar o impasse é denunciar a situação sócio-política que o geraria?
– Ou uma maneira de estar contra sem perturbar muito, quer dizer, uma forma de cumplicidade?
– O que você acha da cultura?
– E da maconha?

Programa do ciclo de cinema do
Diretório da Faculdade de
Arquitetura e Urbanismo da USP
4/70

Dizer que a relação entre o texto crítico e a obra é deflagradora de significações implica pensar que a obra precisa da crítica para existir plenamente. Ou, mais exatamente, que obra e crítica participam de modo diferente de um mesmo processo cultural em que são pesquisadas significações que dizem respeito à sociedade que produz e que recebe a obra, ou *segmentos* dela. A obra precisa da crítica para existir realmente, mas isto deve ser visto no quadro geral de que uma obra, para existir realmente, precisa de público, ou melhor, precisa de receptores. E então a crítica aparece como um receptor profissional, mas que nem por isto é o melhor, mais científico, mais perto da verdade que os receptores não profissionais, quer dizer, o público em geral. A crítica especializada faz, em geral, a leitura da obra que interessa ao segmento social ao qual está ligada, com todos os matizes ideológicos que isto implica. O especialista analisando *Terra em transe* não está mais perto da verdade que o espectador popular do qual achamos que não deve ter entendido o filme, o que vale dizer que o espectador popular não terá visto no filme as mesmas significações que o crítico ou o espectador "culto". Mas é também uma leitura válida o não entender nada, o pensar não-tenho-nada-a-ver-com-isto, chatear-se, rejeitar, interessar-se apenas pelos momentos de comédia do filme, divertir-se com os momentos que nos parecem graves. A diferença entre as duas leituras não está na competência de uma e incompetência de outra, está nas diferentes realidades culturais que elas implicam, nas posições e perspectivas sociais que elas implicam. E a da crítica não é necessariamente a mais dinâmica e lúcida.

Rio de Janeiro, 1974

VII | Fichas técnicas

Adieu Léonard. França, 1943. *Dir.*: Pierre Prévert. *Rot.*: Jacques e P. Prévert. *El.*: Pierre Brasseur, Carette.

Affaire est dans le sac, L'. França, 1932. *Dir.*: Pierre Prévert. *Rot.*: A. Rathony, Jacques Prévert. *El.*: I. P. Dreyfus, Etienne Decroux, J. J. Brunius.

Ainda agarro esta vizinha. Rio. *Prod.*: Sincro. *Dir.*: Pedro Rovai. *Rot.*: Oduvaldo Vianna Filho. *El.*: Adriana Prieto, Cecil Thiré, Lola Brah, Sergio Hingst.

Amantes/Amants, Les. França, 1958. *Dir.*: Louis Malle. *El.*: Jeanne Moreau, Alain Cuny, J. Marc Bory.

Amants de Vérone, Les. França, 1948. *Dir.*: André Cayatte. *Rot.*: Jacques Prévert. *El.*: Pierre Brasseur, Dalio, Serge Reggiani, Anouk Aimée.

Anjo nasceu, O. Rio, 1970. *Prod.*, *rot.*, *dir.*: Julio Bressane. *Fot.*: Thiago Veloso. *Mont.*: Mair Tavares. *El.*: Norma Benguel, Hugo Carvana, Milton Gonçalves.

Apelo. São Paulo, 1961. *Prod.*: Oscar G. Campiglia, para o Serviço de Documentação da Reitoria da Universidade de São Paulo. *Dir.*, *arg.*, *mont.*: Trigueirinho Neto. *Fot.*: Halley B. Veloso. *El.*: Airton Garcia. *Narração*: Rosemarie von Becker. *Supervisão científica*: Rosemarie von Becker.

Arraial do Cabo. Rio, 1959. Curta-metragem. *Prod.*: Sérgio Montagna, Joaquim Pedro de Andrade, Geraldo Markan. *Dir.*: Paulo César Saraceni.

Arg.: Baseado em pesquisas do Museu Nacional. *Fot*.: Mário Carneiro. *Texto da narração*: Cláudio Mello e Sousa. *Narração*: Ítalo Rossi.

Aruanda. João Pessoa, 1960. Curta-metragem. *Prod*.: Instituto Joaquim Nabuco de Pesquisas Sociais (Recife), INCE (Rio), Associação dos Críticos Cinematográficos da Paraíba. *Dir*., *arg*., *rot*.: Linduarte Noronha. *Fot*., *mont*.: Ruelker Vieira. *Ass. de dir*.: Vladimir Carvalho e João Ramiro Melo. *Som*: M. Cardoso.

Auto da Vitória. São Paulo, 1966. Curta-metragem. *Prod*.: Cinemateca Brasileira/Instituto de Estudos Brasileiros/Comissão Nacional do Dia de Anchieta. *Dir*.: Geraldo Sarno.

Aventuras com o tio Maneco. Rio, 1971. *Prod*.: Roberto Farias. *Arg*., *dir*.: Flávio Migliaccio. *Fot*.: José Medeiros. *Mont*.: Rafael Valverde. *El*.: F. Migliaccio, Odete Lara, Walter Forster.

Aves sem ninho. *Prod*., *rot*., *dir*.: Raul Roulien. Baseado em *Nuestra Natacha* de Alejandro Casona. *El*.: Déa Selva, Rosina Pagã, Lídia Matos, Celso Guimarães, Darcy Cazarré.

Azylo muito louco. Rio, 1970. *Prod*.: N. P. dos Santos/ L. C. Barreto/ Roberto Farias. *Rot*., *dir*.: Nelson Pereira dos Santos. Baseado em *O alienista* de Machado de Assis. *Fot*.: Dib Lufti. *Mont*.: Rafael Valverde. *El*.: Nildo Parente, Isabel Ribeiro, Arduíno Colasanti, Irene Stefânia, Leila Diniz.

Bahia de Todos os Santos. São Paulo, 1961. *Dir*., *rot*., *prod*.: Trigueirinho Neto. *Fot*.: Guglielmo Lombardo. *Mús*.: Antonio Bento da Cunha. *Mont*.: Maria Guadalupe. *El*.: Jurandir Pimentel, Arassary de Oliveira, Geraldo del Rey, Sadi Cabral, Lola Brah, Antonio Pitanga.

Balada do soldado, A. URSS, 1960. *Dir*.: Grigory Tchoukhrai. *El*.: V. Ivachev, J. Prokhorenko.

Bandido da luz vermelha, O. São Paulo, 1968. *Prod*.: Urânio Filmes/ R. Sganzerla. *Rot*., *dir*.: Rogério Sganzerla. *Fot*.: Peter Overbeck. *Mont*.: Silvio Renoldi. *El*.: Paulo Villaça, Luiz Linhares, Pagano Sobrinho, Helena Ignez.

Bandido Giuliano, O/Salvatore Giuliano. Itália, 1961. *Dir*.: Francesco Rosi. *El*.: Frank Wolff.

Bang-bang. São Paulo, 1969. *Prod*.: Nelson Alfredo Aguilar. *Rot*., *dir*.: Andrea Tonacci. *Fot*.: Thiago Velloso. *Mont*.: Roman Stulbach. *El*.: Paulo César Pereio, Abraão Farc, Jura Otero.

Barravento. Salvador, 1961. *Prod*.: Rex Schindler. *Dir*., *rot*.: Glauber Rocha. *Arg*.: Luís Paulino dos Santos. *Mús*.: Trechos de folclore negro da Bahia. *Mont*.: Nelson Pereira dos Santos. *El*.: Luísa Maranhão, Antonio Pitanga, Aldo Teixeira, Luci Carvalho.

Blá blá blá. Rio, 1968. *Dir*.: Andréa Tonacci. *El*.: Paulo Gracindo.

Bomba tarada, A. São Paulo, 1961. Curta-metragem. *Dir*.: Paulo Meireles.

Bonitinha mas ordinária. Rio, 1963. *Prod*.: Jece Valadão e Magnus Filme. *Dir*.: J. P. de Carvalho. *Arg*., *rot*.: Jece Valadão, da peça homônima de Nelson Rodrigues. *Fot*.: Amleto Daissé. *Mús*.: Carlos Lira. *Mont*.: Rafael Justo Valverde. *El*.: Jece Valadão, Odete Lara.

Brasil ano 2000. Rio, 1968. *Prod*.: W. Lima Jr./Mapa. *Rot*., *dir*.: Walter Lima Jr. *Fot*.: Guido Cosulich. *Mont*.: Nello Melli. *Mús*.: Gilberto Gil. *El*.: Anecy Rocha, Enio Gonçalves, Hélio Fernando, Iracema de Alencar.

Bravo guerreiro, O. Rio, 1968. *Prod*.: G. Dahl/ Saga/ Joe Kantor/ Difilm. *Rot*., *dir*.: Gustavo Dahl. *Fot*.: Affonso Beato. *Mont*.: Eduardo Escorel. *El*.: Paulo César Pereio, Maria Lucia Dahl, Mário Lago.

Cabeleira, O. São Paulo, 1963. *Prod*.: Nelson P. Mendes/ Waldemar Barbosa. *Dir*.: Milton Amaral. *El*.: Helio Souto, Milton Ribeiro, Marlene França, Ruth de Souza.

Caçador de diamantes, O. São Paulo, 1932. *Dir*.: Vittorio Capellaro. *Fot*.: Adalberto Kemeny, Rodolfo Lustig. *El*.: Sérgio Montemor, Corita Cunha, Francisco Scollamieri, Irene Rudner.

Cara a cara. Rio, 1968. *Prod*., *rot*., *dir*.: Julio Bressane. *Fot*.: Affonso Beato. *El*.: Helena Ignez, Antero de Oliveira, Paulo Gracindo.

Carnaval no fogo. Rio, 1949. *Prod*.: Atlântida. *Arg*.: Anselmo Duarte. *Dir*.: Watson Macedo. *Fot*.: Edgar Eichhorn. *Mont*.: W. Macedo, A. Duarte. *El*.: Oscarito, Grande Otelo, Anselmo Duarte, José Lewgoy, Eliana Macedo, Modesto de Souza.

Cassi Jones, o magnífico sedutor. São Paulo, 1972. *Prod*.: Lauper Filmes. *Dir*.: Luís Sergio Person. *Rot*.: L. S. Person, Joaquim Assis, baseado em *Clara dos Anjos* de Lima Barreto. *Fot*.: Oswaldo de Oliveira, Renato Neuman. *Mont*.: Maria Guadalupe, Glauco Mirko Laurelli. *El*.: Paulo José, Sandra Brea, Glauce Rocha, Hugo Bidet, Grande Otelo.

Chico Fumaça. São Paulo, 1963. *Prod*.: Oswaldo Massaini. *Dir*.: Vitor Lima. *El*.: Mazzaroppi.

Cinco vezes favela. Rio, 1962. *Um favelado*. *Dir*., *rot*.: Marcos Farias. *Fot*.: Ozen Sermet. *El*.: Flávio Migliaccio, Isabela. *Zé da Cachorra*: *Dir*., *rot*.: Miguel Borges. *Fot*.: Jiri Dusek. *Mús*.: Mário Rocha. *El*.: Valdir Onofre, João Angelo Labanca. *Escola de samba Alegria de Viver*. *Dir*., *rot*.: Carlos Diegues. *Arg*.: Carlos Estêvão. *Fot*.: Ozen Sermet. *Mús*.: Carlos Lira. *El*.: Abdias do Nascimento, Oduvaldo Viana Filho, Maria da Graça. *Couro de gato*. *Dir*., *rot*.: Joaquim Pedro de Andrade. *Fot*.: Mário Carneiro. *Mús*.: Carlos Lira. *El*.: Paulinho, Cláudio Correa e Castro, Riva Nimitz, Henrique César, Napoleão Muniz Freire. *Pedreira de São Diogo*. *Dir*., *rot*.: Leon Hirszman. *Fot*.: Ozen Sermet. *El*.: Glauce Rocha, Sadi Cabral, Francisco de Assis.

Como era gostoso o meu francês. Rio, 1971. *Prod*.: L. C. Produções Cinematográficas/ Condor Filmes/ N. P. dos Santos/ Ekstein. *Rot*., *dir*.: Nelson Pereira dos Santos. *Fot*.: Dib Lufti. *Mont*.: Carlos Alberto Camuyrano. *El*.: Arduino Colasanti, Ana Maria Magalhães.

Condenados, Os. Rio, 1973. *Prod*.: Mapa. *Dir*.: Zelito Viana, baseado em Oswald de Andrade. *Fot*.: Dib Lufti. *Mont*.: Eduardo Escorel. *El*.: Isabel Ribeiro, Cláudio Marzo, Nildo Parente.

Copacabana me engana. Rio, 1968. *Prod*.: A. C. Fontoura/ D. Achcar. *Rot*., *dir*.: Antonio Carlos Fontoura. *Fot*.: Affonso Beato. *Mont*.: Mário Carneiro. *El*.: Carlo Mossy, Odete Lara, Cláudio Marzo, Paulo Gracindo.

Crime de M. Lange, Le. França, 1935. *Dir*.: Jean Renoir. *El*.: René Lefêvre, Jules Berry.

Dança das bruxas, A. Rio, 1970. *Prod*.: Verona. *Dir*.: Francisco Dreux. *Arg*.: Maria Clara Machado. *Fot*.: Mário Carneiro. *Mont*.: Raymundo Higino. *El*.: Lúcia Marina Accioli, Hamilton Vaz Pereira.

Desafio, O. Rio, 1965. *Prod.*: Sérgio Saraceni, Imago. *Dir.*, *rot.*: Paulo César Saraceni. *Fot.*: Guido Cosulich. *Cinegrafista*: Dib Lufti. *Mont.*: Ismar Porto. *El.*: Isabella, Oduvaldo Vianna Filho.

Desesperato. Rio, 1968. *Dir.*: Sérgio Bernardes Filho. *El.*: Ítalo Rossi.

Detetive Bolacha contra o gênio do crime, O. São Paulo, 1973. *Prod.*: Luta Filmes/ Ipanema. *Rot.*, *dir.*: Tito Teijido. *Fot.*: Rodolfo Sanchez. *Mont.*: Mauro Alice. *El.*: Orlando Paulino, Fernando Uzeda, Ivete Bonfá.

Deus e o diabo na terra do sol. Rio, 1964. *Prod.*: Glauber Rocha, Jarbas Barbosa, Luís Augusto Mendes. *Dir.*, *arg.*, *rot.*, *diál.*: Glauber Rocha. *Fot.*: Valdemar Lima. *Mús.*: Villa-Lobos. Canções compostas e interpretadas por Sérgio Ricardo sobre temas populares do Nordeste. *Mont.*: Glauber Rocha, Rafael Justo Valverde. *El.*: Geraldo del Rey, Ioná Magalhães, Othon Bastos, Lídio Silva, Maurício do Vale.

Deuses e os mortos, Os. Rio, 1970. *Prod.*: Daga/ Paulo José. *Dir.*: Ruy Guerra. *Fot.*: Dib Lufti. *Mont.*: Ruy Guerra, Sergio Sanz. *El.*: Norma Benguel, Othon Bastos, Ítala Nandi, Dina Sfat.

Djanira e Parati. São Paulo, 1966. Curta-metragem. *Dir.*: Pedro Rovai.

Disparus de Saint-Agyl, Les. França, 1938. *Dir.*: Christian Jaque. *Corot.*: Jacques Prévert. *El.*: Von Stroheim, Michel Simon.

Doce vida, A/ Dolce vita, La. Itália, 1960. *Dir.*: Federico Fellini. *El.*: Marcello Mastroianni, Anita Ekberg, Anouk Aimé.

Dragão da maldade contra o santo guerreiro, O. Rio, 1969. *Prod.*: Mapa/ G. Rocha/ Claude Antoine. *Rot.*, *dir.*: Glauber Rocha. *Fot.*: Affonso Beato. *Mont.*: Eduardo Escorel. *El.*: Maurício do Valle, Odete Lara, Othon Bastos, Hugo Carvana.

Em busca do ouro. Rio, 1965. *Prod.*: Setor de Cinema do Departamento do Patrimônio Histórico e Artístico Nacional e da Divisão Cultural do Ministério das Relações Exteriores. *Rot.*, *dir.*: Gustavo Dahl. *Fot.*: Pedro de Morais.

Falecida, A. Rio, 1965. *Prod.*: Produções Cinematográficas Meta. *Dir.*: Leon Hirzman. *Rot.*: Leon Hirzman e Eduardo Coutinho. *El.*: Fernanda Montenegro, Paulo Gracindo, Ivan Cândido.

Fome de amor. Rio, 1968. *Prod.*: Paulo Porto, Herbert Richers. *Dir.*: Nelson Pereira dos Santos. Baseado em *História para se Ouvir de Noite*, de Guilherme de Figueiredo. *Fot.*: Dib Lufti. *Mont.*: Rafael Valverde. *El.*: Leila Diniz, Arduíno Colasanti, Irene Stefânia, Paulo Porto.

Fuzis, Os. Rio, 1965. *Prod.*: Jarbas Barbosa/ Copacabana Filmes. *Dir.*, *rot.*: Ruy Guerra. *Arg.*: Ruy Guerra e Miguel Tôrres. *Fot.*: Ricardo Aronovich. *Mont.*: Ruy Guerra, Raimundo Higino. *El.*: Átila Iório, Nelson Xavier, Maria Gladys.

Gamal delírio do sexo. São Paulo, 1970. *Prod.*: J. B. de Andrade/ Tecla. *Rot.*, *dir.*: João Batista de Andrade. *Fot.*: Jorge Bodansky. *Mont.*: Glauco Mirko Laurelli. *El.*: Joana Fomm, Paulo César Pereio, Lorival Pariz.

Garota de Ipanema. Rio, 1967. *Prod.*: L. Hirzman/ Vinicius de Morais/ Luís Carlos Pires. *Dir.*: Leon Hirzman. *Rot.*: L. Hirzman, Vinicius de Morais, Glauber Rocha, Eduardo Coutinho. *Fot.*: Ricardo Aronovich. *Mont.*: Nello Melli. *El.*: Márcia Rodrigues, Adriano Reis, Arduíno Colasanti.

Getúlio Vargas. Rio, 1974. *Prod.*: Zoom. *Dir.*: Ana Carolina Teixeira Soares. *Texto*: Ana Carolina, Manuel Maurício de Albuquerque. *Mont.*: Luiz Carlos Saldanha.

Grande cidade, A. Rio, 1966. *Dir.*, *rot.*: Carlos Diegues. *Fot.*: Fernando Duarte. *Mont.*: Gustavo Dahl. *El.*: Leonardo Vilar, Anecy Rocha, Antonio Pitanga, Joel Barcelos, Hugo Carvana.

Grande feira, A. Salvador, 1962. *Dir.*, *rot.*: Roberto Pires. *Arg.*: Rex Schindler. *Fot.*: Hélio Silva. *El.*: Geraldo del Rey, Helena Inês, Luísa Maranhão, Antonio Pitanga, Milton Gaúcho, Roberto Ferreira.

Harakiri/Seppuku. Japão, 1963. *Dir.*: Kobayashi Massaki.

Heitor dos Prazeres. Rio, 1966. *Dir.*, *rot.*: Antonio Carlos Fontoura. *Fot.*: Afonso Beato. *Mús. e narração*: Heitor dos Prazeres. *Mont.*: Ruy Guerra e Vera Barreto Leite.

Herdeiros, Os. Rio, 1969. *Prod.*: Jarbas Barbosa/ Condor Filmes/ C. Diegues. *Rot.*, *dir.*: Carlos Diegues. *Fot.*: Dib Lufti. *Mont.*: Eduardo Escorel. *El.*: Sérgio Cardoso, Odete Lara, Mário Lago, Paulo Porto.

Humberto Mauro. Rio, 1966. Curta-metragem. *Dir.*, *rot.*: David E. Neves.

Inconfidentes, Os. Rio, 1972. *Prod*.: Filmes do Serro/ Mapa/ Grupo. *Dir*.: Joaquim Pedro de Andrade. *Rot*.: J. P. de Andrade, Eduardo Escorel. *Fot*.: Pedro de Morais. *Mont*.: E. Escorel. *El*.: José Wilker, Luiz Linhares, Paulo César Pereio, Carlos Kroeber, Fernando Torres.

Independência ou morte. São Paulo, 1972. *Prod*.: Oswaldo Massaini. *Rot*., *dir*. *mont*.: Carlos Coimbra. *Fot*.: Rudolf Icsey. *El*.: Tarcísio Meira, Glória Menezes, Dionísio Azevedo.

Indústria. São Paulo. *Dir*.: Ana Carolina Teixeira.

Jardim das Espumas. Rio, 1970. *Prod*.: Blay Bittencourt/ Sonia Andrade/ Multifilmes. *Dir*.: Luiz Rozemberg. *Fot*.: Renault Leenhardt. *El*.: Ecchio Reis, Grecia Vanicori, Labanca, Nildo Parente.

Joana Francesa. Rio, 1973. *Prod*.: Zoom/ Nei Sroulevich/ Ipanema. *Rot*., *dir*.: Carlos Diegues. *Fot*.: Dib Lufti. *Mont*.: Eduardo Escorel. *El*.: Jeanne Moreau, Carlos Kroeber, Pierre Cardin.

Jour se Lève, Le. França, 1939. *Dir*.: Marcel Carné. *Rot*.: J. Viot, Jacques Prêvert. *El*.: Jean Gabin, Arletty, Jules Berry.

Judoka, O. Rio, 1973. *Prod*., *rot*., *dir*.: Marcelo Ramos. *Fot*.: Antônio Gonçalves. *Mont*.: Alzira Cohen. *El*.: Pedro Aguinaga, Banzo.

Juramento de Obediência/ Bushido Zankoku Monogatari. Japão, 1964. *Dir*.: Imai Tadashi. *El*.: Nakamura Kinosuke, Mita Yoshiko.

Justicero, El. *Prod*.: N. P. dos Santos/ Condor Filmes. *Rot*., *dir*.: Nelson Pereira dos Santos. Baseado em *As Vidas de El Justicero* de João Bethencourt. *Fot*.: Helio Silva. *Mont*.: Nelo Melli. *El*.: Arduíno Colasanti, Adriana Prieto, Márcia Rodrigues, Emanuel Cavalcanti.

Lamparina, O. São Paulo, 1964. *Prod*.: PAM. *Dir*.: Glauco Mirko Laurelli. *El*.: Mazzaropi, Geni Prado, Manoel Vieira, Emiliano Queiroz.

Lampião, rei do cangaço. São Paulo, 1963. *Prod*.: Oswaldo Massaini. *Dir*., *rot*.: Carlos Coimbra. *El*.: Leonardo Vilar, Vanja Orico.

Lavrador. São Paulo. *Dir*.: Paulo Rufino.

Lima Barreto. Curta-metragem. *Dir*.: Julio Bressane.

Lumière d'Été. França, 1942. *Dir.*: Jean Grémillon. *Rot.*: J. Prévert. *El.*: Paul Bernard, Madeleine Renaud, Madeleine Robinson.

Luzes da ribalta/ Limelight. EUA, 1952. *Dir.*: Charles Chaplin. *El.*: Charles Chaplin, Claire Bloom.

Macunaíma. Rio, 1969. *Prod.*: Filmes do Serro/ Condor Filmes/ INC. *Rot.*, *dir.*: Joaquim Pedro de Andrade, baseado em Mário de Andrade. *Fot.*: Guido Cosulich. *Mont.*: Eduardo Escorel. *El.*: Grande Otelo, Paulo José, Dina Sfat, Jardel Filho, Rodolfo Arena.

Mansos, Os. Rio, 1972. *Prod.*: Sincro/ Egon Frank. *Rot.*, *dir.*: Pedro Rovai, Braz Chediak, Aurelio Teixeira. *Fot.*: Helio Silva. *Mont.*: Raymundo Higino. *El.*: Mário Benvenuti, Sandra Brea, José Lewgoy, Pepita Rodrigues.

Mário Gruber. São Paulo, 1966. *Dir.*: Rubem Biáfora.

Mercado de corações/ Love is a ball. EUA, 1963. *Dir.*: David Swift. *El.*: Glenn Ford, Charles Boyer, Ricardo Montalban.

Moças daquela hora, As. Rio, 1974. *Prod.*: Ventania/ R. F. Farias. *Dir.*: Paulo Porto. *Fot.*: José Rosa. *Mont.*: Rafael Valverde. *El.*: Nídia de Paula, Tina Lurza, Monique Lafond, Carlos Eduardo Dollabella, Marcos Nanini.

Na Garganta do Diabo. São Paulo, 1959. *Prod.*: Cinebrás. *Rot.*, *dir.*: Walter Hugo Khouri. *Fot.*: Rudolf Icsey. *El.*: Luigi Picchi, Odete Lara, Sérgio Hingst.

Nem Sansão nem Dalila. Rio, 1954. *Prod.*: Atlântida. *Dir.*: Carlos Manga. *Fot.*: Amleto Daissé. *Mont.*: Waldemar Noya, C. Manga. *El.*: Oscarito, Fada Santoro, Cyll Farney, Eliana Macedo, Wilson Grey.

Noite do espantalho, A. Rio/Recife, 1974. *Prod.*: ZEM/ Otto Engel/ Plínio Pacheco. *Dir.*: Sérgio Ricardo. *Fot.*: Dib Lufti. *Mont.*: Silvio Renoldi. *El.*: Rejane Medeiros, José Pimentel, Gilson Moura, Emmanuel Cavalcanti.

Nordeste sangrento. Rio, 1963. *Prod.*: Unidas. *Dir.*: Wilson Silva. *Arg.*: Ismar Porto, Sanin Cherques. *Rot.*: Wilson Silva, Ismar Porto. *Fot.*: Edgar Eichhorn. *Mont.*: Glauco Mirko Laurelli. *El.*: Irma Álvarez, Paulo Goulart, Lueli Figueiró, Jackson de Sousa, Valdir Maia, Jaci Campos.

Opinião pública. Rio, 1967. *Prod.*: A. Jabor/ Jorge da Cunha Lima/ Filindústria/ Verba. *Rot.*, *dir.*: Arnaldo Jabor. *Fot.*: Dib Lufti, José Medeiros, João Carlos Horta. *Mont.*: João Ramiro Melo, Gilberto Macedo, A. Jabor.

Pagador de promessas, O. São Paulo, 1962. *Prod.*: Oswaldo Massaini. *Dir.*, *rot.*: Anselmo Duarte. Baseado na peça homônima de Dias Gomes. *Fot.*: Chick Fowle. *Mont.*: Carlos Coimbra. *El.*: Leonardo Vilar, Glória Menezes, Dionísio de Azevedo, Norma Benguel, Geraldo del Rey, Othon Bastos.

Passe livre. Rio, 1975. *Prod.*: O. Caldeira/ Aluisio Leite/ Sérgio Santeiro/ Filmes da Matriz/ Mariana Filmes. *Dir.*: Oswaldo Caldeira. *Mont.*: Gustavo Dahl.

Pecado mortal. Rio, 1970. *Prod.*: M. Faria/ G. Dahl/ C. N. Promoções. *Rot.*, *dir.*: Miguel Faria Jr. *Fot.*: João Carlos Horta. *Mont.*: Mair Tavares. *El.*: Fernanda Montenegro, José Lewgoy, Anecy Rocha.

Piconzé. São Paulo, 1972. *Prod.*: Telstar/ Distar/ Difilm. *Rot.*, *dir.*: Yppe Nakashima. *Fot.*: Shigeru Tomosada, Ryoji Ueno. *Mont.*: Silvio Reinoldo. Desenho animado de longa-metragem.

Pindorama. São Paulo, 1971. *Prod.*: Walter Hugo Khouri/ William Khouri/ A. Jabor. *Rot.*, *dir.*: Arnaldo Jabor. *Fot.*: Affonso Beato. *Mont.*: João Ramiro Melo. *El.*: Mauricio do Valle, Wilson Grey, Ítala Nandi, Hugo Carvana.

Pistola para Djeca, Uma. São Paulo, 1970. *Prod.*: Mazzaropi. *Dir.*: Ary Fernandes. *Arg.*: A. Mazzaropi. *Fot.*: Pio Zamuner. *Mont.*: Glauco Mirko Laurelli. *El.*: Mazzaropi.

Pluft, o fantasminha. Rio, 1962. *Prod.*: Frei Pedro Seconde/ Cinecastro. *Dir.*, *rot.*: Romain Lesage. *Fot.*: Armando Cavalcanti de Albuquerque. *El.*: Dirce Migliaccio, Kalma Murtinho, Ira Erts, Arrelia.

Porto das Caixas. Rio, 1963. *Prod.*: Elísio de Sousa Freitas, Equipe Produtora Cinematográfica. *Dir.*, *rot.*: Paulo César Saraceni. *Arg.*: Lúcio Cardoso. *Fot.*: Mário Carneiro. *Mont.*: Nelo Meli. *El.*: Irma Álvarez, Reginaldo Farias, Paulo Padilha, Sérgio Sanz, Margarida Rey.

Procura-se uma rosa. Rio, 1965. *Prod.*: Magnus Filmes. *Dir.*: Jece Valadão. *Rot.*: Vítor Lima, Jece Valadão, baseado na peça homônima de Pedro Bloch. *El.*: Teresa Raquel, Milton Gonçalves, Osvaldo Lousada, Jorge Dória.

Proezas de satanás na vila de Leva-e-Trás. Rio, 1967. *Prod*.: Jarbas Barbosa. *Rot*., *dir*.: Paulo Gil Soares. *Fot*.: José Medeiros. *Mont*.: Rafael Valverde. *El*.: Emmanuel Cavalcanti, Joffre Soares, Isabella, Joel Barcelos.

Quai des Brumes. França, 1938. *Dir*.: Marcel Carné. *Rot*.: Jacques Prévert, baseado em Pierre Mac Orlan. *El*.: Jean Gabin, Michele Morgan, Michel Simon, Pierre Brasseur.

Quando o carnaval chegar. Rio, 1972. *Prod*.: Mapa/ Difilm. *Rot*., *dir*.: Carlos Diegues. *Fot*.: Dib Lufti. *Mont*.: Eduardo Escorel. *El*.: Chico Buarque de Holanda, Nara Leão, Maria Bethania, Hugo Carvana.

Quatro chaves mágicas, As. Rio, 1971. *Prod*.: Grupo Câmara. *Rot*., *dir*., *mont*.: Alberto Salvá, baseado em *Hansel e Gretel* dos Irmãos Grimm. *Fot*.: José de Almeida. *El*.: Dita Corte-Real, Lula, Isabella.

Ramo para Luísa, Um. Rio, 1965. *Dir*.: J. B. Tanko, baseado no romance homônimo de José Condé. *Fot*.: José Rosa. *El*.: Darlene Glória, Paulo Porto, Sonia Dutra.

Rei Pelé, O. Rio, 1964. *Dir*.: Carlos Hugo Christensen. *Fot*.: Mario Pagé. *El*.: Pelé.

Rio quarenta graus. Rio, 1955. *Prod*.: Equipe Moacir Fenelon. *Rot*., *dir*.: Nelson Pereira dos Santos. *Fot*.: Helio Silva. *Mont*.: Rafael Valverde. *El*.: Jece Valadão, Glauce Rocha, Roberto Batalin, Modesto de Souza, Zé Keti.

Saci, O. São Paulo, 1953. *Rot*., *dir*.: Rodolfo Nanni. Baseado em Monteiro Lobato. *El*.: Paulo Matosinho, Lívio Nanni.

Sagarana, o duelo. Rio, 1973. *Prod*.: P. Thiago/ Embrafilme. *Rot*., *dir*.: Paulo Thiago, baseado em Guimarães Rosa. *Fot*., *mont*.: Mário Carneiro. *El*.: Milton Moraes, Ítala Nandi, Joel Barcelos, Átila Iório.

Samba em Berlim. Rio, 1943. *Prod*.: Cinédia. *Dir*.: Luiz de Barros. *El*.: Mesquitinha, Francisco Alves, Dercy Gonçalves, Grande Otelo.

São Bernardo. Rio, 1972. *Prod*.: Saga. *Rot*., *dir*.: Leon Hirzman, baseado em Graciliano Ramos. *Fot*.: Lauro Escorel, Moraes Filho. *Mont*.: Eduardo Escorel. *El*.: Othon Bastos, Isabel Ribeiro, Nildo Parente, Mário Lago.

São Paulo Sociedade Anônima. São Paulo, 1965. *Prod*.: Renato Magalhães Gouveia, Socine. *Dir*., *arg*., *rot*., *diál*.: Luís Sérgio Person. *Fot*.: Ricardo

Aronovich. *Mont.*: Glauco Mirko Laurelli. *El.*: Valmor Chagas, Eva Wilma, Otelo Zelloni, Ana Esmeralda, Darlene Glória.

Sara. Brasília (1967?). Curta-metragem. *Dir.*: Paulo Tourinho.

Sempre aos domingos/ Dimanches de Ville D'Avray, Les. França, 1962. *Dir.*: Serge Bourguignon. *El.*: Hardy Kruger, Nicole Courcel, Patricia Gozzi.

Sete homens e um destino. EUA, 1960. *Dir.*: John Sturges. *El.*: Yul Brinner.

Sinfonia amazônica. Rio, 1953. *Prod.*, *rot.*, *dir.*: Anélio Latini. Desenho animado de longa-metragem.

Sítio do picapau amarelo, O. São Paulo, 1973. *Prod.*: Thomas Farkas/ Saruê. *Dir.*: Geraldo Sarno. *Rot.*: G. Sarno, Armando Costa, baseado em Monteiro Lobato. *Fot.*: João Carlos Horta. *Mont.*: Gilberto Santeiro. *El.*: Leda Zepellin, Joel Barcellos, Carlos Imperial, Gianni Ratto, Iracema de Alencar.

Sol por testemunha, O/ Plein Soleil. França, 1959. *Dir.*: René Clement. *El.*: Alain Delon, Marie Laforet.

Sortilèges. França, 1944. *Dir.*: Christian-Jaque. *El.*: Fernand Ledoux, Madeleine Robinson, Renée Faure.

Stella, a mulher de todos. Grécia, 1955. *Dir.*: Michael Cacoyannis. *El.*: Melina Mercouri.

Tati, a garota. Rio, 1973. *Prod.*: L. C. Barreto. *Dir.*: Bruno Barreto. *Rot.*: B. Barreto, Miguel Borges. *Fot.*: Murilo Sales. *Mont.*: Raymundo Higino. *El.*: Dina Sfat, Daniela, Hugo Carvana.

Terra em transe. Rio, 1967. *Prod.*: Mapa/ Difilm. *Dir.*, *rot.*: Glauber Rocha. *Fot.*: Luís Carlos Barreto, Dib Lufti. *Mont.*: Eduardo Escorel. *El.*: Jardel Filho, Glauce Rocha, José Lewgoy, Paulo Autran, Flávio Migliaccio, Paulo Gracindo.

Toda nudez será castigada. Rio, 1972. *Prod.*: R. F. Farias/ Ventania/ A. Jabor/ Ipanema. *Rot.*, *dir.*: Arnaldo Jabor, baseado em Nelson Rodrigues. *Fot.*: Lauro Escorel. *Mont.*: Rafael Valverde. *El.*: Paulo Porto, Darlene Glória, Paulo César Pereio.

Todas as mulheres do mundo. Rio, 1967. *Prod.*: Domingos de Oliveira/ Saga. *Rot.*, *dir.*: Domingos de Oliveira. *Fot.*: Mário Carneiro. *Mont.*: Raymundo Higino, João Ramiro. *El.*: Leila Diniz, Paulo José.

Tricheurs, Les. França, 1958. *Dir*.: Claude Autant Lara. *El*.: Pascale Petit, Jacques Charrier.

Triste trópico. Rio, 1974. *Prod*.: Melopeia. *Rot*., *dir*.: Arthur Omar. *Fot*.: José Carlos Avelar e outros. *Mont*.: Ricardo Miranda.

Universidade em crise. São Paulo, 1965-66. Curta-metragem. *Dir*.: Renato Tapajós.

Viaggio in Italia. Itália, 1954. *Dir*.: Roberto Rossellini. *El*.: Ingrid Bergman, George Sanders.

Vidas secas. Rio, 1963. *Prod*.: Luís Carlos Barreto, Herbert Richers. *Dir*., *rot*.: Nelson Pereira dos Santos, do romance homônimo de Graciliano Ramos. *Fot*.: José Rosa, Luís Carlos Barreto. *Mont*.: Rafael Valverde. *El*.: Átila Iório, Maria Ribeiro, Jofre Soares.

Viramundo. São Paulo, 1965. *Prod*.: Thomas Farkas, *Dir*.: Geraldo Sarno. *Fot*.: Thomas Farkas. *Mont*.: Silvio Rinaldi, Luís Elias, Roberto Santos. *Pesquisas*: Octavio Ianni, Geraldo Sarno.

Visiteurs du soir, Les. França, 1942. *Dir*.: Marcel Carné. *Rot*.: Jacques Prévert, Pierre Laroche. *El*.: Jules Berry, Arletty, Alain Cuny.

Viúva virgem, A. Rio, 1972. *Prod*.: Sincro/ Egon Frank. *Dir*.: Pedro Rovai. *Rot*.: João Bethencourt, Armando Costa, Cecil Thiré. *Fot*.: Hélio Silva. *Mont*.: Manoel Oliveira. *El*.: Adriana Prieto, Jardel Filho, Carlos Imperial, Darlene Glória.

Voyage surprise. França, 1947. *Dir*.: Pierre Prévert. *Rot*.: Jacques Prévert. *El*.: Maurice Baquet, Martine Carol.

Vozes do medo. São Paulo, 1972. *Prod*.: R. Santos/ Lynx. *Dir*.: Roberto Santos, Maurice Capovilla, Roman Stulbach, Helio Leite de Barros, Mamuro Myao, Ruy Perotti, Plácido de Campos Jr., Aluisio Raulino, Gianfrancesco Guarnieri, Ciro del Nero, Adilson Bonini, Augusto Correia. *El*.: Claudio Mamberti, Julia Miranda, Antonio Pitanga, Afonso Cláudio, Rofran Fernandes, Dorothy Leirner.